suhrkamp taschenbuch 3263

Übers Eis ist eine poetische Chronik, Stadt- und Zeitgeschichte. In seinem in Frankfurt am Main angesiedelten Roman erzählt Peter Kurzeck von Nachbarn, Lehrern, Wohngemeinschaften, Pennern, tristen Sonntagvormittagstrinkern in Eckkneipen – und von einer folgenreichen Geschichte: Ein Mann und eine Frau trennen sich. Der Mann zieht aus der gemeinsamen Wohnung aus, Frau und Kind bleiben zurück. Es beginnt das Protokoll eines seelischen Zusammenbruchs, das Tagebuch einer Auflösung.

»Peter Kurzeck protokolliert seinen schwankenden Gang ›übers Eis‹ nach Art eines Selbstverhörs, einer Litanei mit Motiv- und Satzwiederholungen. Gleich einer Filmkamera registriert er nichts als Wirklichkeitspartikel, die er scheinbar wahllos aufeinanderhäuft. Allein, das vermeintliche Chaos ordnet sich beim Lesen zu einem Gesamteindruck, dem man sich nur schwer zu entziehen vermag. Ein leiser, eindringlicher Ton von Verzweiflung und Vergeblichkeit erklingt, eine Melodie im ›Winterreise‹-Moll, voll Sehnsucht des nächtlichen Wanderers nach Sicherheit und einem Zuhause.«

Ulrich Weinzierl, Frankfurter Allgemeine Zeitung

Peter Kurzeck, geboren 1943 in Böhmen, aufgewachsen im Kreis Gießen, lebt heute in Frankfurt am Main und in Uzès, Frankreich. Er erhielt verschiedene Literaturpreise, darunter 1991 den Alfred-Döblin-Preis und 1999 den Großen Literaturpreis der Bayerischen Akademie der Schönen Künste. Sein Roman *Keiner stirbt* liegt als suhrkamp taschenbuch 3229 vor. Im Stroemfeld Verlag erschienen die Romane *Der Nußbaum gegenüber vom Laden, in dem du dein Brot kaufst* (1979), *Das Schwarze Buch* (1982), *Kein Frühling* (1987), *Keiner stirbt* (1987), *Übers Eis* (1997) und die Erzählung *Mein Bahnhofsviertel* (1991).

Für Carina

Doch nicht die ganze Zeit hier als
Vorgänger nur in der Vorzeit gelebt?

1

Erst ein Regen- und dann ein Schneewinter. Als das Jahr 1984 anfing, nach der Trennung, hatte ich von einem zum andern Tag nix mehr. Auch keine Wohnung, kein Selbstbild, noch nicht einmal Schlaf ist mir übriggeblieben. Weg ist weg. Wie es scheint, fängst du dein Leben alle paar Jahre neu und von vorn an. Mitten in der Katastrophe, wie aus der Welt gefallen. Kaum ist es hell, setzt der Tag sein Verhör mit mir fort. Eine Abstellkammer in einer fremden Wohnung. Ende Januar eingezogen. Ich steckte Notizzettel ein und ging meine Tochter besuchen. Sie heißt Carina! Damals war sie vier! Ich holte sie ab. Winterstiefel, Wollmütze, bunte Fausthandschuhe mit Bändel. Wir gingen Milch kaufen. Muß man vorher sein Geld zählen. Muß sich auskennen mit dem Weg, mit den Schritten und Stufen und Türen. Wir spielten uns selbst und gerieten beim Sprechen in Verse. Nur nicht stolpern! Dann Geschichten vom Fuchs und vom Dachs und von Menschen, die am hellen Morgen in aller Ruhe Milch kaufen gehen, und was werden sie dabei reden? Eine Frankfurter Haustür. Aus Sandstein drei Stufen davor. Auf der obersten eine Katze im Pelz. Und fragt, wo der Sommer bleibt. Und Geschichten von dem, den du auch kennst, Geschichten vom Wind. Als sei es mein Leben, immer wieder mein eigenes Leben, von dem ich nicht aufhören kann zu erzählen. Milch in Tüten, städtische Milch. In den Morgen hinein mit ihr in den Kinderladen. Die gleichen Wege wie eh und je. Und sie neben mir her, als sei nichts geschehen. Der Tag auch, als sei nichts geschehen. Langsam die Straßen. Ein Vater. Ein Kind.

Ich hatte ein neues Buch angefangen. Mein drittes Buch. Noch keinen Titel dafür. Bald fünf Jahre, seit ich zu trinken aufgehört hatte. Kein Suff mehr und auch keine Drogen. Mir kam vor, ich könnte mein Leben außer beim Schreiben überhaupt nur im Gehen oder Fahren noch aushalten. Einzelhaft. Spät am Abend seh ich mich neben einer trüben Lampe betrübt mein letztes Paar Schuhe betrachten, barfuß. Müd und mit schiefen Schultern. Was soll ich den Schuhen denn sagen? Erschöpft. Sind erschöpft, die Schuhe! Was ist denn schiefgegangen in deinem Leben, daß du hier stehst und frierst, in der Mitternachtsstille, und sprichst mit deinen Schuhen? Eine Abstellkammer, in der ich als Fremder zu schlafen versuchte. Mit Vorsicht. Auf Widerruf. Sozusagen in der dritten Person. In der Mitte der Kammer poliert und staubig ein schwarzes Klavier mit Deckel. Abgeschlossen, stumm wie ein Sarg. Von meiner Matratze aus, selbst wie in Seenot, wie auf einem Floß, und ich sah das Klavier wie ein Riff, wie ein Grabdenkmal ragen. Müdigkeit. Herzstolpern. Warum ist die Stille so still und die Lampe so trüb? Ich wußte beim Schlafen nicht mehr, ob ich schlief. Nachts rückten die Wände zusammen, um mich zu erdrücken. Und wie soll ich herausfinden, wie denn je wissen, ob der Schrei mein eigener Schrei und ob ich ihn nicht nur geträumt? Hustenanfälle und daran fast ersticken. Es wäre mir eine Beruhigung gewesen, neben einem laufenden Tonband zu schlafen d.h. meinen fadenscheinigen Schlaf Nacht für Nacht auf Band aufzunehmen. Noch lieber dabeisitzen, Geburtsurkunde, Personalausweis, Uhr in der Hand, Protokollführer, und mir zusehen bei meinem Schlaf. Ich hätte gern ein Radio gehabt. Wenigstens ein paar Minuten jeden Tag. Wie ein Gefangener, wie im Knast. Muß man ein Antragsformular beantragen und damit einen Antrag stellen. Dreimal täglich für je drei Minuten. Ein einziger, ein ganz kleiner Sender hätte mir schon gereicht. Eine menschliche Stimme, die dreimal täglich furchtlos die Zeit ansagt. Und eine unverdrossene Mundharmonika mit dem zugehörigen Atem.

Am schlimmsten stand das Klavier im Morgengrauen (inzwischen war Februar). Ich hörte die Straßenbahn fahren und lag wie ein Toter. Der Fußboden bebte, das ganze Haus. Nie im Leben möchte ich begraben sein in so einem immerwährenden Zittern. Schon kommt der Tag ingang. Ich sammelte Kräfte, steckte Notizzettel ein (nur nicht krankwerden!) und ging in den Tag hinein. Mit großen Schritten. Mein Kind, meine Tochter abholen. Noch früh, es war kalt. Der Himmel voll Krähen und Schreien und Mauerseglern, bevor es noch richtig hell war. Ich ging schnell. Am Straßenrand Schnee, alter Schnee. Die Haustür ein jäher Schreck: als ob sie mich nicht mehr kennen darf, so verstört! Mein Kind, meine Tochter, Carina. Im Schlafanzug auf der Fensterbank. Mit klaren Augen. Auf dem Schlafanzug Enten und Gänseblümchen. Der Himmel war gelb und die Schornsteine dampften. Vier Jahre alt, viereinhalb. Sie ist gerade erst krank gewesen. Sie wacht jede Nacht auf und schreit! Sie träumt, eine Frau hat dich eingegraben. Tief in die Erde hinein und sie muß dich wieder ausgraben, sagte die Mutter meiner Tochter; sie heißt Sibylle. Und sah mir direkt in die Augen, damit ich nicht denken soll, sie könnte mir nicht in die Augen sehen. Ein Wintermorgen. Neun Uhr. Eine rote Strumpfhose hat sie an, keinen Rock und einen dicken bunten Pullover, den wir uns viele Jahre lang, genau wie die Zeit und die Wärme geteilt, immer wieder geteilt haben, sie und ich. Die meiste Zeit Winter. Ein neues Parfüm. Die meisten Bücher schon eingepackt, die Kartons standen bis auf die Treppe hinaus. Sobald ich ausgezogen war, konnte sie keine Bücher mehr sehen. Natürlich waren wir nicht verheiratet. Wir haben neun Jahre miteinander gelebt. Ein Kind. Noch als ich auszog, wollten wir uns das Sorgerecht teilen. Wir dachten, daß unser Kind allzeit bei beiden sein kann, gut und gern. Aber kaum zwei Wochen danach sagte Sibylle zu mir: Wenn ich will, kann ich machen, daß du sie gar nicht mehr siehst! Wie immer kein Geld, aber jetzt hatte ich fristgerecht auch noch meine Halbtagsstelle verloren. Sitzen und schreiben. Mein drittes Buch, ein Buch über das Dorf meiner Kindheit. Staufenberg im Kreis Gießen. Ich schrieb jeden Tag. Ich schrieb, um zu bleiben. Damit ich bei mir selbst und auf der Welt bleiben kann alle Tage!

Zwei Weisheitszähne. Besser beizeiten, sagte die Zahnärztin. Besser jeden für sich, also besser gleich zwei Termine. Und ich hatte auch schon genickt. Sowieso im Liegen, mit Schraubzwingen, Hochspannung, einem Schlauch, der einen Wasserfall imitiert, und zwei fremden Händen in meinem Mund, wie soll man da einen Einwand? Sowieso am liebsten vorerst verbleiben in diesem perfekten fernverstellbaren Zahnarztstuhl. Weiter so. Lampe, Wasserglas, Spülbecken. Und mit Armlehnen, Kopf- und Fußstützen gut aufgehoben. Waagrecht. Und wenigstens eine Weile nicht zuständig für mich und die Welt und das Zeitalter. Immer so blond, hell und sauber die Zahnärztin und ihre Praxis, als ob du mit deinen dreckigen Händen, Schuhen, Gedanken wieder gerade aus einem Bordell oder direkt von der Baustelle hier herein. Jedesmal. Mit den schlimmsten Absichten. Raub, Vandalismus, Vergewaltigung, Schweiß, Hunger, Mundgeruch, Selbstzweifel, Schuppen, Verdauungsstörungen. Vielleicht auch in Frankfurt in Frankfurter Hundescheiße mit beiden Füßen eilig hinein. In Gedanken – was waren das denn für Gedanken? Scheints rechts und links verschiedenfarbig, verschiedene Sorten. Und hast es nicht einmal gleich, hast es erst hier auf dem perlweißen Teppich gemerkt. Geboren, Wohnort, Beruf, alles falsch! Alle Namen sind falsche Namen! Vielleicht auch der Krankenschein noch gefälscht? Und wie sollte man dir das nicht ansehen, anmerken? Und die Armut? Die Armut ist ein Geruch. Schwer wie ein alter Mantel. Vielleicht außer mir nur Privatpatienten. Fast fünf Jahre lang dieser Zahnärztin, damit sie weiß, wer ich bin, damit sie mich schonen soll, damit sie mit Sorgfalt, damit sie sich Mühe gibt, fünf Jahre lang ihr immer wieder von uns und der Zeit und von unserem Kindchen erzählt. Aus nächster Nähe. Sie als Zahnärztin in meinem Mund. Zahn um Zahn. Schon vor der Geburt angefangen mit diesen Kindergeschichten. Wie soll man soviel Nähe sonst aushalten? Und inzwischen hat sie geheiratet. Kronen, Brükken und Plomben in meinem Mund. Ecken und Kanten und Mäuerchen. Und jetzt will sie als Ehefrau auch ein Kind. In der Myliusstraße, im Westend, in Frankfurt am Main. Eine helle moderne Praxis mit drei oder vier Behandlungsräumen. Eine von den vielen blonden sauberen Assistentinnen notiert die Termine für mich und läßt dann den Stuhl mit mir drin elektronisch-pneumatisch zur Landung ansetzen. Das war im Januar. Noch Schnee auf dem Weg. Immer nach dem Zahnarzt mußt du dich fragen, wo denn die vielen guten Einfälle alle geblieben sind, die du vorhin noch im Wartezimmer? Unbestreitbar! Noch eben bevor du drankamst und jetzt weg, jetzt vollzählig nicht mehr aufzufinden? Wieviel wird so ein Zahnarztstuhl kosten, der beste? Mein Heimweg, da wird es schon dunkel. Still die Straße. Vorgärten, Schnee, eine Amsel im Schnee in der Dämmerung, und vorn an der Ecke ein Supermarkt, ein HL. Kurz vor Ladenschluß und wie die Leute sich an den Kassen drängen. Gegenüber das Café Laumer. Licht in den Fenstern. Damals wohnte ich noch in der Jordanstraße. Ende Januar, schon gezählt meine Heimwege und die letzten Tage mit Sibylle und Carina in unserer Wohnung. Die Bokkenheimer Landstraße. Winterbäume, Kastanien. Auf die Warte zu. Viele Lichter im Abend. Der gleiche Weg wie all die Jahre jeden Tag hin und zurück in den Kinderladen, aber bin das noch ich und wo ist mein Leben hin?

Rechts unten zuerst. Um drei Uhr nachmittags kam ich dran und als ich ging, war es dunkel. Seit wann denn schon dunkel? Rechts unten der Weisheitszahn raus. Blut spucken den Gehsteig entlang. Mir ist schlecht. Singen sollst du! (Ein Satz aus meinem vorigen Buch!) Das Blut ausspucken und singen oder wenigstens wie eine Orgel, ein Nebelhorn, eine Sirene, die sich verirrt hat und findet den Weg nicht, ein angeschlagenes Schiff. Wenigstens wie ein Wolf, ein alleiniger Wolf, immer wieder. Verloren den Gehsteig entlang und ein einziges langes Heulen im Mund. Schnee am Rand, Stille und Schnee in den Ecken. Im HL sind sie eben am Zumachen. Februar. Schneereste. Schräg eine silberne Mondsichel und mitten im Schmerz auf einmal mein Zeitgefühl weg. Als ob ich schon seit einer Ewigkeit, als ob ich schon eh und je auf die Bockenheimer Warte zu, kalt ist es, Nacht, eine Straßenbahn hellerleuchtet vorbei und dort vorn auf der Kreuzung die Lichter wie Sterne. Blut spucken, gehen, mit mir selbst gehen und in Wahrheit ein Wolf. Mein alter Heimweg. Noch keine drei Wochen ausgezogen. Ich hatte noch meine Schlüssel. Am besten gewöhnst du dir an, jedesmal wie ein Besuch an der Haustür zu klingeln. Und dazu ein Gesicht. Die Treppe hinauf das Blut im Mund sammeln, vier Stockwerke. Carina im Schlafanzug mir entgegen, ein Schlafanzug mit Marienkäfern. Ich blieb, bis Carina im Bett war. Ich saß in der Wärme im Sessel und rauchte, versuchte zu rauchen, und trank lauwarmen Tee mit Milch. Carina schläft. Wie gut der Sessel mich kennt. Die Betäubung ließ nach und der Schmerz fing fest und zuverlässig zu klopfen an. Willst du nicht lieber hier, sagt Sibylle zu mir, bleib über Nacht! Du siehst angestrengt aus. Es war noch nicht einmal neun. Wie gern ich den Rest meines Lebens oder wenigstens die nächsten paar Jahre hier in der Wohnung, wie jetzt. Am liebsten gerettet weiter hier sitzen und mit dem Schmerz und den Schmerzen im Mund mir ab und zu sagen, jetzt dann gleich ins Bett! Ein einziger langer Abend und die ganze Zeit geht es auf neun. Seit ich zu trinken aufgehört hatte, wurde mir von den Betäubungsspritzen jedesmal schlecht. Als müßte ich mich davor ekeln. Das Telefon. In die Stille hinein. Beinah ja wie früher, so klingt es, das Telefon. Mein Freund Jürgen. Aus dem Café Elba. Da sitzt er mit Edelgard. Sie haben sich vor sieben Jahren getrennt, aber jetzt sitzt er mit ihr im Café Elba. Sie haben mich überall schon gesucht. Wir sitzen den ganzen Abend schon hier. Eher eine Pizzeria, das Elba. Erst ist es ein Eiscafé gewesen, dann auch Pizza zum Mitnehmen. Und jetzt, nach und nach, wird ein richtiges italienisches Speiserestaurant daraus, ein Frankfurter Italiener. Erst recht im Winter. Wir sitzen hier und sprechen von uns und von dir und der Welt, sagt er. Und sie will nicht, will mich nicht verstehen! Du weißt ja, wie sie ist. Sie sagt, ich verstehe sie nicht! Schon seit wir uns kennen. Seit bald siebzehn Jahren. Du ja auch, du kennst sie ja fast schon genauso lang, sagt er. Komm doch! Beim Zahnarzt, sagte ich. Die Zahnärztin, die du kennst. Rechts unten der Weisheitszahn raus. Mein ganzer Mund voll Blut. Der ganze Mund eine einzige Wunde. Ich kann nicht. Nur höchstens jetzt gleich auf dem Weg, auf dem Heimweg. Für fünf Minuten. Ja, sagt er, du mußt dich auch nicht beeilen. Wir bleiben noch lang. Wir bleiben hier sitzen und schauen zur Tür, bis du kommst. Immer mit den Augen zur Tür hin, sooft jemand reinkommt, sagt er. Also bis gleich dann. Bis dann. Noch eine Weile hier in der Wärme und Carina und ihren Schlaf um mich spüren und wie sie im Nebenzimmer unter dem Nachtbild sacht atmet im Schlaf. Ich wünschte, ich hätte nicht Heimweg gesagt! Nach der Uhr noch genau fünf Minuten und dann noch einmal fünf Minuten. Papiertaschentücher von Sibylle. Sowieso untröstlich. Viele Papiertaschentücher. Dann mein Leben hier in der Wärme zurücklassen und mich als Wolf auf den Weg machen.

Links unten. Zehn Tage später. Eine Stellvertreterin, doch begrüßt mich, als ob sie mich kennt. Wie eine entfernte Verwandte der Zahnärztin. Wir fingen um halb drei an und um sechs noch kein Ende in Sicht. Doch hätten auch nicht mehr aufhören können, weil sie inzwischen den Zahn bis ins Fundament hinein mühsam zertrümmert hat und wo soll sie jetzt ansetzen? Nur die Wurzel noch drin. Zwei Assistentinnen. Zwischendurch ging ich öfter pissen. Sie mußten jedesmal den seufzenden Stuhl aufrichten, wieder alle Hände und Geräte aus meinem Mund und mir den Weg frei. Ein Waffenstillstand. Die Lampen summen, die Praxis dreht sich in meinem Kopf. Dann weiter mit dem Gemetzel. In den Abend hinein. Nur sie und ich und die beiden erfahrensten Assistentinnen, alle andern schon heim. Nochmal die Röntgenbilder. Wie mächtig die Wurzel und wie sie sich unterirdisch verschanzt hat. Am Ende wird man den Kiefer wohl aufschneiden müssen. Noch eine Reihe Betäubungsspritzen und ich mußte gleich wieder pissen. Mit der Würde einer betrunkenen Statue. Kopflastig, eine steinerne Würde. Geht man mit oder ohne Lätzchen? Die Zahnärztin zittern sehen. Zum erstenmal kam ich darauf, daß ihre Kraft am Ende vielleicht nicht ausreicht und dann? Ich hatte aus einer mühsam erstellten inneren Ferne heraus (wie jemand anders) lang zugesehen, wie es hinter den teuren fernverstellbaren Leichtmetalljalousien vollautomatisch dunkel wurde. Dazu mir ausgedacht, ich wäre um halb drei nur gekommen, um mir mehrfach sorgsam den Mund auszuspülen und in dem Zahnarztstuhl ein bißchen zu ruhen und meine Gedanken zusammenzusammeln. Oder ist sie doch keine Stellvertreterin? Ist mit neuer Haarfrisur und ein bißchen verändert sie selbst? Mein Freund Manfred hat einmal zu mir gesagt: Du mußt als Patient jedem Zahnarzt gleich von vornherein ein gutes Gefühl geben, damit er nicht unsicher wird. Damit er als Zahnarzt ein gutes Gefühl hat. Ich wußte, ich müßte mich und die Wurzel in meinem Kopf bloß einen einzigen Augenblick loslassen, aber wie? Mein Mann ist auch Zahnarzt, sagt sie. Er kommt gleich. Wenn es nicht geht, müssen wir schneiden. Dann ihr Mann. Noch im Mantel. Er betrachtet die Röntgenbilder. Sieht er nicht wie ein Förster aus. Eher noch wie ein Förster in einem älteren deutschen Spielfilm. Sie versucht es zuletzt noch einmal oder spielt nur, daß sie es versucht und dann ist die Wurzel raus. Wie es mir geht? Ob ich ein Taxi will? Meine alte Jacke. Die Schmerztabletten, die Nachbehandlungstermine. Vielleicht ist sie doch sie selbst? Wie sonst auch immer! Ich sagte ja und nein und kein Taxi. Gerade am Schmerz und an meiner alten Jacke mich selbst noch mit Mühe erkannt. Leer mein Kopf. Ich konnte nicht wirklich sprechen. Dann allein auf dem Heimweg und Vollmond. Schon zu der HL. Gehen, bißchen Wind und die Welt mir entgegen. Mit mir auf und ab, wie betrunken der Weg. Stehenbleiben, mich festhalten. Am liebsten jetzt *weiterkriechen.* Auf allen vieren. Mit Blutspur und Wolfsfell, keuchend. Die Fahrbahn entlang und bei der Verkehrsampel als fremder Anblick über die Kreuzung. Als Schatten. Unter dem Mond. Auf einmal ganz sicher, daß diese Situation von Rechts wegen nicht in mein Leben hineingehört. Nicht das Blut und auch nicht der Abgrund von Schmerz in meinem Mund, nicht der heutige Nachmittag und wie ich hier gehe. Auch nicht die Abstellkammer, die Trennung, die letzten Wochen und daß ich nicht weiß, ob mein Kind jetzt schon schläft. Doch nicht ich, immer ich? Das kann nicht sein, sagst du dir. Blut im Mund. Wie mein Herz klopft! Nur mit dem Mond scheint es doch seine Richtigkeit: gegen den Mond ist nix dagegen zu sagen. Dann weiter von Pfosten zu Pfosten den schwankenden Weg.

In der Jordanstraße an meiner ehemaligen Haustür klingeln (vor drei Wochen ausgezogen) und die Treppe hinauf wieder das Blut im Mund sammeln. Carina hat schon gewartet. Giraffen und Kirschen auf ihrem Schlafanzug, und wie wird sie großwerden? KD rief an, sagt Sibylle. Und ich hab dich auch schon, seit drei Stunden schon zu erreichen versucht. Wie war es? Gutjanein, sagte ich, nur Carina schnell Gute Nacht! Ich konnte nicht wirklich sprechen. Ich setzte mich nicht. Ich hätte sonst nicht mehr aufstehen können. Taschentücher. Der

Fußboden kippt. Willst du nicht lieber hier, fragt sie, wenigstens über Nacht, doch da ging ich schon. Zwei Straßen weiter die Abstellkammer. In einer fremden Wohnung. Im Flur, ich wollte schon mein Gesicht abnehmen, da kam die Frau, die zur Wohnung gehört, die Mali, mit einem Notizzettel aus ihrem Arbeitszimmer. KD Wolff hat angerufen! Ja, sagte ich, mein Verleger. Sie schien zu wissen, wer er ist. Ich soll gleich zurückrufen. Lieber morgen. Sechs Stunden beim Zahnarzt gewesen. Alles morgen. Ich konnte nicht wirklich sprechen. In der Abstellkammer als Schatten die Lampe an. Schuhbändel, Schuhe auf. Mein Gleichgewichtssinn? Nicht mehr da. Weggekippt! Ein Tier, wenn es krank ist, verkriecht sich. Zu Füßen des Klaviers wie angespült die Matratze. Das Buch, mein Leben, die Abstellkammer, der heutige Tag, und daß mir auch hier in der Abstellkammer nicht mehr viel Zeit bleibt, das muß alles jetzt warten bis morgen. Zum Glück ja der Schmerz groß genug, sagst du dir. Akut, ein höherer Schmerz. Und deshalb einen Aufschub. Vorsichtig den Pullover aus. Hemd auf. Die Schreibmaschine, mein Manuskript auf dem Tisch und unüberwindlich der Schmerz in meinem Mund, ein Abgrund von Schmerz. Ein Tier, wenn es krank ist, verkriecht sich. Dann aber doch zum Telefon. KD Wolff. Nur um zu sagen, daß ich erst morgen. Heut nicht mehr! Wir sitzen hier und sprechen über den Verlag, sagt er. Mein Freund Rudolf Schönwandt ist hier. Wenn du jetzt kommst, sagt er dir die Werbeleute und wie du sie erreichst. Sechs Stunden beim Zahnarzt, sagte ich, sechseinhalb. Mein ganzer Mund voll Blut. Mein ganzer Mund eine einzige Wunde. Wörtlich die gleichen Sätze beim vorigen Zahn schon, aber erst jetzt ging mir auf, was sie heißen. Lieber morgen, ein andermal. Ich konnte nicht wirklich sprechen und doch schien er mich zu verstehen. Nimm ein Taxi, sagt er. Laß dir eine Quittung geben. Ich geb dir das Geld zurück.

Hemd, Pullover, mein Gleichgewicht, Notizzettel und die alte Jacke. Achtunddreißig Mark siebzig. Damals wußte ich immer ganz genau, wieviel Geld ich gerade hatte (nur die Pfennige zählst du nicht mit). Heute Morgen nichts und mittags zur Beruhigung zwei Bananen gegessen. Hals verrenkt. Kiefer wie taub. Mein Ohr schreit vor Schmerz. Mit Vorsicht den Mund spülen. Im Spiegel kein Bild. Und mich auf den Weg machen. Carinas Schlaf, das Nachtbild und wie sie atmet im Schlaf. Sibylle wird weiter Bücher einpacken. Was hat sie angehabt heute Abend? Wie spät? Auf der Straße kein Mensch. Die Straßenbahnschienen. Die Straße leer in die Nacht hinein, in die Ferne. Über einer Ladentür weiß und rund eine Uhr, die nicht geht. Nacht, Wind, der Mond und an der Bockenheimer Warte vor dem neuen McDonald's einzeln ein weißes Mercedes-Taxi unter dem Mond.* Seit achtzehn Jahren, sagt der Fahrer, tu ich jetz schon konsequent den Zufall studieren und jetz kommen zufällich Sie! Vorher lang am Alleenring nix, in der Friedberger nix, keine Kundschaft. Mir eben hier einen Hamburger reingezogen, weil meine Freundin ist Vegetarierin. Lebensgefährtin. Und wie ich noch kaue und überleg mir, ob ich nicht lieber rüber zur Messe rüber, da kommen als Zufall jetz Sie! Wo därfs hin? Und fährt an. Holzhausenstraße, sagte ich. Schwer das Wort in meinem Mund, Blut im Mund. Holzhausenstraße, Hausnummer vier.

* Neu heißt, seit fünf Jahren neu, aber als Sibylle und ich im Herbst 1977 nach Frankfurt kamen, war da eine Kneipe, die Schlagbaum hieß.

2

Sibylle Freitagmittag nach Gießen, um ihr künftiges Familienleben einzuüben. Ich übers Wochenende zu Carina in die Jordanstraße. Vorher in der Abstellkammer den ganzen Morgen geschrieben. Bis halb zwei geschrieben, dann in den Kinderladen. Das Manuskript nimmst du mit. Die Kinder im Aufbruch und alle mit irgendwas noch nicht fertig. Matratzen und Spielzeug, die Wände bemalt und dazwischen und mittendrin bunt durcheinander die vergangenen Tage und ganze Sommer gestapelt. Immer über den Kindern die Eltern zu grüßen vergessen! Carina schon im Anorak und mit Mütze und Schal. Steht und wartet. Und wie ernst, wenn sie mit sich allein ist. Ins Freie, sie neben mir. Gehen und gehen, und gleich ist mir leichter. Beinah als hätte ich nun doch mein Leben, die Gegenwart, meinen Körper zurück. Wenigstens vorerst, bis auf weiteres. Wie wenn einer seine Sprache verloren und findet sie wieder. Zwei Tiere, ein Fuchs und ein Dachs. Der Dachs heißt Josef und Leo der Fuchs. Stofftiere, aber in unseren Geschichten seit vielen Jahren lebendig. Gehen. Schnee, ein Schneewinter. Freitagnachmittag, Februar. Daheim ihre und meine Nachmittagsmüdigkeit und wie man gemeinsam ein Spiel daraus macht. Dann in die Bibliothek, eine Zweigstelle der Stadtbibliothek in der Seestraße. Sind oft, sind jede Woche zwei-dreimal, sind alle paar Tage in die Bibliothek. Sie kennen uns. Sie wundern sich immer noch, daß wir nicht mehr zusammen hierher, Sibylle und ich, sondern alle paar Tage jeder einzeln mit Kind. Und das Kind in letzter Zeit auch immer so blaß. Die Bibliothek und dahinter ein Obstladen, winzig. Ein Italiener. Kein Licht. Daß er aufhat, siehst du an der offenen Tür und an den Obstkisten vor der Tür. Licht nur, wenn Kundschaft! Weit hinten am Ende der Straße und schon auf den Abend zu. Beinah ja so düster und eng wie ein Schrank ist der Laden. Vor einem Jahr aufgemacht.

Seither sind wir, Sibylle, Carina und ich, mit unserem wenigen Geld die meiste Zeit seine Hauptkundschaft wohl gewesen. Ein alter Lieferwagen, rostig, TÜV abgelaufen. Im Stadtverkehr bleibt der zwote Gang nicht drin. Und damit vor Tag jeden Tag in aller Herrgottsfrühe fröstelnd zur Großmarkthalle. Obst und Gemüse, täglich frisch! Die Kisten, die Sorgen. Und immer allein. Klein und dünn, aber zäh. Tiefe Falten. Und hat er denn keinen Namen? Er kam mir wie ein Armenier vor. Ob er sich nur für den Obstladen als Italiener ausgibt? Geschäft ist Geschäft. Ich hätte gern Sibylle gefragt, was sie dazu meint. Gleich auch, als hätte ich selbst ein Armeniergesicht. Bananen, Äpfel und Blutorangen und ihm zusehen, wie er sie für uns aussucht und abwiegt. Auch er schien untröstlich über unsere Trennung. Bald wird er den Laden zumachen. Die Bücher, das Obst, Carina und ich. Auf dem Heimweg noch Milch kaufen. In der Leipziger Straße. Beim Schade im Neonlicht an der Kasse. Wie immer, stehen seit Jahren schon hier. Müd zwischen lauter Fremden. Freitagabend. Müd, viel zu tragen und mit vielen leuchtenden Wörtern und Bildern im Kopf. Und da vor dem Eingang schon blau die Nacht, Winter.

Freitagabend, noch früh. Erst noch gedacht, die Wohnung wird mit der Nacht mit uns in die Erde versinken. Dann merkst du, sie treibt, treibt gemächlich am Nachtsaum und trägt uns, treibt mit uns in die Zeit hinein. Langsam die Zeit. Auspacken, aufräumen, rumkramen, Käse und Obst essen. Erschütterungen. Nicht wie ein Erdbeben, nur als ob du das Wort ausprobierst. Hin und her in der Wohnung und in Gedanken. Lampenlicht, offene Türen. Die Wäsche zusammensammeln und für die Waschmaschine sortieren. Jeder praktische Handgriff eine Erlösung, so kam es mir vor. Gleich dann Badewasser. Im Schlafzimmer Fenster auf und die Betten richten. Sibylles Decken und Kissen gegen meine austauschen. Zum Glück große Bettkästen, alles rein! Beinah wie in einem früheren Leben bei dir selbst zu Besuch – und ob du dich noch zurückwünschen könntest, ja oder nein? Wo ist jetzt die achtsprachige illustrierte Gebrauchsanweisung für die Waschmaschine? Wie mir in der Abstellkammer jeden Tag wieder Musik fehlt! Die fünf oder sechs Schallplatten, die ich beim Schreiben seit Jahren höre. Wir hatten immer nur diese fünf oder sechs. Vielleicht später dann die Musik, sagst du dir, Zeit genug. Mit dem Büchereinpacken ist sie bis M gekommen. Ein Regal auch schon abgebaut, leere Wände. Die Bücherkartons vor der Wohnungstür auf dem Treppenabsatz, eine Dachwohnung. Carina auch hin und her. Eigene Angelegenheiten. Und wie gut kann man zu ihr sagen: Laß deine Stiefel jetzt ausruhen! Frag, ob sie fressen wollen! Und ruf deine Hausschuhe! Sind aus Fell. Auf der Weide. Die Heizung summt. Gleich dann Badewasser, ein langer Abend. Aus der Küche die Waschmaschine. Und hört sich an, wie für hinter der Bühne die pedantische Fehlkonstruktion einer Theatermeeresbrandungsimitationsfabrik. Und ganz klein ein Kontrollämpchen. Wie ein Signal, wie in weiter Ferne ein Schiff in der Nacht. Alles in Ordnung heißt dieses Lämpchen. Und vor dem Küchenfenster der Fernsehturm. Blinkt, zeigt den Wolken den Weg. Auch in der Nacht. Blinkt, als ob er immerfort uns meint. Auch hier noch ein Espressokännchen für mich. Made in Italy. Und wie es mich kennt, wie das Leben selbst. Ruft, fängt zu reden an. Ruft und ruft! Carina mit Pappdeckel, einem angebissenen Apfel, Selbstgesprächen und einem Hokker zum Draufstellen. Ein Schuhkartondeckel mit Bändchen. Und im Eifer an mir vorbei. Immerfort hin und her. Im Flur, zwischen offenen Türen. Kennen uns, jeder sich, seine Wege, das Gleichgewicht und die Wohnung mit ihren Ecken so gut, daß wir noch jedes Rutschen und Stolpern wie eine Abkürzung blitzschnell zu unserem Vorteil! Schon lang, jederzeit, sie und ich. So zutraulich, warm und weich ihre Fellhausschuhe, beinah wie junge Lämmer. Aber rutschen tun sie wie die

Teufel. Woher nur, muß man sich wundern, bei ihr diese Neigung zu Selbstgesprächen? Auch noch mit mehrerlei Stimmen mit- und gegeneinander. Als ob was sie sieht, gleich in ihr zu reden anfängt.

Sibylles Gute-Nacht-Anruf und dann kann uns für heute nichts mehr passieren. Im Schlafzimmer Fenster zu. Licht und Wärme. Carina im Schlafanzug. Wie alle Kinder in Frankfurt den halben Winter schon Husten und Schnupfen und die meiste Zeit durch den Mund atmen. Gleich dann Badewasser. Rosmarin, Thymianöl. Einen Topf mit heißer Kamille im Schlafzimmer auf die Heizung. Und riecht gleich und fängt an zu duften, wie die Erinnerung an einen und alle vergangenen Sommer. Bei mir wacht sie nicht auf in der Nacht. Ich wußte, wir könnten den Husten jetzt loswerden. Fencheltee, Milch mit Honig. Frag deine Füße, ob sie eine Wärmflasche wollen! Ein blaugrüner Schlafanzug, keine Bilder drauf. Sie ins Bett bringen. Dreimal ins Bett bringen. Fünf Lieblingsbücher. Geschichten. Das Nachtbild. Als Spieluhr ein gelber Mond und vor dem Fenster die Nacht. Kaum erst neun. Die Stofftiere schlafen schon, aber müssen noch besser zugedeckt. Einmal Sibylle, Carina und ich. Auf einem Sommerberg alle drei eingeschlafen. Mittags. Am Waldrand. Im Juli. Und beim Aufwachen, vor unsren Augen, die schönsten Walderdbeeren. Immer mehr Walderdbeeren. Und unter uns, in der Sonne, in allen Einzelheiten, die roten Ziegeldächer und Giebel und Türme, siehst du, ganz nah. Und sind wirklich. Wir auch. Und in Licht und Schatten die schläfrigen Samstagnachmittag-Kleinstadtstraßen von Lauda im Taubertal. Wie wenn wir sie immer schon kennen. Als ob sie eh und je zu uns gehören. Und die Weinberge, Kornfelder, Obstgärten, eine Lindenallee. Hier auf dem Sommerberg, hier oben am Waldrand wir drei und der Sommer und unsere Stimmen und die Lichtflekken unter den Bäumen. Unser letzter Sommer. Und blau in der Ferne die blauen Hügel der Ferne. Sind, statt für das Wochenende in Frankfurt einzukaufen, gestern hierhergetrampt mit unserem restlichen Geld. So gute Walderdbeeren. Oft muß man davon sprechen. Dann vom Schnee und vom Kinderladen. Die Meike kann Fahrradfahren. Die Meike kriegt übermorgen ein Fahrrad und ein Haus und ein Schwimmbad und vier lebendige Hunde von ihrem Opa. Der Meike ihr Opa ist König. Hat die Meike heut Mittag gesagt. Der heutige Tag noch einmal an uns vorbei. Jeder Weg. Alle Tage. Sie in den Schlaf reden, in den Schlaf streicheln, in den Schlaf atmen, bis sie schläft. Sie schläft und dann seufzt sie im Schlaf und schläft tiefer weiter. Das hörst du an ihrem Atem. Als ob ihr Atem sie trägt. Je länger sie schläft, umso zarter die Haut im Schlaf. Und weich vom Schlaf ihr Gesicht, weich und rund. Und haben morgen den ganzen Tag noch und noch eine Nacht und bis Sonntagmittag. Doch ab morgen schon mußt du wieder zu rechnen anfangen und innerlich so ein Zittern: die Stunden, die Stunden. Jetzt aber, das soll mein Frieden jetzt, Zeit genug. Sie ins Bett bringen, das geht so: Im Stehen, wo immer wir stehen, ihre Füße auf meine Füße. Entweder zueinander oder beide in Zielrichtung. Sie an den Händen halten und mit ihren Füßen auf meinen Füßen ernst und mit Storchenschritten, mit Bärenschritten, mit Schritten wie ein Maschinenmensch, wie ein Denkmal, wie aus der Vorzeit ein finsterer Baßstimmenriese. Schritt für Schritt. Überraschungen, Umwege, Zeitlupe. Rückwärts geht auch. Nicht kitzeln! Nicht auf die Bauklötze treten! So mit ihr hin zum Bett. Selbst vor dem Bett. Sie aufs Bett stellen. Unter den Achseln sie halten und auf dem Bett auf und ab, hüpf doch! Wie eine Feder so leicht. Und mitten im Toben in unser Gelächter hinein mit großem Ernst: Pssst! sagen, schlaf jetzt! Schlaf schon längst! Zuletzt sie und das ganze Gelächter vom Rand her kopfüber ins Bett! Immer öfter will sie hineingekippt werden. Nicht lachen! Wie spät? Milch trinken. Alle Stofftiere wieder zudekken. Nochmal Hunger und Durst und den Tag von vorn. Will nochmal aus dem Fenster gucken! Bei der Küchentür ihre Füße auf meine Füße. Bald viereinhalb. Sie reicht mir bis an die Hosentaschen. Auf meinen Füßen schon fast bis zum Gürtel. Das Nachtbild. Die Spieluhr. Der gute Mond. An ihrem Schlafanzug sind unten die Füße gleich dran. Fünf Lieblingsbücher. Geschichten. Schlafaugen. Dort noch zwei müde Stofftiere. Jenseits der Lampe. In der Ferne, da auf dem Schränkchen. Am anderen Ende der Welt. Schlaf nur, ich deck sie dann zu, sagst du ihr. Das *wollen* die Stofftiere aber nicht! Wollen von ihr nur! Immer im Einschlafen will sie ganz zuletzt schnell noch die Uhr lernen und die Zahlen und alle Buchstaben. Sie ins Bett bringen, immer neu, immer anders, mußt du stundenlang vorher zu üben anfangen. Schläft sie jetzt? Oder sind wir noch bei den Proben? Schlafe ich vor ihr ein, wird sie mich schon wecken! Oder gleich nachkommen! Schläft sie? Februar. Nacht ums Haus. Nacht und Winter. Und ob ich, ob mein Leben vorbei oder ist es nur hier vorbei? Nachher noch im Bad die Wäsche aufhängen und dabei nicht zu atmen vergessen! Nacht und Stille und das Haus fängt zu zittern an.

3

Samstagmorgen mit ihr auf den Flohmarkt. Es war eiskalt, der kälteste Tag des Jahres. Sogar zum Rauchen zu kalt, aber andrerseits Kettenraucher und lebendig die Glut. Die Leute standen an der Bockenheimer Warte an der Straßenbahnhaltestelle, duckten sich in der Kälte und sagten: Acht Grad unter null. Minus elf. Fuffzehn an der Wand. Das Barometer ein Werbegeschenk. Bei mir am Küchenfenster, sagt einer, heut früh um fünf siebzehn unter null. Eiszapfen wie im Krieg. Die Nordseite. Nordnordost. Das Barometer geeicht. Mein Schwiegersohn Optiker. Der Sohn ist gelernter Drogist. Wie Lanzenspitzen und Ritterschwerter die Eiszapfen früh um fünf. Jetzt geht es auf zehn, jetzt sind hier noch mindestens zwölf-vierzehn Grad unter null! Rußland. Stalingrad. Spätheimkehrer. Sibirien. Der kälteste Tag seit der Währungsreform. Zigaretten. Die Straßenbahn kam nicht. Die Oberleitung, der Draht, der Frost zieht den Draht zusammen. Die Vögel als kleine runde Eisklumpen auf dem Draht oder schon abgestürzt. Immer mehr spannt im Frost der Draht sich an. Blaue Funken. Der Draht fängt vor Angst zu singen an. Besonders frühmorgens, bevor es noch richtig hell. Wie aus Zinn, wie aus Eisen der Himmel. Und dann reißt der Draht und dann ist er gerissen und die Straßenbahn kommt nicht, sie kann nicht. Meistens vor Tag in den Vororten reißt der Draht. In Ginnheim, in Schwanheim, in Preungesheim, in Oberrad und in Höchst. In Offenbach auch. Frost oder Sabotage. Der Frost vielleicht auch Sabotage. Wenn dir so ein Draht aufs Gewehr, auf den Helm, auf den Kopp oder stolpert einer darüber, gleich biste weg, sagt der Mann, der in Stalingrad war. *Mein* Schwiegersohn ist Apotheker, sagt eine Frau mit einem traurigen Hütchen. Wenn so ein Draht im Frost reißt und fällt per Zufall genau auf die Schienen drauf. Feindeinwirkung. Feindliche Terroranschläge. Auf eine von den zwo Schienen. Steht die ganze Strecke, steht von Bornheim über den Alleenring und die Friedberger runter, steht die ganze Mainzer Landstraße bis nach Höchst, also die Zwölf dann, die Linie Zwölf, steht sofort unter Strom. Hochspannung! Lebensgefahr! Wenn dann ein Auto und stolpert und hat keine Ahnung, da heißt es Obacht! Als Mensch erst recht! Schnell wegverschmort! Tun erst noch gewaltig zukken, dann abgebrannt, schwarz! Wie paniert! Zivilisten! Sagt der Spätheimkehrer zu dem Mann, der in Stalingrad war. Wie Brüder die beiden. Ich merkte, wie meine Tochter gespannt zuhört und sich ein Weltbild, ein eigenes, daraus zu machen versucht. Und muß ihre Fingernägel tief in meine Hand hineinkrallen.

Mehrere vollbesetzte Autobusse. Ohne anzuhalten vorbei. Ich wäre ausnahmsweise sogar zur Umkehr bereit gewesen. Wir hätten in drei Minuten daheim sein können und gleich der Heizung gut zureden. Gleich die Vorhänge zu, alle Lampen an und den ganzen Tag davon reden, wie wir am Morgen in der Kälte an der Straßenbahnhaltestelle: beinah fast ja erfroren! Beinah angefroren, so eine Kälte! Doch Carina bestand auf dem Flohmarkt. Vielleicht weil sie den Flohmarkt als Sommerort im Gedächtnis, vielleicht weil sie nie umkehrt. Nie ihr den Eigensinn ausgetrieben. Der kälteste Tag seit dem Krieg. Die da oben, die was im Warmen sitzen und von uns sich ernähren lassen, sagte der Mann, der in Stalingrad war, die von der Stadtverwaltung, die Herren Beamten. In Bornheim ja öfter noch, da wohnt meine Schwester, sagt die Frau mit dem traurigen Hütchen, aber in Höchst mit der Zwölf bin ich bald zwanzig Jahre schon nicht mehr gewesen. Schon seit die Lisa tot ist, die Schwägerin. Der kälteste Tag seit 1914. Noch mehr vollbesetzte Autobusse. Wie auf der Flucht. So eilig, als hätten sie nur ihre eigene Haut zu retten im Sinn. Eine verlorene Liebe, sagte ich mir. Die Frau mit dem traurigen

Hütchen nahm ein dickes kariertes Wolltuch aus ihrer Einkaufstasche und band es sich um den Kopf. Gelb und braun kariert. Dann das Hütchen wieder auf. Obendrauf. Ich hatte neunundzwanzig Mark vierzig. Die Pfennige zählst du später. Carina über vier Mark eigenes Geld. Eine verlorene Liebe und das heißt, du schleppst sie den Rest deines Lebens mit dir herum. Du wirst den Rest deines Lebens brauchen, zu sehen, ob du es überlebst. Ob du es überhaupt überleben willst? Getrennt und ein Kind. Das bleibt lang noch klein. Als ob mit uns alles in Ordnung, als sei unser Leben noch bei uns, so stehen wir an diesem Samstagmorgen an der Haltestelle. Ein Vater. Ein Kind. Kalt, aber hell der Tag. Ein leerer Bus! Vielzuschnell und konnte noch eben anhalten. Mit lautem Zischen die Türen auf. Steht auf den Straßenbahnschienen. Kimmtkabahn heut, ihr Leut! ruft der Fahrer. Schienenersatzverkehr. Pendeldienst. Mier fahrn für die Siebzehn, aber nur bis Lokalbahnhof! Und wie ihn der Ausnahmezustand begeistert. Die meisten Leute stiegen ohne Fahrscheine ein und kauften auch keine. Der Fahrer mit lauten Selbstgesprächen. Er fuhr schnell und beschimpfte von seinem hohen Sitz aus die erbärmlich kriechenden Gegner. Er hielt, sooft jemand raus wollte. Auch ohne Haltestelle. Als ob er den Bus geklaut hätte, unbefugt an sich gebracht, und spielt nur und fährt zum Vergnügen. Über den Main und kein Flohmarkt, nur leere Ufer. Ja, sagt der Fahrer, der Flohmarkt ist weg. Der Flohmarkt, den hamse jetz uff den Schlachthof. Amtlich, die Stadtverwaltung. Fahrn Se mit bis Lokalbahnhof, da mach ich Endstation. Und dann die Dreieichstraß vor. Da tu ich Sie dann am Eck, aus Gefällichkeit, is ja saukalt worden über Nacht, schnell rauslassen vorn an der Brück. Inoffiziell. Sie unn Ihr Kind.

Auf dem Schlachthof der Flohmarkt. In Reih und Glied. Eingesperrt, Ordnung. Jeder Stand muß eine Genehmigung,

Standgebühr, Nummer. Belegung laut Plan. Die Händler sind Händler. Und dazwischen das Publikum, Kundschaft. Zwischen den Ständen in Reih und Glied auf und ab. Kein Fluß, keine Wanderschaft, keine Ferne. Kaum Himmel, nicht die Platanen und auch nicht am anderen Ufer die Stadt wie ein Bild. Alles weg. Jetzt nur als Erinnerung. Nur in meinem Kopf noch. Nichts bleibt. Nicht Gesichter, nur ein Gedränge und alle wie mit Scheuklappen. Nur immer im Rechteck, im rechten Winkel die Reihen. Und wie Gefangene eines Kreuzworträtsels die Leute zwischen den Ständen. Eine Ordnung und Ordnungs- und Wachpersonal. Eiskalt und hell der Tag. Mit jeder Minute kälter. Mein kältester Tag in Frankfurt. Für Carina der kälteste Tag in ihrem bisherigen Leben. Sie hat keine Handschuhe mit oder will sie nicht anziehen, weil nämlich: sie hat ihr Geldtäschchen in der Hand! In beiden Händen! Über vier Mark eigenes Geld! Und wo hat sie denn nur dieses Geldtäschchen her? Und warum ist Sibylle nicht bei uns, damit wir sie gleich danach fragen könnten? Jetzt hier mit ihr, mit Carina. Und sie mit dem Geldtäschchen im Gedränge. Sowieso kaum Spielzeug, kaum Kinder und wo sind die Stofftiere? Alle Händler scheints richtige Händler und nicht wie sonst dazwischen auch zahlreiche Säufer, Verlierer und Finder, Sperrmüllexperten, Schatzsucher, Narren, Sammler, Freaks, Bauerntölpel und Bauernfänger, glückliche Diebe, Gelegenheitsdiebe, Haushaltsauflöser, Heimkehrer, Einwanderer, Hinterbliebene und wer nächstens ein neues Leben, ein anderer Mensch. Auswandern! Und wer was hat, was vielleicht einer brauchen kann. Und wer dringend acht Mark braucht oder neun oder zehn oder achtzig. Und die Kinder mit ihren Reichtümern. Glasknöpfe, Murmeln, Edelsteine, Bilderbücher, Königreiche, die Schatzinsel, Lego, Benjamin Blümchen und extra ganz billig ein Löwenpuzzle mit eintausendvierhundertvierundachtzig Einzelteilen zum gleich Nachzählen (die Anzahl stimmt, aber irgendwie muß ein falsches dazwischengekommen, aus einem anderen Puzzle, nur wie es erkennen und wo ist jetzt woanders das richtige drin und ist falsch?). Kinder mit zahmen Stofftieren, wo sind nur die Kinder? Hauptsächlich um diese Stofftiere ging es Carina. Schon seit sie zwei war, seit dem Sommer, bevor sie zwei wurde. Und dazu die Kinder anstaunen, die ohne Eltern hier ihre Geschäfte betreiben. Wie sind sie so groß und wie sind sie die Eltern losgeworden? Wie haben sie das gemacht? Doch diesmal kaum Kinder und beinah gar keine Stofftiere. Mußten uns überall durchdrängen. Sowieso so eine Ordnung, daß du nicht weißt, sollst du da oder dorthin zuerst? Diese Reihe bislang unbetreten oder kommt sie dir schon zum drittenmal ächzend entgegen? Und schlurft und fängt vor Überdruß an zu hinken, die Reihe. Mußten uns überall durchdrängen, Carina und ich, damit sie auch sicher ist, daß wir nichts übersehen haben. Sie läßt sich die Preise von mir erklären. Am besten umrechnen zum Vergleich. Soundsoviele Kaugummis, Brötchen, Bananen, ein kleiner Notizblock, eine Tafel Schokolade, zwanzig Briefumschläge, eine Briefmarke für einen Brief, so ein Brief kann sehr wichtig! Zwei Äpfel. Zwei rote, zwei grüne Äpfel, ein Eis mit zwei Kugeln, ein Liter Milch. Woher nur das Geldtäschchen und wo hat sie die Gesten zu diesem Geldtäschchen her? Sie kauft einen kleinen Stoffhund. Braun, einen Plüschhund. Zwei Mark. Von einem blonden Mädchen. Acht Jahre alt. Stirnfransen und Zahnlücke. Ich heiße Anke. Ich spare auf neue Rollschuhe. Und bei einem mürrischen Mann, der kaum hinsah, weil er auf Modellbahnzubehör und Steuerhinterziehung spezialisiert ist, für eine Mark fünfzig ein helles verwaschenes Tier, von dem wir beschlossen, es sei ein Lama. Puppen nicht, will sie nicht. Und auch kein Sparschwein aus Porzellan. Ihr eigenes Geld. Und was übrig bleibt, bleibt im Geldtäschchen drin. Ein Langhaardackel und eine Krähe mit glänzenden Augen, doch beide lebendig und unverkäuflich. Der Dackel hat ein älteres

Menschenpaar mit. Die Krähe allein und in Eile. Eiskalt und hell der Tag. Grell eine Wintersonne und um uns die Menschen mit verbissenen blassen Wintergesichtern. Die Augen entzündet. Wie von einem Wahn befallen oder als seien sie alle lang krank gewesen. Jetzt endlich ließ sich Carina zum Gehen bewegen. Mit verdrehtem Kopf und immer noch die fixe Idee, sie hat etwas nicht gesehen. Es könnte sein, es gibt etwas und sie hätte es nicht gesehen! Sie traut höchstens sich selbst, aber auch erst nach mehrfachem Sich-Vergewissern. (Gibt es doch Kinder mit Stofftieren? Ganze Reihen, die wir nicht gefunden? Geheime Eingänge? Fängt dort hinten der Sommer an?) Das Geldtäschchen hat sie eingesteckt. Muß aber jetzt den Hund und das Lama: die sollen sich ja gewöhnen! Ihre Hände wie Eisklumpen blau.

Wir kommen zum Affentorplatz. Einmal nach Weihnachten, wir hatten beide frei, Sibylle und ich. So still und dunkel die Tage, daß man schon mittags Licht brennen muß. Hört sich die Heizung nicht an, als ob sie bald nicht mehr kann? Und nach innen horchen, nach innen! Nach Sachsenhausen, sagt Sibylle, so dumm, so ein Heimweh, daß ich kaum schlucken kann. Richtig Halsweh vor Heimweh. Ach, könnten wir nicht vielleicht heute essen gehen in Sachsenhausen? Nur ausnahmsweise einmal! Das Geld zählen. Carina locken und streicheln und mit vielen Namen sie schmücken und ihr alle warmen Sachen anziehen, die wir für sie haben. Das muß vor zwei, vor drei Jahren, so klein war sie noch. Und mit der Straßenbahn. Über den Roßmarkt und am beleuchteten Frankfurter Hof vorbei. Leer die Straßenbahn. Langsam. Kaum ein Mensch in der Stadt. Ein oder zwei Tage vor Sylvester und dazu vielleicht auch noch Sonntag. In der Gartenstraße in einer großen Stille zu Fuß an dem Haus vorbei, in dem Sibylle als Kind ein paar Jahre gewohnt hat. Wie hartes Brot, aus dem die Hausfrauen dann Paniermehl machen, so sind eh und je diese letzten Dezembertage.* Carina im Kinderwagen eingeschlafen. Vier Uhr nachmittags und gleich dunkel. Nur vereinzelt Gespenster. Fürs Mittagessen zu spät und zum Abendessen zu früh. Sowieso erst von Eingang zu Eingang und vollzählig alle Speisekarten lesen und die Preise dazu. Und Sibylle und mir erklären, was Kreditkarten sind und warum wir nie keine hätten. Aber praktisch. Hätten uns im Frankfurter Hof telefonisch einen Tisch für uns selbst für den ganzen Abend, ein Zimmer, ein Doppelzimmer mit Bad, eine Suite, ein Wort, das du nur aus Büchern kennst und wie spricht man es eigentlich aus? Am besten, du buchstabierst: eine S-u-i-t-e mit Sylvesternacht, also bis zum Neujahrsmorgen oder gleich noch ein Jahr. Gleich Jahre und Jahre im voraus. Egal was es kostet. Hätten uns dauerhaft Plätze, einen Platz, Zeit, Gegenwart, Leben, ein Existenzrecht, einen Platz in der Zeit, als Reservierung für zwei Erwachsene und ein Kind. Notieren Sie die Reservierung! Und gleich: *Bezahlt!* dazuschreiben! Das Kind schläft. Wir stehen am Affentorplatz. Das Geld gezählt. Schon dreimal das Geld gezählt. Wie ausgesperrt hier. Der Tag ist neben uns stehengeblieben. Starrt uns argwöhnisch an, der Tag. Am Affentorplatz und nicht wissen wohin. Warum heißt er Affentorplatz? Das muß im Dezember 1980, rechnest du. Carina ein Jahr alt. Ich hatte zu trinken aufgehört. Ich arbeitete halbtags in einem Antiquariat. Nachts schreiben. Mein zweites Buch. Wenn mir vom Tag nichts übrigblieb, schrieb ich im Kopf weiter. Gerade da muß es gewesen sein, daß ich manchmal versuchsweise anfing, mir auszudenken, daß es vielleicht doch ein Buch wird und fertig. Statt daß es mich umbringt. Und jetzt hier in der Kälte. Das Buch gibt es. Carina schon groß, schon bald viereinhalb.

* Oder nehmen sich das nur immer vor und kommen dann nicht dazu, die Hausfrauen, und bald alt?

Geldtäschchen. Gedächtnis. Eigene Wörter. Ein Mensch für sich. In der Kälte. Die Augen voll Wind und in das grelle Winterlicht blinzeln. Samstagmittag. Das vorletzte Wochenende im Februar. So über den Affentorplatz. Gehen und gehen und in die Schifferstraße. Bei jedem Schritt kälter. Da kommt uns ein Café entgegen, ein Eckhaus. Palmcafé. Das muß neu hier. Und in der allerletzten Minute vor dem Erfrieren in das Café hinein, sie und ich, in die Wärme.

Es ist voll. Alles neu, als ob sie erst vor drei Tagen aufgemacht hätten. Freundliche junge Leute. Geschwister? Eine ausgeglichene Dreierbeziehung mit gemeinsamem Arbeitsplatz? Beinah als ob sie uns kennen, so freundlich. Nur ein einziger Tisch frei. Eben freigeworden. Genau der Tisch, den wir sowieso für uns ausgesucht hätten, Carina und ich. Mitten im Café ein kleiner beleuchteter Springbrunnen, zu dem sie gleich hingehen wird. Als wir meine Jacke, ihren Anorak, Mütze und Schal auf einen freien Stuhl legten, brach vor unseren Augen der überlastete Garderobenständer zusammen. Und ihr mit beiden Händen die Hände wärmen. Heiße Schokolade für beide. Mit Sahne. Gleich packt mich die Existenzangst mit festem Griff. Kein Geld, keine Wohnung, die Schuhe bald durch. Keinen Namen, kein Einkommen und immer auch die Papiere noch nicht in Ordnung. Noch nie! Jeder darf sich ein Stück Kuchen (klingt das nicht wie ein Zauberspruch?) dort an der Theke aussuchen! Soll der Hund vielleicht Plüsch heißen? Nein, soll er nicht! So ernst und nachdenklich, so ein durch und durch philosophischer Hund, der kann doch nicht einfach Plüsch heißen. Und das Lama? So verwaschen und elend das Lama. Erst hat es wochenlang krank und hungrig im Regen gelegen. Und dann ist es immer wieder in der Waschmaschine vergessen worden. Mein Gott, es hat ja nicht einmal Augen! Das Lama *hat* Augen! Sagt meine Tochter und wischt mit der Hand durch die Luft. Das bedeutet, das Thema darf nie wieder berührt werden. Jetzt geht sie mit den Tieren zum Brunnen. Dann wird uns der Kuchen gebracht. Und Sibylle wo? Ich merkte, wie ich ihr das Café und den Tag erzähle. Wo bist du? Wo geht die Zeit mit uns hin? Carina vom Brunnen zurück. Sie Apfel-, ich Käsekuchen und jeder beim andern probieren. Für jedes Tier einen Namen. Und als Vergangenheit einen Lebenslauf für jedes Tier. Jedes Tier hat sich selbst ausgesucht, was für ein Tier es fürs Leben gern sein will. Nachher beim Gehen ihr über die Wollmütze noch die Kapuze drüber, sagte ich mir. Notfalls aufzwingen mit Gewalt. Nach dem Bezahlen, was bleibt mir dann noch? Zum Glück noch genug Zigaretten. Durch die Kälte zur Schweizer Straße, eine Expedition auf dem nicht ungefährlichen Rückweg, und mit der Straßenbahn heim, mit der Siebzehn. Werden inzwischen den Draht doch wohl hoffentlich wieder ordentlich angeleimt und zusammengeknotet, die vom Bereitschaftsdienst, also die Oberleitung. Besser gesagt: sachkundig an den dauerhaften städtischen Himmel genagelt!

Mit ihr heim. Samstagmittag veröden die Straßen. Sogar auf dem kurzen Stück Weg von der Haltestelle bis zu unsrer Haustür, war die Kälte kaum auszuhalten. In der Homburger Straße mein Freund Jürgen. Kommt mit einem Riesenstrauß aus dem Blumenladen. Mehrstimmig ein schönes Wochenende und machen gleich hinter ihm zu. Samstagmittag. Das sind wir ja selbst. Und gehen ein paar Schritte zusammen, mein Kind, mein Freund Jürgen und ich. Die Blumen als Eigenbedarf. Ihr wißt ja, bei mir sieht es aus wie in einem Büro, sagt er. Wie in einem Möbelschaufenster. Er ist gerade erst aus Sizilien zurück. War vorher in Portugal. Seit er zurück ist, ein Ein-Zimmer-Apartment mit Einbauküche und Fahrstuhl, möbliert. Wie ein Büro mit Bürobett. In der Schloßstraße ein Apartmenthaus. Über einer Tiefgarage mit Tankstelle. Aber auch nur vorübergehend. Jetzt bei uns an der Ecke. Sind stehengeblieben. Ein Wintertag, kalt. Stehen in der Sonne, die schon anfängt zu gehen. Ja, auf dem Flohmarkt gewesen, Carina und ich. Sibylle in Gießen. Der Flohmarkt jetzt auf dem Schlachthof. Die Jordanstraße. Die Kreuzung. Unsre Haustür nur drei Häuser weiter. Mein Kind, mein Freund Jürgen und ich. Stehen hier vor dem Tannenbaum. Eine alte Frankfurter Eckkneipe. Wird erst gegen Abend heut aufmachen. Die Wintersonne. Unsre Stimmen. Und an meinen Vater denken. Und als ob mein Leben jahrelang her sei. Samstagmittag. Zwei Uhr. Ein kalter Tag. Alle Leute mit ihren Einkäufen längst daheim. Samstagmittag veröden die Straßen. Wird jetzt mit den Blumen heim, dann zu uns, sagt er. Kommt uns dann besuchen. Stehen und ihm nachsehen, Carina und ich. Er winkt, hat sich umgedreht, winkt. Er geht weiter und winkt im Gehen. In grünes Papier eingepackt, ein gewaltiger Blumenstrauß. Carina neben mir winkt. Sie kennt ihn schon immer. Sie winkt. Winkt erst seinem Rücken, dann seinem Verschwinden, dann dem Verschwundensein nach. Die Kreuzung: in vier Richtungen leere Straßen. Eine Wintersonne und wird auch gleich weg. Unsre Haustür nur drei Häuser weiter. Und als könnte ich keinen Schritt mehr. Nie mehr in meinem Leben. Dann zu ihr: Komm! Schnell aus der Kälte! Schnell heim!

Heim und mit ihr in den Nachmittag, wie gestern noch einmal. Wie immer, wenn wir zusammen und als würde uns auch in Zukunft die Zeit gehören. Einunddasselbe einzige lange Gespräch, sie und ich, seit sie auf der Welt ist. Milch, Fencheltee, Ovomaltine und Honig dazu? Willst du Saft? Für mich Espresso. Gleich vorlesen! Sie sucht ihre heutigen fünf Lieblingsbücher zusammen (muß sie erst mit sich selbst aushandeln; wenn du drei sagst, werden es fünf!) und spricht mit den Tieren. Orangen schälen, Blutorangen aus Sizilien. Überhaupt einen großen Obstteller jetzt zu den Bilderbüchern dazu. Schon eh und je sammelt sie die Orangenpapierchen. Sind bunt und zum Glattstreichen. Knistern. Sind besonders und immer mit Paradiesvögeln, Sonnensternen, Windrosen und Tiergesichtern, immer Menschenbuchstaben und ein Bild als Geheimnis. Von weither. Sind kostbar. Und hat wie ein Geizkragen einen Geizkragenkasten, in dem sie sie aufhebt. Über den Dächern niedrig die Wintersonne. Und fängt schon zu gehen an, das spürst du am Herz. Der Heizung zureden und warum nicht jetzt gleich einen Topf mit Sommerkamille auf die Heizung und am Abend dann noch einen? Den Schlitten? Deinen Schlitten? Den hast du von Jürgen und Pascale! Das war so: Einmal sind sie Samstag auf den Flohmarkt. Sie hatten selbst einen Stand auf dem Flohmarkt an diesem Samstag. Nein, lieber anders, lieber noch einmal anfangen! Einmal, als du noch klein warst und wir sind Freitagabend mit dir von der Bibliothek heim wie immer, Sibylle und ich, da fing es zu schneien an. Und schneit und schneit, die ganze Nacht hat es geschneit. Und schneit immer noch, Samstagmorgen. Da sind wir zum Einkaufen auf die Leipziger Straße, Sibylle und du und ich. Mittags müd heim und das Telefon klingelt. Als ob es schon öfter, die ganze Zeit schon. Und hat eben aufgehört. Wer kann das gewesen? Warum? Was mag ein Mensch von uns wollen? Und hat er jetzt aufgegeben? Gleich wird die Welt uns zum Rätsel. Die Taschen auspacken. Zwei große Einkaufstaschen und Tüten noch extra. Wieder das Telefon. Jürgen und Pascale. Wenn wir noch keinen Schlitten für dich, dann bringen sie jetzt einen mit! Noch die Milch in den Kühlschrank. Uns wieder warm anziehen und ihnen entgegen. Hoher Schnee. Es hat aufgehört zu schneien. Und weht nur noch leise, weht. Kalt ist es. Mit unsren Schritten im Schnee uns beeilen. Wie der Schnee knirscht bei jedem Schritt. In der Schloßstraße Jürgen und Pascale. Mit Schlitten. Wir sehen sie schon von weitem. Schon eine Zugleine an dem Schlitten. Und winken. Und fangen zu rennen an. Gleich ziehn wir dich alle vier durch den Schnee. Hell der Tag um uns her, soviel Schnee. Und wie im Schnee in der Frostluft die Stimmen klingen. Und wo ist jetzt die Pascale? In Frankreich. Wir wissen nicht wo, aber wir wissen, wo ihre Eltern wohnen. Und die wissen, wo sie ist. Den Schlitten, sagt sie, will den Schlitten sehen! Also die Treppe hinunter, vier Stockwerke. Im Hof nicht (der Hof schon im Schatten), er wird im Keller wohl sein. Im Keller unter der niedrigen Decke bei der Kellerlampe stehen und den Schlitten betrachten. Eine rotweiße Zugleine dran. Wollen ihn mit hinauf und im Hausflur am Fuß der Treppe aufstellen. Im Erdgeschoß. Damit er uns jeden Tag grüßen kann, sooft wir kommen und gehen. Damit wenn es schneit, er dann gleich zur Hand und auch schon Bescheid weiß. Und wenn, sage ich, wenn du jemand sehen willst und in deinem Leben behalten, dann geht der auch nicht verloren! Zu ihr und auch zu mir selbst. Senkrecht den Schlitten, so ist es ihm am bequemsten. Und immer zur Haustür hinhorchen, um die Klingel nicht zu verpassen. Dann beim Vorlesen und die Sonne schon weg. Ist gegangen das Licht. Ein dicker Teppich und auf dem Teppich Matratzen und Kissen. War mir nicht, als ob ich gleich einschlafe und sie auch mit? Oder daß wir schon im Schlaf und im Halbschlaf in das bunte Licht und den Sonnenschein der Bilderbücher hinein? Mein Freund Jürgen und gleich muß sie ihm auf der Treppe entgegen. Plätzchen bringt er uns mit. Amaretti-Plätzchen von dem Italiener auf der Leipziger Straße. Und für Carina eine Lilie, die größer ist als sie selbst. Wie ein Bischofsstab, wie eine Hellebarde, so eine Lilie. Geliehenes Geld, sagt er. Muß mich ernsthaft bald kümmern! Will dann in die Stadt, Samstagabend. Lang nicht mehr im Jazzkeller, und du auch nicht? Vielleicht ist er verliebt oder wäre es gern. Und ob wir morgen gegen Mittag zum Frühstück zu ihm? Wir bringen ihn noch zur Haustür. Wir gehen mit ihm bis zur Ecke. Im Licht vor dem Eingang zum Tannenbaum, der eben aufgemacht hat. So hoch und leer ein frostiger Winterhimmel und in der Straße wird es schon dunkel. Stehen und winken. Stehen und ihm nachsehen. Stehen und den leeren Fleck Gehsteig im Lampenlicht: da noch eben! Erst da und dann dort gegangen. Und dann um die Ecke. Erst da und dann nicht mehr, siehst du. Und zurückbleiben, stehen und frieren. Nie den Abschied gelernt! Wenn wir doch damals ihn und Pascale und den Stand auf dem Flohmarkt gesehen und hätten uns den Stand und den Tag und wie sie da stehen für immer gemerkt.

Nicht nur Matratzen und Kissen, auch Sessel. So groß, daß du darin wohnen kannst. Und bequem. Sind mit hellgrauem Samt, sind der reine Luxus. Wolkengrau, perlgrau. So matt und vornehm die Farbe, daß du immer an das Licht und die Ferne im März in Paris denken mußt. Ein vergangener März, ein März, der noch kommt? Jahrelang, jeden Tag, sooft dein Blick darauf fällt. Sogar oft zu dritt in so einem Sessel, Sibylle, Carina und ich. Geräumig die Tage. Kommen und gehen. Besuch sinkt hinein. Jeder Sessel wie ein Altar, aber weich. Als ob sie mit uns durch die Zeit fahren. Auch Unzucht, Ausschweifung, Liebe. Sind praktisch. Immer in Reichweite. Und wie billig wir sie gekauft haben. Direkt ja wie Leute, die sich auskennen mit Geschäften. Zwei mit und zwei ohne Armlehnen. Für Carina sind sie wie die Welt, sind groß und schon immer da. Sich anlehnen, sich an den Armlehnen halten, so hat sie stehen gelernt. Im Sessel und sie bei mir, neben mir, auf mir drauf. So durch die Jahre und jetzt ist sie viereinhalb. Vorhin mit ihr Fertigkartoffelbrei. Schon lang vorgehabt, eine Schachtel mit Farbfoto und längerem Prosatext. Beinah wie ein Buchformat, Kleinoktav. Der Text nicht besonders. Ich mußte für sie einen Stuhl an den Herd. Sie steht auf dem Stuhl. Ich mit Milch und Gebrauchsanweisung, und zu ihr sagen: Jetzt halt die Luft an und rühr schnell, es steht draufgeschrieben! Ein bißchen dünn? Am besten, man nimmt einen Löffel!

Gut, daß wir wissen, daß es nicht Vanillecreme. Gut, daß wir das wissen! Nacheinander dreimal Espresso und dazu kettenrauchen. Carina als Espresso Milch aus einer Espressotasse. Muß sie in winzigen Schlückchen, so bitter und heiß und stark ihr Espresso (es gibt auch weißen Espresso!). Und spielt dazu, daß sie raucht. Rauchwolken, ein Rauchergesicht, schmale Augen. Sibylles Gute-Nacht-Anruf heute schon um halb sechs und wo ist sie jetzt? Und nicht zu essen vergessen! Was wollen wir essen? Was werden wir denn gegessen haben? Richtig, den Fertigkartoffelbrei mit Gebrauchsanweisung und Farbfoto. Und in der Aufregung die Frankfurter Wiener Würstchen dazu glatt zu essen vergessen. Mußten sie hinterher dann als verspäteten zweiten Gang. Mit Meerrettich, Senf und Verwunderung. Drei Sorten Senf. Mit den Händen. Viele Wörter im Mund. Immer erst nachträglich weißt du, du warst ein Leben, ein Jahr, einen Tag, einen Abend lang einmal geborgen, gerettet, in Sicherheit. Nochmal das Telefon. Anne, die mit mir im Antiquariat gearbeitet hat. Ob heut Samstag, fragt sie. Hat mich schon in der Abstellkammer zu erreichen versucht. Ihr verdanke ich ja überhaupt die Abstellkammer. Ob wir nicht, Carina und ich, zum Essen zu ihr? Sie wohnt in der Friedberger Landstraße. Selbst wenn wir uns gleich auf den Weg machen, bis wir bei ihr sind, ist bald Schlafenszeit für Carina. Anne fragen, ob sie zu uns kommen will? Doch das fiel mir erst nachträglich ein. (Sie hat als Kind nie ausreden dürfen!) Gleich noch einen Topf mit Kamille. Alle Lampen an, offene Türen. Die ganze Wohnung riecht jetzt nach Kamille und Juniwiesen und Feldwegen. Und ewiger Sommer am Wegrand. Unser letzter Abend. Vielleicht wirklich für immer der letzte Abend mit Carina hier in der Wohnung, sagst du dir, warum denn so eilig die Zeit? Wo denn hin? Und merkst, wie das Haus schon anfangen will zu zittern. Mein Kind. Eine Kindheit. Gleich nochmal zum Telefon und Anne fragen, ob sie morgen daheim? Bestimmt, sagt sie. Sie geht ja überhaupt nur aus dem Haus, wenn es unbedingt sein muß. Und sonntags erst recht. Oder ist morgen gar nicht Sonntag? Bis morgen also! Und mein Freund Jürgen auch erreichbar. Seit ich nicht mehr trank, schien alles noch mehr auf mich einzustürzen. Immer das eigene Leben, sagst du dir, nie den Abschied gelernt. Sibylle dann aus Gießen zurück. Wird hereinkommen. Meine Jacke? Wo ist denn die Jacke? Meine alte Wildlederjacke aus dem Mai 68. Neun Jahre ja auch die Jacke mit ihr geteilt. Du nimmst deine Jacke und gehst aus dem Haus. Morgen Nachmittag also. Vielleicht gegen Abend. Und nicht die Zigaretten vergessen. Mußte mir alles vorsagen, immer wieder vorsagen, damit ich es aushalten kann. Sowieso sonntags ist es am schlimmsten. Sonntags ist alles immer am schlimmsten.

Samstagabend, es wird auf halb sieben. Die Wohnung mit uns in den Abend hinein. Bei mir selbst zu Besuch. Letztes Mal. Carina spricht mit den Tieren. An den Wänden die Bücher. Für ein ordentliches Leben zu viele. (Ob das Lama nicht doch ein Fehlkauf?) Gleich dann Badewasser und wollen uns Zeit lassen. Sie ins Bett bringen, stundenlang sie ins Bett bringen und erst wenn sie schläft, wird das Haus zu zittern anfangen. Noch achtzehn Mark, auf der ganzen Welt achtzehn Mark vierundsiebzig. Doch das Café mußte sein und die Rückfahrt mit der Straßenbahn auch. Samstagabend, das vorletzte Wochenende im Februar. Ein Schaltjahr. Draußen Frost. Nochmal mit ihr ans Fenster. Ob vor dem Fenster noch alles da? Sie bleibt ja nicht stehen, die Zeit. Bald wieder so gute Walderdbeeren und mittags auf einem Berg sitzen. Im Gras, im Moos, in der Sonne. Mund voll Walderdbeeren, beide Hände voll Walderdbeeren und vor uns so hell die Welt. Noch einmal die Zeit auf den Sommer zu. In den Sommer hinein. Noch oft! Dieser Samstag war es, als Carina und ich beschlossen, daß wieder ein Sommer sein soll. Erst Frühling, dann Sommer. Im

Sommer heilt alles! Und wollen dann eine Reise zusammen, sie und ich. Noch sehen wohin! Wird sich finden. In ihrem Geldtäschchen auch noch Geld, das Geldtäschchen mit in den Sommer hinein. Sind oft mit ihr weit, sind zwei lange Sommer mit ihr im Süden gewesen. Immer im Sommer wird sie ein Zigeunerkind. Wieder ein Sommer und Ferien und dann bist du schon bald fünf. Und ihr Husten jetzt auch weg, du hörst es an ihrem Atem. Wenn sie schläft, mit dem Manuskript und mit meinen Notizzetteln am Tisch. Noch keinen Titel. Und wird lang noch nicht fertig, das Buch. Und sowieso, solang es nicht fertig, kann dir nichts passieren oder wird es gerade dieses Buch sein und bringt mich um? Wieder ein Sommer und daß wir dann noch auf der Welt. Und die Welt mit uns, bleibt. Am Tisch, in die Nacht hinein. Nacht und Winter. Mein Manuskript, die Notizzettel. Sitzen und schreiben. Sie wird schon groß werden. Aber wie hast du leichtfertig annehmen können, daß sie dabei jeden Tag mit dir und um dich und gegenwärtig, genau wie die Zeit? Bei mir selbst zu Besuch. Das Haus steht und zittert.

4

In der Jordanstraße aus dem Haus und die Tür fällt hinter mir zu. Das Haus mit der Abstellkammer in der Robert-Mayer-Straße nur zwei Ecken weiter. Kaum fünf Minuten von Haustür zu Haustür. Doch immer war mir, ich müßte unterwegs Geheimtüren, geheime Eingänge, Höhlen, Schluchten, Korridore, unsichere Grenzen, unerschlossene Randgebiete, das Schweigen, Vergangenheiten, Vergessen und den einen und anderen Hades auch passieren. Meistens am Abend. Unterwegs mit den Steinen reden. Mit mir, mit dem Tag, mit den Umständen, mit Sibylle und mit Carina. An den Steinen die Zeit ablesen. Abenddunkel die alten Mietshäuser, in der Dämmerung wie Ruinen. Wie in meiner Kindheit die Trümmerstraßen und Trümmerfelder der Nachkriegszeit. Auch so ein Keller- und Brandgeruch. Und der Himmel ein trüber Spiegel, ein allgegenwärtiger Blick. Vielleicht als Kind schon verlorengegangen und, kaum daß du dich wiedererkennst, seither immer weiter? Vor mir her sanft bergab der Weg. Altes Pflaster und Steinplatten. Und als könnten die Straßen und Gehsteige im nächsten Moment vor mir abkippen und weg und über den Rand hinaus. Oder fingen zu kriechen an. Auf jedem Heimweg ein Schneegestöber. Der Abend neben mir her. Meine sieben Frankfurter Jahre neben mir her. Die Schloßstraße einmal eine Wüste, ein Geröllfeld, eine Ansammlung einsamer Steine und dann wieder ein reißender Strom, den es zu durchqueren gilt. Zum Glück noch nie überfahren worden. Sobald ich allein bin, schnell gehen! Sonst immer eher langsam, die meiste Zeit langsam und in Gedanken und die Welt mir entgegen und durch mich hindurch. Jahre, Jahrzehnte. Und jetzt? Vielleicht kann ich langsam nur noch, wenn jemand langsam neben mir hergeht, Carina. Allein und schnell weiter. Auf den Abend zu, in die Nacht hinein. Am Ende des Wegs, am Rand des Tages, am äußersten Rand das

Haus mit der Abstellkammer. Blicklos, mit leeren Fenstern. Wie aufgemalt, wie ein Gesicht ohne Nase. Und dahinter, schon über den Rand hinaus, Kreuzungen, Verkehrsampeln, eine Eisenbahnbrücke, eine düstere Unterführung. Die Eisenbahn, die S-Bahn als Hochbahn, die Städtischen Gaswerke und die Lagerhäuser und Fabrikstraßen hinter dem Westbahnhof. Im letzten Licht, in der Dämmerung himmelhoch leere Spiegel – wer hat sie aufgestellt? Wann? Und die Nächte als Stoffballen, schwer. Zum Ersticken! Als Schränke und Höhlen und Speicher die Nächte. Mauern, Blechschilder, Sichtblenden, blindes Glas. Wellblechbaracken. Finstere alte Schuppen auch, die als künftige Nächte bereitstehen. Und mit vielen Schichten Teer und Dachpappe abgedichtet die Finsternis dieser Nächte. Fabriken, Feuerstellen, ein Blasebalg, Krieg, der erste, der zweite Weltkrieg, Laderampen und Eisenbahnzüge. Aber auch die vergangenen Jahre und die gebrauchten rostigen Sonnenuntergänge all dieser Jahre in den Höhlen und Speichern und Schuppen. Gestapelt und aufbewahrt, gezählt und verbucht und vergessen. Und hinter dem Horizont. Dort auch eingelagert die Zeit und versunken. Hinter dem Horizont die Rheinebene und der Himmel noch eben hell, ein Meer von Abendhimmel. Dann Frankreich, der Atlantik und das Abendrot in der Neuen Welt.

Vor Tag kentern und zu Füßen des Klaviers angespült werden. Ich horchte dem Sturm nach und wußte nicht gleich, wer ich bin und wie es dazu gekommen ist. Warum hier? Zigaretten, die ersten bitteren Morgenzigaretten. Dann aus dem Zittern heraus mich erheben (das Haus tat, als schliefe es noch) und mit großen Schritten dem Tag entgegen. In der frostigen Frühe, im ersten Licht. Ich ging schnell. Die Straße rennt vor mir her, rennt immerfort sacht bergauf. Noch das Beben und Nachbeben spüren und den Sturm und den Wellengang der vergangenen Nacht. Die Schloßstraße, Schneereste, Straßenbahnen, ein Zeitungsladen. Schulkinder, Schulwege, der Bäkker hat auch schon auf. An der Haltestelle die fremden Mäntel. Und dazwischen suchst du dich selbst. Noch früh, in den Fenstern ist Licht, und jäh ein Andrang von Tagen, Stimmen, Erinnerungen. Über die Kreuzung, schnell! Die ganze Häuserreihe entlang hat sich in den oberen Fenstern der Himmel gespiegelt. Schnell weiter! In großer Höhe die heutigen Krähen und Mauersegler. Zerren den Tag wie mit Bändern und Tüchern herbei. Horch, ihr Schrei!* Und weiter. Nur schnell, immer weiter! Wie einer, der sich schon verloren weiß, aber nicht aufgibt, weil er nicht aufgeben kann. Schnell auf den Tag zu, wie auf einen fernen Strand, ein sicheres Ufer. Das Ufer erreichen, bevor die Flut kommt! In der Jordanstraße das alte Pflaster. Jedes Haus macht sein Morgengesicht. Und mein Kind da oben am Fenster. Sitzt auf der Fensterbank. Ein Giebelfenster im vierten Stock. Schnell über die Straße. Der Gehsteig vorm Haus. Eine Vortreppe. Klingeln, der Türöffner brummt. Ins Haus und die Treppe hinauf und sie mir als helle Stimme und eiliges kleines Gepolter entgegen. Gleich jetzt für heute beinah schon in Sicherheit.

* Nachts aufgewacht, jäh ein Schreck: Mauersegler? Das müssen Krähen, muß die Dämmerung wie mit Flügeln, müssen Schatten und Dohlen und Elstern oder eine Verordnung und bleiben die Mauersegler jetzt auch schon im Winter? Immer so atemlos meinen Weg in den Tag, bevor es noch richtig hell: da wirst du die Mauersegler dir nur dazugedacht! Oder Habichte und in großer Höhe über der Stadt? Adler und Sagenvögel und Habichte – wach oder nicht wach jetzt? Vielleicht jeden Morgen den Morgen und mich und meinen Morgenweg nur geträumt? Flackert noch einmal der Tag vor mir auf und Scharen von Mauerseglern! Nicht zu zählen, so viele! Von allen Seiten in Scharen herbei und mit mir in den Schlaf hinein! Morgen wieder!

Ende November die Trennung und seither in Gedanken immer wieder zu diesem Tag zurück: eigens für die Katastrophe eine neue Zeitrechnung. Und wohin? Die Wohnung in der Jordanstraße all die Jahre eine Zweizimmerwohnung. Die Küche nur eine Stehküche mit Dachfenster und vor dem Dachfenster der Fernsehturm in den Himmel. Das eine Zimmer zum Schlafen und in dem anderen alle Tage gelebt. Jahr und Tag. Der Eßtisch, Carina, die Bücher, mein Platz zum Schreiben, Sibylles Gitarre, Carinas Spielzeug, die Mahlzeiten, Sessel, Matratzen und Kissen und wir, wie wir kommen und gehen, wir und die Zeit. Kommt kein Besuch zu Besuch? Wie ein Schiff, wie ein Schloß, eine Wiese, ein Markt, so ein Zimmer. Wie ausgedacht, wie eine Drehbühne auch. Der alte Plattenspieler, den man anschubsen muß (mit Schwung, aber auch nicht zu heftig, mit einem leichten Schwung, also *richtig!*), und für Sibylle einen Platz zum Tanzen. Sogar ein Lichttisch, damit sie auch daheim, damit sie auch zwischendurch und außer der Zeit für den Verlag. Seit Jahr und Tag alles gleichzeitig und zusammen und ineinander und die Tage und Jahre wie ein einziger langer Tag und ein einziger langer Abend in meinem Gedächtnis. Vorerst also in diesem Zimmer jetzt meinen Schlaf und die Selbstgespräche. Bin das ich? Eine neue Zeitrechnung. Und ich, wie soll ich mich benennen? Sogar wenn ich Geld gehabt hätte, hätte ich nicht am ersten Tag eine Wohnung zu finden gewußt. Erst ein Regen- und dann ein Schneewinter. Eilig die Tage. Ich schrieb, ich brachte Carina in den Kinderladen, ich schrieb im Gehen im Kopf weiter. Mein drittes Buch. Ich ging herum und war fassungslos. Erst so eilig die Tage und dann wieder stehengeblieben die Zeit. Mit mir selbst ein Verhör. Und wohin? Noch nie im Leben für mich allein eine Wohnung gefunden. Wenn ich Geld gehabt hätte, in ein Hotel. Gleich viele Hotels in meinem Kopf, aber in Paris, in Marseille, in Istanbul. Und sogar mit Geld hätte ich jetzt nicht verreisen können, weil es Carina gibt und ich muß sie jeden Tag sehen. Nach Möglichkeit zweimal täglich, damit wir uns nicht aus den Augen verlieren. Damit wir die Wörter, die wir füreinander haben, nicht zu lang aufheben müssen. Damit uns nur ja nichts verloren geht und wir auch nicht. Gehen und gehen und auf einmal, als ob ich mich in weiter Ferne davongehen sehe. Vielleicht daß ich von da an immer so schnell gehen mußte? Hinter mir selbst drein und auch damit sie ingangbleibt, die Welt, und sich weiterbewegt.

Und wohin? Einmal spät am Nachmittag schnell an der Bokkenheimer Warte vorbei. Schnell vor der Dämmerung her, die Dämmerung schon dicht hinter mir. Schnell, nur schnell und mein Leben, wie es hinter mir herflattert! Und wer kommt da? Das ist doch Anne! So schnell und auch schon vorbei, sodaß sie mir nachrufen mußte und winken. Und ich stand, als sei ich nicht sicher, ob ich es auch wirklich bin: ich? Dann mit ihr an der Ecke, um uns knirschten die Straßenbahnen. Sie hat einen goldbraunen Pelzmantel an. Sie sagt: Sie *müssen* jetzt mit ins Café! Wir sehn uns ja nie mehr! Muß vorher nur schnell in der Leipziger auf die Bank, die gleich zumacht. Doch Donnerstag oder? Egal welcher Tag! Den Pelzmantel von einer Freundin geliehen. Für den ganzen Winter geliehen. Ich hätte schon fast: Keine Zeit! gesagt, dann aber doch mit. Neben dem Pelzmantel her. Sie auf die Bank, ich allein vor dem Eingang. Noch nicht einmal vier und fängt schon an, dunkelzuwerden. Schwer und grau ist die Luft. Ein deutscher Dezember. Wir hatten beide im gleichen Antiquariat gearbeitet, ich morgens, sie mittags. Drei Jahre. Jeden Tag, wenn sie kam und ich anfing zu gehen, uns wieder ein Stück weiter uns und den Tag erzählt. Die bequemste bezahlte Arbeit, die ich je hatte. Und auch noch ganz nah. In der Kiesstraße. Morgens im Hauptgeschäft an der Warte das Wechselgeld und die Post holen und mir unterwegs für mich und den Tag und die Sorgen ein Hörnchen und eine Apfeltasche kaufen. Immer unterwegs zu mir selbst! Auch damals schon keine Jacke, nur die alte – also beinah wie keine Jacke, aber mein Leben geregelt. Familie, Halbtagsstelle, feste Arbeitszeiten, eine Wohnung, die Wohnung zu klein, Ein- und Auskommen. Meine alte Wildlederjacke aus dem Mai 68. Alt und auch brüchig schon. Den Laden auf und in meiner eigenen heiligen Reihenfolge die Wühlkisten vor die Ladentür und den Tag hereinlassen. Dann nur noch rumkramen, grüßen, kassieren. Nein, keine Tüte. Als Kunden die Sonderlinge und Büchernarren von ganz Frankfurt und all seinen Vororten. Halbtags, vier Stunden und auch nicht extra ein Ladengesicht. Man mußte nichtmal so tun, als ob man dauernd etwas zu tun hätte. Eine neue elektrische Registrierkasse. Ich wußte sogar, wie bei dieser Registrierkasse die Papierrollen eingesetzt werden. Nein danke, nein keine Tüte. Die meisten Kunden hatten ihre eigenen Büchertaschen mit, alle Sorten von Büchertaschen. Man brauchte die Bücher nicht einmal einpacken. Das Hauptgeschäft nicht weit weg, aber auch nicht zu nah. So eine bequeme Arbeit, wie soll man das aushalten? Sibylle und Carina besuchen mich auf ihrem Weg in den Kinderladen. Ich hätte stundenlang privat telefonieren können. Immer von meinem täglichen Hörnchen und von der Apfeltasche das erste Stück für Carina. Sie darf sie anbeißen! Sie muß! Immer auch Wörter und Bilder für sie bereit. Und sie mit Glaskugeln, Vogelfedern und Steinen, die sie hier im Laden für mich deponiert. Sibylle von Buch zu Buch. Carina auf jede Leiter. Und sind das jetzt unsere Tage? Im Hof ein Hund, der zu uns in den Laden kam und sich Hund nennen ließ. Guter Hund!

Sind sie gegangen, wie soll ich soviel Ruhe nur jeden Tag aushalten? Immerhin nachts kaum Schlaf. Sogar in der Kälte ließ ich die Ladentür offen. In Ruhe lesen kann ich nur im Bett. Im Laden las ich immer mehrere Bücher gleichzeitig.

Jedes an einem anderen Platz. Teils im Sitzen und teils im Stehen. Herumgehen auch. Große Schritte und kleine Schritte. Der Fußboden knarrt. Die Ankäufe ließen sie mich nicht machen, weil sie dachten, ich sei zu gutmütig. Es gab eine gute Espressomaschine. Ich rauchte ununterbrochen, ich trank die ganze Zeit Espresso und Cola gleichzeitig, nur damit die Zeit vergeht, damit ich ein Maß dafür, damit ich merke, wie die Zeit vergeht. Mit kleinen Schritten der Tag. Damals schrieb ich nachts. Die Nachmittage mit Sibylle und Carina. Kaum je mehr als drei Stunden Schlaf. Oft im Traum im Laden im Bett. Im Nachthemd oder was werde ich anhaben? Kunden, Spione, Behörden, Kollegen aus dem Hauptgeschäft, Geschäftsführer, Kunden (jedes Bücherregal ein aufsichtsführender Vorgesetzter!). Sie haben das Bett und mein Nachthemd und daß ich im Laden während der Arbeitszeit im Bett liege, offenbar noch nicht bemerkt. Die Decke rutscht. Wie kommt das Bett mit mir überhaupt hierher? Vielleicht auch sie bisher geschickt abzulenken gewußt, aber jetzt muß ich vor ihren Augen dort zu dem Pult mit den Katalogen und dann zur Kasse hinüber und dann? Oft und oft diesen Traum. Und immer erst mitten im Traum merkt man, daß man träumt. Gerade im Laden in meiner Arbeitszeit bedrängten mich unentwegt geile Bilder. Hinreißend, eine Serie, dann Serien von Serien und jeden Tag weiter. Für mein Buch immer Notizzettel mit in den Laden und oft auch die Seiten der letzten Nacht. Zum Durchlesen und Korrigieren. Richtig schreiben im Laden wäre mir zu riskant gewesen. Zum Verrücktwerden! Ich hätte mir jeden Tag die Fingernägel schneiden können. Zum erstenmal in meinem Leben mir stundenlang Zeit dafür. Besinnung, Bedenkzeit. Oder Opern oder Fremdsprachen mit Kopfhörer. Eine nach der andern. Mein Freund Jürgen wie ein Kunde zur Tür herein. Ich hatte Apollinaire: Alcools in der Hand. Zone heißt das Gedicht. Lies das jetzt, lies es gleich! sagte ich, als hätte ich mit dem offenen

Buch hier bei der Tür auf ihn gewartet. Vielleicht schon seit Wochen. Oder längst gewußt, daß er heute kommt. Hier ein Stuhl. Willst du einen Aschenbecher? Wie schade, daß du keinen Espresso trinkst. Lies! Lies und erschrick nicht, wenn vom Hof her ein großer Hund hier hereinkommt. Das ist nur ein guter Geist, der uns kennt. Laß dich nicht stören und lies! Pascale kommt ihn abholen. Es muß ein Frühling gewesen sein. Dunkelrot wie aus Rosenblättern ein windleichtes Flatterkleid und auch noch überkurz. Aus Lyon. Jetzt in Frankfurt. Schon von weitem siehst du, wie sehr sie in ihn verliebt ist.

Anne immer zwischen eins und zwei in den Laden. Offiziell sollten sich ihre und meine Arbeitszeit um eine Stunde überschneiden. Sie hat ihre Feinde unter den Kunden, ich nicht. Sie bringt mir einen Apfel mit, wieder ein Herbst, und ich zeige ihr jeden Tag ein Gedicht oder eine Zeile in einem Gedicht oder sonst eine Stelle in einem Buch. Geschäft ist Geschäft. Diese Glaskugeln, Vogelfedern und Steine sind von meiner Tochter. Sie braucht sie zum Zaubern. Und Anne so sehnsüchtig zu den Dingen hin, zu den Gegenständen, als ob sie selbst gerne zaubern würde. Wenn sie es nur könnte, den ganzen Tag zaubern! An kalten Tagen kommt sie und hat in jeder Manteltasche ein hartes Ei. Extra hart gekocht, damit sie lang heiß bleiben. Und sich von ihrer Wohnung zur Straßenbahnhaltestelle und dann den ganzen Weg bis hierher (umsteigen am Opernplatz) an den Eiern die Hände gewärmt. Bevor ich ging, jeder ein Ei und beim Schälen die Gegenwart in den Händen. Wir hatten auch Salz im Laden, unser eigenes Salz. Einmal sagte ich, wenn die Eier doch bunt wären! Am nächsten Tag ein rotes Ei und ein grünes Ei. Mitten im Winter. Mit dem Reden und Erzählen war ich immer im Vorteil, weil sie noch vom Weg außer Atem und ich ihr, außer von mir und dem Tag und den Büchern im Laden, immer auch noch unbedingt vom Schreiben und von Sibylle und von Carina erzählen muß. Von meiner Schlaflosigkeit, von den Büchern daheim und von Bibliotheksbüchern. Von gestern, von meiner Kindheit. Oft auch von anderen Gegenden. Bevor ich ging, ihr immer die Kisten und Kartons zurechtgerückt, die Wareneingänge, damit sie die Bücher auspacken und Preise hineinschreiben kann. Kaum je jemand aus dem Hauptgeschäft zu uns ins Antiquariat. Die meisten Kunden erst nachmittags. Das Antiquariat war nur eine Zweigstelle. Drei Jahre und bevor wieder ein Sommer anfing, wurde das Antiquariat mit dem Hauptgeschäft erst verkauft, dann für immer geschlossen.

Jetzt vor dem Eingang zur Bank. In der naßkalten nebligen Dämmerung. Anfang Dezember. Die zweite Woche nach der neuen Zeitrechnung. Ich wohnte noch in der Jordanstraße. Und daß Anne von dieser neuen Zeitrechnung noch nichts weiß, ich folglich in ihrer Vorstellung immer weiter mit Sibylle und Carina und einem neu angefangenen Buch in einer Dachwohnung mit großen Fenstern in einem festgemauerten Haus glücklich in die Zeit hinein und am liebsten wäre sie wohl Carina. Neben ihr, neben dem Pelzmantel her. Eine große Büchertasche, die ich für sie trage. Vor lauter Verzweiflung wie ein Stein. Nicht ein einziges Wort, so sagte ich mir. Vielleicht überhaupt nie wieder ein Wort! Dann doch ihr die neue Zeitrechnung. Nur der Ordnung halber, nur eben erwähnen, nur damit sie Bescheid weiß. Nur damit sie weiß, warum mir kaum Wörter geblieben und bald auch keine Wohnung mehr! Wo denn hin? Nirgendshin. Sibylle, das Buch und mein Kind. Kaum noch Wörter und gleich auch wie taub. Langsam die Autos. Mit eingeschalteten Lichtern. Der Kaufhofeingang. Passanten und Weihnachtssterne. Meine sieben Frankfurter Jahre an mir vorbei. Und gleich weiter. Annes Büchertasche, die schwer an meiner Hand hing und wie ein

Tier zuckte. Das Eiscafé in der Leipziger Straße. Die Büchertasche abstellen. Meine alte Jacke aus und als ob mir einer im Fieber eine Fiedel in die Hand gedrückt hätte. Die ersten Töne! Nur probeweise und auch schon mittendrin. Eine Zigeunerfiedel. Und was du spielst, ist immer das eigene Leben. Sie Campari, ich einen Espresso, dann Cola. Seit Jahren bestelle ich in diesem Eiscafé bei den italienischen Kellnern immer wieder ein Chinotto und sie sagen: Ah leider, Signore, ein Chinotto leider haben wir jetzt heute nicht! Zigaretten. Ein kleines goldenes Feuerzeug aus ihrer Handtasche. Geklaut, sagte sie. Weil es so großspurig aussieht und dabei so klein ist. Und praktisch ja auch. Kein Chinotto? Dann Cola. Gerade auch jetzt, sagte ich. Mitten in der Gegenwart, mitten in meinem Leben. Und bin das immer noch ich? Der Kellner mit meinem Cola und sie schon den zweiten Campari. Meine Hand zittert. Ich hörte uns lachen. An allen Tischen Leute, die vom Einkaufen kommen. Bald Weihnachten. Wie taub hier zwischen den Stimmen. Nie Musik gemacht. Und werde auch nie Musik machen. Und doch konnte ich spüren, wie es ist, eine Fiedel im Arm zu halten. Eine Zigeunerfiedel und jetzt fängt die Welt wild zu schwanken an.

Und, sagte ich, gerade jetzt in den letzten Monaten, also nicht jetzt, sondern vorher! Vor der Trennung! Den ganzen Sommer lang und bis vor zwei Wochen noch! Oft mir gedacht, daß ich jetzt endlich dabei bin, zu lernen, wie man lebt, ißt, schläft, atmet jeden Tag und die Zeit und seine Arbeit sich einteilt und geduldig im Auge behält, also ich! Und wie man sich bewegt. Weil nämlich mit einem Kind, also alles durch unser Kindchen gelernt. Auch um schreiben zu können. Damit ich es aushalte. Und sowieso ja nichts je vergessen. Wenn man schreiben will, muß man uralt werden. Daß man bei sich selbst daheim, einen festen Wohnsitz und Alltag und Frieden. In der Jordanstraße die Haustür. Sogar Möbel. Sogar eine

Waschmaschine mit Gebrauchsanweisung und Garantieschein. Zehn Jahre Suff und Straßen, zehn Jahre und noch zehn Jahre. Und noch am Leben. Und dann denkst du, du weißt was du weißt, für immer. Statt daß man sich immerfort selbst auffrißt, sagte ich. Fünf Uhr nachmittags. Das Eiscafé in der Leipziger Straße. Mein eigenes Leben. Oft nach dem Einkaufen mit Carina hier. An der Wand die Dolomiten als Farbfotos. Eiscafé Cortina. Die Kellner kennen mich. Hilflos und umständlich wie ich bin, sagte ich, werde ich wahrscheinlich nie wieder eine Frau kennenlernen. Keine Arbeit und auch keine Wohnung mehr. Ein Buch über das Dorf meiner Kindheit. Mein drittes Buch. Vielleicht wird es nie fertig. Der Kellner kam den Aschenbecher austauschen und ich immer weiter wie mit einer Fiedel. Ich saß da wie ein Zigeunermusikant. Lieber im Stehn noch und zwischen den Tischen herum auf dem schwankenden Boden. Wie auf einem Schiff im Sturm. Und daß ich, das kommt noch dazu, sagte ich, als ich vom Pissen zurückkam und von meinem Spiegelbild, daß ich dieses Unglück als Erfahrung jetzt gar nicht gebraucht hätte. Weil es mir schon oft genug schlecht ging, das wiederholt sich. Damit weiß ich längst Bescheid. Vielleicht wäre mir das alles nicht passiert, wenn ich nicht mit sechzehn hingerissen Villon gelesen hätte und jedes Wort ihm geglaubt. Alle Morgen mit Carina quer durch mein Gedächtnis, Europa, die Gegenwart, durch mein ganzes Leben und durch alle Tage und Länder hindurch in den Kinderladen. Noch extra eine Waschmaschine vor der Geburt. Vom Vorschuß für mein erstes Buch die Waschmaschine gekauft. Vorher bei der Verbraucherberatung alle Testberichte für Waschmaschinen. Das war Sibylles Idee. Zum Vergleich. Oder heißt es nicht Verbraucherberatung? In acht Sprachen die Gebrauchsanweisung. Und illustriert. Und auf einmal war alles gestern. Mit meiner Stimme wie mit einer Fiedel und dann kannst du wieder atmen. Sitzen und atmen. Es ist Anne. Sie fragt, ob ich bei ihr wohnen will?

Nein, sagte ich, finde schon! Sie wird sich umhören. Auch Geld, falls ich Geld brauche. Sogar viel Geld. Ich wußte, sie hatte immer nur Schulden gehabt. Sogar gute Freunde läßt sie nur ungern in ihre Wohnung. Noch nicht einmal als Besuch oder allerhöchstens für ein bis zwei Stunden. Wie ein Zigeuner, wenn er aufgehört hat zu spielen. Heiß ist mir! Hohes Fieber! Um uns die Stimmen kehrten zurück. Die Fiedel vorsichtig da an der Bar, an der Theke, besser noch hier am Schirmständer anlehnen. Bei der trockenen Stille. Hier in der Ecke, wo der Fußboden glänzt. Linoleum. Eine Bohnerwachsstille. Auch wenn sie klein, die Zigeunerfiedel, und überdies unsichtbar: die Kellner und ihre Nachfolger werden ab jetzt und in alle Zukunft hinein immer achtsam einen Bogen darum. Beim Zahlen zahlt jeder für sich. Schon jahrelang Winter. Und mit ihr kurz vor Ladenschluß durch die Leipziger Straße bis zur Straßenbahnhaltestelle an der Bokkenheimer Warte. Ein goldbrauner Pelzmantel und lauter gleiche winzige Silbertröpfchen auf Schultern und Kragen, so eine naßkalte neblige Dämmerung.

5

In der Juliusstraße. Wo ist denn die Juliusstraße? Gleich rechts von der Leipziger. An der Ecke ein Supermarkt, ein HL, und direkt daneben grüngekachelt ein Kasten, ein Apartmenthaus. Ein-Zimmer-Apartment, Nachmieter zum 15.12. oder zum 01. Januar. Als Kleinanzeige im Blitz-Tip. Am Telefon eine Frau aus Pakistan und erst wenn du hinkommst, erkennst du das Haus. Jahrelang dran vorbei. Man sieht es ja von der Leipziger aus. Klingeln und an der Haustür warten. Die Sprechanlage geht nicht. Der Türöffner abgestellt oder defekt. Die Haustür wahrscheinlich abgeschlossen. Falls wieder kein Name dran, in der zweiten Reihe von links die vierte Klingel von unten (irgendwer macht immer die Schildchen ab!), und warten bis sie mit dem Schlüssel zur Haustür. Im dritten Stock. Der Aufzug geht nicht. Sie ist am Packen. Das Zimmer wird renoviert. Taschen, Tüten und Kartons auf dem Fußboden. Farbeimer. Die Möbel in der Ecke zusammengerückt. Mitten im Zimmer auf einer Leiter ein Mann und streicht die Decke an. Er sieht auch wie aus Pakistan aus, aber beide gebrochen Deutsch miteinander. Sie ihr Deutsch, er sein Deutsch. Vielleicht aus Afghanistan, Persien, aus dem Irak? Ein Türke, ein Kurde? Einmal mit ihr um die Leiter herum. Zur Straße ein großes Fenster. Unter dem Fenster die Heizung. Hier in der Ecke die Kochecke. Dort die Tür zu Dusche und Klo. Dann mit ihr auf den Gang. Rechts und links Türen. Mit Blech beschlagen. Fast alle angeschlagen, beschädigt, kaputt. Jede anders kaputt. Die Apartments alle gleich. Die einen zur Straße, die andern nach hinten. Auf den Bilka-Parkplatz, auf Garagen und Mülltonnen. Einmal den Gang hinauf. Und einmal den Gang hinunter. Dann ein Stockwerk tiefer. Der gleiche Gang. Ein Zimmer offen. Leer, die Tür fehlt. PVC-Belag, gegen Aufpreis auch Teppichboden. Je größer der Abstand zu ihrem Zimmer, umso deutlicher ihre Erleichterung. Oder kommt mir vielleicht nur so vor? Aus Pakistan. So dicke Brillengläser. Und wie bestürzt dahinter die Augen, das siehst du erst jetzt. Jeans und Pullover und einen offenen weißen Kittel drüber. In Darmstadt bei Merck. Abfüll- und Packkontrolle. Und deshalb ihr Umzug nach Langen bei Darmstadt. Aber eigentlich ausgebildete Chemie-Laborantin. Eigentlich schon ihr Leben lang unterwegs nach Amerika.

Weiter die Treppe hinunter. Das Treppenlicht nur immer von Stockwerk zu Stockwerk. Und knackt jedesmal beim Einschalten. Beim Hauseingang jetzt. Eine ganze Wand Briefkästen. Die meisten offen. Aufgebrochen, die Türen verbogen. Ganz ohne Türen. Und Briefkästen, in denen es gebrannt hat. Erst kürzlich? Schon länger? In manchen gar mehrfach gebrannt. Es brennt jede Woche. Ganze Reihen von Briefkästen schwarz vor Ruß. Der Ruß auch die Wand hinauf. Riecht auch angesengt und verbrannt. Und die Menschen, die Namen? Türkische, indische, polnische, serbokroatische Namen. Portugiesen und Griechen, die tagsüber bei Messer Griesheim, in Höchst bei den Farbwerken und in Rüsselheim bei Opel am Band. Die Frauen bei VDO, bei den Adler-Werken, bei Hartmann und Braun. Und nachts mit der ganzen Familie als Putzkolonnen in die Kaufhäuser in der Innenstadt, zum Verkehrsverbund und in die Bürostadt nach Niederrad. Die meisten Briefkästen ohne Namen. An der Wand die Hausordnung, Befehle und obszönes Gekritzel ohne eine Spur von Leidenschaft und Talent. Auf dem Fußboden Stapel von Gratiszeitungen und Frankfurter Anzeigenblättchen. Teils noch druckfrisch verpackt und verschnürt und teils nur Papierfetzen. Die Wände entlang bis zur Treppe. Die Ausgaben mehrerer Wochen. Und Farbprospekte vom Bilka, vom Aldi, vom Kaufhof, vom Schlecker und vom HL. Druckfrisch. In Stapeln. Auch Hochglanz. Manche nur einmal kurz naßgeworden und jetzt ein einziger feuchter Klumpen, der abfärbt, der ganze Stapel. Abgebrannte Streichhölzer, leere Zigarettenschachteln, Kippen, Bierflaschen, Bierbüchsen, Cola-Büchsen, Glasscherben, Fußspuren, Kaugummi, hingespuckt, Plastiktüten, Müll, Abfall, Dreck. Müllschlucker ja, aber geht nicht. Soll nicht benutzt. Der Aufzug offen und fährt nicht. Vielleicht weil die Tür nicht zu. Geht nicht. Lauter Ein-Zimmer-Apartments, alle gleich, aber auch Familien mit Kindern. Und wer alles illegal, wieviel Inder in einem Zimmer. Ein Inder mit Aufenthaltsgenehmigung und Arbeitserlaubnis als Hilfskraft in einer Imbiß-Spülküche. Acht Mark Stundenlohn. Und läßt für sich einen Inder mit Aufenthaltsgenehmigung, aber ohne Arbeitserlaubnis. Für sieben Mark, für sechsfuffzich. Der den nächsten an seiner Stelle für sechs. Und der siebte oder achte hat keinen Paß, hat gar keinen Namen mehr und macht die Arbeit schon dankbar für dreineunzig die Stunde. Ohne Namen. Keiner kennt sein Gesicht (Gesicht braucht er nicht!). Eine Spülküchenhölle. Und Ordnung und Putzen nach Feierabend. Umsonst. Jeden Tag eine Dreiviertelstunde. Mindestens eine Dreiviertelstunde. Gehört mit zur Arbeit dazu, jeden Tag, ist gratis mit drin. Oder zu dritt mit Pauschale und teilen sich sparsam in ein Achtel Leben. Drei Gesichter, drei eilige Schatten mit ohne Gesicht, und eine stellvertretende Arbeitserlaubnis. Die Spülküche ist im Keller. Geschirraufzug. Solang die Spülküche funktioniert, läßt sich außer dem Aufzug von oben keiner drin blicken. Der mit der Arbeitserlaubnis, der erste, der Hauptinder, macht die Dienstpläne, hat neuerdings eine Krankenkassenbrille und spricht mit den Hilfsindern englisch.

Hin und her mit der U-Bahn und in der U-Bahn Schweißausbrüche, die Luft anhalten, stehen und zittern. Im Sitzen dösen und zittern. Sogar im Schlaf und im Halbschlaf noch zittern. In Bockenheim, Preungesheim, Griesheim, im Bahnhofs-, im Gutleut-, im Gallusviertel. Am Leben bleiben, sich selbst nicht mehr kennen und jeden Tag schichtweise. Teilen sich in den Tag. Schichtweise leben und schlafen. Vier-acht-zwölf Inder oder Hilfsinder in einem Zimmer, im Flur, im Heizkeller und auf der Treppe zum Heizkeller. Die Zahlen jeden Tag aus der Zeitung. Genau wie die Lottozahlen, Fußballergebnisse, Börsenkurse und die Summe der toten Fixer vom Tage. Frankfurt am Main. Und als Fahrradbote, Austräger, Zeitungsverkäufer. Mit flinken Augen und fleißigen Händen. Auf Abruf im Frachtkontor. Kisten schleppen in der Großmarkthalle. Illegal Handlanger aufm Bau. Und früh um halb vier auf gut Glück vor den Lagerhallen und Kühlhäusern beim Güterbahnhof. Ab sechs Uhr morgens, auch wenn es regnet, vor jeder Ampel mit Zeitungen, ganzen Stapeln von kostbaren unverständlichen Zeitungen auf der Fahrbahn. Sollen nicht naß und sollen nicht dreckig! Fremd, eine Last, ein Gewicht. Kommission. Alleenring, Reuterweg, Schloßstraße, Theodor-Heuss-Allee, Kennedy-Allee, Stresemann-Allee, Friedrich-Ebert-Anlage, Taunusanlage, Theaterplatz, Bockenheimer, Mainzer, Darmstädter, Mörfelder, Friedberger, Hanauer, Offenbacher Landstraße, die Innenstadt, alle Ausfallstraßen. Bild, Rundschau, Abendpost und die Allgemeine. Kapuze und Plastikumhang, Wechselgeld durch das Seitenfenster. Berufsverkehr. Immer die Straße im Auge, immer die Ampel im Auge. Im Fahrtwind. Sich nicht verzählen und sich nicht überfahren lassen! Kein Regen, nur so ein Geniesel. Täglich von sechs bis neun. Und am Nachmittag mit dem Geschrei der Abendausgaben durch *leuchtende* Abgaswolken. Lärm, Staub und Gegenlicht. Nachts in den Kneipen mit toten Blumen, die keiner will. Bei einer Razzia, die selbstredend keine Razzia, sondern eine routinemäßige Personen- und Ausweiskontrolle, in einem Haus in der Schleusenstraße sechzehn Inder in einem Neunzehn-Quadratmeter-Raum. Inder und Hilfsinder. Aus Eritrea, Algerien, Rumänien und Bangladesh. Es gibt auch reiche Inder in Frankfurt.

Mit ihr beim Eingang. Die Miete vierhundertachtzig plus Makler, plus Heizung, Strom, Wasser, Müllabfuhr, Nebenkosten, Kaution. Und vielleicht eine Mieterhöhung? Fünf Prozent? Zehn Prozent? Vielleicht keine Maklerprovision, wenn sie selbst einen Nachmieter bringt. Eine Hausverwaltung mit Maklerbüro. Ob sie bis Fünfzehnten raus ist, sie hofft es. Mußte in Langen die Wohnung zum 1. Dezember schon. Abstand auch. Und hier eine Kündigungsfrist, aber wenn sie den Nachmieter bringt? Nur leider, sie müssen ihn nicht akzeptieren. Schon elf Nachmieter auf der Liste. Mit mir dann zwölf. Liste und Kugelschreiber aus der Kitteltasche. Dünn ist sie, hält sich mit den Armen umfaßt und fängt an zu frieren. Aus Pakistan und so blaß. Die Wand als Schreibunterlage. Bergauf wollen Kugelschreiber nicht, können nicht! Name, Adresse, Telefon, bin das ich? Da hat der Kugelschreiber nicht recht gewollt. Nationalität, Beruf, Arbeitgeber, Einkommen und Bankverbindung hat sie auf ihrer Liste vergessen. Steht und zittert. Oder bin das ich, der so zittert? Oder zittert das Haus? Übermorgen mit der Liste zur Hausverwaltung. Weiß dann auch, bis wann sie mit Umzug und Renovierung fertig. Schon jahrelang Winter. Hält mir die Tür auf und steht und friert. Und die Augen hinter der Brille immer so bestürzt oder nur jetzt oder macht das die Brille? Viel Glück und haben ja die Telefonnummern. Auf der Straße gleich einen Umweg. Die Blechtüren und wie jedes Geräusch, jeder Ton gleich als Lärm. Ein Getöse und wird Tag und Nacht durch meinen Kopf und durch alle Stockwerke. Allein der Treppenlichtschalter würde mich für immer aus jedem Schlaf herausreißen. Immer wieder für immer! Vierhundertachtzig plus Nebenkosten ist mehr als wir für die Wohnung in der Jordanstraße. Nur ein paar Tage noch bis zum Fünfzehnten. Die neue Zeitrechnung. Schwer und düster der Nachmittag. Stiert mich an. Der nächste der kommt, kriegt die Nummer Dreizehn. Sogar wenn ich Geld hätte, würden sie mir das Zimmer nicht geben. Wer hat sich das Haus ausgedacht? Wann und mit welcher Begründung? Was war da vorher? Von der Leipziger Straße zum Hessenplatz und im Kopf schon anfangen, daraus eine Geschichte für Sibylle und Carina. Sind im Kinderladen oder auf dem Heimweg. Und wissen nicht, daß ich hier gehe.

Aus Pakistan. Aus Pakistan und so blaß. Und als ob ich sie immer noch beim Eingang stehen sehe, stehen und frieren. Vor dem Aufzug, der nicht fährt. Vor der Wand aus verbrannten Briefkästen. Vor dem Müll und dem Dreck und der Hausordnung und den wie aus Pflichtgefühl hingepfuschten Wandmösen und Wandschwänzen und den ungelesenen Zeitungen und Farbprospekten. Umkehren und zu ihr hin noch einmal und ihr sagen, daß es so nicht ist! Nicht wie das Haus, keine Zeit (wem gehört denn die Zeit?) und immer nicht genug Geld und die Kleinanzeigen im Blitz-Tip und Schichtwechsel und die S-Bahn, die U-Bahn, Behörden, das Ordnungsamt, Kaufhäuser, die Straßenbahn und die S-Bahn. Und soll auch nicht! Das Leben nicht und auch nicht Land und Zeit. Und auch nicht die Menschen. Zum Beispiel die Kinder, ein Kind, jedes Kind. Dort der Mann und die Frau mit dem Kind. Das Kind noch klein. Und weiter weg in der Ferne ein Herbstmittag. Schon gewesen? Die Zukunft? Zwei Verliebte und wenden im Gehen die Gesichter zueinander. Zum Beispiel in Staufenberg, das ist ein Dorf. Ist nicht weit von hier. Dort gibt es Basaltfelsen, die sind blau. Die Pflastersteine auch blau. Ein kleiner Mairegen und auch schon vorbei. Und wie sie nach so einem Mairegen glänzen, die Steine. Gleich auch die Hühner wieder unter dem Vordach hervor. Gleich auch die Sonne wieder. Fachwerk und rote Ziegeldächer und alle Fenster offen. Gärten und Gartentürchen und Scheunen. Bei jedem Kuhstall die Schwalben. Einen Turm gibt es, der hat ein Gesicht. Das Dorf steht auf einem Basaltfelsen. Immer so, wie du dich gerade fühlst, sieht der Turm dich an mit seinem

Gesicht. Und genauso klingt sein Geläut. Und Steinbrüche. Sandstein, rot in der Abendsonne. Bei den Steinbrüchen Kiefern. Rot wie Kupfer die Kiefernäste und -stämme. Gärten und Hecken und Feldwege. Langhin zwei Wagenspuren und immer auf den Horizont zu. Weiß oder rot die Erde der Wege, je nachdem wo du gehst, und im Sommer wird alles zu Sand. Erst Sand und dann Sommerstaub. Oder sind schon bald wieder zugewachsen. Teiche gibt es. Mit Schilf und mit Binsen. Und Frösche, lang in den Abend hinein. Mindestens ein Brettersteg zu jedem Teich. Am Dorfrand die Teiche. Manche Teiche am Abend wie flüssiges Gold. Du gehst aus dem Dorf. Die Straße nach Odenhausen ist auch nur ein unverdrossener steiniger Fahrweg. Aber die Bundesstraße 3, die Schosseeh, die alte Fuhrmannstraße, die ist gepflastert. In weitem Bogen am Dorf vorbei und rennt. Rennt der Ferne entgegen. Nach Süden, nach Norden. Hörst den Abendzug fahren im westlichen Tal zwischen Fluß und Berg. Der Fluß ist die Lahn. Und neben der Lahn still daneben die Alte Lahn. Ganz mit Seerosen zugewachsen. Im Abendlicht. Die Sonne noch hoch am Himmel. Den ganzen Tag hat aus dem Wald der Kuckuck gerufen und jetzt steht der Wald da und ruft. Mit seiner Stille, mit vielen Stimmen ruft er nach uns. Es wird wieder Mai sein. Nach Heu riecht es. Erst das Heu, dann das Grummet. Über den Goldmorgen gehst du und auf das Staufenberger Kirschenwäldchen zu. Mai oder Anfang Juni und bald sind die Kirschen reif. Aber das muß weit zurück ein vergangener Mai und wenn du das nächste Mal hinkommst, wirst du nichts mehr wiedererkennen. Aus Pakistan. Und jetzt muß es eine Wintergeschichte sein. Weiß sie, für welche Schmerzen die Tabletten und Tropfen, die sie bei der Arbeit bei Merck am laufenden Band den ganzen Tag abfüllt und wiegt und nachzählt? Wenigstens ihr gebrochenes Frankfurterisch, sagst du dir, geht gut auch in Langen und Darmstadt. Warum nicht? Kann damit bis Mannheim, Karlsruhe, Düsseldorf oder noch weiter! Und wieviele Leben wird sie noch brauchen bis nach Amerika? Und wieviel Zeit erst, bis wir alle dort ankommen? Bis auch der letzte Hilfsinder nach Amerika kommt und dort seine Brille mit Goldrand kriegt?

So mit mir selbst. Selbstgespräche, die Nachmittagsstraßen und immer weiter. Vom Dorf. Viele Jahre lang immer wieder mein erstes Buch geschrieben. Und dann für die letzte Fassung der Reinschrift extra nach Frankfurt, Sibylle und ich. Wir sind in unserem ersten Jahr in Frankfurt aus Not fünfmal umgezogen. Einmal beim Westbahnhof, sie und ich, in einem weiß- und gelbgekachelten Apartmenthaus ein Zimmer besichtigt. Wo ist denn das Fenster? Hoch oben das Fenster, direkt unter der Decke. Ein Kippfenster mit einem Hebel zum Auf- und Zuklappen. Beinah wie gar kein Fenster, beinah wie im Knast. Keine Zukunft, kein Ausblick. Richtig auf geht nicht. Du kannst nur mit deiner Sehnsucht und Erdenschwere darunterstehen und verzagt mit dem Hebel. Atemnot, Halsweh. Stehen und schlucken. Wie in einem Schacht. Auf dem Grund der Zeit. Und keine Erlösung in Sicht. Neonlicht. Eine Einzelzelle. Hast du gesehen, man kann sich darin nur jeden Tag wieder umbringen. Ein Selbstmordzimmer. Aufhängen oder Gas. Aber was soll dann mit der Gasrechnung? Aufhängen unter dem Fenster. Den Strick mit Geduld am Scharnier fest. Nicht fluchen! Eigentlich ein Zimmer zum Aus-dem-Fenster-Springen. Vielleicht deshalb nur ein Kippfenster und nahezu unerreichbar. Aus Sicherheitsgründen. Selbstschutz. Der Hebel zum Auf- und Zuklappen und als Verlängerung die Wand hinauf eine Eisenstange mit Griff und Scharnieren. Daran hoch und sich durchquetschen? Oder die Scheibe zertrümmern, die Scherben getrost aufs Bett regnen lassen und gleich alles voll Blut! Doch nicht jetzt noch ein Pflaster? Wenn es jetzt an der Tür klingelt? Du springst und dann ist es wieder nicht hoch genug. Höchstens wenn man sich unten gefährliche Gegenstände hin. Muß man mit Sorgfalt, muß man immer alles selbst, und dann im Sprung zu treffen versuchen. Glassplitter reichen nicht. Am besten landwirtschaftliche Geräte. Pflug, Egge, Dreschmaschine, ein Mähdrescher, aber woher? Eine Baustelle mit Bagger und Straßenwalze. Unter dem Fenster ein Feuer. Teerfässer? Heizöl? Benzin? Gut wären die Container mit rostigem Eisenschrott, dort bei den alten Lagerhäusern. Sind aber zu weit weg, sind wie Garagen so groß und lassen sich nicht bewegen. Wenn wir doch fliegen könnten! Wenigstens ab und zu! Wohin jetzt? Schleppst dich mit deinen Gedanken. Wohin? Zum Bahngelände hinüber und am Rand des Tages die Schienen entlang. Dein letzter Gang. Hättest vorher noch einmal ausschlafen sollen! Unwillkürlich fängst du zu hinken an. Wind im Gesicht. Wo denn hin? Zu Fuß an den Main, auf eigenen Füßen. Aber sobald man erst raus ist aus diesem Zimmer, gleich verliert man die Lust zum Sterben. Vielleicht nicht gleich, aber nach und nach, je länger man geht. Beim Haus um die Ecke ein Kiosk, ein Frankfurter Büdchen. Damals trank ich noch. Ein Inder als Kioskmann. Gleich einen Flachmann mit Korn für zwei Mark. Ein Weinbrand wäre mir lieber gewesen, aber in Frankfurt der billigste Schnaps ist immer ein Korn. So ein Selbstmördersterbezimmer, da *muß* man doch einen Korn trinken! Sollte dreihundertzwanzig plus Nebenkosten, das Zimmer. Wir wohnten in Niederrad, Sibylle und ich, doch blieb uns dort nicht mehr viel Zeit. Vielleicht uns gesagt, wir gehen zu Fuß heim und deshalb zwei Mark gespart und noch am Leben und deshalb den Korn. Oder mit der Straßenbahn ohne Fahrschein. Umsonst. Obwohl man es eigentlich nur tun soll, wenn man die vierzig Mark Strafgeld bei einer Kontrolle immer gleich einstecken hat und leicht auch entbehren kann (also eigentlich gar nicht braucht).

Damals. Eine Trennung damals undenkbar. Sogar ja vor dreieinhalb Wochen noch. Sogar ja jetzt noch undenkbar, sagte ich mir. Eine neue Zeitrechnung. Nur nicht krankwerden! Und kann mich seither an keinen einzigen Traum erinnern. Gehen und gehen. Die Friesengasse. Auf die Leipziger Straße zurück. Ein türkischer Metzger, ein Änderungsschneider, noch ein Änderungsschneider, ein Obstladen. Ein Laden mit indischen Kleidern und Duftöl und bunten Tüchern. Nebeneinander drei Kleiderläden mit Restbeständen und Einzelstücken. Stark herabgesetzt. Immer die Saison, die gerade vorbei oder nächstens zuende oder kommt schon bald wieder. Haustüren, Ladeneingänge. Ein Schuster, Farben, Tapeten, Haushaltswaren, Elektrogeräte. Wie aus der versunkenen Provinz deiner Kindheit, solche Läden sind das. Geschenkartikel, Türkei-Import. Langsam die Autos. Schrittempo. Auf den Abend zu. Mit eingeschalteten Lichtern. Weihnachtssterne. Passanten. Und da fängt es vor deinen Augen zu schneien an. Große Flocken. Nasser Schnee, der nicht bleibt. Zeitungen und Zigaretten. Italienische Lebensmittel. Der Teeladen. Nicht da im Teeladen drin? In der Wärme, im honigfarbenen Licht, Sibylle, Carina und ich? An weißen Holztischen. Im Stehen immer noch ein Glas Tee, den heutigen Nachmittag und kleine Ingwerplätzchen dazu. Tee, Kandiszucker, Gewürze. Kerzen und Fächer und Kimonos. Kannen und Vasen aus China. An einem Nachmittag wie dem heutigen wird es, außer nach China, auch noch nach Weihnachten riechen. Vier oder fünf junge Mädchen zur Aushilfe. Und kennen uns alle und kennen Carina. Und die Inhaberin. So blond, so schlank, so schmale graziöse Gesten, daß Sibylle mir immer helfen mußte, sie zu beobachten. *Macht* sie das? Weiß sie es? Geht es von selbst? Auch wenn sie in Eile? Auch wenn sie müde, verzagt und mit Magenverstimmung? Auch dann, wenn sie keiner sieht? Sibylle versuchte daheim, sie mir nachzuspielen. Sogar auch noch nackt. Sogar ja erst kürzlich noch, sagte ich mir. Im Oktober noch. Und jetzt hier mit mir selbst und allein. Wie ein Fremder jetzt. Anonym. Unsichtbar. Stumm. Dreimal vor dem Teeladen hin und her, ein Schatten, ein Spuk, und uns nicht gefunden. Sind nicht, sind nie mehr! Dann ins Bilka. Rein und raus. Kaufhausaugen. Und weiter. Der Kaufhofeingang. Ausländer, Arbeitslose, Zeitungsverkäufer. Meine alte Jacke. Gleich nasse Füße! Die Schuhe schonen! So ein nasser Schnee, da machen die Bettler schon eher Schluß. Gegenüber vom Kaufhof die Schlecker-Drogerie. Mein Geld zählen. Und in einem Anfall von Sachlichkeit Waschpulver kaufen. Hätte von Rechts wegen vorher im Aldi, im Penny, im Bilka, im Kaufhof, im Schade und im HL die Marken und Mengen und Preise vergleichen müssen. Wieviel Waschkraft? Zahnbürsten, Zahncreme, Seife, Haarschampon, Duschgel, Hautcreme, Kosmetik, Klopapier, Papiertaschentücher, Spülmittel, Putzmittel, Pflegemittel und alles immer schon nachkaufen, bevor es ganz aufgebraucht! Sodaß mit der Zeit ein Vorrat, ein Überschuß, ein prächtiger kleiner Garten, der aufblüht und mitwächst: daß man *doch weiß, wofür man lebt! Riesen-Sparpackung!* Bei jedem Einkauf Zeit sparen, Geld sparen, Zeit und Geld sparen und daheim dann wohin mit dem Schund? Wie nicht gewesen der Tag! Wenn wir ein Auto und eine Zukunft, wenigstens in der Vergangenheit, müßten dann jeden Freitag ins Main-Taunus-Zentrum und zu Ikea und zu den Massa- und Toom-Supermärkten rund um Frankfurt. Familienleben. Freitag oder Samstag. Manche Wochen zweimal die Woche. Auto und Tiefkühltruhe. Oft hier in der Schlecker-Drogerie die Windeln für Carina, oft vom vorletzten Geld. Einmal im Juni. Wir wollten nach Frankreich zu Jürgen und Pascale. Wollten am nächsten Tag mit Carina trampen. Kaum Geld. Diesen ganzen letzten Tag noch viel Arbeit. Beinah ja kaum zu schaffen. Ich in den Kinderladen, Carina abholen. Sibylle wird bis in die Nacht hinein am Lichttisch an den Korrekturfahnen für einen Umbruch arbeiten und die fertigen Fahnen lang nach Mitternacht mit dem Fahrrad zum Verlag.* Die Arbeit, meine Notizzettel, eine Landkarte. Im Hof Wäsche in den Himmel hineinhängen (keine Wolke am Himmel!). Die alte Reisetasche. Zu packen anfangen und jetzt schon wie im Halbschlaf. Und sagten uns und Carina mitten in dem Durcheinander, wollen jetzt auf die Leipziger Straße und wollen uns Zeit lassen. Komm! Im Juni ein Nachmittag. Himmel wolkenlos. So blau, so ein Ewigkeitshimmel. Wollen einmal langsam zu dritt die Leipziger Straße hinauf und hinab, hin und her. Das sind wir dann selbst! In der Gegenwart in diesem Licht. Und hätten uns und den Tag dann für immer. Der Tag vor der Reise. Zwei Tage vor meinem Geburtstag. Der Tag, als der Sommer anfing. Und zu dritt zwischen all den Menschen, Gedanken, Spiegeln und Ladeneingängen. Wie eine langsame Karawane. Als ob wir schon immer so gehen. Und wie wenn hier schon die Sommerwiesen und Bergpfade, Rosmarin, Thymian, Flußufer, die Cevennen, das Meer um uns her. Wir wollen in der Ardèche und im Gardon und im Meer baden. Wir hatten Carina Badesandalen versprochen, durchsichtig rote oder durchsichtig blaue und jetzt gab es keine in ihrer Größe. Für Sibylle gab es welche. Ein Stand am Eingang einer Parfümerie. Erst heute Morgen auf drei Mark herabgesetzt. Und dazu Spiegelbilder, schattengrün kühles Glas und Parfümproben. Für dich kaufen wir dann in Frankreich Badesandalen, sagten wir zu Carina (Frankreich, das kennt sie). Vorher seit Tagen kaum Schlaf und jetzt hier, als ob wir träumen. Helle Kleider und Sommer. Der Sommer fängt eben erst an. Im Gehen die Parfümproben riechen und in allen Schaufenstern, Spiegeln, Augen, Sonnen-

* Nachts um drei, das weißt du aus dem Gedächtnis, fangen die leeren Straßen zu wandern an. Da wird himmelan der leere Alleenring vor deinen Augen zum pünktlichen Zubringer der ungeheuer beschleunigten Milchstraße.

brillen, Parfümfläschchen und Ladeneingängen, in allem was glitzert, der Himmel, das Meer und die Ferne. Sogar auch am Himmel das Meer und die Ferne. Das muß beinah auf den Tag genau vor einem halben Jahr, rechnest du, muß der 8. Juni. Jetzt hier an der Kasse. Die neue Zeitrechnung. Zweimal mein Geld gezählt. Fünf Leute vor mir. Die Kassiererin und die zweite Kassiererin Todfeinde. Und dazu noch verschwistert, verwandt und verschwägert. Lebenslänglich. Alles stockt. Nur vor der Tür der Schnee immer schneller. Und gleich die Dämmerung, Nacht, himmelhoch schwarz die Nacht vor der Tür. Dezember. Die Menschen als Kunden und wortlos. Zu spät dran. Kein Blick. Beleidigt. Seit Jahren beleidigt. Stehen in der Schlange hier an der Kasse. Mit zusammengebissenen Zähnen. Einkaufskarren. Gastritis. Preisvorteil. Stehen und hassen sich, hassen einander. In zwei Wochen ist Weihnachten. Und nicht auch erst kürzlich ein Aufruf ergangen, daß sie alle sollten gezählet? Schnell die Zeit, rennt. Aus der Höhe herab die Schneeflocken auch immer schneller. Wie blinde Augen. Nasser Schnee, der nicht bleibt. Haben amtlicherseits wieder die billigste Vorweihnachtssorte. Und bald auch zuende das Jahr, bald 1984.

6

Die neue Zeitrechnung. Noch der gleiche Dezember? Als ob ich mich ausgesperrt hätte, aus meinem Leben! Tür zu, Schlüssel weg, Schlüssel abgebrochen. Namen vergessen. Rückweg unauffindbar. Man merkt es, sobald es zu spät ist: im gleichen Moment! Der falsche Schlüssel. Wer bin ich? Das falsche Jahrhundert. Einmal auf der Bockenheimer Landstraße, mittags. Unterwegs in den Kinderladen. Vorher geschrieben und mich erst im letzten Moment auf den Weg gemacht. Kalt und wie ausgesperrt. Kann sein, daß ich mit mir selbst sprach und dabei nicht aufhören konnte zu frieren. Und wer ist das und geht da? Einer, den du kennst? Oder doch nur *ähnlich*? Zum Verwechseln, ein Wintermantel, ein Irrtum? Vergangenheit? Ein früheres Leben? Keinerlei Ähnlichkeit? Die Vergangenheit in einem Buch? Schräg hinter mir. Ein Passant oder wenigstens hat es den Anschein. In die gleiche Richtung. Holt auf. Schon wollte ich alle Fremdheit als Ausdruck in meinem Gesicht konzentrieren (finster und fremd ein Mongolengesicht), da fiel mir ein, daß ich vor zwei Jahren sechs Gedichte von ihm gelesen hatte. Während der Arbeitszeit im Antiquariat. Heft 2, Neue Rundschau. Damals hatte ich noch meine Arbeit. *Er heißt Harry, sein Nachname wird mir gleich einfallen!* Er ist doch auch immer auf den Geburtstagsfesten meines Verlegers. Je später der Abend, umso würdevoller und schweigsamer. Prosecco, Frascati, Whisky. Whisky und Grappa. Übersetzt auch für den Verlag. Inzwischen ihn schon begrüßt. Wie einer, der überall immer gleich alle Menschen erkennt und weiß, wie das Leben geht. Und auch, wer er selbst ist. Jederzeit. Selbstverständlich. Auch ein Stück in die gleiche Richtung. Doch auch einmal ein Zelt uns von ihm geliehen. Vor zwei Jahren, in der Woche vor Pfingsten. Mein zweites Buch eben fertig. Wider Erwarten nun doch noch fertiggeworden. Von meinem Freund Jürgen achtzig Mark und zwei Schlafsäcke. Ende Mai, der Mittwoch vor Pfingsten. An jedem Wegrand blüht schon der Ginster. Und wollten mit Carina in den Wald, Sibylle und ich. Außer mir weiß noch keiner, daß ich zu dem fertigen Buch im letzten Moment noch ein allerletztes Kapitel dazuschreiben muß. Sibylle ging das Zelt abholen, weil damals sie bei uns zuständig war für den Schlaf. Für Schlaf, Wohnung, Feiertage, für die Welt und den Umgang mit ihr und den Zustand der Welt. Neben ihm her und immer mehr Einzelheiten jetzt fielen mir ein (ein Schatten von mir blieb stehen, um diese Einzelheiten jetzt hier auf dem Gehsteig gleich zu sortieren; ein anderer Schatten schon vor mir her, für den Fall, daß die Kinder schon warten). Selbst ja auch zweimal mit ihm im Auto gefahren. Ein übervoller Aschenbecher im Auto. So voll, daß er schon nicht mehr zu. Orange oder rallyeorange ein eiliger Golf. Von da an jeden Golf jedesmal gleich gegrüßt, auch wenn er die falsche Farbe. Aber auch jedes orangerote Auto, auch wenn es kein Golf. Neben ihm her und kaum auszuhalten, so viele Einzelheiten jetzt. Auch noch von meinem Vormittag an der Schreibmaschine die letzten Sätze im Kopf mit. Ein Kapitel über die Sonntagsspaziergänge, die nie stattfanden, und über die vergeblichen Sonntage auf dem Land. Das Dorf meiner Kindheit. Vor der Trennung im Herbst schon mit diesem Kapitel begonnen. Nur drei Sätze hatte ich schreiben wollen und fand jetzt kein Ende damit. Das Manuskript daheim auf dem Tisch. Die Wohnung ist nicht mehr meine Wohnung. Und die Zeit auch nicht meine Zeit. Wem gehört denn die Zeit? Die Trennung, Carina, Dezember und so eine Finsternis in mir drin. Mit dieser Finsternis neben ihm her und in mir ist es totenstill. Mühsam der Weg, Schritt für Schritt. Die Bokkenheimer Landstraße und kriecht vor uns her. Aus Eisen der Tag und knirscht mit all seinen Kettengliedern und Scharnieren. Vom Morgen an nicht genug Zeit. Vom Morgen an immer ein bißchen zu spät dran. Seit Tagen, seit Jahren schon. Bis zum letzten Moment geschrieben und jetzt mit der Schwerkraft neben ihm her (er heißt Harry, sein Nachname wird mir gleich einfallen!). Neben ihm her, neben mir selbst her und in meiner Verlorenheit meine eigene Stimme gar nicht gehört. Immer nur seine Antworten. Dafür kennt er mein zweites Buch oder hat es jedenfalls schon in der Hand gehabt.

Lesungen, sagt er, eine Lesung. Bist du im Vau-Es? Zeitungen, Zeitungsredaktionen, der Hessische Rundfunk. Rezensionen, ein Hörspiel, ein Feature. Ein Feature ist leichter! Dafür zahlen sie einen Vorschuß! Und zu dem Fragezeichen in meinem Gesicht: Was ein Feature ist, entscheidet der, der es schreibt. Oder der, der es sendet. Was du auch vielleicht, sagt er, der Wolfgang Utschick und ich, wir sind jetzt beim Theater. Als Logenschließer. Im Schauspielhaus. Leichte Arbeit. Viel Zeit. Nur die Leute an ihren Platz. Noch nichtmal das. Bloß an der Tür und nicken und so mit dem Arm. Lernt sich leicht. Und man muß auch nichts zu ihnen sagen. Im dunklen Anzug. Meistens kein Wort. Sobald es anfängt, kannst du machen, was du willst. Mußt nur bis zum Schluß der Vorstellung, bis alle gegangen sind. Falls es brennt und damit keiner schlafend zurückbleibt. Entweder du siehst dir das Stück an oder als Logenschließer im Aufenthaltsraum. Extra einen eigenen Aufenthaltsraum. Haben dort im Theater selbst ein Theaterstück geschrieben. In unsrer Arbeitszeit, der Wolfgang und ich. Zuständig ist der Soundso. Hausinspektor oder Hausoberinspektor. Entweder gleich oder sobald eine Stelle frei. Ich glaube, sie suchen noch einen! Und kannst, wenn du willst, den ganzen Tag schreiben. Oder nach der Vorstellung, in die Nacht hinein. Wie du willst. Die Nacht gehört dir. Und, sagt er, dann noch beim Hessischen Rundfunk das Studio für Literatur. Frau Dr. Altenhofer. Und kommen jetzt an die Kreuzung. Die Nummer, sagt er, mein Buch mit den Telefonnummern jetzt nicht mit. Die Durchwahl sagt dir die Zentrale.

Ruf an und geh hin oder schick ihr ein Manuskript. Und viel Glück! An der Kreuzung: er weiter geradeaus und ich stehengeblieben. Das Buch wird mein drittes Buch. Einen Sonntag, sagte ich hinter ihm her oder nur für mich selbst ein Gemurmel. Einen Sonntag aufschreiben! Jetzt schon seit Oktober, seit Ende September schon. Aus dem Jahr nach der Währungsreform einen Sonntag. Und die Frauen mit der täglichen Hausarbeit, mit der Zeit, mit ihren Namen, Gedanken und Redensarten. Im Dorf die Frauen, von Haus zu Haus. Jeden Augenblick wieder ihr ganzes Leben schleppen sie mit sich mit, eine Last, ein schweres Gewicht. Lebenslang. Damals bei uns auf dem Dorf die Sonntage waren so kurz. Besonders im Winter. Besonders zum Ende des Winters hin. Wenn er noch einmal umkehrt, der Winter, und will seinen Ausgang nicht finden. Mein nächstes Buch. Immer weiter jetzt diesen Sonntag. Je länger ich schreibe, umso tiefer hinein mich geschrieben. Bin das ich? Noch der gleiche Dezember? Hast du noch von damals das Zelt? Als sei durch die Trennung mein Leben darüber hin und weg und vergangen. Vielleicht wird es nie ein Buch. Mein Schatten jetzt zu mir zurück. Der gleiche, der stehengeblieben war, um die Einzelheiten für mich zu sortieren. *Er heißt Harry Oberländer*, sagt mein Schatten zu mir. *Sechs Gedichte. Vielleicht ist er selbst vom Dorf.* In weiter Ferne sah ich ihn gehen. Unbeirrt! Unbeirrbar! Ein Wintermantel. Wo geht er hin? Ist dein Auto geklaut worden? Wie habt ihr zu zweit ein Theaterstück? Wie heißt euer Stück? Habt ihr Diensttaschenlampen? Ach nein, das sind ja die Platzanweiser im Kino. Wieviel zahlt das Theater? Vor zwei Jahren in der Woche vor Pfingsten einmal ein Zelt von dir, daran mußt du dich doch erinnern! Und konnte jetzt endlich anfangen, ihm alles in Ruhe zu erklären. Immer wieder und jedesmal besser. Schräg über die Straße. Mein Schatten neben mir her. Ein anderer Schatten hat am Ende des Wegs schon auf mich gewartet. Unter hohen Bäumen das offene Hoftor (soll immer zu sein, damit die Kinder nicht unbedacht auf die Straße rennen!). Das besetzte Haus in der Siesmayerstraße. Der Eingang zum Kinderladen. Im Dezember, ein Werktag. Naßkalt, ein trüber Tag. Vielleicht noch beim Essen, die Kinder. Auf halb zwei wird es gehen oder stehengeblieben die Zeit. Geht vielleicht länger schon auf halb zwei.

Zum Theater. Soundso, Hausinspektor. Zum Unglück mir gleich den Namen gemerkt und am selben Tag angerufen. Auf eigene Kosten (ein Ortsgespräch). Ich wußte schon, daß es nichts wird! Ich war überzeugt davon, doch wollte mir einfach nicht zuhören! Gegen mich bin ich machtlos! Besessen von der Vorstellung, wie ich mit dieser Arbeit und dem regelmäßigen Einkommen gleich einen Wintermantel und eine Wohnung für mich und Geld für Sibylle und Carina. Sibylle auch einen neuen Wintermantel. Für Carina im Herbst schon vorgesorgt. Am Leben bleiben und eine Hauptrolle als Logenschließer. Vielleicht doch mit Diensttaschenlampe? Den Besuchern die Tür aufhalten oder wie es geht (du wirst es schon lernen!) und Tag und Nacht schreiben. Ich rief an und sie sagten, ich könnte jederzeit hinkommen und mich vorstellen. Am besten vormittags. Höchstens ein paar Minuten warten. Wartezeit, sagten sie, eifrige Telefonstimmen. Also morgen um elf! Das Theater ist am Theaterplatz. Ich hielt es ohne diese Arbeit schon kaum noch aus. Mir kam vor, ich würde mit dieser Arbeit, wenn ich sie nur erst hätte, mehr Zeit noch zum Schreiben und für Carina haben als ohne. Alles geregelt! Und dazu keine Sorgen! Vielleicht nie mehr schlafen? Wenigstens ein paar Jahre lang nie mehr schlafen! Letzte Nacht auch schon nicht! Neun Uhr. Der Himmel bedeckt. Es wird Zeit, daß man sich auf den Weg macht. Vorher noch zwei-drei Espresso. Das mittlere kleine Kännchen. Kaum erst neun Uhr durch. Sibylle mit Carina in den Kinderladen und wird von dort aus gleich weiter in den Verlag. Noch ihre Stimmen im Ohr. Sind weg, sind gegangen! Extra einen Eisenring als Gasofenaufsatz, damit die Espressokännchen nicht umkippen (sie kippen gern um!). Am besten die Flamme ganz klein und Geduld, aber wie geht Geduld? Inzwischen mit mir und dem Manuskript und mit meinen Notizzetteln. Nur schnell ein paar Stellen im Manuskript suchen – ob sie noch da? Wie sie sind? Ob sie überhaupt drin und wo sie stehen und was sie mir sagen? Mit welchen Wörtern? Und sehen, was sie vom Autor wollen? Je länger ich suche, umso mehr, die auch noch gesucht werden wollen! Manche drängen sich vor! Immer schneller suchen! Mir wird heiß! Das Papier fängt zu flüstern an! Jetzt zwischendurch schnell in die Küche. Der Espresso schon vollautomatisch verkocht. Hat sich selbst aufgebraucht! Das Kännchen fast leer, glühend heiß! Dunkel der Tag, schien auch eher dunkler als heller zu werden. Der Fernsehturm eine Sepiazeichnung. Noch Zeit? Das Kännchen mit kaltem Wasser abkühlen. Aufschrauben, Satz raus. Kann vorkommen. Und gleich nochmal. Die Flamme jetzt größer. Zumindest am Anfang (um den Zeitverlust auszugleichen). Und nicht vergessen, sie dann rechtzeitig klein, die Flamme, sonst kocht der Espresso über! Es dann aber doch vergessen! *Andere* wichtige Einzelheiten! Kann vorkommen! Ärgerlich, aber kann vorkommen! Also mit Geduld gleich nochmal! Dreimal. Genau wie im Märchen. Gut, daß es keiner weiß! Doch ein bißchen die Finger verbrannt. Und mir das Knie angestoßen. Ein enger Tag. Die Küche eh und je eine Stehküche nur. Öfter schon ist an einem Kännchen der Griff mir geschmolzen (sie schmelzen zu langsamen schwarzen Bakelittränen, die giftig und groß und schwer in die Flamme tropfen, verloren, untröstlich, und färben das Feuer manganblau, gewitterlila, signalgrün!). Made in Italy. Italien ist voll von Geschichten mit explodierenden Espressokännchen. Jetzt zum drittenmal. Den Eisenring als Gasofenaufsatz hat Sibylle beim Peikert gekauft. Ein Fachgeschäft für Haushaltswaren auf der Leipziger Straße. Sie geht zum Peikert, um sich ihrer lebenstüchtigen Großmutter verbunden zu fühlen. Sieht die Welt dort mit ihren Augen (oder gehört die Welt nicht sogar ihrer lebenstüchtigen Großmutter?). Sehr praktisch der Eisenring, solang man sich nicht dran verbrennt. Gleich weiter mit dem Manuskript. Der Sonntag, das Sonntagskapitel. Im November, ich hatte eben in aller Ahnungslosigkeit damit begonnen und mußte jeden Tag davon sprechen, sooft Sibylle zur Tür hereinkam. Aber immer auch in Gedanken mit ihr, sodaß ich am Ende nicht mehr wußte, was ich ihr wirklich schon gesagt hatte und wie oft und was nur in meinen Selbstgesprächen. In den Selbstgesprächen immer gleich alles viel klarer. Ich konnte nicht aufhören. Wie ein einziger langer Tag. Dann die Trennung und mit der Trennung die neue Zeitrechnung und kann jetzt nicht mehr herausfinden aus dem Kapitel. Das Jahr nach der Währungsreform oder das Jahr danach. Staufenberg im Kreis Gießen. Immer wieder versucht, die Hausfrauen in meinem Kopf zu beschwichtigen. Ich dachte schon, daß es mir gelingt, da fingen aber sie an, mich zu beschwichtigen! Ich soll keine Bedenken und um gar nichts mich kümmern! Soll nur immer weiter so und mich ganz nach ihnen richten und das auch noch in das Kapitel hinein, alles aufschreiben. Sobald ich allein bin, gleich kommen sie und wischen sich die Hände an den Schürzen ab, ihre Dorfschürzen von 1949. Werktagsdorfschürzen, Küchenschürzen. Es gibt nämlich auch noch die Stallkittelschürzen und natürlich die guten, die Sonntagsschürzen. Sie kommen und reden und hören nicht auf zu reden. Die Mühe, die Arbeit, ich soll mir ihr Leben, ich soll ihre Hände ansehen! Sie bringen mir ihre Sorgen. Ich höre sie denken (sie denken schon immer lauter!). Auch jetzt nicht gleich damit fertig, so sind sie, und dann in die Küche, da ist der Espresso nochmal verkocht. Zum Glück keine Zeugen! Nur der Fernsehturm gafft. Scheints jetzt auch näher beim Fenster. Erst sah es nach Regen aus und jetzt die Wolken wie Schneewolken. Die Zeit?

Wird schon reichen, die Zeit! Nochmal neu aufgesetzt und einen Blick auf die Uhr. Die einzige Uhr, die ich in der Wohnung duldete, war ein alter Elektrowecker mit Schnur, der im Schlafzimmer hinter einer Truhe auf dem Fußboden stand und schleppt sich und kommt kaum nach. Staubig. Gesicht zur Wand und will gern sich verkriechen. Manchmal auch im Flur auf dem Schuhschränkchen. Macht ein Magenschmerzengesicht und liefert der Zeit ein verlorenes Rennen. Im Schuhschränkchen geht nicht, wegen der Schnur und macht auch die Schuhe scheu. Also die Uhr im Auge, mich und die Zeit im Auge und das Espresso-Kännchen. Den Himmel auch, falls es doch noch anfängt zu regnen (zu schneien). Und zwischendurch schnell die Mülltüte in den Hof, damit ich nachher nicht mit dreckigen Händen ins Theater oder noch schlimmer, sie reißt im letzten Moment (auf dem vorletzten Treppenabsatz). Auf der Treppe in Gedanken immer weiter mit Carina: ein einziges langes Gespräch, schon seit sie auf der Welt ist, aber wie jetzt die Trennung mit ihr? Die dritte Woche nach der neuen Zeitrechnung. Weihnachten vor der Tür. Den Müll weg, noch keine Post (das angestoßene Knie tut mir weh, mein linkes Knie!) und als ich wieder hinaufkam, das Kännchen umgekippt. Vielleicht daß ich es in der Eile ein bißchen schief oder ist vor Schreck ganz von selbst? Der Fernsehturm neigt sich zum Fenster herein. Schon zum zweitenmal mir die Finger verbrannt. Den Herd putzen, fünf nach zehn (gerade eben noch zehn vor zehn). Der praktische Eisenring als Gasofenaufsatz sieht wie ein Symbol aus, aber wofür ein Symbol? Was will er uns mit sich sagen? Keine Zeugen? Zum letztenmal! Der Fernsehturm immer näher. Durch alle Fenster gafft der Himmel zu mir herein. Schnell jetzt das Manuskript zusammen, damit ich es dann alleinlassen kann! Würde es am liebsten mitnehmen, aber dann mischt es überall sich mit ein und verpfuscht mir noch die Bewerbung. Seit drei Wochen ganz zuletzt jede Nacht mir mit Selbstgesprächen ein Bett in dem großen Zimmer. Sowieso immer schon Matratzen und Decken und Kissen in diesem Zimmer. Zum Spielen, für unverzügliche Ausschweifungen am hellen Tag und falls Besuch zu Besuch. Jetzt ein Bett jede Nacht. Für mich allein ein Bett, in der vorgeschrittenen Stille nach Mitternacht (ist das die Zeit, die mir bleibt?), und immer noch fassungslos. Diesmal rechtzeitig in die Küche. Klappt also doch! Nur wie sich zeigt, diesmal leider den Espresso hinein vergessen. Mit dem Wasser bloß Wasser gekocht. Und mir wieder die Finger verbrannt. Daumen auch (Daumen rechts). Fast schon bereit, jetzt ohne Espresso, doch kann niemals aufgeben. Im Unglück erst recht nicht! Das Kännchen mit Wasser abkühlen und noch einmal Espresso hinein. Und mich und das Kännchen nicht aus den Augen lassen!

Vor dem Fenster der Tag. Man hört ja auch, wenn es kocht. Wie eine eifrige kleine Lokomotive, so hört sich das Kännchen dann an. Und fängt auch zu dampfen an, kocht und dampft und vibriert. Und fängt an, nach Kaffee zu riechen. Doch diesmal noch lang nicht. Du wartest und gleich wird die Zeit dir lang, das ist immer so. Stehen und warten. Sonst geht es oft wie von selbst. So oft übergekocht, ganz verbrannt riecht es schon. Immer deutlicher auch. Wohl doch eher Geruchshalluzinationen und dabei an meinen Vater denken, das macht sie noch deutlicher (die beste Nase von allen hat nämlich mein Vater!). Geduld, sagst du dir, aber kann es denn wirklich so lang? Nochmal zur Uhr, so still und dunkel der Tag, als hätte er eine Botschaft für mich. Dezember. Und als ich zurück in die Küche kam, fing das Kännchen schon an zu glühen. Das Wasser vergessen! (Passiert einem selten!) Diesmal ist das Kännchen wirklich beinah explodiert! Liegt noch zischend im Spülbecken, ein Schock, eine Panik, und wälzt sich vor Hitze und Schreck. Mich vorher zwei-dreimal schon, aber diesmal erst richtig verbrannt und auch nochmal das Knie angestoßen.

Kein Wasser! Glatt vergessen das Wasser! Nachdem es vorher so oft schon schiefging, kann man das auch verstehen. Der Espresso als Klumpen zusammengebacken, der Dichtungsring angeschmort, Gummi, und stinkt. Mir immer wieder die Finger verbrannt. Wie aufgeblasen mein Kopf. Im Gesicht ist mir heiß. Vielleicht Fieber! Das Kännchen ließ sich kaum aufschrauben. Vielleicht für immer verstopft. Was jetzt? Beinah Sibylle angerufen, da fiel mir noch eben die Trennung ein. Längst auch zu spät dran, doch ohne kann ich nicht gehen! Jetzt die Niederlage als Niederlage und gleich in eine Anstalt (muß man im Telefonbuch nachsehen! Und wo ist unser Stadtplan?) oder das zweite, das kleine Espressokännchen und nochmal von vorn? Genau eine Tasse! Jetzt kommt die Wirklichkeit zu mir zurück. Jetzt fangen wir noch einmal an. Mit Sorgfalt jetzt, damit die Zeit auch ein Einsehen hat. Wasser, genau die richtige Menge. Den Espresso. Nicht zu locker und auch nicht zu fest. Gegenwart. Der Himmel mein Zeuge. Das Kännchen zugeschraubt und zurechtgestellt, aber noch nicht aufsetzen. Erst die Geschichte, die *muß* man doch loswerden! Wenigstens telefonisch (andernfalls mit ins Theater und ins Bewerbungsgespräch hinein!). Mein Freund Jürgen in Portugal. Edelgard auch verreist. Im Verlag sitzt Sibylle. Christa in New Orleans. Jana in Spanien oder in Schweden, es macht kaum einen Unterschied. Ganz Prag ist mir ja verlorengegangen. Versunken. Böhmen jetzt auf dem Meeresgrund. Wolfram ein Reihenhaus, ich wußte nicht einmal die Adresse. Eckart verschollen. Horst ein Denkmal. Manfred in Gießen kein Telefon. Auch schon lang nicht mehr zu sich selbst zurück aus dem Suff. Es ist niemand da. Nicht nur fristgerecht meine Arbeit verloren, gleich auch als sei nach der Trennung nicht ein einziger Freund mir übriggeblieben. Jedenfalls kam ich mir jetzt so vor. Gleich Anne anrufen! Ist zum Glück schon wach. Meistens liest sie die ganze Nacht jede Nacht. Siebenmal, sagte ich, sonst geht es jederzeit wie von selbst. Ein enger Tag. Mir empfindlich mein linkes Knie angestoßen, jetzt ist das Knie beleidigt. Knie sind kompliziert. Siebenmal falsch und mir immer wieder die Finger verbrannt! Und jetzt auch schon viel zu spät! Soviel Espresso! Eine Ungerechtigkeit ist es auch! Schon zu spät und kann trotzdem nicht gehen! Jetzt zum letztenmal, sagte ich, müßte sonst ja verrückt! Vielleicht auch nicht schlecht? Eine neue Erfahrung! Und wie der Himmel mich eindringlich angestarrt hat! Der Tag voller Niedertracht, schweigend. Jeder einzelne Gegenstand wie ein Vorwurf! Jetzt zu spät und will trotzdem noch meinen Espresso! Will ihn sehen und riechen und kosten und dazu diesen einen einzigen Augenblick Stille und Zeit und Frieden mit mir! Und austrinken und dann schnell: den heutigen Tag, wer ich bin und wohin – nichts vergessen! Mir immerfort alles vorsagen und zur Straßenbahn, schnell! Gas aus, Tür zu, Gedächtnis, den Schlüssel mit und von da an dann alles richtig! Wie immer, man schafft es ja immer! Solang man auf der Welt, heißt das, solang man am Leben bleibt und bei sich selbst! Alles immer im letzten Moment noch geschafft, bis jetzt noch! Gerade darin unterscheiden sich ja die Lebenden von den Toten! Kann auch vorkommen, man will sich schnell einen Espresso: hat das Kännchen schon aufgesetzt, alles richtig! Nur vergessen, das Gas anzuzünden, sagte ich zu mir selbst, das kann einem auch passieren! Die Bakelitgriffe können schmelzen und dann muß man die Farben der Flammen beschreiben! Das Sieb verstopft. Leicht verschmort dir ein Dichtungsring. Ansonsten aber, wenn man über keine größeren technischen Hilfsmittel verfügt, ist so ein italienisches Espressokännchen in der Eile für einen Laien fast unzerstörbar. Telefonbuch und Stadtplan kannst du jetzt wieder wegräumen. Der Stadtplan muß noch geteilt! Die Vergangenheit auch. Neun Jahre. Gerade an diesem dunklen Dezembermorgen fast für immer mich aufgegeben, dann aber doch nicht, im letzten Moment nicht! Wenigstens ohne Blutvergießen und Explosion! Das

Gas aus? Mit Elektroherd, elektrischen Kochplatten und Tauchsiedern wieder andere Niederlagen und Schicksalsschläge, aber auch siegreich. Vergangenheit, Glücksfälle, Offenbarungen. Gas aus! Licht aus! Kaum je ein größerer Wasserschaden! Erfahrung! Nicht doch schnell jetzt *noch* einen Espresso? Es wird Zeit, daß man sich auf den Weg macht.

7

Meine alte Jacke. Am besten in der dritten Person. Im letzten Moment dann doch nicht die alte Jacke, sondern den blauschwarzen Emigrantenmantel aus dem Jahr 69. An der Straßenbahnhaltestelle. Dunkel der Tag. Mit einem stieren Blick. Sich links das Knie angestoßen. Rechts die Hand sich verbrannt. Gleich fünfmal hintereinander rechts die Hand sich verbrannt. Hauptsächlich die Fingerspitzen. Vielleicht doch schnell noch einen Espresso, fragt der vornehme Teufel, der neben ihm wartet. Immer höflich der Teufel. Schon eine Ewigkeit zwanzig vor elf und wie der Minutenzeiger zittert vor Anstrengung. Erschöpft. Schafft es nicht. Kann nicht weiter. Langsam die Straßenbahnen. Kommen wie Katastrophen daher. Hätte besser zu Fuß. Zu Fuß und dazu Schritt für Schritt die Gedanken, dafür ist es jetzt zu spät. Dunkel der Tag. Eine Woche vor Weihnachten. *Gott ist tot! Schnell und sicher mit dem FVV.* In der Straßenbahn, die mehr steht, als sie fährt. Vor dem Fenster die Bockenheimer Landstraße. Hinter Glas. Hastig aufgestellt. Ruckweise langsam vorbei, ein Trick, der heute nicht recht funktioniert. Selbst aus Ungeduld schon beim Ausgang, ein Stehplatz, und sich mit der linken Hand an der Stange. Den Atem anhalten. Und entgegenstehen dem Ziel. Wie ging das denn zu und wann hat es angefangen, daß er nur noch in Katastrophen zu denken vermag? Am Goetheplatz raus und die letzten paar Schritte zu Fuß. In der Eile wie blind, aber immerhin nicht überfahren worden. Auch diesmal nicht. Am Leben. Da geht er. Dunkel der Tag und sieht uns mit seinem stieren Blick von allen Seiten her an. Das Theater ist am Theaterplatz. An der Seite der Seiteneingang.

Eine Sekretärin mit Telefonstimme. Weil der Bewerber vom Dorf ist, fällt er in den entscheidenden Situationen in die

Fallgruben seiner Kindheit zurück und kann dann mit Fremden nicht reden. Nicht oder kaum! Umso deutlicher aber die Stimmen in seinem Kopf und gleich auch die Wörter danach. Ein Bürofräulein also, eine Städtische. Büromöbel, Topfpflanzen, ihre Bluse, die Brosche, ihr Vormittagslächeln und den zugehörigen Glaskasten mit Zentralheizung wird der kundige Leser sich schon von allein. Fein gestärkt und gebügelt, eine Seidenbluse mit großem Kragen und Doppelmanschetten. Wie ein Orden die Brosche und ihr Lächeln wie ein Plakat. Auch genau an der rechten Stelle. Sie ruft an. Niemand da. Sie läßt den Bewerber auf einem Stuhl warten. Im Sitzen. Elf Uhr vormittags ist keine Tageszeit, sondern ein Zustand. Um sie und die Topfpflanzen nicht bei der Arbeit zu stören, muß der Bewerber den Blick irgendwie beiseite, aber wohin? Dort ins Regal den Blick? Sieht wie Neugier aus! Unter den Schreibtisch geht auch nicht: da sind, wie Zierfische flink und gewandt und exotisch, ihre schmalen städtischen Füßchen. Zwei! Am besten unauffällig dort zum Papierkorb hin mit dem Blick, doch davon wird der Hals ihm steif. Nicht schlimm mit der Hand, beruhigt er seine tote Mutter, damit sie sich nicht unnötig Sorgen darum. Heilt jetzt schon. Fünf vor halb zwölf. Dann um fünf nach halb zwölf sah es fast schon so aus, als ob das Bürofräulein beinah jemand erreicht! Schon will ihr Gesicht mit dem Aufleuchten anfangen, dann aber doch nicht. Im letzten Moment nicht. Die Heizung voll Mitgefühl. Die Topfpflanzen seufzen. Endlich um viertel vor zwölf kann sie mit aller Geschicklichkeit mit ihrer Telefonstimme in den Apparat hineinsprechen. Dann mit der Hand die Muschel abdecken und den Bewerber fragen, ob er um eins, kurz nach eins? Am besten um dreizehn Uhr fünfzehn nochmal und dann gleich Zimmer 318. Herr Soundso, Hausinspektor. Der Bewerber sowieso schon aufgestanden. Aus Verwirrung und Anstand. Weiß was sich gehört, aber kann es nicht immer gleich zeigen! Innerlich seit elf Uhr nullfünf bereits immer wieder den eigenen Namen sich buchstabiert. Übungshalber. Familienname, Vornamen, Geburtsdatum. Rufnamen im Kopf sauber und ordentlich unterstreichen. Mit einem dünnen Strich. Ohne Erbitterung. (Wir wissen genau, wie das geht. Also er. In der dritten Person!) Und kann nur hoffen, daß er überm Warten nicht allzu laut vor sich hin geatmet hat, hier in dem damenhaften Empfangsbüro. Rückwirkend will er es hoffen.

Um dreizehn Uhr fünfzehn, viertel nach eins. Keine Uhr mit! Am sichersten vor dem Seiteneingang. Immer fünf Schritte hin und her, sich nicht ablenken lassen und zwischendurch jedesmal kurz auf die Uhr da vorn am Theaterplatz. Eine amtliche Uhr. Es ist doch eine amtliche Uhr oder nicht? Zeigt in alle vier Richtungen. Einheitlich. Und zur Sicherheit jeden Passanten auch nach der Uhrzeit. Wenigstens alle, die einen zuverlässigen Eindruck. Mitteleuropa. Normalzeit. Außerdem hierherum noch mindestens drei Reklameuhren, drei oder vier. Auch Digitaluhren, sogar auch mit Datum und Temperatur. Vielleicht hat er Fieber, doch will sich nicht ablenken lassen. Dann aber doch bei Mercedes die Autos und Preise. Im Fenster die neuen Modelle. Und bis vor den Frankfurter Hof spaziert, ein Frankfurter Fußgänger. Noch nicht einmal fünf Minuten. Probeweise ein paarmal zwischen Theater und Frankfurter Hof hin und her (immer die gleiche Entfernung und der Seiteneingang auch unverändert), dann vom Frankfurter Hof aus Schritt für Schritt. Ein Entdecker. Expeditionen. Kaiserstraße, Roßmarkt, Hauptwache, Steinweg, Goethestraße, Opernplatz, Freßgass. Christbaumhändler. Die Weihnachtsbeleuchtung. Juweliere, Damenwäsche, Herrenausstatter und wie der Tag sich hier in den Schaufenstern spiegelt. Cerutti, Brioni, Armani. Modellanzüge für dreitausendachthundert Mark. Maßanfertigung, Preise auf Anfrage. Seide, Cashmere, Mohair. Feinste ägyptische Baumwolle. Seidenhemden nach Maß. Handgenäht die Schuhe aus feinstem Ziegenleder und unermüdlich. Lederkoffer für alle Länder. Und die Uhren und wie sie alle verträumt mir entgegen und haben mit ihren Zifferblättern gelächelt. Der Gehsteig, der Himmel, die vielen Gesichter. Beinah wie früher in der Vorweihnachtszeit die Lollarer Hauptstraße in Lollar, so kommen die Straßen dir jetzt entgegen und gehen dir in den Kopf hinein und immerfort durch dich hindurch. Mittags in der Innenstadt. Die schönsten Frauen auf Schritt und Tritt. Und sehen sich in den Schaufenstern gehen. Und spiegeln sich in jedem Männerblick. Und riechen so gut! Jede schmeckt anders! Sie sehen, erkennen, ansehen, spüren und kosten, als ob du sie fortan in dir sollst tragen! Alle! Am liebsten sie gar nicht mehr aus den Augen verlieren! Aber entfernen sich! In alle Richtungen hin! Wie soll man sie bei sich und im Gedächtnis? Unverwechselbar, jede für sich und alle zusammen, für immer, wie geht das? Wie soll man das aushalten? Eine, die sich vor einem Schuhgeschäft bückt. Stiefel im Sonderangebot. Und hat eine kurze Pelzjacke und hat einen engen Rock an. Zweimal muß sie sich bücken! Eine an dir vorbei, hat dich überholt und zu deiner Freude jetzt vor dir her. Und wie ergreifend sie geht. Ihr Haar, ihr Parfüm, ihre Hände. Sogar ihre Handtasche und ihren Mantel beziehst du in deine Liebe mit ein. Und jetzt hat sie gerade im rechten Moment den Kopf ein bißchen nach links, damit du nur ja auch ihr Profil, unbedingt! Und es mitnimmst in die Unendlichkeit. Zehn vor eins. Unterwegs in den Himmel. Die Buchhandlung Kohl, die Buchhandlung Blazek und Bergmann, die Frankfurter Bücherstube. Nie, nicht ein einziges Mal mit Sibylle in den teuren Modeläden hier in der Goethestraße gewesen! Aber jetzt war es fast so, als hätten wir das noch vor uns und Zeit für alles. Nächstes Mal. Viele Leben. Und wo denn hindenken in Gedanken? Champagner und Trüffelöl in der Freßgass und Hummer auf Eis. Fisch und Wild auf Bestellung. Überall

Uhren. Die Zeit vergleichen. Den Rückweg finden mit all den Schätzen im Kopf. Längst steinreich auf dem Rückweg. Leicht und behend das angeschlagene Knie. Jetzt die Hand wie zum besseren Nachdenken nur, jetzt tut die Hand dir schon fast gar nicht mehr weh. Noch nie hat der Frankfurter Hof mich so höflich gegrüßt. Sogar Fahnen. Sogar Blumenkübel bei den Arkaden. Der Brunnen ein sanftes Geplätscher. Einmal einen ganzen Harem mit kostbarer Unterwäsche versorgen, ein Ballett und ein Sekretariat. Schnell noch zwei-drei Mercedes-Modelle. Da hält ein Rolls Royce vor der Ampel und auf allen Uhren ist es dreizehn Uhr neun. Leicht dein Herz. Sogar in seiner Düsternis noch anheimelnd und voller Hoffnung der Tag. Und hat seinen eigenen inneren Glanz, ein verhaltenes stilles Leuchten.

Zimmer 318. Der Bewerber klopft an. Jetzt, von Rechts wegen, sollte das Glück selbst ihm die Tür auf und hätte ihn schon erwartet. Er klopft, es bleibt still. Er klopft, er lauscht, es bleibt still. Eine graue Tür. Mit Nummer und Namensschild, Namen und Titel. Und fängt jetzt zu feixen an, gehässig, schneidet Grimassen! Die Nummer stimmt. Das Namensschild stimmt. Muß man dankbar, für das Namensschild direkt doppelt dankbar, weil er ohne Namensschild denken müßte, er hat sich die falsche Nummer gemerkt. Und an sich selbst zweifeln. An sich selbst zweifeln hält er nicht aus. Anklopfen. Hand verbrannt. Knie wie mit einer Schraube. Im Gesicht ist ihm heiß. Vielleicht Fieber. Vor der Tür hin und her. Anklopfen. Immer lauter die Stille. Den Gang entlang bis ans Ende. Mit Hand und Knie noch einmal zur Treppe zurück und als käme er jetzt erst. Einer der sich auskennt. Und klopft mit höflichem Schwung, gibt dem Türgriff die Hand. Zu die Tür, zu! Hoffnungslos und was jetzt? Ein verpfuschtes Leben. Womöglich nur als Phantom? Er kann nicht bleiben, nicht gehen, nicht bleiben! Warum nicht ein Feueralarm? (Mißbrauch strafbar!) Hätten nicht damit anfangen sollen! Gar nicht hingehen oder wenigstens kein Wort drüber! In der dritten Person. Kein Mensch kommt. Wer soll uns erlösen? Ein paar Minuten lang war ihm, er sei für immer verloren. Und hätte auch von jeher gewußt, daß es einmal so kommen muß. Ein paar Minuten sind lang, mit Uhr und ohne Uhr. Dann doch mit eiligen dienstlichen Schritten ein grauer Kittel im Amt. Mit zwei Mappen. Muß erst mit Dienstschlüssel dienstlich die Tür auf, bevor er a) fragt und b) grüßt und c) dann sich selbst auch vorstellt, indem er erstens mit dem Fingerknöchel ans Türschild klopft und dann zwotens mit dem gleichen Zeigefinger auf sich zeigt, auf den obersten Kittelknopf. Hat zwar erst noch einige dringende Dienstangelegenheiten, nimmt aber den Bewerber nach angemessenem Zögern doch gleich mit hinein. Schlüsselbrett, Mappen auf den Tisch, Ordnung. Den Kittel aus. Auf einen Bügel den Kittel und in den Blechschrank. Der Blechschrank ist grau. Sich mit beiden Händen die Resthaare glatt. Erst mit den Händen, dann doch einen praktischen Taschenkamm. Und ein Pfeffer-und-Salz-Jackett aus dem Schrank und gleich an und den leeren Bügel zwecks Dienstbereitschaft zurück in den feldgrauen Schrank. Muß erst noch dringend mehrere dringende Diensttelefongespräche. Richtig, der Bewerber inzwischen da in der Ecke auf den wartenden Stuhl. Dienstpläne an der Wand. Vier Kalender. Auf zwei wird es gehen. Vor dem Fenster der städtische Nachmittag. Eine Woche vor Weihnachten. Wie gern der Bewerber jetzt einen Blick aus dem Fenster. Doch unerreichbar das Fenster. Und bleibt unerreichbar. Hinter dem Schreibtisch. Der Hausinspektor am Telefon. Das zweite, das dritte, das vierte Gespräch. Auf dem Schreibtisch ein Bilderrahmen. Postkartengröße. Auch wenn der Hausinspektor als Hausinspektor beim Telefonieren seine Hände nicht anderweitig benötigt, klemmt er als Hausinspektor manchmal den Hörer geschickt zwischen Schulter und

Ohr ein. Routine. Gelernt ist gelernt. Und wem gilt sein mehrfaches listiges Augenzwinkern, während er telefoniert? Doch nicht dem Bewerber, der schon bereit ist, sich selbst zu vergessen. Mit brennenden Fingerspitzen, mit mehrfach verbrannter Hand. Der sich jetzt am liebsten noch wie ein Stuhl fühlen möchte. Mit angeschlagenem Knie. In der Ecke auf seinem Stuhl. Im Stehen wie ein Garderobenständer, im Sitzen als Stuhl. Schien nicht das Leben von jeher aus vielen verlokkenden einfachen Handlungen zu bestehen und sie ließen einen bloß nie dazu kommen? Auch wenn es nichts kostet und nicht einmal direkt verboten. Genau wie jetzt hier der Blick aus dem Fenster. Schon immer aus allen Fenstern hätte er schauen wollen und in die Zeit, in die Tage hinein und jeden Arbeitsplatz kennen und alle Menschen, die mit ihm zugleich auf der Welt. Und hat der Bewerber in seiner Einfalt, die ihm von Kind auf und zunehmend mehr zu eigen, nicht sogar an eine kleine Wohnung hier im Theater gedacht? Insgeheim! Gleich neben dem Haupteingang. Wo man die Mäntel abgibt. Bei der Garderobe. Hinter der Bühne (wenn man langsam durch die Kulissen geht und mit bleibender Verwunderung auf den gemalten Hintergrund zu) oder sogar auf dem Dach. Vor den schimmernden Hochhaustürmen. Mitten in Frankfurt am Main. Ungestört und entlegen auf dem Dach des Theaters, bewohnbar und glaubhaft, ein kleines Haus. Der Himmel ein ewiges Meer jeden Tag. Die Hochhäuser wie Luftspiegelungen und Wolken ziehen hindurch. Spessart, Taunus und Odenwald und fangen vor den Fenstern zu winken an, sooft dein Blick darauf fällt. Wird gemacht! sagt der Hausinspektor nach oben ins Telefon. Muß Ordnung, muß sein! Mich verbürgen! Disseplin und mit eisernem Besen! Auf die Finger, gehörich! Worauf Sie sich, sagt er, verstanden, geht klar! Bis sechzehn Uhr jeden Freitag, klar Schiff und Vollzugsmeldung! Ganz meiner, ganz Ihrer Meinung! Und nach unten: Den Saustall, muß endlich Ordnung! Mir nicht mehr lang hier mit ansehen! Disseplin und mit eisernem Besen! Höchstpersönlich! Bis zur Vergasung! Vollzugsmeldung! Vier Gespräche und beim Auflegen abwinken. Jetzt also! Schon will der Bewerber mit seinem Anliegen (wo hat er jetzt nur sein Anliegen?), da muß der Hausinspektor doch eben noch ein Gespräch. Nach oben? Nach unten? Die Wurst beim Metzger, sagt er, Fleisch und Gemüse wie gehabt im HL. Punkt zehn nach sieben das Essen auf den Tisch. Vollzugsmeldung! Und dann Ruhe im Karton, sonst rauschts im Karton! Wie gehabt! Will ich meinen! Pünktlich wie die Tagesschau und keinen Mucks! Ende der Durchsage! Hat aufgelegt und winkt ab. Jetzt endlich der Bewerber mit sich und mit seinem Anliegen. Aufstehen? Zum Schreibtisch hin? Mit oder ohne Stuhl? Den Stuhl vor sich her und nichts anstoßen? Gebückt, mit dem Stuhl verwachsen. Vorgebeugt vorwärts rucken, ein Doppelwesen, eine ungeschickte Kombination. Jetzt also endlich! Der Bewerber mit seinem Anliegen – doch halt! Mitten im Wort abgestellt der Bewerber. Der Hausinspektor zum Blechschrank und das Jackett jetzt nach den dienstlichen Telefongesprächen gegen eine Strickjacke ausgetauscht. Moosgrün oder dunkelbraun oder gar keine Farbe. Kleiderbügel, Schranktür, noch schnell die tüchtige Heizung kontrollhalber tätscheln. Auch zwecks Anerkennung. Die Heizung ist unter dem Fenster. Und jetzt der Bewerber mit seinem Anliegen. Schon gestern am Telefon und vorhin bei der Sekretärin. Jetzt wie auswendig gelernt mit den gleichen Wörtern oder neu formulieren? Aus größerer Nähe jetzt. Erfahrung und Präzision. Auf dem Schreibtisch ein Bilderrahmen. Postkartengröße. Nur leider von hinten nur. Vor dem Schreibtisch der Bewerber mit dem Schmerz in der Hand. Gut festhalten den Schmerz! Nur die Fingerspitzen. Linkes Knie schlecht verschraubt! Und atmen, wie geht das? Eng. Im Mantel. Ein enger Tag. Der Bewerber so angespannt auf seinem Stuhl, als ob er das Sitzen nur spielt.

Aha, sagt der Hausinspektor, als Logenschließer! Wer schickt Sie? Schriftsteller? Schriftsteller einige! Schriftsteller mehrere schon! Und zupft seine Ärmel zurecht. Was schreiben sie so? Kinder? Ein Kind? Ja, gemacht sind sie schnell! Brauchen Ordnung und Disseplin! Der Bewerber ist sicher, diesen Darsteller schon in vielen ähnlichen Rollen gesehen zu haben. Jetzt also als Hausinspektor. Gibt ja auch, sagt der Hausinspektor in seiner Rolle als Hausinspektor, Bücher in Buchclubs. Für Mitglieder. Preiswert und repräsentativ. Und auch die Regale dafür. Weltatlas, Globus und Bücherschrank. Haben Sie denn von ihren Büchern auch welche in diesen Buchclubs drin? Sie kennen doch solche Buchclubs? Und warum denn nur bloß eine Tochter bis jetzt? Scheidungskinder. Geschieden ist schnell, aber teuer! Jaja, unsere Herren Schriftsteller! Als Logenschließer Pünktlichkeit, Disseplin, Ordnung! Unter Adenauer – erinnern Sie sich an den? Interessieren Sie sich für Politik? Geschichte? Auch als Schriftsteller! Politik, Deutschland, die Partei ist Privatsache, aber Ordnung und Disseplin. Deutschland. Gibt ja Schriftsteller, die sind gegen alles dagegen, sind Sie auch so einer? Kennen Sie den, der im Fernsehen? Interessieren Sie sich für Sport? Bundesliga, Fußballweltmeisterschaft, Olympiade! In Praunheim ein Haus gebaut. Neubauviertel, zwei Kinder. Waren Sie schon in Praunheim? Erst den Sohn und dann eine Tochter ist praktischer! Die Kinder längst groß. Disseplin. Aus dem Haus. Selbst schon gebaut, der Sohn, und die Tochter mit einem Diplomingenieur. Beamtenlaufbahn. Eingeheiratet. Als Hausinspektor und Großvater seinerseits schon zwo Enkel. Wie alt schätzen Sie mich? Aus Posen. Seinerzeit ehemals Flüchtling. Jetzt Hausbesitzer in Praunheim. Kennen Sie Praunheim? Neubau im Neubaugebiet. Ein deutsches Haus. Disseplin, Preußen, preußische Tugenden. Unteroffizier. Den Krieg haben Sie und Ihre Generation ja nicht mitgemacht. Wie mans nimmt. Heute andere Zustände. *Unser* Adolf, sagte er nicht. Privat. Als Privatmeinung. Von den Ausländern nicht die Butter vom Brot. Steht als Hausinspektor hier auch dem Hausputzdienst vor. Hat er unter sich. Aber unter uns gesagt: Deutschland hat nachgelassen! Muß mit Disseplin und mit eisernem Besen! Oder was meinen Sie zu dem Ganzen? Lesen Sie Zeitung? Schriftsteller, da muß man doch! Als Schriftleiter-Schriftsetzer-Schriftsteller müssen Sie doch eine Meinung! Poet, sagt man nicht auch Poet? Ein Buch von sich selbst haben Sie wohl nicht zufällig mit? Worum geht es bei Ihnen? Auch in Zeitungen? Interessieren Sie sich für Politik oder mehr bloß unpolitisch? Oder mehr für Sport? Für Geschichte? Für wen schreiben Sie? Zielgruppe? Keine Zielgruppe? Also ist das Schreiben für Sie, war schon immer so eine Art Hobby für Sie? So ein Steckenpferd sozusagen. Muß jeder selbst wissen. Sammeln Sie Briefmarken?

Und hat inzwischen als Hausinspektor im Dienst längst angefangen, Karteikarten zu sortieren. Karteikarten, Dienstpläne, Dienstpersonal. Anwesenheitslisten, Materiallisten, Formulare. Muß er alles schriftlich. Muß genau nach Vorschrift. Mit Kugelschreiber, Sorgfalt und Buntstiften. Für die Richtigkeit. Datum, Stempel und Unterschrift. Jaja, macht sich manch einer kaum einen Begriff davon, was er als Hausinspektor so alles unter sich! Nicht zu glauben. Was seine eigene Frau ist, daheim in der Küche, die kann sich das Tag für Tag gar nicht vorstellen in ihrer Küche, für die er jeden Monat das Geld verdient. Gas, Strom, Wasser, die Wurst vom Metzger, die Krankenkasse – will alles bezahlt sein! Ein Haus gebaut. Neubau im Neubauviertel. Haus und Garten. Und zeigt jetzt endlich das Foto im Rahmen. Postkartengröße. Großmächtig ein deutsches Haus. Terrasse, Blumenbeet, Doppelgarage. Karfreitag 1964. Das Haus frischverputzt. Davor die Gestalten sind winzig. Haben Sie auch ein Haus? Will alles verdient. Muß man erstmal geschafft haben! Die Arbeit. Die Verantwortung. Vor vier Jahren im Dienst einen dienstlichen Herzinfarkt. Seither Nichtraucher. Willenskraft, Disseplin! Von Kind auf. Bei der Wehrmacht noch mehr. Dann erst recht. Immer dazugelernt. Sind Sie Nichtraucher? Rauchen Sie? Naja, auch noch jung. Nicht im Krieg gewesen! Gedient? Haben Sie gedient? Obwohl die Bundeswehr heutzutage ja kein Vergleich mit der Großdeutschen Wehrmacht, mit uns! Muß man zugeben, Deutschland hat nachgelassen! Sie als Schriftsteller. Ohne Haus. Keinen Sohn. Da haben Sie eine Aufgabe. Nochmal das Telefon. Ja, jawollja! Neinja und bleibt dabei. Wie gehabt, wie die Jungfrau zum Kind. Steinundbein. Gleichfalls und wohl bekomms! Dann nochmal von Anfang an seinen Monolog, zwoter Durchlauf. Der Bewerber ist sicher, diesen Darsteller schon in vielen ähnlichen Rollen. Beim zwotenmal den Monolog etwas schneller geschafft. Revidiert. Eine zweite veränderte Bühnenfassung. Also jetzt. Dann also. Es hat mich, war mir eine Freude! Gern noch stundenlang so, aber muß jetzt, es wird Zeit. Kann leider nicht jeder als Schriftsteller. So schön es auch wäre. Die Pflicht! Muß als Hausinspektor die Materialausgabe für den Hausputzdienst. Reinigungsdienst. Aufsicht, Inspektion und Kontrolle. Jetzt vor Weihnachten, in der Vorweihnachtszeit, die Weihnachtsmärchen. Sondervorstellung. Schulklassen, Altersheime, Belegschaften. Die sozial Schwächeren. Herdenweise die Autobusse. Die Kinder von armen Leuten. Was da an Dreck und muß immer gleich weggeputzt. Geht schon wochenlang so. Seit Mitte November schon. Bis zu drei Vorstellungen jeden Tag und dann soll kein Stäubchen. Die Pflicht ruft. Disseplin. Also am besten schriftlich. Wie gehabt. Sie als Schriftsteller. Schriftlich, das können Sie ja. Doch für Sie kein Problem. Bewerbung, Lebenslauf, Zeugnisse, Referenzen, polizeiliches Führungszeugnis. Wie üblich, kennen Sie ja. Interessant. Ein interessantes Gespräch. Ganz meinerseits. In vielem ja Übereinstimmung und sogar einer Meinung. Ganz meinerseits, ganz Ihrer Meinung. Umgehend Ihre Bewerbung, dann sehen wir, was zu machen ist. Die Verwaltung. Kriegen Bescheid. Kriegen dann schriftlich Bescheid. Strickjacke in den Blechschrank. Kittel an. Taschenkamm. Händeschütteln. Die Zähne. Ein Lächeln. Wie gehabt, wie gesagt. *Unser* Adolf, sagte er nicht. Nicht ein einziges Mal. Hausinspektor oder Hausoberinspektor. Interessant, auchmal Ihre Meinung. Sehr erfreut. Als Bewerber die ganze Zeit im Mantel. Schmal, eng, ein blauschwarzer Emigrantenmantel aus dem Jahr 69. Im Sitzen. Zugeknöpft. Alle Knöpfe zu und nicht genug Luft. Eng. Ein enger Tag. Die Mantelknöpfe sind ein Kapitel für sich. Und jetzt darf der Bewerber, er ist ja nicht festgenommen. Auf freiem Fuß. Er ist doch kein Angeklagter. Die Tür. Durch die Tür. Flur, Treppe, Seitenausgang. Theaterplatz. Freier Himmel. Der heutige Nachmittag. Neonschriften, Verkehrsampeln, Lichter, die Straßenbahn, Leitungsdrähte, der Wind vom Main, ein städtischer Winterhimmel. Auf der Uhr zehn vor vier. Nach allen vier Seiten.

Und jetzt also, Bewerber kann man schon gar nicht mehr sagen. Kein Gesicht. Nicht auch ein Mantelknopf locker? Über den Theaterplatz und nicht überfahren werden. Auch nicht vor die Straßenbahn. In der dritten Person. Einer, der kein Geld hat, ein Strolch. Richtung Hauptwache. An der Katharinenkirche vorbei. Am Eingang die frommen Dezemberbettler. *Suppenausgabe ab 16 Uhr 30.* Kreideschrift. *Täglich warme Suppe für jeden.* Kaufhäuser, Haufen Volks. Christbaumhändler mit Soldatenmänteln und polnischen Pelzmützen. Friede auf Erden. Die Weihnachtsbeleuchtung. Zeitungsverkäufer. Bettler, Penner, Obdachlose. Immer mehr Bettler. Nur nicht krankwerden! Es ging ihm so schlecht, daß er Bettler abweisen lernte. Frag die, die Geld haben! Und dann die ganze Nacht Wasser trinken, einen Liter pro Stunde, um nicht zu ersticken. Schriftsteller. Jahrelang so am Rand und gerade dann, wenn das Altwerden anfängt, Herz, Leber, Magen, die Augen, die Schuhe, die letzten zwei Schuhe, jeder einzelne Knochen, dein Kreislauf und Zahn um Zahn, dann ausgerechnet wirst du zum Penner. Weihnachten vor der Tür. Lohnarbeit, eine Stelle. Vielleicht noch rechtzeitig vor Weihnachten, so wirst du es dir ausgedacht haben, und du wärest gerettet. Weihnachten und das Kind und die Welt auch gleich mit gerettet. Das jährliche Weihnachtsmärchen. Als Dienstwohnung auf dem Dach vom Theater ein Lebkuchenhaus, wetterfest und bewohnbar. Bei jeder Trennung die Welt neu aufteilen und sehen, wem welche Erinnerungen und wem welche Bücher, Pullover, Wörter, Stühle und Menschen. Mit seinen vielen Gesichtern der Tag. Und sieht dich von allen Seiten her an. Zurück in die Jordanstraße. Heimgehen kannst du schon gar nicht mehr sagen. Weg ist weg. Ein Wort nach dem andern kommt dir abhanden. Und wenn wir heute die Trennung rückgängig? Du kämest zur Tür herein und Sibylle mit leeren Händen auf dem Teppich. Ein Teppich mit Drachen und Göttern aus China. Vor dem Fenster der Himmel. Der Himmel ins Zimmer herein. Sie hätte nur ihren alten Morgenrock an. Und hat schon gewartet und sagt: Laß uns sehen, laß uns noch einmal. Mitten im Zimmer. Winterblaß. Ihre Hände wie Vögel. Mein Leben, es ist doch das Leben! Über die Hauptwache in die Freßgass, ein Emigrantenmantel. Im Gehen die Schuhe schonen. Genug Geld, sagt er sich, genug Geld zusammenkriegen, damit du in der ersten-zweiten-dritten Person ein paar Jahre im Bett bleiben kannst, ungestört. Wieviel Jahre? Pro Jahr wieviel? Wieviel wird man brauchen? Vorher noch neue Schuhe und diese neuen Schuhe als Zukunft griffbereit unter dem Bett. Von Kind auf nur immer im Liegen gelesen. Vor langer Zeit einmal die Fingerspitzen der rechten Hand verbrannt. Da geht er. Lebendig. Am Leben. Er lebt.

In der Freßgass ein Penner. Betrunken. Direkt vor dem Café Schwille. Sitzt auf den Steinen und hat alles ausgetrunken. Rum, Rotwein, Büchsenbier, Weihnachtskümmel und Doppelkorn. Erst da und dann nicht mehr! Restlos! Steht auf, weil im Sitzen kann man ja nicht einmal seine eigene Meinung. Steht und taumelt. Um ihn her: alles schwankt! Gespenster, Brieftaschen, Mantelgestalten, ein blödes Volk. Er mit drei Jacken übereinander. Alle weichen ihm aus. Die ernsthaften Freßgassbettler haben schon alle die Flucht ergriffen, schon längst, weil er mit seinem Suff ihr Geschäft stört. Er steht, ein Gefuchtel. Er breitet die Arme aus. Blutig die Hände. Zerschnitten. Muß er mit Glas, mit Flaschen und kann sich jetzt nicht erinnern. Kreuz und quer beide Hände zerschnitten. Muß in Scherben hinein oder mit einem Messer. Mit Eisenblech, Kanteisen oder besoffen sein Spiegelbild und mit vollen Händen hinein. Vielleicht gestern? Vielleicht vor drei Tagen schon? Eiter und Dreck und angetrocknet das Blut. Gekotzt schon vorhin. Schon öfter! Fußgängerzone. Nicht daß ihm noch der Frost in die Wunden hinein, in der Nacht! Was lallt er? Direkt vor dem Café Schwille. Im Suff. Einzelhaft. Hält sich an einer erschrockenen Säule fest. Alles schwankt, alles zerrt an ihm. Wird sich gleich wieder setzen. Wie ging das denn zu, daß ihm nicht ein einziger Schluck noch wenigstens übrig? So viel Leben, so viel Lebenserfahrung und jetzt nicht ein einziger letzter Schluck! Und die Bullen wohl schon unterwegs? Von allen Seiten, aus allen Richtungen her unterwegs und in seinem Kopf: sie hören nicht auf zu kommen! Er taumelt, er schnauft, er hat sich gesetzt. Wenn man sich nicht um alles selbst kümmert! Jetzt fängt er an aufzustehen, die Welt erhebt sich, die ganze Freßgass steht mit ihm auf. Ob nicht doch irgendwo auf der Welt noch ein letzter Schluck für ihn, Teufel auch! Nach Möglichkeit hier in der Gegend! Zur Not mit Gewalt! Und aus der Ferne schon die Sirenen.

Naßkalt, bald dunkel. Bin das jetzt wieder ich? Ein Emigrantenmantel und ohne Gesicht. Als sei der Tag mir gestohlen und wie soll ich jetzt auch nur einen einzigen guten Gedanken, woher? Am liebsten zurück jetzt, aber wie weit und wohin zurück? Zurück und noch einmal beginnen den heutigen Tag? Heim jetzt, heim zu Fuß. Besiegt. In der dritten Person. Und den heutigen Nachmittag schon als Geschichte für Sibylle und Carina oder davon nicht ein einziges Wort? Nicht ein einziges Wort davon, das hält er nicht aus! Heim zu Fuß. Hauptwache, Freßgass, Bockenheimer Landstraße. Dezember. Die Dämmerung, eine Woche vor Weihnachten, Frankfurt am Main. Und den ganzen Weg entlang nicht ein einziges Gesicht ihm begegnet. Und ankommen wirst du nie. Heim, als sei es noch unser erstes Jahr hier in Frankfurt. Vom Dorf. Dort auch fremd. Sooft er aus jeder Richtung mit brennenden Füßen über den Opernplatz kommt, wieder kein Straßenbahngeld, und sieht vor sich die Goethestraße aufglitzern, müd und hungrig, die Freßgass: unverlierbar wie eine lebendige Vergangenheit schwebt ihm vor, daß er doch noch Reichtum und Ruhm jede Menge. Unter vielen Himmeln. *Bitte buchstabieren Sie uns jetzt noch einmal Ihren Namen!* Und weitergehen und noch lang nicht, von nichts je genug. Immer mit Carina, in der Straßenbahn oder zu Fuß, bevor wir zum Opernplatz kommen. Gleich jetzt, du wirst sehen! Ob es auch diesmal? Bestimmt wieder da! Wo der Himmel anfängt. Auf dem Dach der Oper und kennt uns: das Pferd mit Flügeln!

8

Mitbewohner für Dreizimmerwohnung Leipziger Straße gesucht. Ecke Landgrafenstraße. Über dem alten Montanus-Buchladen. Nachmittag, als ich hinkam. Ein Lehrer, noch jung. Sein Zimmer. Daneben das Mittelzimmer. Und hier in der Ecke das Eckzimmer. Das Eckzimmer wäre für mich d.h. zu vermieten. Das Mittelzimmer neutral. Jeder zur Hälfte oder wie man es aufteilt. Je nach Bedarf. Mein Stall, sagt er und wird für mich gleich zum Pferd. Ein Ackergaul, groß und schwer. Aber mit Filzpantoffeln und womöglich mit Treibgas gefüllt. Schnaubt und wiehert. Muß aufräumen, muß das Eckzimmer leerräumen. Alles am Wochenende. Wollte sowieso. Unterrichtsvorbereitungen, Unterricht, Elternsprechtage, Zeugniskonferenzen, Berufsfortbildung, alle Schüler desinteressiert, die Klassen zu groß, intrigante Kollegen. Ehrgeizig. Psychopathen. Gemütskrank. Unterbezahlt. Versorgung mangelhaft. Das soziale Netz. Klassenräume, Lehrkörper und Unterrichtsmaterial veraltet. Jedes Wochenende und in den Ferien die Umstellung jedesmal. Biorhythmus. Ein Streß, direkt Dauerstreß. Kann sein, daß ich nickte. Im Flur. Ein großer Flur. Er scharrt mit den Füßen. Er wiehert und schnaubt. Küche und Bad zum Hof hin. In der Küche Bierflaschen, Flaschenbier, Limo. Volle und leere Flaschen. In Kästen. Die Kästen gestapelt. Immer günstig im Großeinkauf. Klappstühle. Zeitungen. Neckermann, Quelle, Otto-Versand. An der Wand ein Kalender und schreckt mich jäh mit der Zeit. So aufgeregt, so hektische große Ziffern! Und daß sie vergeht, die Zeit! Überall Zeitungsstapel. Auf dem Fußboden, auf jedem Tisch, auf allen Schränkchen und Fensterbänken. Rundschau, Zeit, Süddeutsche, Stern, Gong, Funkuhr, Hör zu, Welt, Spiegel, Betrifft Erziehung, die Rahmenrichtlinien, Päd.-Extra, Erziehung und Wissenschaft, die Gewerkschaft. Die Regale auch voller Zeitungen. Werkzeug,

Pappkartons, Videocassetten, Staub, Blumenvasen, Tennisschuhe, Dekorationsstücke, ein Mikroskop, eine fahrbare kleine Kanone, Modellautos, eine Videokamera. In seinem Zimmer ein neuer Farbfernseher mit Videorecorder. Spitzenmodell. Brandneu. Eben ausgepackt. Der Karton noch daneben. Gerade erst angeschlossen. Im Mittelzimmer ein Fernseher auf einem Wandbrett, das ist der alte. Bildformat, Farbe, Fernbedienung. Einwandfrei. Daneben noch einer. Gesicht zur Wand. Beinah neuwertig. Muß er anschließen. Von seinen Eltern. Er ist aus Aschaffenburg. Diese Kästen mit Dias als Unterrichtsmaterial. Neue Medien. Zwei Staubsauger, die Seite an Seite geduckt auf das Startzeichen warten. Lampen. Und außer den Lampen noch die Lampen, die er nächstens noch anbringen wird. Schon bereitgelegt. Genauso die Vorhänge. Topfpflanzen. Eine Stehleiter. Nachmittag, Winter, ein Werktag. Im Januar. Weihnachten ausgefallen. Vor dem Fenster die Leipziger Straße. In der Wohnung überall große Tüten Kartoffelchips.

Er raucht Mentholzigaretten, aber mäßig und nicht auf Lunge. Abends auch Pfeife. Ein Aschenbecher zum Draufdrücken. Man drückt und die Asche wie weggezaubert. Sehr praktisch. Für die Pfeife ja nicht so. Aber für Zigaretten sehr praktisch. Auch für Streichhölzer, Asche und Kippen. Geruchlos. Zigarren auch. Tischhoch. Standfest. Mit Chromfuß. 60 cm Chromfuß. Muß aber trotzdem ausgeleert, ab und zu. Für die Pfeife hat er einen Stammtischaschenbecher von der Sparkasse. Sein Vater zwo Drogerien. Ein Hauptgeschäft und eine Filiale. Jetzt zu mir. Beruf? Schriftsteller. Ein Kind. Die Trennung. Alles am Telefon schon, aber da hat er nicht richtig hingehört. Er dachte, ich sei Lehrer oder wenigstens etwas Ähnliches. Schriftsteller, wie geht das? Indem man schreibt, sagte ich. Und Einkommen? Einkommen auch. Im Jahr, im Monat? Tantiemen, Bücher, das Geld. Jeden Augenblick.

Dauernd. Ein Einkommen, als ob ich Fallada oder Remarque, aber noch am Leben. Sozialkritisch und mit eindeutig autobiografischen Bezügen. Als ob immer wieder der Krieg gerade zuende und ich jedes Jahr einmal Im Westen nichts Neues. Erst nur im Westen, dann der Reihe nach alle Himmelsrichtungen. Die Windrose. Als die anderen Kinder in Staufenberg noch kaum den Sonnenaufgang und Norden und Süden, nach Mainzlar, nach Lollar, zur Schosseeh und an die Lahn zusammenbekamen, wußte ich schon, daß es Nordnordost gibt und Südsüdwest, aber auch Westsüdwest und Ostsüdost. Alle Sonnenuntergänge in meinem Gedächtnis für die Ewigkeit aufbewahrt. Nie auf eine Flaschenpost jemals Antwort bekommen. Bis jetzt nicht. Die Längen- und Breitengrade immer als Last auf mir, wie eine Aufsicht, ein schweres Netz, Unfreiheit, ein Gewicht. Jetzt merkte ich, wie ich abschweifte. Innerlich, in Gedanken. Immer weiter weg von mir selbst. Hals trocken. Das Geld. Honorar. Auch von Zeitungen, Zeitschriften, Rundfunk, Fernsehen und Film. In- und Ausland. Wie Vom Winde verweht. So ähnlich. Oder Goethe und dann als Denkmal. Später dann. Überall Zeitungen. Wie das Leben selbst, sagst du dir. Wieviel Jahre denn schon alle Zeitungen jeden Tag voll mit Anzeigen für Farbfernseher und Videorecorder! Computer und Software! Sonderangebote! Zehn Seiten Anzeigen! Am Wochenende noch mehr! Beilagen, Farbprospekte! Extraausgaben! Sonderbeilagen! Als wir vor sieben Jahren nach Frankfurt kamen, Sibylle und ich, waren es Stereo-Anlagen. Hifi-Türme. Alle Sorten. Tageszeitungen und Anzeigenblättchen. Erst in den Herbst hinein ein Zimmer in einer Dachwohnung mit großen Fenstern in der Basaltstraße. Dann in die Kaufunger Straße zu Jürgens Freund Siggi. Morgens Milchkaffee, Eier im Glas und Toast mit Orangenmarmelade. Die Vergangenheit. Helle Wintermorgen. Das ganze Haus riecht nach Toast und Milchkaffee. Und wie schön seine Türklingel klingelt. Schon auf Weihnachten zu.

Damals. Noch fremd. Ich wollte die Stadt verstehen und las wochenlang jeden Tag alle Zeitungen. Seite für Seite. Schleyer. Stammheim. Mogadischu. Politik, Lokalnachrichten, die wichtigsten Raubüberfälle im Rhein-Main-Gebiet. Gebrauchtwagen. Die toten Fixer vom Tage. Die Summe der toten Fixer pro Tag-Monat-Jahr. Damals schon. Pauschalreisen. Ausländer ohne Papiere. Inder und Hilfsinder. Erstklassige Kapitalanlagen. Kein Risiko. Ihr Geld in acht Wochen verdoppelt. Sofortkredite in jeder Höhe. Auch ohne Sicherheit, Ausweis und Formalitäten. Bargeld per Post. Jeden Gebrauchtwagen für eine baldige Weltreise ohne Wiederkehr. Nur nicht abschweifen! Nuttenanzeigen mit Einzelheiten und Telefonnummern und worauf sie sich spezialisiert. De Luxe. Mit allen Schikanen. Jeden Tag ein paar Rentner unter die Straßenbahn. Und wie weit sie mitgeschleift – achtzig Meter, hundertvierzig Meter, zweihundert Meter. Als sei es ein Wettbewerb unter den Straßenbahnführern (jedoch wird bestritten, daß dafür Belobigungen und Prämien!).* Spitzenverdienst. Gelegenheitsarbeit. Prospektverteiler gesucht. Nur die Immobilienanzeigen las ich nicht. In der Kaufunger Straße eine große Wohnung, in der Jürgens Freund Siggi als letzter übrig. Hat einen RAF-Prozeß anstehen. Die Wohnung gekündigt. Wir wohnen auf jeden Fall noch die Kaution ab, sagt er beim Einzug zu mir. Solang das hier geht, könnt ihr bleiben. Umsonst. Mein erstes Buch. Und wie wir ihn und uns täglich mit Essen versorgen. Sitzen und schreiben und spät am Nachmittag jeden Tag durch die Leipziger Straße vor bis zur Warte und Sibylle von der Straßenbahn abgeholt. Dezember. Die Dämmerung. Fremde Mäntel. Auf dem Heimweg die Leipzi-

* Fahrpläne, vorgeschr. Fahrzeiten, menschl. Mitgefühl und insbesondere der knapp bemessene amtliche Etat verbieten uns!

ger Straße entlang unsre Einkäufe. Die Milch bezahlen. Das Brot bezahlen. Das teure Klopapier. Obst auch. Und was wir sonst noch brauchen, nach Möglichkeit jeden Tag einfach so mit. Gar nicht so leicht, besonders wenn man in Eile. Statt Einkaufszettel sagen wir jetzt Bedarfszettel. Zwei praktische große Einkaufstaschen täglich für den Bedarf. Vom Dorf. Ich schrieb jeden Tag. Viele Jahre lang immer wieder mein erstes Buch geschrieben und jetzt hier die letzte Reinschrift. Eigens dafür nach Frankfurt gekommen. Immer wieder anfangen. Jeden Tag neu. Ich schrieb jeden Tag, als ob es mein letzter Tag hier auf Erden. Rotwein beim Schreiben. Zweiliterflaschen mit Schraubverschluß. DM 1,47. Schnaps nur als Glücksfall und wenn mir ein Anfang besonders schwer. Unser erster Winter in Frankfurt. Ein schwerer Winter. Seither sieben Jahre. Und jetzt hier und mich wegdenken. Die Ferne. Anderswo. Es geht wie von selbst. Dann aber doch mit ihm, mit mir selbst, meiner Müdigkeit und der ganzen Welt als Gewicht bei dem Aschenbecher mit Chromfuß. Er und ich und der Nachmittag. Hin und her in der Wohnung. Wie nicht recht bei mir. Das Kind, sagte ich. Bald schon viereinhalb. Meine Tochter. Carina. Sie heißt Carina. Kein Parkplatz. Kein Autostellplatz. Die nächsten legalen Dauerparkplätze in der Seestraße und am Kurfürstenplatz. Er hat in der Landgrafenstraße günstig eine Garage. Vielleicht wird da etwas frei. Kann sein, daß ich nickte. Mentholzigaretten. Der Aschenbecher. Neben mir immer größer der Lehrer. Wie aufgeblasen. Ein Gummipferd. So bedächtig, als ob er schwebt. Er scharrt mit den Füßen. Er rückt und zupft an sich und den Ecken und Kanten. Ein Gemurmel. Dann wieder Zimmerlautstärke. Wenn ich verzagt bin, ist die Wirklichkeit schlecht oder gar nicht snychronisiert. Die Miete. Als Anteil sechshundert. Fünfhundertachtzig vielleicht. Kalt. Kaltmiete. Ein Wort, das mich gleich in der Kehle zu würgen begann. Zappelt als Frosch mir im Hals. Als Kaution hat er eine Kaution gezahlt.

Drei oder fünf oder sechs Monatsmieten Kaution. Muß er nachsehen. Die Unterlagen. Und was er in die Wohnung hineingesteckt. Alles aufgeschrieben. Rolläden. Teppichboden. Verträge. Quittungen. Die Belege. Wohnt seit fünf Jahren hier. Und hat die Zahlen auch im Computer. Kann er nächstens genau, ganz genau. Schwarz auf weiß. Ob ich die Sicherheit auch mit Sicherheit, weil Schriftsteller. Mit Schriftstellern weiß er nicht. Kann man ja durch die Bank. Eine Bankbürgschaft. Und wenn das Kind hierher zu mir. Kindertag. Kindernachmittag. Kinderfilme. Film verleih. Video. Und vielleicht einen festen Kindernachmittag ausmachen. Babysitter. Mit Kindern, da weiß er auch nicht so recht. Seine Schwester hat zwei. Auch immer zuverlässige Babysitter. Haushalt, Kinderfrau, Kindergarten. Ihr Mann ist VW-Händler. Und er Physiklehrer, wie gesagt. Bio, Physik und Chemie. Mittel- und Oberstufe. Ein Streß, wie gesagt. Er sah sich um, als ob er einen Abstellplatz sucht für sich selbst. Wieder im Mittelzimmer neben dem Aschenbecher mit Chromfuß. Ein Konferenzaschenbecher. Noch ein paar Interessenten, sagt er. Berufstätig. Hat auch schon an eine Frau als Mitbewohnerin. Weiblich. Studentin oder berufstätig. Die Dusche soeben erneuert. Sämtliche Armaturen in Küche und Bad nagelneu. Vor fünf Jahren eingezogen. Auch ein Kollege von ihm, der sich für das Zimmer interessiert. Sport und Mathe, joggen manchmal zusammen. Also falls in den nächsten Tagen. Meldet sich dann. Erster Stock. Vor den Fenstern die Leipziger Straße. Januar, Winter. Der Nachmittag die Straße entlang. Jeder Tag auf der Leipziger Straße wie auf einer Bühne. Die Menschen auch. Vom Morgen bis in die Nacht hinein jeder einzelne Tag wie ein ganzes Zeitalter jedesmal wieder. Am Fenster. Von oben. Die Straße, Schaufenster, Ladeneingänge. Ein türkischer Obststand. Äpfel, Bananen, Orangen, Avocados, Zitronen und Mandarinen. Sind wirklich. Im gelben Licht. Schnee, Schneegeruch in der Luft. Ein paar einzelne Schneeflocken. Vielleicht nachträglich nur, in meinem Gedächtnis und um meinen Blick festzuhalten. Im dunklen Parka ein Mädchen. Aus dem Laden unten im Haus und mit einer Montanustüte über die Straße. Blond und schlank und du weißt nichts von ihr. Neonschriften. Die Gehsteige voller Menschen. Auf den Abend zu. Ein Schneewinter. Die neue Zeitrechnung. Januar. Langsam die Autos. Mit eingeschalteten Lichtern. Nochmal den Konferenzaschenbecher. Standfest. Hygienisch. Repräsentativ. Man drückt. Er surrt, er vibriert. Und schon ist die Asche weg. Bleibt verschwunden.

Dann auf der Leipziger Straße. Allein. Hin und Her und mich suchen! Durch die Jahre sooft hier gegangen, erst nur Sibylle und ich, dann sie und ich und Carina. Noch überall seh ich uns gehen. Auf den Abend zu. Durch den Schnee. Ein Kind. Eine Kindheit. Carina, Sibylle und ich. Im Hintergrund fremde Mäntel. Schneit es noch? Ladeneingänge, Schaufenster, Licht auf dem Gehsteig und der Himmel noch eben hell. Sind sie jetzt schon daheim? Vorher mit Anne telefoniert. Wenn die Wohnung gut ist, sagt sie, auf jeden Fall zusagen und dann gleich bei ihr anrufen. Kaum aufgelegt und schon auch ihr zweiter Anruf. Muß sowieso nach Bockenheim. Bank, Uni, Bibliothek, doch sowieso Mittwoch oder? Und wartet dann im Café auf mich. Ich soll dann gleich, soll auf jeden Fall hinkommen! Die Leipziger Straße. Pralinen, ein Obststand, die Kaffeerösterei. Der Kaufhof, das Bilka, und da vorn geht der Tag. Ausländer, Arbeitslose, Bettler und Zeitungsverkäufer. Der Teeladen mit dem honigfarbenen Licht und wir sind nicht drin. Das weißt du im voraus, das spürst du am Herz. Dann der Laden mit indischen Kleidern und Duftöl und bunten Tüchern. Eng, übervoll, parfümiert. Regenbogen, Silberglöckchen, Sitar, Flöte und Trommeln, Zierkettchen, Palmwedel, Lederschnüre, bunte Bänder und Zweige, alles hängt von der Decke herab. Musik, Karawanenmusik. Der indische Subkontinent. Teegläser, eine silberne Teekanne auf einem Tablett. Eng, überheizt. Wie ein Götzenbild rot und golden ein Gasofen, der vor Hitze glüht. Blaue Flammen. Vor den Flammen ein rundes Fenster. Die Besitzerin bietet uns Tee an. Die Gasflammen tanzen. In Indien, in Nepal, in Burma, in Laos, in Tibet, überall ist sie schon gewesen. Heute Morgen erst Post aus Katmandu. Moment, muß nur eben ein bißchen Platz hier! Geduld und den Vorhang beiseite. Blusen, Röcke, Kleider, eine ganze Kollektion hat sie blitzschnell herbeigezaubert. Sie pflegte Sibylle beim Umziehen zuzusehen und gern mit geschickten Händen. Fürsorglich. Mütterlich. Als Tante, als Gouvernante, als strenge Freundin. Im Spiegel und vor dem Spiegel. Erst mit und dann ohne Vorwand. Noch mehr Tee? Zigaretten aus Indien. Der Tee wächst am Fuß des Himalaya. Ihr Schmuck klirrt. Sie raucht mit einer langen Achatspitze. Wenn uns zu heiß ist, macht sie ein bißchen die Ladentür auf. Kein Mensch guckt herein. Sind ja eigentlich mit dem heutigen Nachmittag fast allein auf der Welt. Und tastet mir kennerisch Rippen und Leber ab. Wir sollen es uns gemütlich, wir sollen uns ruhig Zeit lassen. Vielleicht eine Schale Reiswein? Sitzkissen aus Afghanistan. Schon als wir nach Frankfurt kamen, gab es diesen indischen Laden. Und jetzt quer übers Fenster: Geschäftsaufgabe! Räumungsverkauf! Als ob ich mir alles bloß eingebildet, schon immer! Schneit es noch? Sibylle und Carina jetzt schon daheim? Im Kopf schon angefangen, ihnen den heutigen Nachmittag: immer noch einen Vergeblichkeitsbericht. Jeder anders und am Ende doch alle gleich. Die neue Zeitrechnung. Immer gern mein Bild von Aschaffenburg. Der Spessart, Räubergeschichten, Tucholsky und Frankenwein. Nicht auch ein Barocktürmchen über den Dächern, bevor der Zug pünktlich weiterfährt oder das alte Auto fände endlich von allein den richtigen Weg?* Der Main. Ein geruhsames Mittelalter. Franken fängt in Aschaffenburg an und ein langer Sommer und langsam die Zeit. Der Weg nach Böhmen, nach Wien, auf den Balkan. Das östliche Mittelmeer. Der Landweg nach Indien. Und jetzt? Wie soll ich je wieder an Aschaffenburg denken? Genauso die Leipziger Straße, der Winter, mein Leben, der heutige Nachmittag. Selbstgespräche. Da vorn gehts zur Post. Auf der Leipziger Straße hin und her und mich suchen. Immer dringlicher nach mir suchen! Mein Geld, das verbleibende Geld und die restlichen Tage zählen. Immer im Januar werden die Weihnachtsstollen billig. Und bald dann auch die Kalender. Anfang Januar. Zum Schneien ist es zu kalt. Aus der Höhe herab, beinah wie aus Styropor ein paar einzelne trockene Schneeflocken. Über den Köpfen der Menge. Wie immer die gleichen. Als ob sie nicht weiter wüßten. Unbedacht aus dem Himmel, ein Irrtum, und können jetzt nicht zurück! Im Licht vor den Kaufhäusern und in den dämmrigen Seitenstraßen bei den Frankfurter Büdchen die Penner. Wie die letzten Überlebenden eines untergehenden Volkes. Sich totsaufen, klar, das dauert, das braucht seine Zeit! Du kannst ihnen jeden Tag zusehen, öffentlich, hier in der Stadt, bei ihrem langsamen Sterben. Noch nicht einmal vier und schon wieder die Dämmerung. Haufen Volks und wohin? Wo gehen sie hin? Nicht auch erst kürzlich, daß sie alle sollten gezählet werden? Gehen. Im Gehen die Schuhe schonen. Lag da Schnee? Bin das ich? Auf der Welt bleiben und jeden Tag schreiben. Jeden Tag mit Carina, sie jeden Tag sehen! Und mit vielen Wörtern noch einmal lang auf den Sommer zu, sie und ich. In den Sommer hinein. Und sehen, wo er mit uns hingeht,

* Oder wären mit dem Barocktürmchen doch schon in Würzburg, in Budapest, in Arad, in Oradea? Wie weit bis Odessa, wie weit nach Damaskus?

der Sommer. Neue Schuhe für mich. Carina mit neuen Sandalen. Wenn die Sonne scheint, gleich fängt sie zu hüpfen an. Sowieso im Sommer wird sie ein Zigeunerkind. Schreiben, immer weiter schreiben, bis ich alle Bücher geschrieben und Carina längst groß und ich dann endlich wie früher Zigeuner, Landstreicher. Sowieso dann bald alle wieder Nomaden, sagte ich mir. Und wieder weit die Welt, wie es ihre Bestimmung. Aber wie hält Sibylle das aus? Wie kann sie ohne mich sein, auch nur einen einzigen Tag, einen Abend?

Anne im Café. Gleich vorn in der Leipziger Straße. Im Hinterzimmer einer Bäckerei, klein und alt ein Café. Kein Fenster oder die Fenster mit Sorgfalt verhängt. Topfpflanzen, Witwen, die Kellnerin auch verwitwet. Das Linoleum abgetreten. Eine Blumentapete aus dem Jahr 1960. Matt und verblichen und beinah wie eine Erinnerung schon. So klein und alt das Café und wird jetzt auch nicht mehr lang, nichts bleibt. Bald abgelaufen hier zwischen den Wänden die Zeit. Aufgebraucht. Hinein und Anne nur abgeholt, damit es nichts kostet, und mit ihr die Straße entlang. Pelzmantel, Büchertasche, der Nachmittag auf der Leipziger Straße und gerade ein Monat, seit wir zuletzt hier entlang, sie und ich. Und seither wie immer gegangen die Zeit. Ein Lehrer. Die Wohnung. Schon mindestens zwei- bis dreitausend Mark, bevor man auch nur anfangen könnte, da einzuziehen! Wir gingen am Haus vorbei. Nebeneinander an den Schaufenstern entlang bis zum Kaufhof, dann umgekehrt und doch in das Eiscafé. Ich Espresso und sie Campari. Das gestohlene Feuerzeug? Verlegt! Muß bei ihr im Flur, in der Küche, beim Bett oder neben der Badewanne. Verlegt, aber nicht verloren! Sogar dann, sagte ich, also mit den dreitausend Mark, die Miete noch extra! Sechshundert Mark jeden Monat. Wie denn dann die Miete, immer wieder die Miete? Immer weiter oder die Zeit anhalten? Wenigstens daß sie langsam ginge, die Zeit! Er ist aus Aschaffenburg. Die Fenster zur Straße. Vom Morgen bis in die Nacht hinein könnte ich jeden einzelnen Tag auf der Leipziger Straße auswendig lernen! *Und* noch schreiben dabei! Und hätte jeden Tag mit all seinen Einzelheiten für mich für immer! Gut, sagt sie mit dem roten Campari. Sie hat das Geld. Sie gibt mir das Geld. Und die Miete im voraus bis Mai. Helle Stiefel, ein kurzer Rock, dunkle Strumpfhose. Schwarz oder dunkelgrau. Sie rückt mit dem Stuhl herum und ich setzte mich so zurecht, daß ich ihr gut auf die Beine gucken konnte. Mindestens bis zum Mai die Miete. Sie hat sechstausend Mark und braucht sie nicht. Beim Trinken als ob sie ihn küßt, den lippenstiftroten Campari. Sogar dann, sagte ich, er würde sie mir nicht geben. Jetzt weiß ich nicht mehr, was er angehabt hat. Physiklehrer. Biologie, Physik und Chemie. Wenn ich verzagt bin, ist die Wirklichkeit schlecht oder gar nicht synchronisiert. Die Wirklichkeit oder was sie als Wirklichkeit ausgeben. Gleich auch mein Kreislauf. Sehstörungen. Das Jahr 1984. Wie er erschrocken ist, der *gute* Leser, als vor ein paar Jahren in den Aldi-Regalen die ersten Konservendosen mit der Aufschrift: Haltbar bis 1984. Jahrelang mit meinen Sorgen und Gedanken alle Tage. Und als hätte ich nicht genug Sorgen, kaum Sorgen, beinah keinerlei Sorgen, oft hier nur zum Spaß immer wieder Chinotto bestellt. Wider besseres Wissen. Nur so zum Zeitvertreib. Wörter. Als ob mir jederzeit gar nichts passieren könnte! Zum erstenmal mit Sibylle vor fast sieben Jahren, ich weiß jetzt noch den Tag, und seither immer wieder hierher. Carina immer Erdbeermilch oder ein kleines Eis. Sobald sie sich beides vorstellt, kann sie sich nicht mehr entscheiden. Muß dann Birnensaft nehmen. Eiscafé Cortina. An den Wänden die Dolomiten als Farbfotos. Die Kellner jedesmal einen Bogen um meine unsichtbare Zigeunerfiedel. Mit Achtung. Sind das die gleichen Gäste wie im Dezember? Sogar *mit* dem Geld und *wenn* in meinem Leben alles stimmen würde, sagte ich, würde er mir die Wohnung nicht geben. Es findet sich immer ein Grund. Und sogar wenn, darauf kam ich erst jetzt, und das ist das Schlimmste, aber auch fast schon wieder ein Trost: es wäre nicht auszuhalten, so eine Ödnis! Ich müßte dauernd seine Gedanken mitdenken. Die gleichen Gesten. Man macht die Tür auf und sieht sich im Sessel sitzen. Aschenbecher mit Chromfuß. Zeitungen, Fernsehen, Flaschenbier. Ich glaube, er lebt von Erdnüssen und Kartoffelchips. Beim Bezahlen sagt der Kellner von sich aus: Diesmal leider nicht ein Chinotto jetzt heute, Signore! In der Ecke beim Schirmständer die Zigeunerfiedel. Klein und unsichtbar und ganz deutlich! Dann mit Anne die Leipziger Straße entlang. Kalt und gleich dunkel. Alle jetzt auf dem Heimweg. Mit zu ihr und wenigstens eine Weile, als sei ich jemand anders? Das Dorf, sagte ich im Gehen zu ihr, im Gedränge. Staufenberg, also mein nächstes Buch. Auf dem Gehsteig der Abend an uns vorbei. Alle Leute mit dampfendem Atem. Wird noch lang nicht fertig, das Buch! Für mich selbst immer schon froh gewesen, daß man zum Schreiben nicht viel braucht. Tisch, Stuhl, Schreibmaschine und Lampe. Erst recht, seit ich nicht mehr trinke. Man kennt sich, man kommt ohne Zustimmung aus. Zur Not reicht eine Matratze als Bett. Mit dem Mantel als Decke. In Staufenberg zwei Winter ohne Ofen im Mantel geschrieben. Aber wie soll ich jetzt ohne Wohnung und muß Carina jeden Tag sehen! Vielleicht als Lyriker kann man auch obdachlos! Ein paar Zettel, Bleistifte, Taschenmesser, ein Notizbuch und alles im Kopf mit. Ich könnte jeden Tag an der Hauptwache sitzen und manchmal am Main. Jeden Tag einmal von der Hauptwache zum Bahnhof und am Goethe-Denkmal vorbei. Immer grüßen. Er auch. Über allen Gipfeln. Manchmal die Zeit für ein kleines Gespräch. Über allen Gipfeln, das hätte ich auch ganz gern selbst geschrieben. Frankfurter Rosen um seinen Sockel. Japaner aus Japan mit japanischen Kameras. In den letzten Jahren ja doch gehörig in den Himmel hineingewachsen, die Dresdner Bank. Wir nickten uns zu. Von den Rosen, sagt er, kann ich mich gern bedienen. Jeder die Hälfte. Lieber doch nicht, damit ich nicht noch als Hilfsinder aus Pakistan. Nix sprcken deutsch viel Gewörte! Und mit Dschungelblick, mit den untröstlichen Rosen Nacht für Nacht von Kneipe zu Kneipe. Obdachlos. Kein fester Wohnsitz. Und immer auch die Papiere noch nicht in Ordnung. Als Lyriker ja vielleicht, aber doch nicht mit Schreibmaschine, Manuskript, Manuskriptschränkchen, Landkarten, Schubladen, Notizbüchern, mit der Zeit, vielen Zetteln und so dicken Büchern. Mein Zeitalter aufschreiben! Jahre und Jahre für jedes Buch und Seite um Seite immer nochmal. Zwanzigmal jede Seite. Und schließlich als Vater ein Kind. Ausziehen, aber wohin? Als Vater will ich nicht an der Hauptwache sitzen! Ich hätte längst ausziehen sollen! Anne im Pelzmantel. Ihre Büchertasche trägt sie jetzt selbst. Immer weiter mit ihr durch das Abendgedränge. Noch mit in eine Parfümerie. Nur zum Kosten und Schnuppern und falls ich sie fressen will! Selbst jetzt wie eine Parfümreklame. Und gleich darauf Zeuge, wie sie ein paar Häuser weiter an einer alten Holztheke im gelben Licht Salz und Salat kauft. Dann an der Straßenbahnhaltestelle bei der Bockenheimer Warte. Um uns drängt sich der Abend. So ein strahlender goldblonder Pelzmantel. Wie ein Leuchten umgibt sie der Mantel. Und kastanienbraun und mit Henna ihr Haar. Gleich sechs. Wie Perlen die winzigen Silbertröpfchen vom letztenmal in meinem Gedächtnis. Nicht zu zählen, so viele. Hat der Nebel ihr in der Dämmerung auf Schultern und Kragen gehaucht. Das war im Dezember. Und jetzt auch die Schneeberge hinter ihr wiedererkannt. Im Schaufenster eines Reisebüros. Seit Anfang Dezember schon. Sind die ganze Zeit dagewesen. Gegangen die Zeit. Genau wieder der gleiche Fleck, auf dem wir hier stehen, Anne und ich. Die alte Erde. Mit uns in die Nacht hinein. Und jetzt kommt ihre Bahn.

9

Mit dem Manuskript zum Hessischen Rundfunk. Mit einem Auszug aus dem Manuskript. Fotokopien. Im Januar. Ein Januarmorgen, noch früh. Vorher angerufen. Frau Dr. Altenhofer. Schriftsteller, also ich. Und geschickt meinen Namen buchstabiert. Zwei dicke Bücher. Und jetzt das dritte, und wird noch lang nicht fertig. Mehrere Tage lang immer wieder angerufen, mindestens zwölfmal, bevor ich sie endlich erreichte. Muß man sehen, sagt sie. Im Studio für Literatur. Prosa. Unveröffentlicht. Sendezeit eine halbe Stunde. Zwölf Seiten. Per Post. Unverbindlich. Liest sie, sobald wie möglich. Sobald sie dazu kommt. Kann eine Weile dauern. Ich war schon froh, daß ich sie überhaupt erreicht hatte und daß sie bereit ist, mir zu glauben, daß es mich gibt. Die Seiten umrechnen in meine Manuskriptseiten mit engem Zeilenabstand. Zwölf Normseiten sind bei mir sieben Manuskriptseiten. Gleich mindestens drei Kapitel mit der richtigen Länge und in sich abgeschlossen, sogar Titel wären mir eingefallen! Aber gleich wieder die Hausfrauen mit ihren Sonntagsspaziergängen, die nie stattfanden. Sowieso zu lang und auch noch nicht fertig. Damals dachte ich noch, es wird nie fertig. Das Buch sowieso nicht, aber auch nicht im Buch dieses eine Kapitel. Gerade das also keinesfalls. Doch wußte, ich muß! Keine Wahl. Gegen mich bin ich machtlos. Die ersten sieben Seiten oder es irgendwie zusammenstückeln, doch es ging niemals auf. Nicht einmal, wenn ich mich verzähle. Kann man nicht mitten im Satz? Anfangen und so weit, wie es eben geht – notfalls abbrechen mitten im Wort: noch zweieinhalb Silben im Mund! Das ganze Leben jetzt auf der Zunge! Einen Teil gleich neu abtippen, weil soviel mit der Hand dazu und ist jetzt mit Mühe nur zu entziffern. Die Hausfrauen mit ihren Sonntagsgesprächsthemen. Das Jahr 1950, welche Haushaltsschürzen und Sonntagskuchen und wie sie einen Sonntag einmal nach dem Mittagessen gespült haben und die Nachbarstochter ihnen beim Abtrocknen geholfen hat. Der Mann auf dem Wohnzimmersofa im Mittagsschlaf und die Kinder noch klein. Sollten im Hausflur spielen und leise sein, aber sitzen lieber in der Küche unter dem Küchentisch und kichern und keuchen. Der Küchentisch ist der Eßtisch. Die Uhr tickt. Am Freitag ist Zahltag gewesen. Die Uhr tickt nur am Sonntag so laut. Haus und Hof, die überkommene Feldwirtschaft. Und wie dann nach dem Krieg die Männer im Dorf nach und nach heimgekommen sind aus dem Krieg. Und dann alle als Heizer ins Eisenwerk, auf die Hütt, zu Buderus nach Lollar. Heizer oder Hilfsheizer. Und nach Mainzlar in die Schamottfabrik. Auf Schicht alle Tage. Nach Möglichkeit immer Spätschicht und Nachtschicht, damit sie sich das kostbare (spärliche) Tageslicht auch weiterhin für die Feldarbeit aufsparen können. Jeder zeitlebens sein eigener Knecht. Hundejahre und Pferdejahre und Menschenjahre. Und dann das Jahr, als es das neue Geld gab. Und jetzt müssen die Hausfrauen aber doch anfangen zurückzurechnen, welches Jahr das gewesen ist, wie sie mit dem neuen Geld das neue Sonntagsradio angeschafft haben. In Lollar beim Römer gekauft. Weil sonntags die Uhr so laut tickt. Für uns Erdenvolk die Sonntage sind so kurz. Ich versuchte, mehrere Auszüge zu verschiedenen Leseversionen zusammenzustellen. Zwischendurch fotokopieren. Ich konnte es jetzt auch nicht mehr aufgeben, nicht einmal länger aufschieben. Ihr das ganze unvollendete Kapitel und am Rand, wo er nicht vollgeschrieben ist (bei mir ist der Rand meistens vollgeschrieben), gutwillig unverständliche Bleistiftzeichen? Grell, ein Gestrüpp und fängt gleich zu wuchern an! Marginal: Marginalien! Die etwa bedeuten könnten: Hier kann man auch! Statt am Anfang! Mitten im Text zu lesen anfangen, aber dann geht es auch nicht auf. Dann endlich merkte ich, daß ich es nicht mit der Post schicken kann. Ich konnte Manuskripte früher auch schon nicht gut mit der Post schicken, auch wenn es nur Fotokopien sind. Schon gar nicht an Institutionen. Erst recht nicht an Menschen, die ich nicht kenne. Und auf keinen Fall, wenn die Manuskripte auch noch zu lang und dazu ohne Anfang und Schluß. Gegen mich bin ich machtlos. Schon immer. Also wieder anrufen. Wieder fünfmal, bevor ich sie erreiche. Wieder ich! Immer noch! Es bringen, ich bin so! zu ihr gesagt. Bringen ja, aber sie kann es dann auch nicht gleich lesen. Auch sowieso keine Zusagen. Die Sendezeit nur begrenzt. Neinnein, sagte ich. Nur damit ich mit mir selbst, es ist sonst nicht auszuhalten. Das war ein Donnerstag oder Freitag. Montag paßt auch nicht gut, also sagen wir Dienstag um zehn. Zehn Uhr morgens.

Zu Fuß hin! Ich wußte den Weg, aber nicht genau. Ich hoffte, es kämen an den richtigen Stellen Bushaltestellen mit Übersichtsplänen daher. Es kamen auch welche, auch mit Übersichtsplänen, aber diese Übersichtspläne alle häßlich und unübersichtlich. Praktisch unbrauchbar. Gerade gut genug, damit die verlorenen Fahrgäste in ihrer Unmündigkeit wüßten, in welchen Bus sie zu steigen hätten (falls einer kommt). Mich beeilen, weil es weiter ist, als man denkt (es ist immer weiter, als man denkt). Erst recht, wenn man auch noch denken muß, daß man vielleicht falsch geht! Gehen, schnell gehen und im Gehen nicht genau wissen, ob die Richtung stimmt, das ist auch nicht leicht. Also zögernd und zugleich umso schneller, damit die Zeit dir auch noch für Irrwege reicht. Und bei der Ankunft soll es noch nicht so spät, soll eher früher sein, als du erwartet hättest. Bei jeder Ankunft. Der Haupteingang. Das Hauptttor? Das Osttor? Bevor ich mich in Frankfurt für eine Himmelsrichtung entscheiden kann, müßte ich jedesmal erst an den Main. Am Ufer, der Fluß fließt vorbei. Besser noch auf den Eisernen Steg. Genau in der Mitte stellst du dich auf. Und stehst und spürst, wie der Fluß: wie er unter dir durch und davonfließt. Stehst und siehst zu, wie er vor deinen Augen immerfort wegfließt. Die Ferne, die gibt es. Stehenbleiben, dich festhalten. Stehen und den Abschied lernen. Ein Abschied ist keine Himmelsrichtung. An den Main und am Main dann nach Staufenberg mich zurückdenken und wie dort die Sonne sich jeden Tag um mich und das Dorf herumbewegt hat. Ich in der Mitte, die Sonne scheint. Das Dorf in der Sonne langsam um mich herum und die Sonne jeden Tag um das Dorf. Das Dorf steht auf einem Basaltfelsen. So also gehen die Himelsrichtungen. Hat sie nicht Osttor zu mir gesagt? Sobald ich mich ausweisen soll, dann doch lieber jemand anders. Ein anderer, aber wer? Wachhäuschen, Glaskasten, Schranke. Die bewaffneten Wachmannschaften, mit denen du nach all den Indianerbüchern und dem Krieg deiner Kindheit doch hättest rechnen müssen (ein Hinterhalt!). Selbst unbewaffnet und die bewaffneten Wachmannschaften nur gleich, also rechtzeitig davon überzeugen, daß du kugelsicher! Daß du unverwundbar und zu Recht auf der Welt! Daß du weißt, wer du bist, auch in Zukunft, daß du einen *Sinn* hast und daß du es selbst bist und daran glaubst. Und daß es damit seine Richtigkeit: Man erwartet mich! Was heißt denn Identität? Kein ernsthafter Mensch sieht je seinem Paßbild ähnlich! Durch eine Sprechanlage in den Glaskasten hineinsprechen. Bedeutungslos. Als Bazillenträger entlarvt. Und über eine Drehscheibe den Ausweis abliefern, der mich beweist. Alles luftdicht. Warum und wohin? Ich dachte, sie müßten mir ansehen, daß ich zeitlebens unbefugt, mehrfach vorbestraft, fremd und vom Dorf. Dort auch fremd. Warum ich? Warum hier? Warum nicht am Arbeitsplatz bei der Arbeit? Keine feste Arbeit? Warum nicht? Warum nicht wenigstens Hilfsheizer bei Buderus? Wenigstens den Winter über! Oder als Handlanger mit Staublunge alle Tage nach Mainzlar in die Schamottfabrik! Uns doch hier nicht im Ernst einreden wollen, daß *Sie* etwas mit – wie heißt das? – Li-te-ra-tur, da könnte ja jeder kommen! Der Ausweis wird eingezogen. Dafür über die Drehscheibe ein kleines Plastikmäppchen mit Zettel und Klammer, das aussieht als ob man es sich gleich ungeschickt anstecken soll. Mit verdächtig zitternden Händen. Verdächtig und zweiter Klasse, heißt dieses Plastikmäppchen zum Anstecken. Die Wachmannschaften in Kapitänsuniformen. Der Hessische Rundfunk. Beim Fernsehen. Sind als Wachleute vielleicht selbst vom Dorf. Zum Draufdrücken ein roter Knopf und wenn er ihn dienstlich losläßt, bist du für ihn taubstumm. Und seinem Blick aus dem Glaskasten ansehen, daß du jetzt auch noch unsichtbar für ihn wirst. Erst langsam durchsichtig, nach und nach, und dann unsichtbar. Soeben. In diesem Moment. Also gehen. Die Häuser sind numeriert und gewaltig. So ein Haus starrt dich aus vielen Augen ungerührt an und du gehst in seinen Blick hinein wie in ein Schußfeld, wie in ein Visier. Verwaltungsgebäude.

Wegweiser, Türschilder, Richtungspfeile. Jeden Wegweiser grüßen, jedem Richtungspfeil Folge leisten. Und die Türschilder mit gebührender Achtung – jetzt fehlt dir ein Fremdwörterlexikon für die Türschilder. Mit dem Aufzug nicht steckenbleiben! Ein Aufzug mit Spiegelbild, soll man grüßen? Distanziert grüßen? Dann hat dich eine Sekretärin, da hast du noch deinen Namen gewußt (sie muß schon mit dir gerechnet haben!), aus dem Vorzimmer in ein großes helles Büro geführt. Kein Mensch drin. Ob sie sprach oder sang, magst du hinterdrein grübeln. Überall auf dem Fußboden Bücher gestapelt. Alle neu, die meisten noch eingeschweißt. Ein Wunder, daß der Boden nicht durchkracht. Natürlich klaust du kein Buch, aber wie können sie das so genau wissen? Vielleicht wird man beobachtet? Vielleicht wirklich mit Singstimme die Sekretärin? Hier beim Rundfunk wie in einer Radiooper. Topfpflanzen, es ist warm (jetzt nicht an die nächste Gasrechnung denken!). Eine Fensterwand, vor der sich die Wolken drängen. Genauso, hast du dir als Kind ausgedacht, sollten die

Wandtafeln in den Schulsälen allzeit voll Himmel sein und bewegt. Gerade jetzt muß das anfangen, daß mir die Augen tränen! Weil ich zuvor in der Kälte (um das Busgeld zu sparen und weil ich im Gehen gut denken kann) so schnell den Alleenring entlang zu Fuß. Der einzige Fußgänger weit und breit. Im Wind, mit zunehmender Geschwindigkeit, als einsame Mantelgestalt. Eigentlich eine sechsspurige Stadtautobahn und ich sah mich jetzt nachträglich aus weiter Ferne daherkommen unter den Wolken.* Kein Taschentuch. Kein Geld für Papiertaschentücher. Auch vergessen, mir ersatzweise Klopapier einzustecken. So triffst du dich wieder, verbissen und stumm. Nicht einmal Geld für Brot. Mein Mantel, ein blauschwarzer Emigrantenmantel aus dem Jahr 69. Also vor gut fünfzehn Jahren rechnest du jetzt. Damals kam ich mir reich vor. Sogar nach zehn Jahren der Mantel von weitem noch fast wie ein Diplomat. Wie ein Würdenträger. Dann ein paar Jahre lang immer wieder die zärtliche Kopfbewegung, mit der meine Tochter ihren Mund an mir abzuwischen pflegte. Nach jeglicher Speise und vor jedem Schlaf. Egal, was ich anhatte. Als sie noch ganz klein war und leicht wie ein Schmetterling. Mit ihr zusammen auch immer gleich die dreckigsten Fingernägel, sogar jetzt noch jedesmal wieder. Zu meinem Schrecken jetzt merken, daß ich mein Manuskript vergessen, aber da ist es ja doch! Wie man sich selbst zur Gewohnheit wird (das Manuskript unterm Arm). Vielleicht doch Beobachtungskameras? Höchstwahrscheinlich! Und haben jetzt mein Erschrecken gefilmt und man weiß nicht, wie sie es deuten. Jetzt zwecks Gelassenheit aus der Ferne an die fertigen Kapitel denken, die viel besser gepaßt hätten, als dieser oberhessische Sonntagsspaziergang, der nie stattfand, und jetzt (deshalb) kein Ende nimmt. Selbst geschrieben, das läßt sich nicht

* Um die Schuhe zu schonen: ich ging, als sei ich jemand anders!

leugnen, doch schien mir jetzt nahezu unverständlich. So fremd die Wörter. Was heißt denn Oberhessen? Die ganze Gegend und ihre Bewohner mir ausgedacht, vorher gab es die nicht! Das Manuskript zusammengerollt und schon ein bißchen verdrückt. Selbst wie angenagelt jetzt zwischen den Bücherstapeln. Mit beiden Händen mir in den Augen reiben, das macht es nicht besser! Ich stand und hörte mich mit den Zähnen knirschen, als ob die Geduld meines ganzen Lebens gerade bis hierher gereicht hätte. Auf dem Schreibtisch ein Durcheinander und drei Schachteln Zigaretten. Und wenn sie nicht kommt? Zehn Uhr morgens. Wie mir die Augen brennen. Frau Dr. Rosemarie Altenhofer. Hessischer Rundfunk. Literaturredaktion. In meiner Vergangenheit auf dem Dorf hätte es die Frau Dockterin geheißen und ob sie nicht doch ein Mittel weiß, gegen jeglichen Schmerz? Und ich, wie soll ich mich benennen? Hier vor ihr und wie für mich selbst? Letzte Woche den Termin ausgemacht, als ginge es um jemand anders. Als ob die Zukunft in Zukunft die Zukunft bleibt! Wie die Welt mir jetzt schon vor den Augen verschwimmt. Einen weiten Weg und zu schnell durch die Kälte. Wenn ich die Augen zumache, gleich fängt die Stille zu sirren an. Die Zähne zusammen: ineinander verhakt die Zähne! Als solltest du zu keinem je wieder ein einziges Wort. Mantel, Manuskript, die Wolkenwand vor dem Fenster. Und noch dabei, mich und meinen Namen, meine Stimme, die Geistesgegenwart wiederzufinden. Mein Sendungsbewußtsein, denn es soll für den kommenden Sommer, das hast du dir und der Welt auferlegt, deine erste Rundfunksendung! Damit er auch kommt, der Sommer! Und damit du dann weißt, daß du wirklich und auch im Sommer noch auf der Welt bist. So fest zusammen die Zähne, als ob du sie nie wieder auseinander! Stehen und schlucken. Der Hals ist so eng. Gleich wird sie zur Tür herein, ahnungslos. Es ist immer das erste Mal. Du hast sie noch nie gesehen und weißt doch, sie wird vom ersten Augenblick an so schön sein, daß du nicht weggucken kannst. Und schön ist für immer schön!

10

In den Winter hinein, erst ein Regen- und dann ein Schneewinter. Mein Freund Jürgen Mitte Januar aus Sizilien zurück. Vorher in Portugal. Und hat für zwei Monate ein Ein-Zimmer-Apartment. Neu. Ein gelbgekacheltes Apartmenthaus in der Schloßstraße. Mit Aufzug. Möbliert. Teppichboden, Telefon, Haussprechanlage. Mehr als fünfhundert im Monat. Geliehenes Geld. Aufzug stets fahrbereit und funktionsfähig. Nur gutsituierte Mieter. Eingang, Treppe und Flur immer sauber. Briefkästen sorgsam poliert. Regelmäßige Fensterputzer. Hausverwaltung und Aufsicht. Als ob man in einem Bürohaus. Ginge vielleicht auch bis Ende Mai, sagt er, aber am liebsten ausziehen so bald wie möglich. Rundschau, Blitz-Tip und Frankfurter Allgemeine. Im Januar, geht auf Mittag oder die Zeit ist stehengeblieben. Wem gehört denn die Zeit? Wir lesen die Wohnungsanzeigen, telefonieren und hören den Aufzug fahren. Und halten und fahren und halten. Als ob mein Leben jahrelang her sei. Ich merkte, daß ich an die Wohnungen in den Anzeigen nicht glauben konnte. Früher auch schon nicht. Sogar mit Geld hätte ich nicht daran glauben können. Im Pflasterstrand immer die freien Zimmer in Wohngemeinschaften. Den Pflasterstrand immer spät am Nachmittag oder abends. Am liebsten im Café Elba, im Bastos, im Pelikan oder im Albatros. Sieben Jahre in Frankfurt und sitzen hier mit den Anzeigen. Den Pflasterstrand kriegt er als verdienter Untergrundkämpfer in der Redaktion umsonst. Jederzeit. Eine Zukunft? Eine Vergangenheit als Zukunft? Und wie lang mir der Januar wird. Gerade da fing es an, daß ich dachte, ich dürfte in keine Kneipen mehr. Nämlich fortan keinerlei überflüssige Ausgaben. Also keine Ausgaben, die nur für mich selbst sind. Für dauernd die Zimmer oder vorübergehend? Männlich oder weiblich? Stud. päd. und wie alt? Woher, welche Scheine, wieviel Semester? Und mit welchen PC-Programmen? Für männlich und weiblich praktische kleine Kritzelsymbole und vielleicht bin ich der einzige, der die Studienfächer, Abkürzungen, PC-Programme und die praktischen kleinen Kritzelsymbole immer wieder verwechselt, also eigentlich gar nicht kapiert!

Einmal eine Wohngemeinschaft, in der sie ein Zimmer ganz und ein Zimmer für mehrere Monate frei. Eine freundliche Frauenstimme. In der Oberlindau. Können gleich kommen, Jürgen und ich. Vor dem Fenster der Abend. Hast du keinen Schal für mich? Hier, ein Seidenschal. Den zweiten er selbst. Wie aus den Fünfziger Jahren. Wie Hochstapler. Sind wir ja auch! Zu Fuß und schnell gehen. Schon dunkel. Unterwegs ein Geniesel. Kamen hin und ich kannte das Haus. Blauverputzt, blau und weiß. Mit Erker, Gesims und Vorgarten. Eine hohe Treppe vor der Haustür. Und neben dem blauen genau gleich ein gelbes daneben, gleich oder seitenverkehrt. Schon die Hausnummer kam mir bekannt vor. Am Telefon schon. In dem gelben, erinnerst du dich, hat vor sieben Jahren der Suhrkamp-Lektor gewohnt, für den ich die vorletzte Fassung von meinem ersten Buch schrieb. Viele Jahre lang immer wieder mein erstes Buch geschrieben. Und die endgültig letzte Fassung dann mit ihm, mit dem Lektor zusammen. Einmal nach Weihnachten hier ein Fest, als ich einschlief im Suff und Sibylle bei mir und da bist du mitgewesen, sagte ich jetzt zu Jürgen. Den Wein ausgetrunken. Asbach. Pernod. Das Auto nicht mit oder fand ich es nicht (soll nachkommen!), aber wer hat das Taxi bezahlt? Sieben Jahre. Und jetzt hier im Nebenhaus. Erdgeschoß, Hochparterre. Ein Pärchen gerade am Gehen. Schriftsteller, sagte ich. Dicke Bücher. Wie soll man die Bücher erzählen? Wenn ich das mit drei Sätzen, sagte ich, dann müßte ich sie ja nicht schreiben. Und Jürgen mein erster Leser. Der hier neben mir steht. Er ist mein erster Leser gewesen. Das Pärchen ganz lustig, wir sehen uns noch. Ins Kino oder wohin so eilig? Wie Geschwister. Er aus Hildesheim, sie aus Goslar. Beide Jura und beide das gleiche Brillenmodell. Die Frau mit der Telefonstimme zeigt uns die Wohnung. Dann Tee mit ihr in der Küche, ein Tee, der nach Zimt und nach Glühwein riecht. Dann mit dem Tee bei ihr im Zimmer. Sie steht mit einem Bügeleisen am Tisch und spricht von der Uni. Seit März erst in Frankfurt. Also nächstens ein Jahr. Musik, Radio, eine Stereoanlage mit bunten Lämpchen. Duftöl auf der Heizung. Es riecht nach Bügelwäsche, Winter und Tee. Auf dem Bett sitzen, abendmüde wie in meiner Kindheit. Sie heißt Gerhild. Aus Bielefeld. Pädagogik im dritten Semester. Jürgen am Fenster. Erzählt ihr, wie wir vor zwanzig Jahren und seither immer wieder die Wohngemeinschaften uns ausgedacht, eingeführt, ins Leben gerufen. Wie wir und John, Paul, George und Ringo uns und die Beatles erfunden haben. Und die Kinderläden, die Zeit, uns selbst und die Freiheit, die Rote Hilfe, die Menschenrechte, die Freien Schulen. Alles selbst gemacht. Eigenhändig. Europa, Love, Peace, die Zukunft der Welt. Anarchisten. Weg mit dem Staat und der täglichen staatlichen Freiheitsberaubung! Die Rolling Stones. Staat ist Knast. Die dritte Welt entdeckt und uns mit Dutschke und Che auf den Weg gemacht. Und das Geld abgeschafft – oder wenigstens fast. Sind damit dann doch nicht ganz fertig, noch nicht! Bis jetzt nicht! Die Jahre, die Namen, die Städte zählt er ihr auf. Und sie mit dem Tee, noch mehr Tee und voller Verständnis. Und gerade so gutwillig, blaß und mit dünnem Haar, wie viele vor ihr, die sich mit zwanzig hoffnungslos in ihn verliebt und sind dann doch Lehrerinnen geworden und Diplom-Bibliothekarinnen. Im Radio Bruce Springsteen. Wind und Regen ans Fenster. Am liebsten immer weiter hier in der Wärme und einschlafen mit ihren Stimmen im Ohr. Leise das Radio. Bruce Springsteen, HR 3, dann Straßenzustand und Wetter. Regen, die ganze Nacht Regen und in höheren Lagen, besonders in Nord- und Osthessen im

Lauf der Nacht auch Nachtfrost und Schnee. Die Straßennummern und Ortsnamen hörst du und siehst gleich alles vor. Dann weiter Musik, Neil Young. Eben erst sieben vorbei. Nacht ums Haus. Warten und mir ausdenken, wie ich hier das Buch zuende. Alle Morgen, die Nachmittage und nachts. Beim Fenster sitzen und schreiben. Jürgen mit Essen und Musik alle Tage. Regen, der Wind am Fenster. Genau wie jetzt, wie vor zwanzig Jahren. Und auf der Vortreppe immer wieder sich selbst und dem Tag begegnen, immer ich. In die Zeit hinein. Kommen und gehen, als sei es schon die Vergangenheit und wir wären alle gerettet. Das Buch auch. Immer noch ein Buch. Hier also. Und könnte in mein Leben hineingehören, eine Erinnerung und die Adresse dazu. Alte Fotos in einer Biografie. Nur eben diesen einen Augenblick darin blättern. Nur bis du wieder weißt, wie es damals weiterging mit dir und mit deinem Leben.

Warten, dann am Telefon die Frau, auf die wir warten. Aus Braunschweig, Psychologie im vierten Semester. Wird heut spät! Besser ein andermal und vorher nochmal anrufen! Haben ja die Telefonnummer. Also gehen. Nacht. Bei der Haustür der Wind. Über der Haustür, damit ich sie im Gedächtnis behalte, eine weiße Kugellampe. Die Vortreppe. Immer noch Januar. Die Erkerfenster voll Licht und jetzt gehen! Bergab die Straße, zum Opernplatz hin. Nimmt uns mit. Jäh ein Schauer, ein eisiger Sprühregen auf uns herunter. Doch kam nur aus den Zweigen, kam nur vom Wind in den Bäumen und auch schon vorbei. So hohe Bäume und neigen sich weit in die Straße hinein. Und geben dem Wind eine Stimme, schwanken, fangen mit ihm zu reden an. Und in Unruhe. Hin und her ein Gefuchtel mit ihren Schatten. Hier bei der Straßenlampe, die ganze Nacht. Einmal bei Tag hier, im Sommer, die Zukunft, und wer bin ich dann? Warum nur wie ausgestorben die Stadt? Ein Januarabend, so still, nur der Wind. Wie schon einmal gewesen, so ein Abend ist das. Sogar kaum ein Auto noch unterwegs. Wo sind nur die Menschen alle? Einwohner, Seßhafte. Sitzen in ihren Wohnungen. Essen und Fernsehen. Fernsehen mit Beistelltischchen. Erst scheintot, dann tot. Lohnsteuerpflichtig. Nie im Lotto gewinnen, keinen Olympiasieger persönlich kennen und doch an die Tagesschau, immer wieder an die Tagesschau glauben. Und nächstens bald wieder den Antrag auf Lohnsteuerrückvergütung, dann kann das Jahr endlich abgebucht. Ordnung. Kaum je ein richtiger Frankfurter, den man in Frankfurt trifft. Sind alle woandersher. Jürgen neben mir. In den Club Voltaire, sagt er, gehst du mit? Und muß im Gehen gleich nochmal für sich und für mich die Geschichte der Einführung der Wohngemeinschaften und wie wir vor zwanzig Jahren damit anfangen, daß wir nicht wollten, daß die Welt so bleibt, wie sie ist. Und jetzt? Zwanzig Jahre danach. Nach dem Happy End oder in Wahrheit ja kaum erst begonnen damit. Erst in den Club Voltaire und dann in den Jazzkeller. Geliehenes Geld. Muß mich jetzt ernsthaft bald kümmern, sagt er. Zwofünf sagen neuerdings diese Narren, wenn sie zweitausendfünfhundert Mark. Weiter! Wind im Gesicht. Ich bring dich nur hin, sagte ich. Sowieso zu Fuß. Sowieso fährt von hier aus nichts hin. Höchstens gleich vorn an der Theke noch einen Espresso im Stehn oder gibt es dort keinen Espresso? Dann Cola. Und dann gleich zu Fuß, ich hätte fast heim gesagt, zu Fuß in die Jordanstraße. Vorher anrufen, damit Sibylle und Carina wissen, ich komme. Damit Carina noch wach ist. Muß finden! Wird Zeit! Dringend ausziehen! Seit Dezember, seit Ende November schon. Jeder Tag schon zu lang. Da vorn eine Telefonzelle. Im Dezember sein Anruf aus Portugal und er konnte nicht fassen, daß wir uns getrennt hatten, Sibylle und ich. Eine neue Zeitrechnung. Weihnachten nicht gewesen. Hera, sagt die Tür der Telefonzelle, wenn du sie aufmachst. Zwei Groschen und sehen, ob das Telefon geht. In der Innenstadt sind sie meistens kaputt, verweigern die Antwort und behalten das Geld. Im Dezember in Portugal, aus einer Kneipe oder von wo aus dein Anruf?

11

Anne am Telefon. Ein Zimmer, Freunde von ihr. Die Mali, der Winni. Mit i oder y? Mit i, sagt sie, beide mit i. Die Mali hat Psychologie studiert. Lebt vom Tippen. Adressenschreiben, EDV, Buchhaltung. Vor sechs Jahren in einen RAF-Prozeß, einen Sympathisantenprozeß, und seither nicht mehr auf die Straße. Nicht schlimm. Spinnt eben. Scheuklappen. Angstzustände. Kann Menschen nicht. Spricht nicht. Kann nicht mit Fremden. Am Telefon ja, Telefon kann sie. Diktiergerät auch. Am liebsten als Schreibautomat, die Mali. Die Adressen werden gebracht und geholt. Er ist schlimmer, er ist normal. Lehrer, Berufsfachschullehrer oder wie das heißt. Sein Fernsehen, sein Fußball, sein Golf, seine Zeitung. Sein Golf ist ein Auto. Beamter. Vollkasko. Kauft für beide ein, kümmert sich und besorgt. Heimwerker. Flaschenbier. Kennt sich aus. Alles mit Dauerauftrag, alles im Großhandel. Spaghetti, Spülmittel, Klopapier. Haushalt, Staubsaugen, Fensterputzen, Behörden. Er hat sie in der Tasche. Er kommt und geht und sie sitzt. Beide Flaschenbier. Seit Jahren schon wie ein Ehepaar, aber nicht ins Bett miteinander. In der Robert-Mayer-Straße. Vier Zimmer. Groß und billig die Wohnung. Vorher Wohngemeinschaft und übriggeblieben. Mindestens ein Zimmer für mich. Wenigstens vorübergehend. Schon alles vorbereitet, besprochen, sie wissen Bescheid. Ist heut Dienstag? Nur kurz anrufen und gleich hin oder wann es mir paßt, sagt Anne. Ist heut Dienstag? Soll sie? Geht gern auch mit. Der Prozeß? Angstzustände? Sechs Jahre Angst und soll mich da wohnen lassen? Gerade deshalb ja, sagt Anne, ich hab ihr von Ihnen erzählt. Früher auch schon von Ihnen erzählt. Und sechs Jahre Angst ja nicht, bleibt deshalb ja drin. Und sowieso jeden Tag Tabletten. Auch vorher schon. Schon mit fünfzehn, die Mali. Ihre Schwester mit elf einen Unfall. Auf dem Schulweg. Gleich tot. Soll ich mit? Nein, sagte ich, lieber gleich. Muß allein! Am Anfang im Laden Sie zueinander, Anne und ich. Und sagen jetzt immer weiter Sie, das ist ja das Schöne. Spät am Nachmittag, Winter. Jetzt auf Sibylle und Carina warten und schon die Wörter für sie im Mund oder gleich los? Gleich vor meinen Blicken her da die Straße entlang? Mit allen Sinnen, mit dem ganzen Körper zu erspüren versuchen, ob Sibylle und Carina schon auf dem Heimweg und wo sie jetzt sind? Am Fenster und sie herbeiwarten? Mitten im Winter. Der 17. oder 18. Januar. Immer im Januar werden die Weihnachtsstollen billig. Und die beiden Zahnarzttermine? Die Weisheitszähne! Nicht vergessen, die sind noch, die stehen noch an!

Am Fenster. Die Straße, die Gegenwart, ich. In mir drin und um mich herum die Straße und als ob ich selbst diese Straße, ich und die Zeit. Seit Staufenberg ist kein Ort mehr mir so vertraut gewesen. Am Fenster jetzt und mir nachsehen. Da und dort gegangen. Und die Zeit mir erzählen. Über den Dächern der Himmel. Nach Süden, nach Westen hin. Und war mir Land und Meer und alle Kontinente mit ihren Küsten. Die meiste Zeit Abend. Gegenüber ein Backsteinhaus und ist mit Giebel, Ecken und Steinen Amsterdam, Stockholm, Danzig, Riga für mich und dann auch noch ein rauchiges altes Nebellondon. Wie in einer Zauberflasche ertrunken. Eine rote Mauer, ein Lichtfleck, ein Fensterbogen. Und wird mir jeden Mittag Venedig. Erst Venedig, dann das alte Byzanz. Das zehnte, das zwölfte Jahrhundert. Ein Fenster, ein roter Vorhang am Fenster. Bißchen Wind und die Schiffe mit vollen Segeln aufs offene Meer hinaus. Sarazenen. Uskoken. Der Erker und unser Giebelfenster für immer Theodor Storm und ein einsamer Nachmittag vor den Herbstferien. Hörst den Wind. Hörst Züge fahren, die Eisenbahnzüge nach Norden. Die Dächer sind Staufenberg und sind Prag. Das Eckhaus ist Prag. Das alte Pflaster ist Prag. Prag auch die Dämmerung,

Schneefall, die Stille der späten Nacht und lang vor Tag die wiederkehrende Ahnung des ersten Lichts. Bei mir selbst daheim. Schlaflos. In einer Flasche gefangen. Viele Flaschen voll Zeit. Vitrinen. Volle und leere Flaschen. In der Nacht der helle Fleck Gehsteig unter jeder Straßenlampe Paris, immer wieder Paris. Ein Baum, ein einziger Baum in der Straße. Als ob mich jemand gerufen hätte! Schritte auf dem Gehsteig. Die Tür fällt hinter dir zu. Die Gesichter der Häuser. Tageszeiten, der Tag, fremde Fenster. Wolken ziehn durch die Fenster. Von allen Seiten die Fenster mit ernstem Blick. Und sehen uns kommen und gehen, uns und die Zeit. Heim die Leute. Mäntel, Aktentaschen, ein Regenschirm, ein Spazierstock, ein fremder Hut. Werktage. Immer wieder einen Parkplatz suchen. Die Bomben, der Krieg, noch überall Spuren. Alte und neue Häuser. Den alten Häusern siehst du den Schreck von den Bomben ja sogar jetzt noch an. Die Ruinen weg. Aufräumen. Wiederaufbau. Zuerst nur so in der Not. Behelfsweise. Bis zur halben Höhe. Baracken auch. Kellerwohnungen und aus dem Schutt, aus den Trümmern Unkraut, Kamille, Brennesseln. Hecken und allerlei Grünzeug, das der Ernährung dient. Die Vergangenheit plündern. Tauschhandel, Kupferdraht. Was sich findet. Eisenbeschläge, Brennholz, Fußbodendielen, eine Tür, ein Türstock, ein fremdes Fenster. Hagebutten und Schlehen. Holunderblüten zum Aufkochen. Lindenblüten für die Gesundheit. Brombeeren. Vom Holunder die Beeren pflücken und an die Zukunft, die Zukunft, wie geht denn die Zukunft? Man muß daran glauben! Im Herbst an den Frühling glauben. Und im Frühling dann an die Erntezeit. Holundersaft und Holundermus. Hätten mehr Holz sammeln sollen! Die Brennessel auch den Menschen zur Nahrung und als Arznei. Aus den Trümmern ein Baum. Und die Stille. Die Stille ist doch noch kein Frieden. Dann, in der Stille: in die Zeit, in die Leere hinein mit Mauern und Fenstern und Balkon an Balkon ein neues Jahrzehnt. Sozialer Wohnungsbau. Ab jetzt mit Fernsehen. Hätten die Leere, soviel Himmel, die Stille sonst nicht mehr aushalten können. Besonders am Abend nicht. Nicht die Sonnenuntergänge und erst recht nicht danach die Stille im letzten Licht. Haus bei Haus, so stehen die Häuser. Jedes für sich und nebeneinander. Alte und neue Häuser und am Ende der Straße immer die Kinder mit hellen Stimmen. Am Fenster. Wo soll ich mich suchen? Als ob mich jemand gerufen hätte. Spät am Nachmittag. Wie immer, die Straße. Jeden Tag wieder die Straße. Die Straße, wie du sie kennst. Spät am Nachmittag und jeder auf seine Haustür zu. Plastiktüten, Aktenkoffer, Gedanken, die Einkaufstasche. Zigaretten, die Zeitung, das eigene Leben. Wie fremd muß man sich noch werden? Als ob wir jeden Tag wieder unser ganzes Leben neu leben müßten. Und kennen uns selbst kaum. Gestern auch schon nicht. Vor den Abendnachrichten. Wir oder unsere seinerzeitigen Vorgänger. Doch nicht die ganze Zeit hier als Vorgänger nur in der Vorzeit gelebt? Und auf einmal jetzt wird das Haus, wird die Stadt, wird dein Leben dir eng. Die Luft wird dir eng. Schon auf den Abend zu. Die ersten Lichter. Alle Kneipen mit offenen Türen jetzt. Und da geht der Tag. Wie noch einmal Tschechow lesen, die frühen Erzählungen, alle Erzählungen, die Dramen, die Briefe, die Chronik, die Tagebücher, noch einmal alles von Tschechow, so sind in der Straße die Tage und Häuser. Und die fremden Fenster mit ihrem Blick. Und sind es bei jedem Heimkommen wieder. Wie ein Schmerz, ein vertrauter Schmerz. An dem Schmerz sollst du dich erkennen!

Schon jahrelang Winter. Aber richtige Sommer, die hat es auch gegeben. Kaum Schlaf. Lange Tage. Nachts geschrieben, nachts um drei alle Fenster auf und die Sommerluft von den Wiesen und Kornfeldern bis hierher, bis zu uns in die Stadt und zu mir ins Zimmer herein. Und sie gleich in das Buch hineinschreiben! Sommerluft. So leicht, so ein guter Geruch.

Mein zweites Buch. Und da wird es schon wieder hell. Das Erwachen der Vögel. Die ersten Straßenbahnen. Morgenkatzen. Die Morgensonne von Haustür zu Haustür. Am hellen Morgen der Morgenbriefträger mit seinem Morgengesicht, Morgenschritt, Morgengruß. Die Post hat er auch noch mit. Die Nachtschicht kommt von der Nachtschicht heim. Unser Hausmeister mit Aktentasche und Krücke rauchend zum Westbahnhof. Hausmeister immer erst abends, tagsüber Lagerverwalter in Eschborn. Raucherbein. Kettenraucher. Als Hausbesitzerin eine feine ältere Dame, die in Blankenese in einer Villa mit Türmchen und Elbblick. Fahnenstangen, vier Türmchen. Siegellack und Familienwappen. Die Elbe aufs Meer zu. Tag und Nacht Schiffe vorbei. Ozeandampfer, Frachter, Öltanker, Schlepper, Gespensterschiffe, Segeljachten und Fischkutter. Ein Feuerwehrschiff. Der Zoll. Die Wasserschutzpolizei. Jedes Schiff grüßt. Blau und weiß die Villa. Mit blanken Fenstern. Vierzig Zimmer. Vierundvierzig. Beim nächstenmal Nachzählen achtundvierzig. Die Fenster jeden Tag frischgeputzt. Nur unser Hausmeister kennt diese feine ältere Dame, die sich in allem und jedem ganz und gar auf sein Wort verläßt. Ehrenwort! Sie lieber nicht stören! Aber im Zweifelsfall ist sie für ihn jederzeit telefonisch erreichbar. Aber ja! Jederzeit! So eine feine ältere Dame. Geld spielt bei der keine Rolle (solang die Miete pünktlich bezahlt wird). Ihr Verlobter im ersten Weltkrieg vor Skagerrak. Kapitänleutnant. Heldentod. Sie hat als Frau, als Dame schriftlich ihren Doktor in Filesofie. Und mit Familienwappen. Muß man sich vorstellen! Eine Trauerweide, einen Kiesweg, ein hohes Tor. Die Möwen auch. Die Schiffe. Die Elbe. Auch um die Villa den Rasen sich vorstellen, so ein gepflegter Rasen. Tag und Nacht Schiffe vorbei. Immer die selben Möwen oder jeden Tag andere? Oder ob er sich als Hausmeister diese Hausbesitzerin vielleicht doch nur ausgedacht? Glatt erfunden? Für die Mieter und für sich selbst? Seinerseits früher bei der

Kriminalpolizei in Hannover. Polizeidirektion. Ranghoch ein höherer hoher Beamter. Kann er dir Urkunden zeigen. Damals noch mit Familie. Damals auch immer schon Reval und Roth-Händle, aber das Raucherbein ja erst neuerdings. Hinter seinem Rücken mit einem Italiener, die eigene Frau! Vorher siebzehn Jahre glücklich verheiratet. Vorbildlich. Sparvertrag. Neue Möbel. Sauteuer die Scheidung. Zwo Kinder. Die müssen jetzt auch schon längst groß. Längst erwachsen. In Hannover. Autoschlosser der Italiener. Jahrelang hinter seinem Rücken. Hätte ihr Sohn sein können. Maria. Sie hieß Maria! Aktentasche, Krücke, Raucherbein, Kettenraucher. Soll nächstens zur Kur. Jetzt muß er sich aber beeilen. Zum Westbahnhof und noch eine Bildzeitung für die tägliche S-Bahn. Der Morgen kommt und Prag jetzt mit leisen Schritten davon. Barfuß der Weltgeist, ein alter Mann, der nicht aufhören kann zu husten, in seiner unterirdischen Höhle oder auf Gottes eigenem Dachboden. Gott schläft. Der Tannenbaum gähnt, blinzelt und wälzt sich auf die andere Seite, um bis zum Mittag weiterzuschlafen. Eine alte Frankfurter Eckkneipe. Der Briefträger mit der Morgenpost und immer ein Auge drauf, daß es uns gut geht. So ein freundlicher städtischer Briefträger. Beinah wie vom Dorf. Er wird aus Bad Vilbel, er wird aus der Wetterau sein. Jahreszeiten, Schulkinder und an der Ecke ein Bäckerladen, aus dem es nach frischem Brot, nach Zimt und Vanille riecht. Macht früh auf jeden Tag. Als ob er, genau wie der Himmel, zu einem alten Schulweg in einem früheren Leben gehört. Frühmorgens dein alter Schulweghimmel im Herbst. Auf dem Dachsims die Tauben. Und in aller Frühe und jeden Abend die Krähen, Dohlen und Mauersegler. Im ersten, im letzten Licht. So hoch, daß ihre Schreie erst nach Tagen und Tagen hierher zu uns. Als ob wir in einer Höhle, schon eh und je. In einem tiefen Brunnen. Hier auf dem Grund der Zeit. Oder wohin die Schreie, wo fallen die Schreie hin? Mit den Steinen reden. An den Steinen die Zeit ablesen.

Überall noch die Spuren vom letzten Krieg. Gebückt eine alte Frau, die in einem ramponierten Kinderwagen Plastiktüten und zwei lebendige Pudel fährt. Die Pudel aufrecht neben den Plastiktüten. Sie im Regenmantel. Ein Männerregenmantel mit umgekrempelten Ärmeln. Jeder Pudel ein Halstuch. Die Schloßstraße, die Adalbertstraße. Mit Vorsicht vor bis zur Warte. Hintereinander in langen Reihen die Tage und Jahre vorbei. Durch die Seestraße zum Kurfürstenplatz. Durch die Homburger Straße zur Schloßstraße und die Jordanstraße mit Vorsicht nur überqueren. Sie muß beim Westbahnhof wohnen. Hinter dem Westbahnhof, wo allzeit der Abend wartet. Sie geht, sie schiebt. Kurz Rast auf dem Gehsteig. Plastiktütenkontrolle. Die Tüten aufschütteln und zurechtzupfen. Den Pudeln die Halstücher, Löckchen und Ohren zurechtgezupft. Packt den Tag zusammen. Kleine Brocken weißes ungeröstetes Toastbrot für die Pudel und für sich selbst. Fühlt sie sich angegafft, kommen Kinder, kommt ein Pärchen mit Kinderwagen daher, dann fängt sie zu schimpfen an. Schimpft und droht, nimmt den Tag und schiebt weiter.

Bunt eine andere, auch schon alt. Grell geschminkt und über den hellbeigen Mantel eine Halskette mit einem großen silbernen Kreuz. Handschuhe, Handtasche, Hütchen, Parfüm. Die Handschuhe auch parfümiert. Die Sachen nicht neu, aber als seien sie vor gut dreißig Jahren mit Schonhüllen fast neu in den Schrank, in den Sonntagskleiderschrank, Kirschbaum poliert. Und seither unberührt bis zum heutigen Tag. Immer am späten Nachmittag. Muß sich stundenlang zurechtgemacht. Bestimmt früh am Morgen schon damit angefangen. Wie für ein Fotoalbum. Wie für die Bühne. Vor dem Eingang zum Kaiser-Supermarkt, Ecke Schloßstraße. Und gleich über den leeren Gehsteig auf mich zu. Sie als Italiener, Sie tun doch auch an unsern einzichen Herrgott dranglauben? Hält mich am Arm, an der Jacke fest. Muß die ganze Nacht mit den

Lockenwicklern im Haar und dann am Morgen beim Auskämmen mit der Brennschere. Und zum Unglück ein bißchen angesengt, weil ihre Augen länger schon nicht mehr die besten. Neunundzwanzig faustgroße Lockenwickler jede Nacht. Allein das Gewicht. Kein Italiener? Dann Spanier? Oder Brasilien? Aber vergeßt mir da unten nur unser einziches Herrgottchen nicht! Wie aus Eisen die Locken. Eisen und vom Rand her mit Silberbronze und das Hütchen ganz klein obendrauf. Handtasche, Hütchen, Parfüm. Das Kreuz an der Halskette. Immer noch den einen Handschuh auf meinem Arm. Katzenaugen. Ein Herzkirschenmund. Oder sind Sie vielleicht *doch* Italiener? Schon dreimal das gleiche Gespräch. Immer Freitagnachmittag, wenn ich mit Bibliotheksbüchern aus dem Kaiser-Supermarkt. Drei Liter Milch gekauft. Noch lang ihr Parfüm an mir dran. Groß und dünn ein alter Mann in amigrüner Arbeitskleidung. Immer hohe Schnürstiefel an. Und hat einen selbstgebastelten Meßkasten, mit dem muß er die Erdstrahlen messen. Gibt genau wie bei Gras und Gestrüpp verschiedene Sorten. Kennt sich außer ihm keiner so recht damit aus. Deshalb ja, deshalb muß er die ganze Arbeit allein. Messen und aufschreiben. Wie ein Kriegsgefangener hier mit seinem Meßkasten auf und ab. Obacht auf die Straßenbahn! Hin und her. Schritte zählen. Wieder gehörig heut! Und zählt Zahlen. Wenn ihm die Erdstrahlen zuviel und kommen wie Unkraut und kommen ihm dumm daher, muß er sie mit Schnürstiefel-Fußtritten. Muß sie aus dem Weg treten und in den Boden stampfen und ihnen hinterdrein ein großes Geschrei und Gefuchtel. Drohungen. Mit der Faust. Und komplett aufschreiben. Tagesbericht. Aber Obacht auf die Straßenbahn. Was die Erdstrahlen: manche wie Schlangen, Sumpflöcher, Riesenschnecken. Manche wie Stacheldraht, Kabel und Tellerminen. Wie ein Blitz, aber unsichtbar. Wenn er da nicht jederzeit wachsam ein Auge drauf und mit seinem Meßkasten und rund um die Uhr – wer weiß, was die Erdstrahlen sonst schon angerichtet! Immer freitags am schlimmsten! Außer Rand und Band! Einer muß ja die Arbeit und sich um alles drum kümmern, das ist doch klar!

In der Jordanstraße im Haus gegenüber ein Mann, der einmal mit der Schuhspitze eine leere Zigarettenschachtel vor seiner Haustür weg. In Gedanken woanders. Kippen auch. Richtung Rinnstein. Vor viereinhalb Jahren das Rauchen sich abgewöhnt. Die zwo Stufen vorm Haus sowieso immer sauber, warum nicht auch das kleine Stück Gehsteig direkt vor der eigenen Haustür? Von der Haustür zum Gehsteigrand. Mit Schippe und Besen. Dann bei Gelegenheit sich einen Reiserbesen. Sonderpreis. Preiswert. Am einfachsten ist es schon, komplett den Gehsteig vorm Haus. Einmal täglich die Straßenfront. Kaum Mühe. Geht schnell. Der Besen ein guter Kauf. Einmal ein bißchen über den Rand hinaus – in die Nachbarschaft, rechts und links. Erst einmal, dann immer. Nicht lang und er hat den Gehsteig auf seiner Seite in voller Länge und Breite. Nach vorn bis zur Kreuzung. Weiter nicht! Nicht über die Kreuzung und auch nicht um die Ecke. Nach hinten bis vor die zwo Torbögen. Wo die Straße dann jedesmal aufhört. Die Kinder treffen sich da. Unter den Torbögen schon die Dämmerung. Still wie ein großer Hof ist die Straße hier. Kinderstimmen. Die Stille. Sehr ärgerlich nur der Dreck auf der Fahrbahn. Erst recht, wo der Gehsteig jetzt immer schön sauber. Steht er oben am Fenster, da *springt* ihm der Dreck auf der Fahrbahn ja direkt ins Auge. Dritter Stock. Vom Fenster aus sieht man ja viel besser den Dreck auf der Fahrbahn als wie den sauberen Gehsteig. Für den sauberen Gehsteig muß man sich wie ein Selbstmörder immer extra weit aus dem Fenster raus, muß sich weit vorbeugen. Also doch die Fahrbahn, genau bis zur Mitte die Fahrbahn. Das zeigt die Praxis, das bietet sich direkt an. Kehrt ab jetzt also bis zur Mitte. Die Mitte, da ist ja kein Strich. Muß man schätzen, die Mitte. Ist die Mitte mehr hier in der Mitte? Oder doch mehr dort drüben? Kann nicht anders, muß den Dreck auch von über der Mitte noch. Geht ja schnell! Kost ja nix! Geht auch keinen nix an! So ein praktischer Besen. Wie die Zeit vergeht. Drei Besen hat er jetzt schon. Spezialbesen. Kriegt er günstig im Großhandel. Großhandelspreise. Soll doch jeder vor seiner eigenen Tür. Wie jedes Fenster gafft und dabei auf ihn zielt. Und die Häuser tun sich mit einem Ächzen schwer über ihn neigen, immer wenn er den Abfall mit Schippe und Besen. Jedesmal wenn er sich bückt. Beinah schon wie ein Hexenschuß. Er spürt es im Magen und spürt es im Rücken. Sooft er über die Mitte, sooft er aus seiner Hälfte raus einen Ausfall und sich feindlichen Dreck holt, muß er schnell mit dem Blick hoch. Beinah wie ein Dieb! Ob ihn auch keiner sieht? Von über der Grenze jeden Dreck einzeln? Da ist es ja praktischer, wenn er die Fahrbahn gleich ganz. Frontbegradigung. Sind doch klare Verhältnisse. Bis zum Rinnstein und Schluß! Den Gehsteig auf der anderen Seite, das schwört er sich, wird er nicht anrühren! Nie und nimmer! In Ewichkeit nicht! Auch wenn da besonders verlockend Papier, Zigarettenschachteln, Silberpapier, eine halbe Zeitung mit Oben ohne in Farbe und sogar eine leere Bierbüchse! Nix, die Arbeit jetzt fertig und Schluß! Schnell nochmal vor der eigenen Haustür und Schluß dann. Feierahmd. Abendessen, Familie, das Fernsehprogramm. Will nachher auch noch in Ruhe die Küchenuhr und die Küchenwaage, den Wecker, den Ersatzwecker und die Waage im Bad reparieren und putzen und einölen. Dann in der Dämmerung, dann im Dunkeln, dann doch nochmal aus der Haustür und als Schatten mit Hustenanfall schnell über die Straße. Zigarettenschachteln, Silberpapier, eine halbe Zeitung (kein Busen, ein nackter Hollywooddamenarsch!), vier Bäckertütchen und eine leere Bierbüchse. Becks Bier. Geduckt und mit den Augen die Häuser hinauf und hinab, von Fenster zu Fenster. Wie mit einem Zielfernrohr. Wie im Krieg, in der Nacht. Geduckt und schnell weg! Gottlob hat ihn keiner! Ganz besonders die eigene Frau nicht! Stickt Kreuzstich. Vor dem Fernseher auf dem Sofa. Denkt er bringt bloß den eigenen Haushaltsmüll runter, den privaten! Und wie ihn mit ihrem Kellergeruch und dem Echo der Kinderstimmen schon eh und je die beiden Torbögen locken! Besonders am Abend! Nach dem Treppenputzen das Treppenputzwasser noch schnell für den Gehsteig? Aber ganz genau abgemessen. Nur der Gehsteig vorm eigenen Haus und nicht eine Handbreit darüber hinaus. Das Wasser dann in den Rinnstein. Im Krieg erst an der Westfront und dann an die Ostfront, da war er noch jung. Ein Soldatenfoto, jetzt weiß er nicht, wo es ist. Manche Autofahrer immer mit Zigarette am Steuer. Entweder jede Kippe beim Fahren gleich aus dem Fenster oder den Aschenbecher, sobald er voll ist, mit Schwung: direkt auf die Straße den Dreck! Autoradio an. Im Autoradio Musik für Autofahrer. Und gleich schon die nächste Zigarette. Und gleich weg, gleich auf und davon. Auch vor dem Tannenbaum immer extraviel Kippen, das Kneipenvolk. Kommt und geht. Nicht zu zählen die Kippen. Wie nach einer Parteiversammlung und alle Beschlüsse einstimmig. Immer am nächsten Morgen, wenn er zur Straßenbahn. Feinmechaniker bei den Adler-Werken. Jetzt wird er nächstens bald Rentner.

Am Morgen. Ein Samstagmorgen im Mai. Der Flieder blüht. Alle Fenster offen. Noch früh. Eben mit dem Rasieren fertig und der Tag unbefleckt. Vögel. Kinderstimmen. Die Morgensonne. Der heutige Tag. So sorgsam und gut rasiert, was sollst du jetzt anfangen mit dem Tag? Das war gestern! Doch nicht ich? Muß ein anderer Mensch. Ein Nachbar. Unser Hausmeister mit dem Raucherbein. Der Nachbar vom Nachbarn. Muß weit zurück ein vergangener Samstagmorgen einmal und wo ist das Leben hin? Samstagmorgengeschichten. Bei uns im

Haus. Samstagmorgen ist Treppenputzen. Aber gründlich. Unser Hausmeister kennt sich aus. Könnte sich als aufsichtsführender deutscher Hausmeister ja gut und gern seine eigene regelmäßige jugoslawische Putzfrau. Sich aussuchen, bestellen, halten und kommen lassen. Eigentum. Beim Putzen zwecks Beaufsichtigung ihr mit Sachkunde auf den Arsch im hellblauen Nylonkittel und gehörich ihr auch auf die Finger gucken. Staubproben. Antreten zum Appell. Aber in seiner Gründlichkeit putzt er schon lieber selbst. Jeden Samstag. Es geht so: Putzeimer, Putzmittel, Putzlappen. Ab ins Manöver. Ein bißchen Lärm auf der Treppe, eine kleine Unruhe in die Köpfe der Mieter hinein. Unvermeidlich! Besen, Mop, Schrubber, die ganze Truppe. Im Treppenhaus strammstehen! Kaum erst halb neun. Dann geht er und sammelt vor allen Wohnungstüren überfallartig die Fußabstreifer ein. Die werden jetzt interniert. Schutzhaft. Immer noch kaum erst halb neun. Dabei schläft er samstags schon immer zwei Stunden länger. Muß die Woche über als Lagerverwalter ja immer schon um sechs Uhr früh auf der Matte. Zehn vor sechs. Die Ärmel hoch und heißes Wasser in die Putzeimer. Er hat mehrere Putzeimer. Auf jedem Treppenabsatz mindestens einen. Beobachtungsposten. Auch extra Fensterputzzeug. Ausgebreitet schon auf der Fensterbank. Die Topfpflanzen und Erinnerungen aus dem Weg. Blumentischchen. Einerseits ist er für, andrerseits aber auch gegen Topfpflanzen. Sind wie die Fußabstreifer, sind den Fußabstreifern ihr Gegenteil. Gehören zur gleichen Familie. Sich nicht ablenken lassen! Was sein muß, muß sein. Jetzt geht es auf neun. Alles vorbereitet. Das Putzwasser dampft in den Eimern. Am besten jetzt eine Pause. Zigaretten. Die Bildzeitung. Lottozettel. Lieber noch Fußballtoto. Auch die Sportzeitung. Lotto-Annahmestelle. Der Laden ist gleich um die Ecke. Samstags geht er in Schlappen. Als Stammkunde unter Stammkunden Samstagmorgen hier an der Ladentheke auch gern einen schnellen preiswerten

Flachmann. Muß man unterderhand. Aber ja, jederzeit. Auf dem Rückweg, wenn er Glück hat, hat der Tannenbaum auch schon auf. Andernfalls vor ins Jordaneck, aber lieber ist ihm der Tannenbaum. Schnell ein Bier und-n Korn. Noch einen! Sowieso ist das Putzwasser jetzt schon kalt. Ist länger schon kalt. Kann er sich gern auch Zeit lassen. Der Kollege Krause. Immer im grauen Kittel und nie ohne Werkzeugkasten, der Krause. Hat sich mit Rasierwasser und Frisiercreme. Das Rasierwasser erst kürzlich zum Geburtstag. Raucht Stumpen. Hat von nix keine Ahnung nicht. Zehn wird es. Elf. Aus der Nachbarschaft die Kollegen. Immer mehr Samstage. Jetzt *muß* er sich sogar Zeit lassen, weil um die Zeit die Mieter alle in ihren Samstagsangelegenheiten. Immer auf der Treppe. Immerzu rauf und runter. Sieht jeder das Putzzeug da stehen und weiß gleich, daß die Treppe geputzt wird. Wie jeden Samstag. So ein gründlicher Hausmeister! Schafft er vormittags noch den Rückweg, dann ist es besser, er macht nicht gleich mit der Treppe weiter. Damit ihm nicht dauernd die Mieter mit ihren vielen ungeduldigen Füßen dazwischenhinein. Höchstens daß er gleich nochmal heißes Wasser. Und Putzmittel rein. Das ganze Treppenhaus riecht nach Putzmittel, vier Etagen. Das sieht er gern, wenn die Eimer so stehen und vor sich hin dampfen. Noch besser, er bleibt gleich über Mittag im Tannenbaum. Zwo Buletten. Zwo Frankfurter Frikadellen mit Senf und Brot. Mit den Händen. Wenn kein Brot da ist, auch Kartoffelsalat mit Gabel. Und jetzt nicht an früher denken, sonst quillt die Vergangenheit als Familie ihm gleich so im Magen auf. Schlimmer als Heimweh und Sodbrennen. Braucht er vorsorglich gleich einen Jägermeister. Maria. Sie hieß Maria. Also eigentlich hieß sie Marianne. Zwei Kinder. Die Kinder jetzt groß. Kennt er nicht. Kennen ihn auch nicht. Können ihn gar nicht kennen! Zwei Kinder. Gleich noch einen Jägermeister. Gesundheit. So ein guter Anfang am Morgen, da kann er sich gut und gern Zeit lassen jetzt. Über

Fußball, Politik, Lottozahlen, Juden, den zwoten Weltkrieg, Lagerverwaltung in Eschborn. Hauptlagerhauptverwalter. Noch nie auch nur eine Minute zu spät! Und immer null Fehler! Blitzkrieg, Sieg nach Punkten, Turniersieger! Boxen, Bundesliga und Fußballweltmeisterschaft. Bier und Korn. Früher als ranghoher höherer Kriminalbeamter in Hannover. Geheimdienst. Dienstgeheimnis. Braucht er gleich noch einen Jägermeister. Und drei Häuser weiter das Haus Nr. 36. Er als Hausmeister. Denkmalschutz. Eigenhändig. Fraglos das beste Haus weit und breit. Ehrensache die Mieter. Als Hausbesitzerin eine feine ältere Dame in Blankenese. So fein, daß sie außer ihm keiner kennt. Der Krause wie immer von nix keine Ahnung. Noch ein Bier. Im-Moment wird im Haus die Treppe! Putzt sich von selbst! Bier und Korn. Weit in den Nachmittag hinein. Kommt er heim, ist es still im Haus. Kann er sich Zeit lassen. Die Topfpflanzen an ihren Platz zurück. Vorher noch das Putzwasser weg. Und Obacht, daß er sich damit nicht die Schlappen naß! Samstags geht er in Schlappen. Jetzt ein Lied? Die Fahne hoch, die Reihen fest geschlossen. Ein Wanderlied, aber kann als Fußballer natürlich auch die Nationalhymne. Am besten vor der Haustür über den Gehsteig das Putzwasser, daß es so in den Rinnstein schwappt. Kann jeder gleich sehen, im Haus ist geputzt worden. Gründlich. Dann das Putzzeug zurück in den Besenschrank. Bevor es noch hier im Treppenhaus herumstolpert und ins Torkeln gerät und anfängt zu randalieren. Besonders der Schrubber, der Mop und die unbelehrbaren Besenstiele. Mit Selbstgesprächen die Fußabstreifer. Wieder jeden vor seine Tür. Verwechselt er einen, werden die Mieter sich schon unter sich. Wo geputzt wird, kann das schon einmal vorkommen. Manchmal samstags schafft er die Fußabstreifer mittags nicht mehr. Hat Zeit auch bis zum Abend. Hat auch morgen noch Zeit. Warum kriecht das Gelump nicht von allein an seinen Platz zurück? Tun sowieso die meiste Zeit nix wie rumlungern, die Fußabstreifer. So ein staubiges faules Gesindel. Manchmal kommt er aus dem Tannenbaum heim, weit und breit keine einzige junge jugoslawische Putzfrau mit ihrem hübschen Arsch, kommt heim und ist so erschöpft, daß er alles stehen- und liegenläßt und fällt in einen Mittagsschlaf, der lang ist und breit und tief wie ein Graben. Muß das Putzzeug sich selbst vertrösten. Erst am Sonntag der Marschbefehl. Abtreten. Rührt euch! Erst recht auch die Fußabstreifer. So eine saubere Treppe, da kann man den Fußabstreifern auchmal einen Ruhetag. Sauberkeit. Ordnung. Extra Speziallappen, um immer wieder das Treppengeländer damit zu polieren. Regelmäßig. Mit Sorgfalt. Briefkastenmessingputzmittel für die getauften Messingbriefkästen bei der Haustür. Eisern, jeden gesegneten Samstag. Vom Dachboden bis zum Keller, das ganze Haus. Nur neuerdings mit dem Raucherbein läßt er ab und zu einen Samstag ausfallen. Eigentlich ja zwei Raucherbeine. Bloß das eine ein bißchen besser, weil das andre eher noch schlimmer. Eine Krücke auf Krankenschein. Samstags geht er in Schlappen. Im Tannenbaum kann er die Füße hochlegen. Stundenlang. Soll nun nächstens zur Kur. Vielleicht ist ja Samstag der Tag, an dem er immer die Hausbesitzerin anruft. Vor dem Kühlschrank voll Flaschenbier. Beide Füße hochgelegt oder in einer Schüssel mit lauwarmem Wasser? Telefonisch. So eine feine ältere Dame, die sich ganz auf sein Wort verläßt. In ihrer Villa in Blankenese.

Von gegenüber, der immer die Straße mit Besen und Schrubber und Seifenlauge, mit Eifer. Heute wie jeden Samstag in aller Frühe schon mehrfach sein Fahrrad geputzt. Auseinandernehmen, einölen und zusammenschrauben. *Vaterland* heißt sein Fahrrad. Jetzt vor der Haustür auf dem nassen geputzten Gehsteig, damit man sieht, wie es funkelt und glänzt. Noch Seifenschaum auf dem Gehsteig. Er immer wieder eilig vor die Haustür, um sich daran zu erfreuen, wie es funkelt und glänzt. Wie neu! Die übrige Zeit oben am Fenster. Vom Fenster aus, dritter Stock. Muß sich weit aus dem Fenster, weit vorbeugen, damit er sieht, wie es dasteht und funkelt und glänzt. Und soll ja auch nicht geklaut! Fahrradklau! Ist zwar abgeschlossen, aber die Diebe nehmen es einfach mit Schloß mit. Und gleich um die Ecke, schnell weg! Haben extra Lieferwagen, haben Spezialtransporter und ausgebildete Assistenten für Diebstahl und Abtransport. Bis zwölf noch öffentlich vor der Haustür und dann in den Keller zurück das Fahrrad. Bis nächsten Samstag. Noch lieber ja mit in die Wohnung das Fahrrad, aber da ist seine Frau dagegen. Strikt dagegen. Macht bloß Unordnung, Dreck ja nicht, aber Unordnung. Obwohl: Man könnte das Büffet ein bißchen beiseite und den Wohnzimmertisch an die Wand. Und für das Fahrrad Zeitung zum Unterlegen, Wellpappe, Plastikfolie. Erst Plastikfolie, dann Wellpappe drüber. Und dann dick alte Zeitungen drauf, damit die Wellpappe und die Plastikfolie geschont werden und können umso besser den Fußboden schonen. Wellpappe kann er bei der Arbeit umsonst mit. Feinmechaniker, Adler-Werke. Plastikfolie noch jede Menge im Keller. Plastikfolie ist abwaschbar. Gern trägt er das Fahrrad ein Stück. Zur Belohnung. So ein gepflegtes Fahrrad. Hat kein Auto. Braucht kein Auto. Sowieso nächstens Rentner. Dann erst recht braucht er keins. Hat auch gar keinen Führerschein. Will auch nicht. Obzwar: Zum Putzen und Pflegen wäre so ein Auto nicht schlecht! Vor viereinhalb Jahren das Rauchen sich abgewöhnt. Seither immer so leere Hände.

Einmal nachts und am frühen Morgen vor dem schlafenden Tannenbaum die Kreuzung, die leere verschneite Kreuzung. Eisenstangen, Verkehrszeichen. Schief am Gehsteigrand zwei große betrunkene Mülltonnen, die in der Nacht nicht mehr heimfanden. Leer die Kreuzung und ganz mit Schnee zugeweht. Und ist seither ein Bild vom Nordpol für mich. Der

Zeltladen gleich daneben. Immer auf dem Weg zur Arbeit. Zelte, Schlafsäcke, Spirituskocher, Finnland und Lappland. Der hohe Norden, sooft ich vorbeiging. Am besten im Juni sich auf den Weg machen. Ende Mai und sich Zeit lassen. Immer wartet man auf einen Sommer, der nicht vergeht. Rundzelte, die wie Iglus aussehen. Indianer, Pelzjäger, Eskimos, Kanada und Alaska. Meistens ein bißchen zu spät dran. Vom Morgen an. Schon seit Jahren. Schnell und die Bilder im Kopf mit. Und vergiß nicht die laufenden Sorgen! Ein paar Schritte weiter die Camargue, die Sahara, Nevada, der Amazonas. Zeit zu fahren! Auch Moskitonetze, Kanus, Feldflaschen, Strickleitern, Rauchzeichen, Trockeneis, Trockenspiritus, Meerwasserentsalzungsgeräte und Salztabletten. Wieder ein Jahr und kein Sommer gewesen. Zeit zu fahren! Und rostfreie Dauerkapseln für um den Hals, formschöne Ewigkeitskapseln als praktische Behälter für Paß, Lebensversicherung, Flugkarte, Auslandskrankenschein, Parkzettel, Rückflug, Telefongroschen, Abschied und letzte Worte im Sortiment. Zur Arbeit. Einkaufen. In den Kinderladen. In die Bibliothek. Und müd heim, immer wieder müd heim am Abend. Die Tauben auf dem Dach: ihrerseits einen direkten Draht zur Ewichkeit. Für Carina schnell eine Apfeltasche als Überraschung oder ist sie noch nicht auf der Welt? Hausfrauen mit Einkaufstaschen und Einkaufszetteln. Und schleppen den Vormittag hierhin und dorthin. Müssen ihn wie einen abgenutzten Plattenspieler immer wieder anschubsen und anschieben, damit er endlich ingangkommt. Die einzigen angestammten echten Frankfurter Einwohner sind ein paar wenige zähe Witwen, die sich jeden Morgen von neun bis elf auf der Leipziger Straße erst beim Bäcker Geishecker, dann beim Metzger Waibel und dann in der Bock-Apotheke treffen. Jede einen Einkaufswagen als ständigen Begleiter. Sind praktisch. Auch als Stütze. Der eigene Mann ja längst tot. Hat nie abwarten können. Die Kinder schon lang aus dem Haus.

Schon vergangen die einen und weit weg und vergeßlich die andern. Und Kanari, Goldfische, Katze und Hund, überhaupt die Haustiere? Bald wie mit den Kalenderbildern und Wandkalendern geht es uns mit ihnen: Macht man sich die Mühe und hängt dran und da sind sie schon wieder vorbei. Haben so kurze Leben, bleiben nicht, halten nicht vor. Der eigene Kreislauf auch länger schon nicht mehr der beste. Aber die Einkaufswagen: Wie für die Ewigkeit! Rostfrei, haltbar und treu! Dort drüben, ist das der Weltgeist? Filzlatschen, keine Socken. Ein langer offener Mantel. Hustenanfälle. Mantel mit Samtkragen. Stroh im Haar. Wie kommt er hier in der Stadt zu Stroh? Mit Trippelschritten und lernt die Autokennzeichen auswendig. Deklamiert sie sich feierlich zwischen den Hustenanfällen.

Gleich um die Ecke vier Generationen einer griechischen Familie in einem kleinen griechischen Laden. Lebensmittel und Obst. Aus Thrakien, Thessalien, Arkadien, aus dem Pindosgebirge. Familienbetrieb. Wie eine Küche mit Ikonen, Öllämpchen, Waschbecken, Kochplatte, Schafwolle, Flickenteppich, Strickzeug, Lego, Schulaufgaben, Kalender, Sofa und Glasvitrinen der Laden. An der Wand Kreta, Mykonos, das Meer und der Hafen von Ithaka. Die Hafeneinfahrt. Davor die Ladentheke. Das Meer ist groß. Auf der Theke Waage und Marmorplatte. Schubladen, Glasvitrinen. Schon oft umgebaut diese Glasvitrinen. Zwei Urgroßmütter, Großeltern, Eltern, der ledige Bruder, ein Kind. Der Laden als Wohnküche. Alle Türen offen. Noch klein das Kind. Schläft. Die Dielen knarren. Mittags bleibt sie oft stehen, die Zeit. Drei ausgetretene Steinstufen und ein großes Hinterzimmer mit Dauerfernsehen in deinem Gedächtnis. Weit in den Nachmittag hinein. Die Uhr steht. Einmal steht die Uhr und dann geht sie wieder. Das Fernsehen. Familienangelegenheiten. Ein Imbiß, das Mittelmeer, Griechenland, die Theke, der Küchentisch, Brot. Salz und Brot, ein Stück Ziegenkäse, ein Teller mit Peperoni, ein kleines Glas Ouzo und durcheinander die Tage und Stimmen. Die Theke, das Sofa, der Tisch. Von allen Seiten die Stimmen. Jetzt wird dem Fernsehen der Ton abgedreht. Die eine Urgroßmutter sacht eingeschlafen, die andere mit Perlenketten und einem zittrigen Kinderlied aus den Bergen vor gut achtzig Jahren. Alle Heiligen auf den Ikonen sind Familienmitglieder. Die Uhr steht. Vor der Ladentür wartet der Abend. Schatten an der Wand. Neonlicht. Öllämpchen. Griechische Zigaretten. Das Kind jetzt mit Schiefertafel und Rechenbrett und muß auf der Zunge den eigenen Atem mit Anstrengung vor sich her balancieren. Die Frau macht das Fenster auf. Der ledige Bruder mit Zigarette hinaus in den Hof. In den Abend hinaus. Hier in Frankfurt, mitten in Bockenheim, ein quadratischer griechischer Hof. Abendhimmel. Schwalben über dem Hof, Mauersegler. Wie ein Fischerboot der alte Markthallenlieferwagen mit Plane. Obstkisten, Retsina, Weinblätter, blaue Ölfarbe, das griechische Alphabet, Flaschenkästen mit leeren Flaschen, Gegenwart, der gestrige Tag, der vergangene Sommer, die Zeit, eine Wassertonne voll Himmel. Die Zeit, ja die Zeit. Ein junger Hund, ein deutscher Schäferhund, wie soll er denn heißen? Erst noch klein, dann schon gleich ausgewachsen. Wie ein Wolf. Das Kind jetzt als Schulkind. Ein Erstkläßler. Neuer Schulranzen. Die Familie steht in der Tür. Vor ihren Blicken her der Vater, der Hund und das Kind. In der Morgensonne. Mit langen Schatten. Früh im September. Es muß der erste oder zweite Schultag gewesen sein. Wie die Zeit vergeht. Wie die Tage sich drängen. Herbsttage, ernst und grau. Der Vater jetzt vor der Ladentür. Der Hund und das Kind in den Tag hinein. Noch früh. Riecht nach Herbst. Schultage. Anorak, Ranzen und Mütze. Der Schulweg. Durch die Homburger Straße. Über die Jordanstraße. Über die Schloßstraße. Über die Hamburger Allee. Deutscher Schäferhund. Schulkind mit Schulranzen. Bis vor das große Tor.

Bonifatius-Schule. Der Hund und das Kind vor dem großen Tor. Noch früh. Kühl und feucht ist die Luft. Das Kind durch das große Tor in den Tag hinein. Auf sein Leben zu. Ohne Furcht oder läßt sich nichts anmerken. Der Hund sieht ihm nach. Steht und winselt. Dann allein zurück und als Hund sich ein bißchen Zeit lassen auf dem Heimweg. Fußgänger, Straßenecken, Tage und Zeitungsbilder. Neutronenbomben. Die Nachrüstung. Neue Alarmsirenensysteme für die Bundesrepublik. Atomraketen in Rödelheim.* Schneestürme in New York. Heut aber wirklich spät dran, die Zeitungsfrau mit

* Knapp zwei Kilometer bis Rödelheim, wo auch für die Sommer in der Stadt, für die Wespen und Menschen, ein großes Schwimmbad. Ein Schwimmbad mit Wiesen und alten Bäumen, viel Platz. Der Brentanopark. Jahreszeiten, die Nidda. Die Nidda rauscht. Hier teilt sich die Nidda. Am Ufer ein Weg. Brückchen, Schatten, das Licht auf dem Wasser, ein Steg. Durch das Rauschen der Weg. In den Schatten hinein. Auf den Abend zu. Enten, ein Wehr, ein Mühlrad und lebendig ein Wasserfall, grün. Das Rödelheimer Inselchen. Oft mit Carina die Nachmittage in Rödelheim zum Vertrödeln. Oft mit dem ganzen Kinderladen. Im Gras, es ist heiß. Sieben Kinder, eine große preiswerte Wassermelone, nicht ein einziges Taschentuch, nichtmal Klopapier mit und das Taschenmesser stumpf und ein bißchen zu kurz. Oft mit Sibylle und Carina in den Nachmittagseitenstraßen langsam von Haus zu Haus und von den Häusern die schönsten uns ausgesucht. Klein und alt die Häuser. Werkstätten. Holzschuppen. Ein Anbau und der Anbau vom Anbau. Zu jedem Haus auch in Licht und Schatten ein Hof. Einmal ist es ein Morgenhof und einmal ein Nachmittagshof. Sind Bauerhäuser, sagte Carina (das n bei dem Wort läßt sie immer weg!). Eben uns Kirschen gekauft. Süße Herzkirschen, die ersten in diesem Jahr. Und konnten noch eben vermeiden, daß uns zu den Kirschen eine große schlafende Ladenschildkröte mit dazugeschenkt wurde. Es wird Anfang Juni gewesen sein. Die Kastanien mit hohen Kerzen. Der Flieder blüht. Richtige Bauernhäuser sind es nicht, sagte ich, weil ich vom Dorf bin. Aber stehen und machen wie Bauerhäuser, sagt sie. Bald vier

ihrem Handkarren! Ist sie das heute selbst oder doch ihre Nichte aus Niederrad, die manchmal zum Aushelfen kommt? Schon der Morgenbriefträger. Unser Hausmeister und hat, wie es scheint, heute frei. In Samstagsschlappen rauchend zum Tabakladen und nach einer Weile mit Bildzeitung, Lottozettel und Zigaretten auf Vorrat rauchend zurück. Der Tannenbaum leider noch zu. Immerhin im Tabakladen jedesmal schnell einen preiswerten Doppelkorn ohne Schanklizenz. Gleich hier an der Theke und nie mehr nach Hannover! Nicht einmal daran denken! Kleine Fläschchen für Stammkunden unterderhand. Prost und gleich noch einen Doppelkorn! Lebenserfahrung. Die Krücke, als ob sie schon immer zu ihm gehört. Noch nichtmal beim Rauchen ist sie ihm im Weg. Da vorn noch der Krieg und das Hungerjahr 46. Der Weltgeist läßt grüßen. Zwei so bleiche Füße. Filzlatschen, keine Socken. Und beim Gehen vom Westbahnhof über die Zeil bis zum Zoo und zurück als Weltgeist kaum den Boden berührt. Seit wann denn verschollen der Weltgeist? Der Weltgeist, das bin doch nicht ich? Schon die ersten bessergestellten Witwen mit ihren rüstigen Einkaufswagen unterwegs auf die Leipziger Straße. Was ist mehr also höher? Als höhere Tochter und Staatsanwaltswitwe? Dazu den Doktortitel geerbt und die schöne Pension. Oder aus einer gutgehenden Frankfurter Bäckerei? Hausbesitzerin. Der Laden verpachtet. Der verstorbene Ehemann Bäckermeister und Innungsvorsitz. Landesbezirksinnungspräsident. Eine Seele von Mensch. Zwoundvierzig Jahre glückliche Ehe. Drei Kinder, die es alle zu etwas gebracht, alle drei. Der Staatsanwalt soll ein Säufer

und allwissend oder beinah allwissend. Im Juni ein Nachmittag. Eine Woche vor meinem Geburtstag. Der Sommer fing eben erst an. Rödelheim ist ein Vorort von Frankfurt. Erst amtlich die Atomraketen in Rödelheim stationiert. Und dann amtlich auch die Sprengköpfe zu den Atomraketen dazu. Pershing Zwo.

gewesen, so heißt es. (Wollen uns da lieber raushalten!) Mittags die Studenten über den Campus, jeden Mittag. Turnschuhe, Tennisschuhe, Sandalen. Die ersten Sommertage. Durch die Gräfstraße, die Jordanstraße, die Kiesstraße. Und schlendern, gehen als ob sie spielen, Studenten. Caféterrassen. Durch die Sonne ins Café Bauer, ins Pub, ins Bastos, in die Karl-Marx-Buchhandlung. Beinah wie im Frieden. Überall hierherum billige Fotokopierläden. Ein Antiquariat. Der Tannenbaum hat noch zu. Die Distel, Widerstand und Naturkost. Ein Kleiderladen, zwei Kleiderläden, ein Secondhand-Kleiderladen. In der Jungstraße ein Milchgeschäft. Feinkost, Obst, Milchprodukte. Haustüren, Treppen, Mäuerchen. Ein Vorplatz, ein Hof für die Sonne. Ein Gesims für die Katzen. Die schönsten Studentinnen. In der Sonne ein Mäuerchen zum Draufsitzen. Der Frauenbuchladen. Die Frankfurter Büdchen. Vor den Büdchen die Penner und kennen sich aus. Im Sommer mittags die Kneipen mit offenen Türen. Pub, Pelikan, Albatros. Die Straße und ich und die Zeit. Drei Jahre lang mittags aus dem Antiquariat heim. Immer von der Arbeit zu Fuß heim. Meistens im Halbschlaf. Oder im Kopf schon zu schreiben anfangen. Nie genug Zeit (wem gehört denn die Zeit?). Oder gleich nach der Arbeit in den Kinderladen und unterwegs mir jedesmal wieder die Ferne, Europa, mein Leben ausdenken. Die Jordanstraße im Sommer mittags genau in Licht und Schatten geteilt. In mir drin und um mich herum die Straße. Und ist auch alle Bücher, die ich hier gelesen. Und die, die ich schrieb. Notizzettel, Manuskripte. Ist Rembrandt und Pieter Bruegel und die Meisterwerke der flämischen Malerei. Ist Van Goghs Briefe, ist meine Müdigkeit und mein Schlaf, ist krank und gesundwerden. Und jedesmal wieder die nachdenkliche kleine Ewigkeit, während das Badewasser einläuft und du barfuß zwischen offenen Türen ein Gespräch mit der Stille und den Spiegelbildern der Gegenwart, auf dem Wasser zittert das Licht, und gleich ist die Wanne voll.

Heiß. Frankfurt. Heiß ist es. Mittag, Nachmittag. Blau, blaugrau und lila die Hitze und hat sich so angesammelt. Genau wie die Müdigkeit, schwer. Schläfrig die Stadt. Mittagsmatt. Und die Tauben gurren. Gerade jetzt ist wahrscheinlich die Hitze am größten. Schwül. Diesig das Licht. Heiß ist es. Frankfurt am Main. Schon halb? Halb zwei? Halb wie im Halbschlaf schon? Im Juli, im August. Lang wie ein Sommer dieser eine einzige heutige Nachmittag. Vielleicht stehengeblieben die Zeit? Wie wenn du träumst, daß du träumst, daß du träumst. Da und dort, auf den Straßen und in deinem Gedächtnis herum und dann heim. Einmal wie immer müd heim im Licht – das war doch gerade erst! Als ob du getragen wirst: wirst getragen und trägst die Welt und die Zeit. Schwer die Hitze, das Licht. Die Stimmen, manche wie aus deiner Kinderzeit noch, und rufen nach dir. Und haben nicht aufgehört, nach dir zu rufen. Mit kleinen Schritten auf dem Gehsteig die Tauben. Müd bin ich! Mittags müd heim und noch einen Namen dir, noch Jahr und Tag auch gewußt. Und die Steine und Schritte und Türen. Oft so gegangen. Halb wie im Schlaf, wie im Halbschlaf und die Welt dir entgegen und mit dir mit. Die Stimmen. Auch Selbstgespräche. In den Nachmittag. Die Augen zu und schon weg, halb schon weg. Glocken. Ein Stundenschlag. Eine Uhr. Halb zwei? Schon eher halb drei und auch vielleicht länger im Halbschlaf schon, schon länger halb drei. Wie früher manchmal, vielleicht eingeschlafen im Gehen. Die Lichtflecken an der Wand, die Selbstgespräche und Stimmen mit in den Schlaf. Augen zu und mit dir der Tag und die Stadt und die Welt auf den Meeresgrund. Noch eben das Licht, wie Schmetterlinge das Licht auf den Lidern, und zittert und atmet. Die Gegenwart. In das Licht hinein, dann das Licht und die Stimmen mit und versunken. Auf dem Grund der Zeit. Schläfrig die Stadt. In der Sonne. Hat sich langsam um dich herumbewegt. Und summt und fängt jetzt zu kriechen an, summt immerfort, summt und summt. Mit vielen Stimmen. Redet und fragt und lockt, ein Gemurmel von allen Seiten. Der Verkehr. *Alles glitzert*. Die Straßen haben sich in Bewegung gesetzt. Die Stadt fährt. Die Lichtflecken bilden Muster. Die Zeit eine Schrift an der Wand, ein Gemurmel. Zahlreich die Menschen. Ein Tanz, ein langsamer Taumel. So viele Menschen. Und jeder in seinem eigenen Traum, zeitlebens im eigenen Traum gefangen. Tauben. Die Tauben auf dem Dach. Die Tauben gurren. Die Tauben fangen zu rufen an. Ein Sommertag in der Stadt. Der Main. Schiffe auf dem Main. Wie er spielt und glitzert, der Main. Gerade heute, gerade auf seinem Weg durch die Stadt, gerade hier bei den Brücken glitzert er so. Frachtkähne, Schlepper, die Vogelinsel, wie heißt sie denn nur? Frag die Vögel! Ein Bootsverleih. Ausflugschiffe. Weiße Schiffe. Bunte Fahnen. Möwen. Die Fahnen wehen. Glocken. Eine Schiffsglocke. Ein Glöckchen bimmelt. Die Menschen drängen sich auf dem Steg. Die Kirchen, der Dom, rot eine Felswand, auf der die Zeit verwittert. Die Ufer, das Licht auf dem Wasser, der Eiserne Steg. Dir Tag und Augenblick, dir jede Einzelheit vorsagen und zusammensammeln, als ob du die Welt dir erst noch ausdenken müßtest. Und immer neu sie dir ausdenken, immer wieder. Wie aus einer anderen Zeit, einer fernen Epoche. Als Gast nur, als Zeuge. Und alles wie zum ersten-, zum letztenmal. Und was du ansiehst und siehst, das gehört dir für immer. Lichtflecken. Menschengesichter. *Wie er spielt und glitzert, der Main. Lebendig*. Sind einmal an Sibylles Geburtstag auf so ein weißes Schiff, Sibylle, Carina und ich – oder kommt das erst noch? Im Juli, ganz früh am Morgen. Am Eisernen Steg auf das Schiff. Vom Main auf den Rhein und den ganzen Tag auf dem Wasser. Ein Sommertag ist lang wie ein Jahr. Einmal von der Konstablerwache aus die Fahrgasse hinunter. Auf den Main zu. In den Mittag hinein. Und auf einmal die Fahrgasse voller Schmetterlinge. Mitten in der Stadt. Wie eine Wolke die Schmetterlinge. Feierlich, ein Geleitzug der Stille. War das auch jetzt? Immer ich? Jederzeit alles immer? Schläfrig die Stadt, mittagsmatt. Aus größerer Höhe jetzt, als ob du gewohnheitsmäßig von oben sie siehst. Einzelheiten. Überdeutlich die Straßen und Plätze. Jedes Dach in der Sonne. Ein Summen, ein Gleißen. Und doch auch, als ob du alles nur träumst. Von oben die Stadt, von oben und über die Vororte hin. Aus der Ferne Sirenen. Ein Krankenwagen? Die Feuerwehr? Polizei? Aus welcher Richtung? Näher jetzt? Kommen sie? Sie meinen dich nicht. Du bist noch nicht dran. Noch lang nicht! Heiß ist es, heiß und diesig. Im Sommer. Ein Nachmittag. Frankfurt am Main. Wie heiße Asche die Stadt, aber unter der Asche noch Glut. Hats nicht auch gedonnert? Soeben? Vorhin? Weit zurück? In der Ferne? Ganz hinten in deinem Gedächtnis? Schon mehrfach gedonnert? Der gleiche heutige Nachmittag und in der Hitze zum Stillstand gekommen die Zeit. Die Hochhäuser wie Luftspiegelungen. Der Himmel ein schlafendes Meer. Will kein Wölkchen sich zeigen? Noch fern der Abend und hat im Schatten unter den Torbögen, hat bei den Haustüren, hat in den Durchgängen, Höfen und Winkeln gewartet, stumm, und wartet am Horizont. Wie ein Feuerwerk, bevor es gleich losgeht. Wartet am Horizont wie ein großer fahler Ballon, der immer größer wird, derweil du die Luft anhältst. Und glüht und wartet und wächst. Kein Vogel singt, nur schläfrig die Tauben mit ihrem Heimweh (müssen ihr Heimweh, jeden Tag mehr, müssen es gurrend, ihr Heimweh, in den Kehlen zu immer festeren Ballen und Klumpen gepreßt, auf den heißen dämmrigen Dachböden stapeln!). Kein Vogel singt. Die Mauern fangen zu schwitzen an. Ausgeblichen die Farben. Vergilbt. Auf dem Dachboden husten Gespenster. Was sie nur immerfort wollen, die Stimmen unter dem Fenster und die in deinem Gedächtnis? Jeder Ton wie verweht, wie aus weiter Ferne. Flugzeuge. Ein Gewitter zieht auf oder läßt auf sich warten. Kein Wind? Kommt kein Wind auf? Manchmal Südwind am Abend. Eine Tür schlägt. Kinder rennen. Eine Frauenstimme. Hört sich an, als ob sie sich selbst, immer wieder sich selbst ruft. Und probiert es mit vielen Namen. Südwind am Abend. Heiß und zittrig, wie aus der Wüste, ein fremder Wind. Erinnerungen, Staub, Staubfahnen, Blätter, Papierfetzen, Vögel wirbeln am Fenster vorbei. Gleich ein Sturm, gleich geht das Gewitter los, denkst du. Dann aber doch nicht. Wieder nicht! Dreht der Wind? Taumelt so? Die Welt in die Nacht hinein. Juli. Zwei Straßen weiter ein Straßenfest, Stadtteilfest, Sommerfest. Bunte Lämpchen. Musik. Brezzeln, Bratwurst, heiße Würstchen, Döner, Bier, Gyros und Äppelwoi. Ein bengalischer Feuerschlucker aus dem Gallusviertel. Eine Rockband aus Rüsselsheim. Frankfurter Gartenfeste. Erst Juli und dann August. Flugzeuge. Ein Gewitter. Ein Gewitter und kommt nicht. Sonnenuntergänge. Wetterleuchten. Eisenbahnzüge am Horizont. (Mein Zug rast der Nacht zu: wer bin ich?) Nacht. Fenster offen. Die Nacht rauscht. Die Bäume rauschen. Wie eine große Muschel die Nacht. Ein Andenken aus einer Ramschbude. Die Erinnerung an einen und alle Sommer am Meer. Letzte Nacht in der Nacht ein Gewitter? Oder auch nur vorbeigezogen, geträumt? Und am nächsten Tag überall Sand. Sandstaub. Weiß, rötlich, gelb. Angeweht. Flugsand. Wie aus der Wüste. Jeden Tag wieder der gleiche Himmel. Heiß ist es. Staubig. Frankfurt. Das Rhein-Main-Gebiet. Schon um acht Uhr früh dreißig Grad. Schon wochenlang. Mittags schwül, diesig, feucht. Erst blau, dann blaugrau und lila der Himmel. Die Farbe der Ewigkeit. Seit Jahren der gleiche Nachmittag, immer wieder. Wie feuchte Lappen die Luft, feucht und heiß. Wie in einem erschöpften Wäschetrockner, der sich schwertut mit seiner Bestimmung. Elektrisch. Gebraucht gekauft. Heiß ist es. Heiß und schwül. Heiß, schwül und diesig. Und jeden Tag noch ein bißchen heißer und schwüler und diesiger (jeden Tag zwei Grad mehr und wann ist dann Sommerschlußverkauf? Eine Rechenauf-

gabe für die Sommerferien). Schwer der Himmel. Pl
de. Heiß ist es, heiß und feucht. Schon mittags f
Mauern zu schwitzen an. Jede Unebenheit wird ei
Jede Einzelheit eine Schrift an der Wand. Grell und trüb wie in Flecken und Streifen das Licht. Halb zwei, dann halb drei, dann schon länger halb drei. Flugzeuge. Ein Flugzeug. Hats nicht auch gedonnert vorhin?

Rauscht ein Rauschen, rauscht, summt und dröhnt. Die Stadt, die Straßen, die Ferne. Der Verkehr. Die Autos sind es. Der Nachmittag in der Stadt. Die Autos von Ampel zu Ampel. Wie ein Atem in schweren Zügen, ein Herzschlag, das Blut in den Adern. Und fahren und halten und kriechen. Schläfrig die Stadt. Die Ampeln. Verkehrspolizisten, Schupos. Wie Zinnsoldaten und Nußknacker – also auch wieder nur geträumt, wie es scheint. Aus Blech, aus Blei, aus Holz und aus Zinn. Die aus Holz frisch lackiert. Verschiedene Sorten, verschiedene Größen und Ausführungen. Manche mit Sockel. Und drehen sich. Hin und her. Die Sockel wie Zirkustrommeln. Oder schweben (*scheinen* zu schweben). Mit Schatten? Ohne Schatten? Mit Anstrengung? Mühelos? Eine Handbreit über dem Boden. Oder hoch über der Kreuzung. Erscheinungen. Will kein Wölkchen sich zeigen? Spielzeugmännchen. Figuren. Die neueren auch aus Plastik. Manche mit größter Sorgfalt. Weiße Handschuhe. Rangabzeichen. Entschlossenheit. Pflichtbewußt. Uniformknöpfe. Andre mit nur je einem hellen Fleck als Gesicht im Gesicht. Und wie sie tanzen, wie sie funktionieren. Marschieren und rasseln und winken und müssen sich immerfort drehen. Mechanisch, als Automaten. Ein Traum im Traum. Schläfrig die Stadt, mittagsmatt. In den Nachmittag. Langsam. Schaufenster, Spiegelbilder, Gesichter. Das Bahnhofsviertel. Die Innenstadt. Von der Hauptwache über die Zeil und zurück. Die Berger Straße hinauf und hinunter. Am Römer vorbei und über den Main. Sachsenhausen. Bockenheim. Uni, Campus und Leipziger Straße. Wie willst du dir alle Menschen merken, die du in deinem Leben siehst? Auch nur die von heute? Ein einziger langer Tag. Ein Sommertag ist lang wie ein Jahr. Die Ampeln von rot auf grün. Musik. Zigaretten. Die Straße fängt an zu fahren. Alle Straßen fangen zu fahren an. Zubringer. Kreuzungen. Ausfallstraßen. Die Autobahn. Autobahnauffahrten, Autobahnabfahrten. Das Rollfeld, die Startbahn, der Luftraum, die Einflugschneisen. Ein Flugzeug schräg in die Höhe. Alle paar Minuten ein Flugzeug schräg in die Höhe. Ein anderes Flugzeug und setzt zur Landung an. Signale, Signaltürme, Lichtzeichen. Immer wieder ein Flugzeug, immer noch eins und alle setzen zur Landung an. Rhein-Main-Flughafen. Frankfurt Airport. Beton, der Stadtwald und Himmel, ein stiller Himmel, der allen und keinem gehört. Das Südkreuz, das Westkreuz, das Frankfurter Kreuz. Eisenbahnlinien, S-Bahnen, Bahnhöfe, Vororte, Dörfer, Vororte und die Vororte von den Vororten. Schrebergärten, Kasernen, Pferde, die Rennbahn, Sportplätze, Werkstätten, Tankstellen, Einkaufszentren, Friedhöfe, Lagerhallen, Fabriken, Industriegelände, ein Kornfeld, Gewerbegebiete, Rechtecke, Würfel, Bauklötze, Grundrisse, Häuser, Neubausiedlungen, Bauland, Bauerwartungsland, Bauerschließungsgebiete, Bauplätze, Baustellen, Baustellen. Sommer, der Sommer, Sommerzeit. Gegenwart. Im Sommer ein Nachmittag. Erst Juli und dann August. Kornfelder, Wiesen, der Taunus. Von Bad Nauheim, von Ockstadt, von Friedberg bis nach Bad Homburg, Oberursel, Bad Vilbel. Von Bergen nach Kriftel, nach Hofheim, nach Kelkheim, nach Hochheim. Am Südrand, den Taunus entlang. Bis nach Wiesbaden. Den Taunus, den Main entlang. Überall Obstbäume. Die Kirschen schon abgeerntet? Die Pflaumen, die Mirabellen, die Äpfel und Birnen. Jede Einzelheit. Alles ganz deutlich. Die Früchte an jedem Baum. Und werden jetzt reif. Bei Hochheim der Wein auf den Hängen. Heiß ist es. Feldwege. Die Rheinebene.

In der Hitze flimmert das Licht. An Höchst, an den Farbwerken auch vorbei (finster die Farbwerke: brüten Albträume aus), und in weiten Bogen der Main. Schiffe. Die Strömung. Das Licht auf dem Wasser. Schiffe auf dem Main. Auf den Rhein zu mit seinem Glanz der Main und nach allen Seiten weithin das Land und der Sommer. Kühe. Noch das Heu auf den Wiesen. Ein Traktor. Ein Spielzeugtraktor. Ein Traktor mit Heuwender. Traktoren mit Anhänger. Heuwagen. Hochbeladene Heuwagen. Feldwege. Kornfelder. Gut steht das Korn. Steht gut. Pures Gold. Ist Sommer, kommt eine Zeit, da tun sich zwischen Himmel und Erde zahlreich die Spatzen zusammensammeln. Ein großes Geschrei und Gezwitscher zwischen Himmel und Erde. Und ziehn in die Felder. Die Stare genauso. Erst in die Kirschen und dann ins Korn. Jedes Jahr. Kornfelder. Ein Mähdrescher. Gleich drei-vier Mähdrescher. Gelb, grün, orange. Gleich auch schon abgeerntet die ersten Felder. Ein Sommertag. Kühe. Die Kühe liegen im Gras. Heiß ist es, heiß und diesig. Blau, blaugrau und lila die Hitze, der Himmel, die Ferne, die Hügel, der Wald. Felder. Die Felder leuchten. Die Kühe liegen im Gras und sehen dem Sommer zu. Sommerwolken und jetzt auch der Wind, bißchen Wind. Nachmittagswolken, die ersten. Ein Habicht, ein Bussard, ein Waldhäher ruft. Wie aus deiner Kindheit her rufen sie. Bergauf der Wald auf den Hängen. Die Sonne, Sonnenlicht und weit über den Wald hin leicht und ledig die Wolkenschatten. Mit dem Wind. Wie mit Flügeln die Wolkenschatten, wie Gedanken über den Wald hin.

Eingeschlafen? Im Schlaf, im Halbschlaf: als ob du dich selbst träumst, dich und die Stadt und die Zeit. Frankfurt. Ein Frankfurter Sommer. Ein Nachmittag. Einmal aus dem Laden heim, aus dem Antiquariat. Gerade eben oder muß das vor langer Zeit einmal? In einem früheren Leben? Einmal und immer wieder? Müd von der Arbeit heim oder gleich in den

Kinderladen (auf jedem Weg schreibst du dir im Kopf für dich selbst ein Buch), in die Stadt, in die Bibliothek, da und dort gegangen. Im Gehen: die Augen zu, kaum einen Augenblick nur die Augen zu und auch schon weg. Eingeschlafen, versunken. Noch die Spiegelbilder, Ladeneingänge und Schaufenster. Jede Einzelheit wird zur Schrift. Jedes Ding fängt zu reden an. Jeder Augenblick sieht dich an. Noch von Ecke zu Ecke die Mittagskneipen mit offenen Türen. Wie schläfrige Brunnen. Noch das Gemurmel, die Stadt, das Rauschen der Zeit. Viele Stimmen. Die Stadt und das Licht und die Stimmen und alles mit in den Schlaf. Damals schrieb ich nachts. Im Gehen schlafen? Die Straße kommt dir entgegen. Die Gegenwart. Immer der gleiche Moment. Die Jordanstraße im Sommer mittags genau in Licht und Schatten geteilt. Im Schlaf, im Halbschlaf. Im Gehen, im Sitzen, im Liegen. Bett, Fußboden, grauer Sessel. Die Matratzen im Kinderladen. Im Gras, eine Wiese. Nach Sommer riecht es. Das Schwimmbad in Rödelheim. Der Kurfürstenplatz. Der Grüneburgpark. Das Gurren der Tauben. Und auch schon eingeschlafen. Im Gehen, das ginge ja noch, aber doch hoffentlich nicht bei der Arbeit im Laden? Nicht auf der Buchhändlerleiter: einen Fuß in der Luft, mit der Hand zum Regal hin und den Kopf in den Wolken von gestern, vom vorigen Jahr. Nicht im Treppenhaus, blind, der langjährige Gipsabguß einer sterblichen Statue. Nicht im eilig erstellten Kaufhof, nicht auf dem Postamt am Rohmerplatz. Das Postamt ist auch vergänglich. Überhaupt niemals bei Behörden! Und keinesfalls unter der Erde, nicht U-Bahn, noch Grab! Wie hoch oben auf einem Heuwagen, so ein schwankender Schlaf. Bald aufwachen! Und träumst, daß du träumst und dich selbst träumst. Bald aufwachen dann! Horch, sie kommen! Sie sprechen von dir. Manche Stimmen wie aus deiner Kinderzeit noch. Vor der Tür, unterm Fenster. Aus dem Hof herauf, aus dem Garten (vielleicht auch nur geträumt und längst vergangen der Garten). Und werden gleich anfangen, nach dir zu rufen. Und nebenan Sibylle und Carina. Leise! Du hörst sie mit Vorsatz leise, extra ganz leise sein wollen. Mit vielen Sorten Geflüster und jeden Augenblick eine neue Geduld. Oder ist Carina noch gar nicht bei uns? Noch nicht auf der Welt? Das Muster der Zeit. Glocken läuten. Wenn du aufwachst, die Lichtflecken an der Wand. Daran sollst du dich erkennen, dich und die Gegenwart. Bald aufwachen! Gauloises und Gitanes-Zigaretten, damit der stehengebliebene Nachmittag wieder ingang kommt. Gleich türkischen Tee, eine große Kanne aufsetzen! In deinem Kopf das Licht und die Stimmen der Händler, bevor es Abend wird in Istanbul. Und bis der Tee fertig ist, drei-vier-fünf Espresso im Stehen. Venedig, Trieste und weit die Küste bis an den Bosporus. Dahinter das Schwarze Meer ein silbernes Glitzern und siehst alles vor dir. Zu trinken aufgehört und seither Tag und Nacht Espresso, Mokka, Kaffee und Tee, viele Sorten. Und heiß baden, am besten alle paar Stunden heiß baden oder dir wenigstens vorstellen, daß du immer wieder heiß badest. Aufwachen jetzt, bald aufwachen! Und sehen, wer du diesmal bist und wie es dazu gekommen ist. Ort und Zeit, das alte Jahrhundert. Dein Leben und ob du es wiedererkennst? Badewasser? Ein Brunnen? Die Stadt? Rauscht die Zeit? Gleich dann bald aufwachen jetzt!

Mein zweites Buch. Vier Jahre lang nachts geschrieben und morgens zum Geldverdienen. Handlanger hier und dort. Dann als Schreibautomat und Anrufbeantworter in einem Büro mit fünf Briefkastenfirmen und fünf verschiedenfarbigen Telefonapparaten auf der Zeil. Hinter der Konstablerwache. Ganz am Ende der Zeil, wo sie schon beinah nur noch wie aufgemalt und fängt schon an abzubröckeln, die Zeil, und der Tag verdämmert dort so. *Das schwarze Buch.* Immer tiefer in die Nacht hinein. Delirien. Kaum je genug Schlaf. Mitten im Buch zu trinken aufgehört und gleich weiter mit dem

Manuskript. Nicht vom Anfang zum Schluß hin, ein Kapitel nach dem andern, sondern alles gleichzeitig, immer neu. Vom Anfang an ohne Anfang. Zwanzigmal jede Seite. Einundzwanzig Jahre lang nur mit Alkohol geschrieben und dann mitten im Buch zu trinken aufgehört und gleich am nächsten Tag ohne Suff weiter. Auch endlich mein erstes Buch dann erschienen und Carina geboren und ich bekam doch noch die Vormittagsarbeit im Antiquariat. Gleich bei uns um die Ecke. Nicht weit von der Uni. Eine Arbeit, zu der man zu Fuß hin. Kaum noch Schlaf. Ich dachte, das Buch bringt mich um. Und wurde dann wider Erwarten doch fertig, fast fertig. Auf das Ende zu immerhin. Bald auf das Ende zu und Sibylle hatte im Verlag schon mit dem Setzen angefangen. Ein Konzept, eine Einteilung für das Buch. Schwarze Mappen. Viele Kapitel, die ich alle gleichzeitig schrieb. Sind lang, die Kapitel. Und in den Kapiteln Absätze, zwei Sorten Absätze, zweierlei Abstand. Beim Überarbeiten aber über die Einteilung weggeschrieben. Immer neu jede Seite. Und jetzt fehlen sie mir, die Absätze! Fingen deshalb an, die Kapitel noch einmal zu lesen, Sibylle und ich. Nachts, in Eile, damit wir die Absätze wieder eintragen. Damit sie bei Tag weiter setzen kann. Zwei Sorten Absätze, ein Labyrinth und darin im Halbschlaf zwischen lauter Netzen und Fallgruben. Fast zwei Wochen, jede Nacht. Inzwischen schon Mai, Mitte Mai. Immer kürzer die Nächte. Schreckt Carina im Schlaf auf, geht einer von uns und holt sie sich in den Arm. Wie praktisch die grauen Sessel sind. Sogar im Schlaf noch erkennt Carina die richtigen Wörter. Sie streckt sich, sie seufzt und schläft weiter. Sie hält sich im Schlaf am Schlaf fest und schläft auf den Horizont zu. Ans Ende der Nacht. Wie man sich verirren kann in diesem Buch. Ich am meisten. Ein Buch über Frankfurt. Sibylle um halb drei ins Bett. Ich bis um vier, bis halb fünf. Längst sind die Vögel wach. Auch schon jeden Tag eher hell. Lange Tage. Immer noch einen Mittag von der Arbeit zu Fuß heim. Im Halbschlaf, wie immer der gleiche Moment. Auf die Haustür zu. Immer unterwegs zu mir selbst. Und im Kopf schon zu schreiben anfangen! Von meinem Freund Manfred in Gießen Musik. Drei Cassetten. Extra fürs Schreiben. Auswahl und Reihenfolge mit ihm zusammen, als wir im März bei ihm zu Besuch. Genau richtig, genauso wie ich sie haben will, die Cassetten. Dreimal neunzig Minuten Musik. Jürgen und Pascale am Abend als Liebespaar zu uns und bringen mir einen Cassettenrecorder und für Carina Gummibärchen. Für Sibylle ein buntes Tuch. Und ein Löwenbild für Carina (auf dem Bild ein lebendiger Löwe!). Jürgen gibt mir achtzig Mark, die er mir angeblich schon jahrelang schuldet. Oder können auch sagen, du leihst sie mir jetzt und wir sehen, was die Zukunft uns bringt. Wie schön ihr seid! Sie wollen gleich ins Konzert. Ihr seid meine schönen bunten Vögel, sagt Carina zu ihnen, obwohl sie eigentlich längst schon schläft (Nochmal Milch trinken! Nochmal zum letztenmal Milch trinken und sehen, ob vor dem Fenster noch alles da ist! Die achtzig Mark wollen wir uns für Pfingsten aufheben!). Jeden Morgen ins Antiquariat, mittags heim. Ich kam von der Arbeit heim, fing zu schreiben an und hörte immer wieder die drei Cassetten. Wie immer wieder der gleiche Nachmittag und dann in den Abend hinein (noch lang bis es dunkel wird). Ein Cassettenrecorder bei meiner Hand auf dem Tisch, es kam mir vor wie ein Wunder. Cassetten sowieso so ein Wunderding. Und Musik ja erst recht. Den ganzen Mai Sonne, der ganze Mai ein einziger langer sonniger Augenblick. Die elektrische Schreibmaschine vom Vorschuß für mein erstes Buch und auch nach drei Jahren noch bei jedem Einschalten eine Überraschung für mich. Schreibtischlampe, Manuskriptschränkchen, drei Arbeitstische. Große Papiervorräte. So schrieb ich das Buch zuende, mein zweites Buch. Sibylle schon beim Setzen und mit dem Umbruch. Genaugenommen ja *fast* schon zu spät für den Herbst (in Wahrheit schon viel zu spät), aber hatten jetzt keine Wahl. Anders als mit dem gedruckten fertigen Buch hätte ich meine Ungeduld nicht mehr loswerden können! Vier Druckfehler. In der Woche vor Pfingsten die letzte Seite und vier Tage in den Wald, Sibylle, Carina und ich. Außer mir weiß noch keiner, daß ich zu dem fertigen Buch im letzten Moment noch ein allerletztes Kapitel dazuschreiben muß. Schon im Februar vier Wochen unbezahlten Urlaub gehabt und nach Pfingsten jetzt nochmal fünf Tage frei. Cassetten, Cassettenrecorder und noch einmal anfangen. Aber das Buch ist doch fertig, sagten sie vom Verlag aus zu mir (als ob ich mich irren könnte!). Ich dachte auch, es sei fertig, sagte Sibylle. So schuldbewußt, als sei es ihr Fehler. Gerade aus dem Wald zurück und noch fünf Tage frei, so schrieb ich das allerletzte letzte Kapitel. Dann angerufen und mit dem allerletzten letzten Kapitel zu Fuß zum Verlag. Bald schon Abend. *Daß du das noch geschafft hast!* Ich traf den Verleger im Hof. KD Wolff. Ein Kirschbaum vorm Haus. Die Kastanien blühen. Vor der Haustür, als ob wir da stehen, damit wir uns später erinnern. Anfang Juni. Das eigene Leben. Ein Juniabend, noch hell. Wir kannten uns kaum erst vier Jahre, doch damals kam uns das lang vor. Zusammen ins Haus. Ich gab ihm das letzte Kapitel. Das ist jetzt das letzte Kapitel. Er fing gleich zu lesen an. Ich blieb, bis er es gelesen hatte. In meiner Müdigkeit trank ich acht Gläser Tee. Wird spät für den Herbst, sagt er dann, aber jetzt haben wir ja schon angefangen. Vor dem Fenster der Abend. Ja, sagte ich, Sibylle schon beim Setzen. Vielleicht schafft sie es nicht allein. Kann man ja rechtzeitig ausrechnen und dann einen Teil in die Setzerei. Wenn wir es jetzt nicht herausbringen, dann wäre es für mich noch nicht fertig, nicht wirklich! Ich könnte nicht aufhören, daran zu denken! Ich könnte nichts andres tun, ich könnte mich auch nicht ausruhen! Weißt du noch, wie ich trinken mußte? Weißt du noch, wie ich zum erstenmal in den Verlag kam? Unterwegs noch schnell ein einziges winziges Taschenfläschchen mit Weinbrand für mich allein, einen Flachmann. Bloß der zehnte Teil eines Liters. Und eigens dafür noch kurz vor dem Haus einen Umweg. Hier dann Rotwein. Ein Nachmittag. Es war aber soviel Rotwein, daß er kein Ende nahm. Der Tag vor dem Fenster schon immer weiter weg. Klein und fern und ganz deutlich. Ich wollte längst gehen, aber vorher den Wein austrinken, doch der Wein nahm kein Ende. Ja, sagt er, das weiß ich noch. Wir brauchen bald Fotos von dir. Die Fotografin heißt Ute Schendel. Jeder noch ein Glas Tee. Zu müde jetzt für den Klappentext. Abend. Himmel wie blaues Glas. Heim durchs Westend, zu Fuß heim. Alles blüht. 1982 im Juni. Drei Tage vor meinem Geburtstag. Daß du das noch geschafft hast! Achtzehn Kapitel. *Das schwarze Buch.* Carina noch wach. Sie haben auf mich gewartet. Gleich erzählen, was jedes einzelne Stofftier heute getan hat. Nachher noch baden. Es wird schon gar nicht mehr richtig dunkel. Blaue Kacheln im Bad. Wände und Decke blau. Auf dem Fußboden kleine Steinplatten. Marmoriert. Grau und weiß. Da war es, daß ich auf den Steinplatten die Paradiesbilder sah. Vier Jahre schon in der Wohnung. Immer schon im Bad auf dem Fußboden die kleinen Steinplatten und jetzt Paradiesbilder. Zum Hineingehen. Menschen und Tiere und Pflanzen. Die Sonne und in der Sonne alles lebendig. Genau solche Bäume wie die, von denen ich als Kind dachte, so sind die Bäume im Paradies. So mild ist das Licht, Paradieslicht. Die Bilder ergänzen einander, gehören zusammen. Wie Wasser fließen sie ineinander. Eher langsam, wie kostbares biblisches Öl aus der Bibel. Wie der Himmel in einem Teich und es wäre windstill oder fast windstill. Wie in der Wirklichkeit, wenn du mit den Augen hierhin und dorthin. Die Nähe, die Ferne. Ich sprach zu Sibylle und Carina davon, doch konnte sie ihnen nicht zeigen. Ich hätte die Bilder gern für immer behalten! Immer noch einen Tag die Bilder. Auch an meinem Geburtstag noch und auch noch den Tag danach. Dann merkte ich, wie sie zu gehen anfingen. Sie waren nicht einfach weg, sondern hörten nach und nach auf. Ein langsamer Abschied. Paradiesbilder. Erst nicht und dann da und dann nicht mehr! Für Carina war es der Sommer, bevor sie drei wurde. In diesem Sommer zum erstenmal mit ihr in den Süden. Ein langer Zigeunersommer. An ihrem Geburtstag in Saintes Maries de la Mer und Jürgen und Pascale sind zu uns gekommen. Eine Wallfahrt. Geschenke bringen sie mit. Pascale in einem Blütenhemdchen als Kleid. Sonnenbraun. Nackte Beine. Mein Freund Jürgen mit Strohhut wie Vincent van Gogh. Sie suchen in Frankreich im Süden ein Haus. Bloß kein Geld und kein Einkommen, sonst ist alles da. Die Landschaft, das Essen, die Menschen, das Wetter, die Zeit, alles ganz genau richtig, das siehst du ja selbst. Aber wovon soll man leben? Wie denn vorher gelebt und von was? Sie hatten einen hellgrünen alten Fiat, der schon länger so aussieht, als ob er nicht mehr lang fährt. Ende September zurück in Frankfurt. Septemberhimmel. Die blauen Kacheln im Bad. Kleine Steinplatten auf dem Fußboden. Auf dem Wasser *zittert* das Licht und gleich ist die Wanne voll.

Carina vorm Haus und Carina am Fenster und auf der Treppe. Da geht Sibylle. Da kommt Sibylle zurück. Carina im Haus hier geboren. Carina auf Sibylles Arm und Carina mit Dreirad. Carina im Buggy. Carina kann sprechen. Carina mit vielen Wörtern. Ein Windrädchen, blau und weiß. Jetzt alle drei beim Wäscheaufhängen. Man hängt sie ja in den Himmel hinein. Jetzt wächst sogar Gras im Hof. Carina hüpft und Carina mit neuen Sandalen. Der erste Frühlingstag. Und hat vom Morgen an vor der Haustür gewartet. Noch überall seh ich uns gehen. Die Nachmittage. Und Kinderstimmen. Und stehengeblieben die Zeit. Genau wie der Lichtfleck an der Wand gegenüber. Sibylle und Carina, mein Nachmittagsschlaf und im Einschlafen noch ihre Stimmen. Die Zeit. Das Muster der Zeit, wie die Lichtflecken an der Wand. Jenseits der Augenblicke und Stimmen, hinter jedem Raum der wirkliche Raum. Den wir suchen und suchen (schrieb ich) und haben ihn doch von jeher gekannt. Und finden ihn erst danach, in Gedanken, den Ort unsrer unaufhörlichen Wiederkehr. Mein zweites Buch. Jeden Abend, bevor ich anfangen kann, der Fußboden übersät mit Carinas Spielzeug. Bauklötze, Stofftiere, Sterne, ein Mond, eine Schneekugel, Buchstaben, Vogelfedern, Löffel, ein Ball, ein Tennisball, drei Bälle, ein Stück Stoff, roter Samt, Messingglöckchen und Silberglöckchen, Glaskugeln, bunte Steine, eine Spieluhr, zwei oder drei Monde, ein Hemd, Strümpfe, Sandalen, Wollschäfchen, Flügel (sie hat sich zum Anziehn zwei Flügel gemacht: für sich selbst!), drei Spielzeugautos, ein Karren, ein Kaleidoskop, Bauernhoftiere aus Holz und aus Plastik zum Nicht-in-den-Mund-Stecken, Wäscheklammern, ein Plastikdampfer, ein Segelschiff. Schütteln das Kaleidoskop und ans Auge, das andere Auge zu und den Atem anhalten – nicht verwechseln die Augen! Bilder, Buntstifte, Bilderbücher, Orangenpapierchen, ein Kaufladen (seit wann hat sie einen Kaufladen?), Tannenzapfen, Gummistiefel, Würfel, Rollschuhe, ein Strohhut mit künstlichen Blumen, die parfümiert sind (Heckenrosen, die nach Maiglöckchen riechen), ein Spiegel, ein Tablett, ein Teekessel, der Kaufladen aus Schubladen und Schuhkartons zusammengeklebt (kaum Kundschaft, kein Umsatz, beinah keinerlei Umsatz, aber ein Vermögen an Tesafilm verklebt!), den Teekessel als Panoramaspiegel, als Trommel, als Glocke, ein glitzerndes Fahrradschloß für die Zukunft (die Zukunft, die gibt es!), ein Flaschenöffner, ein Täschchen, vier Rollen Klopapier, die ihr nicht zustehen (muß man jeden Tag wieder unnachgiebig zurückverlangen!), Briefumschläge, eine angeeignete Schere und bunte Tücher. Wie ausgesät, wie aus dem Himmel gefallen. Nicht auch wie ein Mosaik – und mich jedesmal bücken! Wie spät, wieviel Uhr? Und was für eine Ansammlung von Zuversicht in dieser Unordnung! Die Stofftiere von meiner Schwester. Ich hatte sie vor langer Zeit einmal meinem Neffen geschenkt und jetzt, zutraulich und anhänglich wie sie sind, kommen nach und nach alle zu uns zurück. Zu ihr, zu Carina. Oft auch kostbare kleine Gegenstände, die ich ihr gab, damit sie sie für mich aufhebt. Dann gibt sie mir auch kostbare kleine Gegenstände, damit ich sie für sie aufhebe. Leihgaben, Dauerleihgaben. Schon in dem Sommer bevor sie zwei wurde, sich die Fähigkeit erworben, ihren Mittagsschlaf in den frühen Abend hineinzuverlegen. Dann nochmal wach und viel Zeit und mit uns die Welt geteilt und ihre und unsre Freude an sich und an uns und der Welt. Bis sie dann wieder schläft, ist es elf. Barfuß und müde und als ob du dich nie anders gekannt hättest. Alle Morgen ins Antiquariat, mittags in den Kinderladen, die Nachmittage mit ihr und Sibylle und dazu die Stadt, als ob du sie träumst. Lange Tage. Jetzt den Wecker für morgen früh? Noch baden? Wie im Halbschlaf das Spielzeug zusammen. Müdigkeit, Rückenschmerzen. Die Sterne aufsammeln, eine Andachtsübung, und dann weiter am Tisch bei der Lampe mit meiner Müdigkeit, dem Manuskript und Notizzetteln. Mein zweites Buch. Mit Musik in die Nacht hinein. Sibylle bei mir und abwechselnd den Plattenspieler anschubsen, sie und ich. Weiter das Buch, er wäre sonst nicht gewesen, der Tag. Sibylle bei mir. Liest, sitzt am Lichttisch, läßt Badewasser einlaufen. Schreibt. Schreibt Briefe, Tagebuch, Pornogeschichten für mich. Liest Tschechow, liest Faulkner. Liest Noten als ob sie Musik hört. Lockt und lockt mich den langen Abend lang. Wenigstens in die Pornogeschichten darf sie sich die weißen Sandalen hineinschreiben, für die uns in Wirklichkeit schon viele Jahre lang jeden Frühling wieder das Geld nicht gereicht hat. Du sollst mich, als sei es verboten, noch weiter und weiter so locken und immer noch mehr! Oft nach Mitternacht alle Fenster auf und mit den vielen Wörtern und Bildern nochmal aus dem Haus. Nachtstraßen. Die Fabriken und Güterschuppen hinter dem Westbahnhof. Die Leipziger Straße. Die Gräfstraße, die Ludolfusstraße, die Georg-Speyer-Straße, die Zeppelinallee. Immer unterwegs zu mir selbst. Nie genug Platz und nie genug Zeit, und deshalb auf jedem Weg Fenster mir ausgesucht! Erker-Dach-Giebel-Turm-Hoffenster, Kneipen-Laden-Erdgeschoßfenster. Schaufenster, Kirchenfenster, Fenster in der Uni, Fenster in den Häusern der Reichen, Fenster in Lagerhäusern und Fenster in einer leeren Fabrik. Von außen nur, fremde Fenster. Und mir in Gedanken Arbeitszimmer dazu und die noch zu schreibenden Bücher, Lampen, die Einrichtung, Zeit und Stille. Immer an diesen Fenstern vorbei, sie grüßen mich schon. Auch Sibylle und Carina immer wieder die Fenster gezeigt. Licht in den Fenstern? *Da sitzt er und schreibt!* Mitternacht längst vorbei und den Rückweg finden. Noch ein Cola im Tannenbaum? Fünf Jahre lang hat der Wirt gebraucht, um zu kapieren, daß ich nicht mehr trinke. Tagsüber hat er es manchmal ein bißchen eher kapiert, aber nach Mitternacht gut fünf Jahre gebraucht.

Heim und weiter mit brennenden Augen. Kettenraucher. Seit ich zu trinken aufgehört hatte, Tag und Nacht Espresso und türkischen Mokka. Weiter bis drei Uhr nachts, dann todmüd ins Bett und keinen Schlaf, er findet mich nicht. Sibylles Atem, Carinas Atem, die Nacht atmet. Auf mein Blut, auf mein Herz, auf das Klopfen und Rauschen und Ticken der eiligen Zeit horchen. Und dazu laufend ausrechnen, wieviel Stunden, Minuten, Sekunden mir an Schlaflosigkeit noch verbleiben, bis ich wieder aufstehen muß und mit großen Schritten ins Antiquariat. Mir den Schlaf wie ein Tuchhändler vorstellen: gewaltige Stoffballen. Wie für die Ewigkeit. Nur erste Sorten. Und davon unermeßliche Vorräte.* Und den Minutengewinn

* Soll man Schiffe damit beladen?

oder -diebstahl, wenn ich mich morgen früh nochmal nicht rasiere? Mir als Mundraub erst im Laden die Zähne putzen? Und sehen, was sich im Leben an Leben noch alles einsparen und was ich gleichzeitig, doppelt und dreifach. Oder um die Zeit mich nicht scheren und sitzen und schreiben? Die ganze Nacht durch sitzen und schreiben. Nie mehr schlafen! Ein einziger langer Tag. Und in Gedanken mir immer weiter die Wohnung ausgebaut und vergößert. Als ob du träumst und dich selbst träumst. Erker, Emporen, eine Galerie, einen hochgelegenen Hof vor dem Dach und ein Turmzimmer. In dem hochgelegenen Hof vor dem Dach jeden Nachmittag zwei Stunden Sommer. Hier zwischen Arbeitstisch und Bücherregalen in der Wand einen Durchgang und dann erst der Raum, in dem ich sitze und schreibe. Ungestört, Tag und Nacht. Vor jedem Zimmer ein großes Zimmer: Schutzzone, Korridor. Die Wohnung verdoppelt. Einmal als Spiegelbild, seitenverkehrt. Wie in den Nachtfenstern. Erst verdoppelt und dann vervierfacht. Auch fremde Fenster, Vergangenheiten, frühere Leben. Jemand anders. Hinter jedem Raum der wirkliche Raum. Kleine Treppchen und offene Türen und über unseren Köpfen, unseren fragilen träumenden Köpfen, so schrieb ich (mein zweites Buch), hoch und niedrig die Anbauwohnungen in den Himmel hinein. Ins Leere. Genau wie im Schlafzimmer, in der Küche, im Bad, in den schrägen Oberlichtfenstern, in stillem Frieden die geräumigen Lampenscheinperspektiven. Hinter jedem Raum der wirkliche Raum und als winziges Lichtreflex-Spiegelbild unwiderruflich golden in deinem Auge. Lichtjahre. Zum Schreiben wie auf einem Turm. Und sobald du erst daran glaubst und hast dich daran gewöhnt und es funktioniert und du lebst damit (man behält es wohl besser für sich!), dann hinter den Wänden und Mauern und Räumen und wirklichen Räumen sowieso die Unendlichkeit jederzeit. Innerlich, in dir drin. Sogar im Halbschlaf. Im Schlaf noch. Sitzen und schreiben. Für Sibylle einen Platz zum Tanzen. Freigeräumt. Mitten im Zimmer. Das Zimmer wird weit wie dein Herz. Ein Strand. Eine Säulenhalle. Beim Feuer ein offener Lagerplatz. Eine Lichtung. Auf der Lichtung Zigeuner. In der Nacht und bei Tag. Wenn sie tanzt, tanzt sie unter dem Himmel. Gestern noch Sommer. Hat gestern noch mit Carina auf ihrem Arm getanzt.

Und daß die Straße nach der Kreuzung gerade hier glücklich zur Sackgasse. Wie ein großer Hof, der keinem und allen gehört. Und still. Am Ende zwei Torbögen. Für Fußgänger, Kinder, Katzen, Sonnenuntergänge, Kinderstimmen, Löwenzahn, Hundeträume, den Abend, das Echo der Stimmen und jedes Jahr wieder im Frühling sechs Wochen lang weiß, dicht und weich auf dem Boden der verwehte verlorene Blütenschaum der Akazien, die sich hier vor (also hinter) den Torbögen zusammengefunden. Haushoch die Akazien. Unter den Torbögen schon die Dämmerung. Komm doch mit! Durch die Torbögen zu den Spielplätzen und damit du mit bloßem Auge sogar noch am Abend den Taunus, hier in der Stadt wenigstens jeden Tag einmal den Taunus siehst. Den Taunus. Die Ferne. Viel Himmel. Und in der Ferne den morgigen Tag und das Wetter für den morgigen Tag. Der Tannenbaum: Augen zu. Schnarchen. Nicht um zehn, nicht um elf, mittags um eins endlich hat er aufmachen wollen. Hätte zwischen eins und zwei um ein Haar beinah aufgemacht, direkt ja das Aufmachen beinah überstürzt. Herrje! Dann um drei fällt ihm ein, fünf ist immer noch früh genug. Aber auch eine Schlucht, eine Steinhalde, ein steiles Gebirge die Straße und hoch in den Wolken. Eine Felswand, du siehst, wie der Wind sie formt und beschreibt und die Zeit geht langsam. Gegen sieben vielleicht wird der Tannenbaum aufmachen. Am Abend mit offenen Türen die Kneipen. Die Kneipen mit ihren Schildern und Namen und Lichtern. Jeden Abend. Und fangen zu leuchten, zu flimmern, zu rufen an, als müßte ich immer noch trinken. Frankfurter Eckkneipen und stehen mit ausgebreiteten Armen. Stehen fuchtelnd und gestikulierend auf dem Gehsteig. Großspurig. Ungelenk. Stehen dir in deinen Weg hinein, wie in Paris die alten Pariser Vorortkneipen auf den ersten Utrillo-Bildern. Das alte Jahrhundert. Die Straße. Die Straße, wie du sie kennst. Und ist mir das trunkene Schiff von Rimbaud, ist mir Juni, Verheißung und Krieg und Frieden und Abend und Heimkehr gewesen. Getrunken, dann aufgehört. Einmal Juni und im Bad auf den Steinplatten Paradiesbilder. Mein zweites Buch eben fertig. Für Carina der Sommer, bevor sie drei wurde. Immer noch einen Tag auf den Steinplatten die Paradiesbilder. Und dann wieder ich und die Steinplatten nur. Grau und weiß. Zwei Steinplatten lose. Von Anfang an.

Heimwege. Kommen und gehen und immer unterwegs zu mir selbst. Aus dem Haus. Am Tannenbaum vorbei. Über die Kreuzung. An der griechischen Küste, an der blauen Farbe, an den saftigen Pfirsichen und an dem griechischen Alphabet vorbei. An vergangenen Tagen, an den abendgesichtigen alten Mietshäusern mit dem Prager Steinkellergeruch vorbei. An den Kindern und Säufern und Eckkneipen und Frankfurter Büdchen vorbei. Neben dem Gehsteig weitgereist zwei alte verbeulte goldene Fordbusse, die Frankfurter Türken gehören. Transporte, Transporte. Auf dem Gehsteig der Sperrmüll, Trödelkram, gestrige Tage und schon die ersten drei Ladungen für morgen früh. Regale, Holzschränkchen, Resopalplatten, gebrauchte Kühlschränke, alte Gasherde, alte Elektroherde. Zwei türkische Großfamilien im Erdgeschoß. Türken oder Kurden? Abends die Kinder, fünf Kinder. Immer abends nochmal durchs Fenster raus alle fünf. Vier Fenster in einer Reihe. Im letzten Licht, in der hellgrünen Dämmerung. Sie haben zwei große Wasserflaschen. Sitzen in Woolworth-Schlafanzügen auf den marmorweißen, möwenflügelweißen, gischtweißen Gas- und Elektroherden. War nicht vor einem Jahr schon genauso ein Abend und sie hier mit zwei großen Wasserflaschen? Genauso? Unter einem türkischen Halbmond, der immer mehr, immer heller leuchtet! Sind schon dreimal gerufen worden und sitzen immer noch auf den alten Gas- und Elektroherden. Ein Meer von Abendhimmel. Die Ferne. In jede Richtung die Ferne. Zur Ausfahrt hin (jetzt fängt die Straße zu fahren an) die Türkei, das Morgenland, Indien. Wie ein Fluß jetzt die Straße und nimmt alles mit. Oft hier gegangen. Über den Campus, wie da der neue Springbrunnen rauscht und sprüht. Über den Campus und alle Morgen mit Morgenschritten zu mir ins Antiquariat und ein paar Jahre lang in den Kinderladen und ein paar Jahre lang heim. In die Stadt, in die Stadt und jedesmal, wenn du in die Stadt gehst, kommt dir aus der Stadt ein Goethe entgegen. Immer erst sehen, wie er diesmal gelaunt ist. Samt und Seide und cremefarbene Herrschaftsstrümpfe zu seidenen Kniehosen, die kann ich mir doch nicht ausgedacht haben? Erst noch am Fenster. Bei mir selbst daheim. Spät am Nachmittag. Mitten im Winter. Die Straße, die Gegenwart, ich. Und sich dann in der dritten Person auf den Weg machen, es wird Zeit.

12

Von der Jordanstraße zur Robert-Mayer-Straße geht man in den Abend hinein. Gelb ein Winterhimmel. Das Haus schon beim ersten Anblick wie aufgemalt, eine optische Täuschung. Und verzieht keine Miene. Die Wohnung im ersten Stock. Beide daheim. Die Mali, der Winni. Und ich bin, wie es heißt, der Peter. Gutwillig im Flur. Eine ganze Weile. Mit Redensarten im Flur. Als ob man neben sich selbst steht. Stehen und die Zeit lang werden lassen. Sich räuspern. Ein großer Flur. Eine Tür offen. Das Zimmer, in dem die Mali schreibt. Der Winni geht früh, kommt immer erst nachmittags heim. Und ich also als Vater. Ein Kind. Und früher mit Anne im Antiquariat. Bücherschreiber, sagt meine Tochter. Nein, ohne Computer. Eine elektrische Schreibmaschine. Vom Dorf. Also ich. Blaß die Mali. Wenn sie spricht, rote Flecken. Steht und hält leer die Hände vor sich hin. Kalte Hände. Zwei Hände. Zwei. Es ist überheizt und sie steht, wie wenn sie immerfort friert. Die Wohnung: Küche-Bad-Klo. Die eine Tür Winnis Zimmer, die andre das Fernsehzimmer. Und hier die offene Tür. Der Mali ihr Zimmer. Das Zimmer, in dem die Mali schreibt. Schreibtisch, Aktenschrank, Karteikästen, Bett, Sessel, Stoffpuppe, Stereo-Anlage und Fernseher. Das Zimmer ist groß. Teppichboden. Eine große Olympia-Schreibmaschine, Computer und Bildschirm. Der Bildschirm ein grünes Geflimmer und grau vor dem Fenster der Tag. Nachmittag. Winter. Ein Werktag, der 17. oder 18. Januar. Das Jahr 1984. Die ganze Zeit im Flur vor der offenen Tür. Redensarten. Das Zimmer, ja richtig, das Zimmer für mich. Die Tür am Ende des Flurs. Jetzt zeigen sie mir das Zimmer. Hier ist das Zimmer. Sobald mir etwas gezeigt wird, gleich sehe ich es nicht mehr. Schon immer. Auch früher schon. Wieder im Flur. Zweihundert Mark? Oder zweihundertfünfzig? Telefon mit Gebührenzähler. Eine lange Schnur und für die Einheiten wird im Flur ein Heft hin, ein Notizblock. Morgen die Wohnungsschlüssel. Im Kühlschrank ein Fach für mich. Sowieso zwei Kühlschränke in der Küche und den Getränkekühlschrank im Fernsehzimmer noch extra. Kühltruhe auch. Und sowieso ja auch die meiste Zeit Winter. Schon jahrelang Winter. Alles da, sagt der Winni und reibt sich die Hände. Wie einstudiert reibt er sich die Hände. Für das Fach im Kühlschrank ein Klebeschildchen mit meinem Namen drauf. Das schreibt er mir morgen mit dem Computer. Ich nickte. Nur keine Umstände! Unnötig! Schon fast gesagt, er ißt nie! Also ich! Höchstens proforma einen Liter Milch in den Kühlschrank. Ein halber reicht auch. Nur damit ich weiß, daß ich da bin. Pappkarton. Kann auch nur Attrappe. Sie passen in das Türfach vom Kühlschrank. Am Ende reicht mir schon das Wort. Und ein Zettel, um es mir aufzuschreiben, das Wort. Auf der Schreibmaschine. Meinetwegen auch mit der Hand. Mit Bleistift ein M. Den Zettel bloß ausgedacht. Also abgemacht. Jederzeit. Zum Schluß sagt man alles doppelt. Ein großer Flur. Ich wollte schon gehen. Nochmal ins Zimmer. Ein Tisch? Ein Tisch und benutzbar. Kann benutzt werden. Groß genug für die Schreibmaschine und daneben mein Manuskript jeden Tag und die fertigen Seiten. Vorhanden. Den Tisch und sonst nichts gesehen. Bis morgen also. Jetzt geben sie mir aber jetzt schon die Wohnungsschlüssel.

Vom Dorf. Also ich. Und ihnen im Überschwang (die Schlüssel in meiner Hand!) schnell noch erzählen, wie man eine Kuh aufs Feld bringt. Als Kind. Wenn man bei sich selbst daheim keinen Hof, keine Feldwirtschaft und kein Vieh sowieso nicht. Als Flüchtlinge also. Acht Jahre alt bist du gewesen. Nicht daß die Kuh nicht mit dir mit, das ist es nicht. Sie geht schon mit. Sie wird solang mit dir mitgehen, wie du vor dir selbst daran glauben kannst, daß sie als Kuh mit dir mitzugehen hat. Im Jahr 1951, im Sommer. Ein Sommertag, mittags.

Die gleiche wahre Geschichte, die gleiche Kuh und den gleichen Weg auch schon für Carina, schon öfter. Aber jetzt hier vielleicht doch eher unbedacht mit der Kuh angefangen, das siehst du an ihren Mienen. Selbst in Gedanken schon auf der Treppe. In Gedanken wie mit Flügeln schon auf und davon. Und hier immer noch mit der Kuh. So eine Kuh braucht viel Platz, gutes Zureden und Geduld (viel Platz sogar auch im Gedächtnis noch). Also eine Kuhkette, ein Riemen, ein Kälberstrick. Selbst barfuß. Acht Jahre alt. Sommerstaub auf dem Weg. Braun die Kuh. Braungefleckt und mit breiten Hörnern. Nämlich vom Keulerheinrich. Keine Kuhglocke. Kuhglocken gibt es dort in der Gegend nicht. Els hat die Kuh geheißen, also Else. Also Elsbeth, das kommt von Elisabeth. Els und Lies und Betti heißen dort in der Gegend die Kühe. Sind schwer und sind umständlich. Steifbeinig, heißt sich das. Sie wissen es selbst, die Kühe. Der Keulerheinrich Bauer und Gastwirt und der beste Trumpetenspieler im Dorf. Nicht nur im Dorf, weit und breit. Und nicken. Selbst mit dem Kopf nicken. Wie zur Erklärung. Kuhglocken erst in neuerer Zeit. Von den billigen Busreisen nach Berchtesgaden und an die Zugspitze. Die werden dann aber im Wohnzimmer ausgestellt. Oder mit einem bestickten Bändel dran und im Flur aufgehängt. Vor jedem Kauf alle Preise am Ort vergleichen. Auch mit den Preisen von früher und was man sich damals dabei gedacht hat. Am besten man lernt die Preise, so gut es geht, auswendig und hat dann dauerhaft ein Gesprächsthema für unterwegs und daheim. Auch an den Rhein und nach Heidelberg, wo es keine Kuhglocken gibt. Helgoland. Sowieso ja in neuerer Zeit auch kaum noch Kühe im Dorf. Kühe nur höchstens die Großbauern noch. Da in der Gegend hat es aber keine Großbauern. Schon eh und je nicht. Auch keine Kirche im Dorf. Die Obrigkeit auswärtig. Andernorts. Jetzt mit Abschied und Tür. Schon dreimal zum Abschied den Abschied. Wie ein Glöckchen der Schlüsselbund. Dann den

Schlüsselbund mit und gegangen. Januar. Eben noch hell. Amseln. In der Robert-Mayer-Straße haben die Häuser Vorgärten. Zum unteren Ende der Straße hin eher ehemalige Vorgärten. Jetzt nur noch Kantsteine, Mäuerchen, ein niedriges Eisengitter, vergreiste Torpfosten. Übriggeblieben. Verwaist und verwitwet. Beton, Steinplatten, städtischer Vorgartenrasen, der nicht wächst. Kommt nicht. Hart die Erde. Platz für die Mülltonnen, damit sie, so übervoll, gemeinsam ein bißchen Luft schnappen können. Mit Steinplatten kleine Fußwege. Immer im Rechteck. Eher nur als Symbol, wie die Zeichen auf einer Landkarte: Hier maßstabgerecht einen Vorgarten hindenken! Die hiesigen Amseln längst dran gewöhnt. Eisenbahnzüge. Alle paar Minuten eine S-Bahn vorbei. Eindringlich starren die Kellerfenster. Mitten im Winter Vorgärten wie das ganze Jahr Winter.

Die Schreibmaschine hinbringen. Muß am Abend, vielleicht am nächsten Tag abends. Groß und schwer eine Olivetti mit Eisenrahmen. Vor fünf Jahren vom Vorschuß für mein erstes Buch. Und fängt jetzt an, ein bißchen eigen schon und empfindlich. Neuerdings. Wie soll man sie tragen? Keinen Koffer, keinen Kasten dafür. Unterm Arm geht nicht oder nur kurz. Unförmig. Sträubt sich gleich! Zu zweit geht nicht. Kein Griff. Du kannst sie nur mit beiden Armen schwer vor dir her. Wie behindert. Die Ferne gleich aus den Augen. Und dazu keuchen. Nimmt zu. Mit jedem Schritt schwerer. Und dir vorstellen, was passiert, wenn du stolperst. So ein Gewicht, wie soll man sie tragen? Zu zweit nur, wenn man sie in einen Karton, dem man trauen kann. Bindfaden drum, beide wie bucklig und alle drei Schritte absetzen. Und sich umsehen, ob man verfolgt wird? Oder wären zum erstenmal in einer großen Stadt und gleich kommt uns keuchend die Nacht auf den Hals. Womöglich für immer. So hatten Sibylle und ich sie vor fünf Jahren nach dem Kauf glücklich heimgetragen. Ein

Märzabend. Ende März. Erst kürzlich für immer zu trinken aufgehört. Grau und leer kam die Dämmerung. Ich kann mir jeden Weg ins Gedächtnis. Zu jeder Zeit. Die Tage auch zurück und mir vergegenwärtigen. Auch Wege, die ich jeden Tag wieder ging. Immer neu. Schritt für Schritt. Aber wie habe ich die Schreibmaschine aus der Jordanstraße in die Robert-Mayer-Straße? Es hat sie auch keiner für mich gefahren. Im Januar. Der Januar fast schon vorbei. Die achte Woche nach der neuen Zeitrechnung. In den Abend hinein. Gelb ein Winterhimmel. Schwer das Gewicht und ich finde den Weg nicht und finde mich selbst nicht in meinem Gedächtnis. Dann Bettdecke, Laken, zwei Hemden, zwei Handtücher und die Wäsche jetzt immer für drei Tage im voraus. Mitten aus dem Leben heraus. Allein aus dem Haus und mit großen Schritten die Straße entlang. Carina ruft. Ist mit, ist mir nach. Trägt ein Kissen. Im Vergleich zu ihr ziemlich groß das Kissen. Immer wenn ihr das Kissen hinfällt, muß sie drauftreten, stolpern, stehenbleiben, das Kissen aufheben, das Kissen ausschütteln, das Kissen aufschütteln. Einerseits ermahnen das Kissen, andrerseits ihm gut zureden. Geduld auch. Und ich mit Sorgen und Decke als Bündel, mein Leben als Bündel mit, keine Hand frei und trotzdem dazu noch im Gehen mit dem neuen Schlüsselbund klingeln. Eben noch hell. Kalt ist es. Gelb ein Winterhimmel, gelb und orange. Und stehenbleiben und mit ihr die Vögel: da oben! Mauersegler am Abend. Das Licht und den Himmel wird sie dann schon von allein. Sind viele. Hörst du sie rufen? Kopf im Nacken, Mund offen: nickt. Noch klein. Und sich alles für immer merken! Und fest an sich das Kissen, nicht loslassen! In ihren Armen wie eine Wolke das Kissen. Dann weiter. Märchengestalten. Auf Wanderschaft. Uns bei der Frau Holle ein bißchen Schlaf und die Träume und Decke und Kissen. Nur leihweise, wie alles was wir hier auf Erden. Leihweise lernt sich auch von allein. Letztes Jahr einmal morgens mit ihr in den Kinderladen und da hat sie erst lang nicht ein einziges Wort. Als Gegrübel neben mir her. Und dann: Sind doch wir, die hier gehen? gefragt. Muß vor der neuen Zeitrechnung. Und nicht aufhören, mit den Schlüsseln zu klingeln. Bei jedem Schritt.*

Schuhe nur die, die ich anhabe. Und zu lesen? Welches Buch, welches angefangene Buch denn nur mit auf den Weg? Als Lesezeichen immer Postkarten, Bilder, Bilderchen, Einkaufszettel, Notizzettel, ein Tütchen, Wörter, ein Wort, einen Briefumschlag aus der Ferne, einen Briefumschlag mit meinem Namen drauf, Kinokarten, eine Fahrkarte als Vergangenheit, keine Schecks, kaum je Banknoten, ein Bändchen, ein Band, ein Stück von der Welt, einen Ausschnitt, Orangenpapierchen, einen Halm, ein Blatt, eine Vogelfeder, die Carina mir aus der Welt, aus der Wildnis mitgebracht hat. Es wird der Grüneburgpark gewesen sein. Ein vergangener Sommer. Der gestrige Tag. Oft ja auch mit dem Kinderladen im Palmengarten. Ein Stadtkind. Jedes Lesezeichen ein Stück von mir selbst und beschwört mir mein Leben. Welches Buch, welches angefangene Buch? Und welche weiteren Bücher, wenigstens zwei oder drei, damit mir die Bücher nicht ausgehen? Besonders auch in der Nacht nicht. Und auch nicht in der nächsten Nacht. Sie könnte mir zum Gefängnis werden, die Nacht! Warum nur weiß ich die Lesezeichen und Bücher jetzt nicht? Jetzt nicht und nie mehr! Espresso. Ein Espresso-

* Und erst ein paar Tage später mein Fußnotentraum und im Traum mir im Schreck gesagt, doch nicht Mauersegler im Winter! Vielleicht nur ihre fliegenden Seelen und hierher zurück? Immer morgens und abends hierher zurück? Oder als Kind am Küchentisch einmal vorzeitig eingeschlafen. Am Abend. Unter der Lampe. Und mich und die Tage, vollzählig alle Tage, seither nur geträumt? Jetzt auch nur mein Leben als Traum-im-Traum? Endlich aufwachen! Aber wie?

kännchen für eine einzige Tasse. Die Tasse und einen Kaffeelöffel. Mein Leben als Ausnahmezustand. Zuletzt ich und mein Manuskript, es wird Zeit. Mappe, Ordner, Schreibblökke, das Alphabet, Notizzettel, Schreibmaschinenpapier, Kugelschreiber und Bleistifte. Alles in zwei Holzkästen, die sind groß genug. Der eine früher als Schublade, der andere einmal mit zwei Flaschen Cognac. Geschenkpackung. Kiefernholz beide und ohne Deckel. Meinen alten Rasierapparat, den ich mit Sibylle einmal an einem Sommermorgen in der vollendeten Vergangenheit gekauft hatte, als wir beide nicht zur Arbeit gegangen waren. Und für die Schreibmaschine noch ein Verlängerungskabel. Von der Jordanstraße in die Robert-Mayer-Straße geht man in den Abend hinein. Gelb und orange ein Winterhimmel. Eben noch hell. Einen Zug hörst du fahren. Kalt und nicht auch ein Schneegeruch in der Luft? Dem Abend, immer wieder dem Abend begegnen. Dreimal dem Abendhausmeister auf seinem Heimweg vom Westbahnhof. Meistens schafft er es nicht ganz heim. Nur bis zum Tannenbaum. Kettenraucher. Ich auch Kettenraucher. Immer freundlich uns zugenickt, auch über die Straße hin. Jedesmal. Und dann fällt dir ein, der Hausmeister ist doch tot. Raucherbein, Krücke, zur Kur, dann das Bein amputiert. Auf zweimal, erst bis zum Knie und dann doch lieber ganz. Reval, Roth-Händle, Rentenantrag und *schnell* weggestorben. Schon gut anderthalb Jahre tot und gehört nicht hierher. Wird also sein Nachfolger Krause, der zwei Straßen weiter wohnt und das Haus nur nebenbei mitversorgt. Raucht Stumpen. Tut immer gern die eigene Frau und den leiblichen Sohn in der Öffentlichkeit gewaltig zusammenscheißen, die liebe Familie. Er meint es nur gut! Immer im grauen Kittel und nie ohne Werkzeugkasten, der Krause. Erst gelb, dann orange der Himmel und fängt auch schon an zu vergilben. Wie das Papier alter Landkarten, aber viel schneller. Und gleich auch gegangen das Licht. In der Dämmerung ankommen. Die Amseln von gestern. Drei oder vier aufeinanderfolgende Abende in meinem Gedächtnis und am Ende vielleicht doch nur ein einziger langer Abend und ich immer hin und her. Carina noch rufen hören. Wohin jetzt die Schreie der Mauersegler? Wo sind sie jetzt, die von heute und die von gestern? Wo werden sie aufbewahrt? Mein Leben und ruft nach mir, ruft und ruft. Die Stimmen hinter mir her. Die Haustür, das Giebelfenster, die Jahre. Die Musik schreit hinter mir her. Immer die gleichen Schallplatten. Beim Schreiben. Nur höchstens fünf oder sechs und so durch die Jahre. Joan Baez, Bob Dylan, Janis Joplin, die Beatles, Mahalia Jackson. Wir hatten immer nur diese fünf oder sechs. Beim Schreiben auch gegen Müdigkeit die Musik. Jahrelang in die Nacht hinein. Und für wenn ich nicht schrieb, Vivaldi und die Winterreise. Schnell gehen. In der Dämmerung ankommen. Das Haus verzieht keine Miene.

Dann am Tisch bei dem Manuskript. Es gibt einen Tisch. Die zwei Holzkästen loben. Ausgeräumt und unter den Tisch die zwei Holzkästen und da auf Abruf. Die Schreibmaschine zurechtrücken und gleich die letzten anderthalb Seiten nochmal. Mit jedem Abschreiben jedesmal besser. Fenster ja, aber ein Rolladen bis zur Mitte. Sitzt schief, klemmt. Trotzdem mit den Augen hinaus, mit dem Blick. Wenn es dunkel ist, ist in Frankfurt der Himmel braun. Schwer. Undurchsichtig. Ein Gewölbe, von unten beleuchtet, und drückt dir schwer auf den Kopf. Das Zimmer: Gerümpel, ein Fahrrad, ein Fahrradschlauch und vier Luftpumpen. Jahreszahlen, Leitz-Ordner, Pappkartons, ein zusammengelegtes Zelt. Schränkchen, ein Schrank, eine Nähmaschine. Schuhe, Stiefel, Schuhputzzeug, Schuhschränkchen, drei Rollen Teppiche. Zeitungsstapel, Fernsehzeitschriften, ein blinder Fernseher, leere Blumentöpfe, zwei unversöhnliche Staubsauger. Reisetaschen, vier Koffer, ein Korb, volle Plastiksäcke, oben zu. Zugebunden. Wie zum Ersticken. Fest zugebunden. Mitten im Zimmer groß und schwarz ein Klavier. Zu Füßen des Klaviers wie gestrandet und angespült eine Matratze. Auf der Matratze meine Bettdecke und das Kissen, das Carina mir nachtrug. Abend. Der Stuhl, auf dem ich sitze. Der Stuhl knarrt. Auf dem Tisch mein Manuskript und die Schreibmaschine. Kreislaufstörungen oder das Licht zittert. Mit Vorsicht atmen. Der Stuhl knarrt. Immer lauter die Stille. Gleich das Zeug, das Gerümpel. Mit vielen Stimmen. Und will mich knisternd, raschelnd und zischend in sein spukhaftes Nachleben hineinziehen. Hörst einen Zug fahren. Hast dein ganzes Leben im Gedächtnis. Und jetzt fängt das Haus zu zittern an.

13

Gleich weiter mit dem Manuskript und nicht zum Gepenst werden, sitzen und schreiben. Hin und her meine Wege. Am Abend, am Morgen. Beinah wie auf der Flucht. Jetzt und jedesmal wieder. Dein ganzes Leben schleppst du mit dir mit. Der Tag, Carina, ich und die neue Zeitrechnung. Gehen, schnell gehen und dich nicht aus den Augen verlieren. Januar. Auf den Straßen ein Winterlicht. Schnell gehen und weit in die Ferne den Blick: anders hältst du dein Leben nicht aus. Und bei jedem Heimkommen jedesmal gleich weiter mit dem Manuskript. Das Zimmer, die Abstellkammer. Oft beim Schreiben im Hintergrund Malis Maschine. Nur leise. Und schnell wie die Zeit, wie ein Zauberpferd im Galopp. Wie ein Echo, wie in meinem Kopf. Geht auf Mittag. Seit vielen Jahren, sooft du aufblickst, geht es auf eins. In die Küche und mir mit dem Kännchen einen Espresso. Dabeibleiben bis er kocht und ihn gleich im Stehen, so heiß und bitter. Für Milchkaffee nicht die Geduld. Malis Tür offen. Im Flur. Begegnungen. Soll man nicken? Unsichtbar? Leise vorbei? Manchmal beide zum Telefon. Gleichzeitig, sie und ich. Oder hat das Telefon nicht geklingelt? Und wenn du es nicht mehr aushältst, erzähl! In der Küche, als sei ich ertappt worden und ihr mit einem Schwarm lebendiger Wörter den Kinderladen, Carina, mich und den heutigen Morgen, es ist immer das eigene Leben. Jede Stunde einen Espresso. Küche-Bad-Klo und ein Zählwerk in meinem Kopf. Die Mali im Flur. Noch der gleiche Vormittag? Ende Januar. In der Küche die Mali. Vom Flur aus ein Winterlicht in ihrem Zimmer, die Mittagsnachrichten und Hits von gestern im SWF 3. Tot die Stoffpuppe auf dem Bett. Die Stoffpuppe als Mordopfer. Zurück in die Abstellkammer, die Tür zu und gleich weiter mit dem Manuskript. Lesen, überarbeiten und immer wieder abschreiben Seite für Seite.

Spät am Nachmittag kommt der Winni heim. Wenn er eingekauft hat, helfe ich ihm, das Auto ausladen. Wir tragen seine Einkäufe die Treppe hinauf. Alles günstig im Großeinkauf. Wir müssen drei- oder viermal gehen. Er und ich wie aus einem Lehrbuch. Deutsch für Ausländer. Die erste oder zweite Lektion. Wenn es kalt ist, sagen wir, daß es kalt ist. Andernfalls heute nicht so kalt. Wir beeilen uns, weil das Auto in der Einfahrt steht und die Dämmerung kommt. Gern wüßten die Amseln, was für ein Zeug und woher? Einen Teil gleich in die Küche. Und den Rest als Vorrat, damit man einen Vorrat hat, mit System in den Vorratskeller. Und dabei ist es dunkel geworden. Nach Heizöl riecht es, nach Abend und Keller und Winter und fremder verlorener Zeit. Manchmal kommt der Winni heim und muß dann oder sogar gleich nochmal weg. Andernfalls beide beim Fernsehen, die Mali und er. Pantoffeln, Flaschenbier, Abend, Feierahmd, das Fernsehprogramm, das Fernsehen und einen Riesentopf mit Spaghetti zum Fernsehen. Er immer mit Beifall und Buhrufen jede Sendung. Das Bier nicht zu warm, nicht zu kalt. Auch Bratkartoffeln mit Eiern und Speck. Groß wie ein Wagenrad ist die Pfanne. Immer gleich für drei Tage im voraus. Die Mali macht sich den Tag über mehrmals die Reste warm. Auch Büchsenravioli. Das Essen macht er, sie manchmal Fruchtquark, Müsli und Pudding als Nachtisch zum Nachtisch. Sitzen und schreiben. In die Jordanstraße, Carina ins Bett bringen. Dann einen Umweg durch die Gräfstraße, die Ludolfusstraße, die Zeppelinallee und mir Zukünfte ausdenken, damit ich mein Leben aushalte. Zurück und gleich weiter mit dem Manuskript. Nach Mitternacht mit dem Tag und der Arbeit ein Ende finden. Jetzt siehst du sie bei den Töpfen. In der Küche, unter der Lampe. Die Mali, der Winni. Die Wohnung so überheizt, daß die Wände zu schwitzen anfangen. Im Fernsehzimmer, allein im Halbdunkel, flackert und predigt der Fernseher. Nacht ums Haus, Nacht und Winter. Einen Zug hörst du fahren. Das Haus steht und zittert. Und die Nacht fängt zu keuchen an.

Mitten aus dem Leben heraus. Im Alter von vierzig Jahren. Im einundvierzigsten Lebensjahr. Ich konnte es aushalten. Nachts die Wände auf mich zu. Keine Luft! Husten, Erstickungsanfälle! Naß, naßgeschwitzt! Aufwachen und in Panik! Aufwachen von meinem eigenen Schrei! Oder doch den Schrei bloß geträumt? Lebendig begraben! Dreimal wach jede Nacht, drei-vier-fünfmal, doch ich konnte es aushalten. Die tote Stoffpuppe. In der Wohnung die Luft anhalten. Die unzulässige Nähe wie ein Gewimmel von Milben und Sorgen und Brennglaseffekten erst auf und dann unter der Haut. Unsichtbar über den Flur. Im Bad mir den Mund spülen und im Spiegel kein Bild, kein Gesicht mehr. Küche-Bad-Klo und ein Zählwerk in meinem Kopf, ein Mahlwerk und mehrere Zählwerke. Am Fenster. Verklemmt der Rolladen, rührt sich nicht. Trotzdem immer wieder einmal probieren, damit du dich nicht an den Zustand gewöhnst. Wenn das Klavier doch nicht mitten ins Zimmer hinein und wie es sich aufbäumt und vordrängt! Wenn es wenigstens nicht so staubig! Wenn wenigstens unter dem Staub nicht so ein glänzender lackschwarzer Lack! Wenn es wenigstens nicht abgeschlossen – wenigstens einmal den Deckel auf und lebendig einen einzigen Ton! Und soll wie ein freigelassener Vogel hoch in die Luft hinauf, dieser eine einzige Ton! Wenigstens, wenn es offen wäre, immer wieder die Tasten zählen wie ein glücklicher Automat! Wie aus einem Buch die Mali in meinem Kopf. Im Flur ihr begegnen: die Zeit bleibt stehen, wir bleiben stehen, der Tag, die Mali und ich. Gleich Statuen beide und so in den Tag hinein. Und mit welcher Anstrengung er sein Gesicht im Gesicht behält, krampfhaft, als Schmerz. Also ich. Ende Januar. Sollst du dir jetzt für den Rest deines Lebens so ein apartes akademisches Gesichtszucken? Mit Brille? Ohne Brille? Oder ist die Zeit noch nicht reif dafür? Jede Stunde einen Espresso. Mein Leben als Ausnahmezustand. Am Nachmittag kommt der Winni heim. Einmal in der Küche Spaghetti mit ihnen. Eine Höhlenzeit, sitzen und kauen, und die Wände fangen zu schwitzen an. Ob sie dachten, daß ich mit ihnen jeden Tag fernsehe? Ob sie anders für mich, wenn Anne mir nichts erzählt hätte? Ob ich nicht doch alles nur geträumt und mir ausgedacht und kann damit jetzt nicht aufhören? Einmal als Kind am Küchentisch eingeschlafen. Am Abend. Unter der Lampe. Und alles seither nur ein Traum? Wie denn aufwachen? Unsichtbar über den Flur. Aber Vorsicht, nur ja nicht zu oft. Es könnte sonst sein, daß du dich nicht zurückzaubern kannst aus der Unsichtbarkeit. Im Zimmer nicht sicher. Wie man sich in einer Burg, einer Festung, in einer Kiste aus Brettern und groben hölzernen Vorschriften nicht sicher fühlt, man müßte sonst nicht drinsitzen. Mit Carina in den Kinderladen und dann allein auf der Straße. Allein und so schnell, als ob schon meine künftigen Tage mir eilig entgegenstürzen, wer bin ich? Abends zitternd unter der Lampe. Das Licht zittert auch. Die Schuhe betrachten. Angst nicht! Bei meinem Manuskript sitzen und mich mit beiden Händen am Tisch festhalten, nur um bei mir zu bleiben. Damit ich mich denken höre. Mit zusammengebissenen Zähnen, doch ich konnte es aushalten. *Wer hat die Stoffpuppe totgemacht?*

Einmal abends Sibylle und Carina. Schon spät, schon nach neun. Sind auf dem Heimweg aus dem Gallusviertel zu Fuß über die Eisenbahnbrücke, die Emser Brücke, und Carina wollte unbedingt zu mir. Mir den Mond zeigen! Von der Emser Brücke aus sieht man die Hochhäuser und zwischen den Hochhäusern niedrig und groß den Mond. Gleich einen Stuhl aus der Küche und Milch für Carina. Vorher lang allein am Tisch. Lampenlicht. Stille. Den Schluß des vorigen Kapitels erst kürzlich neu abgetippt und jetzt jede Seite schon wieder voller Ergänzungen und Korrekturen. Meine eigene Handschrift. Trüb das Licht. Sibylle mir am Tisch gegenüber. *Siehst* du denn hier überhaupt? Und sieht sich um. Klar, sagte ich, Licht genug! Warum keine Schreibtischlampe? Warum hast du sie nicht mitgenommen? fragt sie. Wenigstens den Tisch mehr hier rüber! Und will auch schon anfangen. Immer gleich bei der Hand, mit Möbeln zu rücken. Carina auf meinem Schoß. Milch aus der Espressotasse. Hinter mir auf dem Fußboden, wie gestrandet und angespült, beladen mit Albträumen, die Matratze. Decke, Kissen und Nachthemd als Besatzung vollzählig ertrunken und nunmehr als Wasserleichen an Bord. Trüb das Licht, flimmert. Wie hältst du es aus? Warum all das Zeug hier, die vielen Sachen? Warum nicht wenigstens da an die Wand das Klavier? Und will auch schon anfangen. Nein, laß nur, sagte ich schnell, alles richtig! Es soll so! Als sei das wie immer eine meiner Verrücktheiten, wie sonst auch. Carina auf meinem Schoß. Sibylle mir am Tisch gegenüber. Schon spät, doch bleiben jetzt lang so sitzen. Als hätten wir uns die Not und die Trennung ausdenken, mit der neuen Zeitrechnung anfangen und eigens hierherkommen müssen, nur damit wir uns einmal wieder ansehen können, sie und ich. Sie so nah und in Strümpfen jetzt, die Schuhe unter dem Tisch. Sitzt und räkelt sich. Wie in der Vergangenheit, wie wenn sie gleich anfängt, sich vor mir auszuziehen. Carina immer abwechselnd bei ihr und bei mir auf dem Schoß. Immer um den Tisch herum. Und froh, daß sie uns beide wieder einmal so nah beieinander. Wir sitzen und sehen uns an. Die Fernsehstimmen oder ihr Nachhall in meinem Kopf. Und Sibylle, merkt sie, wie das Haus zittert? Wie betrunkene Wachsoldaten die Plastiksäcke an der Wand. Und der verklemmte Rolladen, als ob das Zimmer schief vom Mond herab. Und hängt in die Nacht hinein. Wie in Seenot. Mitten im Sturm am Rand des Abgrunds zum Stillstand gekommen. Carina auf meinem Schoß. Will hier bei dir schlafen! Lieber morgen, jetzt ist es schon spät! Noch mit ihnen in die Jordanstraße und bleiben, bis Carina im Bett ist. Die Schreibtischlampe von Sibylle. Eine hellgraue Lampe zum Anschrauben, ein Wohngemeinschaftserbstück. Schon mitgebracht, als sie mit all ihren Sachen zu mir nach Staufenberg, einmal im Herbst, ein vergangener Herbst, und wir deshalb die Möbel umräumten. Vor mehr als neun Jahren. Vorher immer unter der Küchenlampe geschrieben. Die Lampe gibt sie mir jetzt mit. Kurz vor Mitternacht. Die Lampe mit, nicht zu atmen vergessen (jeder Abschied ein Abschied für immer!) und heim mit dem Mond.

Heimkommen und gleich Sibylles Anruf. Ob sie die Dostojewski-Ausgabe? Noch beim Büchereinpacken. Carina schläft. Ich sah alles vor mir. Ob sie die behalten darf? Ja, sagte ich. Sowieso. Jedes Buch. Ich hatte mir vorgenommen, nichts aus der Wohnung für mich zu verlangen. Bist du schon bei D? Nein, sagt sie, eben mit C angefangen. Bist du wirklich einverstanden? Es ist nur, weil ich im Sommer das Tagebuch eines Schriftstellers. Oder im Sommer vor einem Jahr. Jetzt weiter mit C. Bei C sind mehr als man denkt. Ich weiß, sagte ich. Ob von Cendrars Moloch und Wind der Welt dabei? Nur falls es dir beim Einpacken auffällt. Nur damit ich es dann weiß. Gute Nacht. Du auch. Geh jetzt auch bald ins Bett. Und allein zurückbleiben in der Nacht. Die Lampe anschrauben. Eisenblech, noch von der Nachtluft kalt. Mein Manuskript. Müdigkeit. Januar. Der verklemmte Rolladen. Überall Staub und mein Herz tut mir weh. Einen Zug, eine S-Bahn, die letzte Straßenbahn fahren hören oder war das vorhin beim Heimkommen schon? War vielleicht ja am ersten Abend schon und seither immer wieder? Im Herbst, der vorbei: im vergangenen Herbst, wie kann er vorbei sein? Wie ging das denn zu? Drei Sätze wolltest du schreiben über die Sonntage auf dem Land und über die Sonntagsspaziergänge. Die nie stattfanden, weil die Männer immer zu müd und mit dem Tag und den Jahreszeiten wie immer zu spät dran und sowieso ja mit keiner Arbeit je fertiggeworden; die Sonntage sind zu kurz. Die Frauen sind es, die sich immer wieder die Sonntagsspaziergänge ausdenken. Dann also ein Kapitel über die Frauen im Dorf, die Mütter, die Hausfrauen. Lang in den Herbst hinein das Kapitel. Und wie die Zeit selbst, ich fand kein Ende damit. Beinah schon ein Buch für sich. Und immer wieder Sibylle davon, mit vielen Wörtern ihr davon erzählt. Jedesmal wenn sie heimkommt. Gleich bei der Tür. Immer auch wenn sie gehen will. Noch schnell. Im letzten Moment. Mir kam vor, ich erreiche sie nicht. Umso lauter und umso mehr Wörter. Jeden Tag, wenn sie kam und ging. Wird uns am Ende das ganze liebe Leben ein einziger langer Spaziergang. Nachträglich also. Gewesen, so lang und so kurz die Zeit. Im November die Trennung. Und von der Trennung an eine neue Zeitrechnung. Als hätte ich uns mit diesen vergeblichen Sonntagen für immer Abschied und Winter herbeigeschrieben. Der Dezember auch schon vorbei. Das Sonntagskapitel noch lang nicht fertig, aber jetzt auch noch ein Kapitel über die Kinder im Dorf und wie sie im Jahr 1950 auf einen Zirkus warten. Und dem Zirkus entgegen. Auf der Schosseeh, die mich gleich mitnimmt. Die Zeit ins Land, Januar. Das Dorf jetzt in Nacht und Winter. In mir drin und um mich herum das Dorf. Du kannst die Straßenlampen zählen, so deutlich. Muß das Jahr 1949 oder 1950. Finsternis, Nacht und Stille. Von Mainzlar her mit der Nacht übers Feld. Von Lollar über die Schanz und die Vorstadt herauf bis offs Kreuz. Hier hat es die höchsten Kastanien. In der Schmandtgass einsam ein Betrunkener auf seinem späten nächtlichen Heimweg. Als ob er schon ewig so geht. Wie Scheunen die Häuser hier in der Schmandtgass, so verlassen und finster. Sie heißt ja amtlich auch Scheuergass also Scheunengasse, die Schmandtgass. Die Häuser wie Scheunen und die Scheunen wie mächtige Felsblöcke. Erst recht in der Nacht. Die Straßenlampe hängt an einem Draht. Wenn sie schaukelt im Wind, gleich fängt die Straße zu schlingern an, schlingert und schwankt. Und am Dorfrand bellen die Hunde. Erst am Dorfrand, dann drei Dörfer weiter. Dann in Nacht und Stille die Turmuhr. Ob der Mond einen Hof hat heut? Mitternacht längst vorbei. Einen Zug, eine S-Bahn, die letzte Straßenbahn fahren hören. Noch den Schuhen gut zureden. Bald schlafen dann! Morgen wieder! Jeden Tag weiter den Winter, die Zeit und das Sonntagskapitel. Erst das Sonntags- und dann das Zirkuskapitel, das versprichst du dir jetzt. Nicht aufgeben, nie! Jeden Tag weiter, so lang es auch dauern mag. Und dann, in weiter Ferne sah ich mich sitzen, dann schreibst du dir einen Vorfrühling. Bald dann schon März.

Am nächsten Morgen in die Jordanstraße. Die Bücherkartons schon vor der Wohnungstür auf dem Treppenabsatz, volle und leere. Neuntausend Seiten Dostojewski. Nein, sagt sie, vergiß es! Ich will sie nicht. Sie stehn mir nicht zu. Carina im Schlafanzug auf der Fensterbank. Auf dem Schlafanzug Enten und Gänseblümchen. Ein Wintermorgen. Gelb der Himmel. Die Schornsteine dampfen. Sibylles Haar frischgewaschen. Sie schüttelt den Kopf. Nein wirklich, sagt sie und streicht sich mit beiden Händen die Beine hinauf und hinab. Eine rote Strumpfhose. Darüber einen dicken bunten Pullover. Unruhig und verlegen. Blaß ist sie. Faßt sich an und bewegt die Beine. Nur so ein Nachteinfall in der Nacht, sagt sie. Nur weil ich im Sommer in Saintes Maries de la Mer das Tagebuch eines Schriftstellers, weißt du ja. War das letzten Sommer oder im Sommer davor? Nimm sie doch, sagte ich. Andernfalls ja doch nur in den Kasten und werden vielleicht nie wieder ausgepackt. Nein, sagt sie, sind weg. Sind schon eingepackt. Nur die Erinnerungen seiner zweiten Frau, die Steno und Buchhaltung konnte. Wenn ich die vielleicht? Carina jetzt auf dem Teppich. Ein Schlafanzug mit Marienkäfern. Ihre Stofftiere oder mit wem sie da spricht. Woher die Kartons? Vom Kaiser, vom Schade, vom Schlecker und von der alten Frau in der Jungstraße. Und auf die vollen mit Filzstift die Anfangsbuchstaben, die Autorennamen. Hat gleich als ich auszog mit dem Büchereinpacken angefangen. Jeden Tag ein paar Reihen. Meistens am Abend, sagt sie, auch zur Beruhigung. Und dann kann ich bald mit dem Umräumen, sagt sie, die Wohnung umräumen. Auch ein paar alte Möbel neu. Dann muß man im Keller Platz für die Bücher, außer du wüßtest dann schon wohin. Das erste Mal in meinem Leben, daß ich die Bücher alle richtig in Regalen und sogar alphabetisch. Alle Wände voll. Drei Arbeitstische gehabt. Manuskriptschränkchen, mehrere Manuskriptschränkchen. Papiervorräte und Zeit, dachte ich, für Jahrzehnte im voraus. Und immer noch fassungslos. Und was du aus der Wohnung brauchst, sagt sie. Hat mir eine große Tasse Milchkaffee in die Hand. Noch heiß. Beide Hände. Mit der Tasse nicht gestikulieren und auch keine ruckhaften schnellen Gedanken. Im Stehen, schon halb ausgetrunken, da fiel es mir überhaupt erst auf. Schon seit ein paar Tagen, sagt sie. Damit du zu frieren aufhörst. Wenn ich dich frage, sagst du jedesmal nein. Geb ich dir die Tasse einfach in die Hand, dann stehst du ruhig und trinkst sie aus. Jeden Morgen. Sogar an den Tisch gesetzt hast du dich manchmal schon mit der Tasse. Und lacht, als ob sie mich kennt. Es geht auf halb neun. Noch eine oder soll ich sie dir wieder beim Sprechen einfach in die Hand? Carina immerzu raus und rein (rein und raus). Sucht sich den Tag, ihren heutigen Tag und für diesen heutigen Tag die Bilderbücher und Stofftiere zusammen. Alles mit in den Kinderladen. Giraffen und Kirschen auf ihrem Schlafanzug. Und immer ein Ohr auf unsre Stimmen. Nicht was wir sagen, nur wie die Stimmen klingen. Noch früh. Es ist kalt. Immer der gleiche oder jedesmal ein anderer Wintermorgen? Beim Kaiser und beim Schlecker nächste Woche nochmal neue Kartons. Und in dem Papiergeschäft in der Adalbertstraße auch.

Carina halb angezogen und immer noch mit den Stofftieren. Und muß noch entscheiden, was für ein Tier sie selbst den ganzen Tag heute sein wird. Und welche Tiere Sibylle und ich. Muß sie, schon seit sie zwei war, jeden Tag neu und darf keiner ihr dreinreden. Heute Katzen! Noch als ich auszog gedacht, wir könnten das Sorgerecht teilen. Wieder Milchkaffee, heiß, eine volle Tasse. Wird also der nächste Tag und doch auch wie schon gewesen. Ein Wintermorgen. Der Himmel gelb und die Schornsteine dampfen. Carina jetzt schon mit Anorak, Mütze und Schal, aber noch in Strümpfen, damit ich noch schnell zu ihr sagen soll: Zieh-jetzt-deine-Stiefel-an,/sonst-werd-ich-ein-ganz-böser-Mann! Bis vor kurzem noch Biefel statt Stiefel. Mußten immer aufpassen, daß wir nicht zu viele von ihren Wörtern mit in die Stadt nehmen, Sibylle und ich. Mit zur Arbeit. In die Menschenwelt, ins Geschäftsleben. In den Tag hinein alle Tage. Carina mit Vogelfedern, Zaubersprüchen und Steinen noch. Noch der gleiche Tag? Heute sind wir alle drei Eichhörnchen. Jeder eins. Winterstiefel, Wollmütze, bunte Fausthandschuhe mit Bändel. Blauweißblau sind die Fausthandschuhe. Dunkelblau, weiß und hellblau. Wie der Himmel und Schnee und still die Schatten auf dem Schnee, frohe Morgenschatten. Die Vergangenheit und wir drei. Ein vergangener Wintertag. Jetzt den Anorakreißverschluß und zwar mit Vorsicht! Nicht den Schal und erst recht nicht die Haare einklemmen! Noch früh. Es ist kalt. Die Uhr auf dem Tisch. Der alte Elektrowecker mit Schnur. Wie das Zifferblatt gafft! Muß Sibylle vielleicht heut auf ein Amt? Auch da noch gedacht, unser Kind und kann jederzeit mit uns beiden sein. Carina und ich in den Kinderladen. Und machen uns jetzt auf den Weg. In der Wohnung, im Flur, vor der Wohnungstür auf dem Treppenabsatz: überall Bücherkartons. Inzwischen schon Februar. Erst unsre Stimmen im Treppenhaus noch und dann durch die Jordan-, die Merton-, die Dantestraße. Am Campus vorbei. Über den Beethovenplatz. Durch die Schwindstraße jeden Tag und sich Zeit lassen. Jahre und Jahre. Winterstraßen. Noch früh. Der Himmel ein allgegenwärtiger Blick. Langsam die Winterstraßen. Haben sich gleich Carinas Schritt angepaßt, kennen uns, fangen zu reden an, kommen uns langsam entgegen.

14

Ende Januar aus der Jordanstraße in die Abstellkammer. Am Abend und das Haus fing zu zittern an. Seither jeden Abend. Mit dem Einbruch der Dämmerung. Steht und zittert. In die Nacht hinein, noch in meinen Schlaf hinein und bei jedem Erwachen. Doch nicht noch vom letzten Krieg? Noch am Morgen das Nachbeben spüren und nie in Sicherheit. Die Eisenbahn, denkst du, Fabriken, die Erde, ein Spuk, die U-Bahn, Baustellen, S-Bahnen, der Verkehr. Doch das Zittern ein anderes Zittern. Und spät in der Nacht, wenn kein Zug mehr fährt, in der Stille ist es am schlimmsten. Gleich an meinem zweiten oder dritten Abend Sibylle und Carina. Als Besuch zu Besuch. Und am nächsten Abend Carina bei mir. Ein Fest, wir machen ein Fest daraus. Sie will bei mir schlafen. In der Küche heiße Milch mit Honig und uns dabei Zeit lassen, sie und ich. Zeit und Milch und Honig im Überfluß. Mit ihr im Flur bei der offenen Tür. Das Fernsehzimmer. Auf dem Bildschirm leuchtet ein Staatsoberhaupt. Und davor auf dem Sofa das Schattenpaar, siehst du. Die Mali, der Winni. Gute Nacht, gute Nacht! Dann in der Abstellkammer am Fenster. Mein Kind und ich. Fenster offen. Unter dem schrägen verklemmten Rolladen in die Nacht hinaus mit dem Blick. Nebeneinander mit kalten Ohren. Und die Ferne suchen, die Lichter, die Nacht. Zehn Uhr, kurz vor zehn. Wie die Stadt saust und braust. Und tief atmen. Barfuß. Winterluft. Zwei Stofftiere, der Dachs und das Eichhörnchen. Carina im Schlafanzug. Ein Schlafanzug mit Marienkäfern. Die Schreibtischlampe zur Seite, damit sie uns auf die Matratze scheint. Und bei der Matratze schon unser Abendfrieden und die Bücher zum Vorlesen. Kalte Füße? Und hat für sich einen Apfel und für mich einen Apfel. Muß sie jetzt auspacken. Mitgebracht. In dieser Nacht hat das Haus nicht gezittert oder ich vergaß drauf zu achten oder es war mir egal.

Schon jeden Tag länger hell und doch immer schlimmer das Zittern. Abends auf das Haus zu. Müd heim am Abend. Der Gehsteig zittert. Inzwischen schon Februar. Die Amseln in den Vorgärten mit der Verlängerung des Tages beschäftigt. Immer noch einen hellen Streifen am Saum anheften. Riecht es nicht auch nach Schnee? Nicht vielleicht doch Sibylle fragen, sie vorsichtig fragen, ob sie gemerkt hat, wie es zittert, das Haus? Doch da fing auch das Haus in der Jordanstraße zu zittern an. Immer abends, Carina wartet. Ihr Gute Nacht sagen. Sie ins Bett bringen. Das Haus steht und zittert. Erst recht an den Wochenenden. Sibylle Freitagmittag nach Gießen, Carina und ich in der Wohnung. Auch der Tannenbaum zittert, die Ecke, das Eckhaus, der Bäckerladen. Immer abends ist es am schlimmsten. Der ganze Weg von der Jordanstraße in die Robert-Mayer-Straße. Der Gehsteig, Mauern, die Erde, jeder einzelne Stein. Das Haus, in dem mein Freund Jürgen wohnt. Ein gelbgekacheltes Apartmenthaus in der Schloßstraße. Der Aufzug, sagt er, deshalb das Zittern. Und weil das Haus über einer Tiefgarage mit Tankstelle. Sowieso ausziehen sobald wie möglich, sagt er und stapelt die Zeitungen mit den Wohnungsanzeigen auf Tisch, Bett und Fußboden. Das Café Bauer, das Elba zittert. Überhaupt die Kneipen. Jetzt auch schon bei Tag. Bastos, Pelikan, Albatros – zittern alle! Kaufhäuser und Behörden. Steintreppen, Steine, Mauern, das Postamt am Rohmerplatz. Uni und Westbahnhof. Die S-Bahn als Hochbahn. Am Abend, im letzten Licht. Und hinter dem Westbahnhof die Fabriken, Lagerhäuser und Speditionen. Merkst du es nicht? Merkt es denn außer mir keiner? Dann einen Abend fing es zu schneien an. Schnee, immer mehr Schnee. Ein Schneewinter. Hat die ganze Nacht und den halben Vormittag lang geschneit und jetzt kann es noch einmal kalt werden. Entweder mit Carina und können uns Zeit lassen, sie und ich. Oder allein und sitzen und schreiben. Andernfalls unter freiem Himmel. Schnell gehen und weit in die Ferne den Blick. Anders hältst du dein Leben nicht aus.

Eine Seife! Jetzt gleich, es ist dringend! Zahnpasta in der Jordanstraße sowieso immer mindestens drei Tuben gleichzeitig, verschiedene Sorten, und mir davon eine mitgenommen. Haarschampon auch. Einen Rest, verdrückt, eine halbleere Tube. Wird ewig reichen. Aber jetzt die Seife! In der Schlecker-Drogerie. Ein Winternachmittag. Mein Leben. Die Leipziger Straße. Erst gestern oder vorgestern aus der Jordanstraße in die Abstellkammer und immer noch fassungslos. Mein Geld? Wieviel Geld? Schon dreimal das Geld gezählt. Zweiunddreißig Mark fünfundsechzig. Die Auswahl. Das Seifenregal. Ich und die Seife. Nimm die billigste! Such eine Seife als Weltanschauung und Zukunft dir aus! Früher, bevor ich Sibylle kennengelernt, in der Zeit vor Sibylle, in der Zeit vor ihrer Zeit, damals also, damals oft eine Rosmarinseife, die mir jetzt viel zu teuer wäre. Die es hier auch nicht gibt. Vor dem Regal und gebückt, als stünde ich eine Ewigkeit schon so gebückt. Als sei ich ein Teil des Regals. Zugeordnet. Bestandteil. Alle Seifensorten aus den letzten Jahren scheiden gleich aus. Sowieso die meisten davon gar nicht vorrätig. Als ob ich mir uns und die Zeit nur ausgedacht. Eine Einbildung. Oder soll jetzt die Seifen ich suchen gehen, unverzüglich, und dabei all unsre Wege noch einmal? Die Tage auch noch einmal, jeden Schritt, jeden Augenblick, und dann mit Selbstgesprächen weit in die Kindheit zurück? Manche Seifen wie die Samstagabende im Jahr 1954. Noch früher immer nur Kernseife und kaltes Wasser. Kernseife, kaltes Wasser, die Zeit, ein Gedächtnis, wir und die Zeit. Müd jetzt. Die Schultern, der Rücken, mein Herz tut mir weh. Am liebsten mit meiner Müdigkeit jetzt mich zum Atmen in eine ruhige Ecke. Stehen und mit der Stille in mich hineinversinken, immer tiefer in mich hinein. Oder wie als Kind zu Füßen der Welt auf einem Schemelchen und der Kopf immer schwerer. Zwei oder drei ruhige Ecken. Ich und mein Schatten. Und durch einen Spalt, einen Winkel zwischen den Gedanken, Pappschildern, Erinnerungen, Wänden, Schaufenstern und Regalen lebendig die Leipziger Straße, den Winternachmittag und die Zeit im Auge behalten. Diesen Ausschnitt der Welt und wie sie ohne mich wäre, die Welt. Lag da Schnee? Bin das ich? Schon jahrelang Winter. Die billigste Seife im Laden ist eine Kamillenseife. Neunundsechzig Pfennige. Kamillenblüten als Bild auf der Schachtel. Riecht nicht schlecht. Nur schnell ein paar andere probeweise noch in die Hand und von allen Seiten betrachten und daran riechen. Durch die Verpackung durch riechen. Auseinandersortieren Geruch um Geruch. Wie verschieden sie auch verpackt sind. Jede Seife singt-flüstert-ruft-schreit-buchstabiert immerfort ihren Namen. In Eile! Ja richtig, ich selbst und in Eile! Zurück an die Schreibmaschine und gleich weiter mit dem Manuskript, bis zum Abend. Aber auch die Leipziger Straße entlang und im eigenen Kopf herum. Hin und her auf der Leipziger Straße und mir alle Gesichter und jede Einzelheit, Januar, ein Gedächtnis. Und vergiß nicht die Lampen im Teeladen. Wie eine Erinnerung werden sie leuchten. An einem Nachmittag wie dem heutigen. Wie Honig das Licht in den Fenstern. Nichts übrig, verloren und mir alles für immer merken! Schnell eine Seife, irgendeine, die richtige Seife und noch in die Zweigstelle der Stadtbibliothek in der Seestraße, aber nur kurz, nur ganz kurz. Nur eben rein und raus, ein paar Bücher unterm Arm und die anderen alle im Kopf mit und gleich zurück in die Abstellkammer. Längst schon am Tisch, bei der Lampe. Notizzettel, Manuskript, Schreibmaschine. Als sei ich die ganze Zeit da, als sei ich in Wahrheit nicht weggewesen und auch immer der gleiche Mensch. Beinah wie in einem Buch. Und am Abend dann zu Carina. Ein Winterabend. Beinah wie ein richtiger Winterabend. Beinah ja wie früher, mußt du dir sagen. Wie in meinem eigenen Leben. Mir

Zeit lassen. Sie ins Bett bringen. Atmen. Alles wie zum letztenmal. Dann zurück und gleich weiter. In die Nacht hinein mit dem Manuskript. Und morgen und jeden Tag weiter. Wie spät? Die Kassiererin an der Kasse mit Gratisproben oder hat sich die Fingernägel lackiert und muß sie jetzt trocknen lassen. Aus Jugoslawien, aus Banja Luka. Schon lang da. Das schwarze Haar auch noch rabenschwarz nachgefärbt, ein hellblauer Nylonkittel und drei Sorten Parfüm. Hier an der Schlecker-Kasse nur halbtags. Der Mann Busfahrer. Zwei Kinder, die hier in die Schule. Vor dem Laden der Nachmittag. Januar. Eine Seife, die süß wie nach Sommer und Eiscreme riecht. Wie im Sommer ein Mittag am Wasser. Vanille- und Erdbeereis, wie die Bäcker es früher noch selbst gemacht haben. Als das Eis noch Speiseeis hieß. Siebenundsiebzig Pfennige und kannst dich jetzt nicht entscheiden! Mehrfach proberiechen, das macht es nicht leichter. In Gedanken schickst du dich in Marseille auf den Markt, einen ganzen Haushalt einkaufen. Zwischendurch in eine Kneipe, ein Café, eine Bar. Vorher schnell noch in Marseille eine Eigentumswohnung, die Straße, das Viertel, ein Haus. Auf einem Felsen ein Haus mit einem Turm. Endlich hast du einen Turm. Zwei oder drei Kneipen und jedesmal nur im Vorbeigehen einen Pastis, ein kleines Glas Rotwein, einen Café arrosé (das muß wohl doch die Vergangenheit). Noch früh, doch sind in allen Kneipen jetzt schon dabei, Salzmandeln, Pistazien, Oliven und Cornichons in kleinen Schälchen auszuteilen für den Aperitif. Der Markt und die Läden rings um den Markt. Straßenhändler, ein Kaufhaus, zum Bäcker, das Meer nur von weitem. Schiffe im Hafen. Die Sonne weit draußen über dem Meer und bleibt da stehen in deinem Gedächtnis. Und westwärts gen Abend das Meer fängt zu glitzern an. Zuletzt in Gedanken noch einmal über den Markt, laß dir Zeit! Die ganze Stadt ist ein Markt. Und ganz zuletzt und ohne dich lang damit aufzuhalten, dort an dem Marktstand bei der alten Frau und dem kleinen Mädchen noch ein paar Seifen. Gleich mehrere Sorten. Gleich wie für Jahre und Jahre im voraus. Marseille ist schon seit den Phöniziern für sein Olivenöl, die Bouillabaisse und das Sonnenlicht und für seine Seifen nach alten Rezepten berühmt.

Aber jetzt? Hier vor dem Seifenregal im Winter gefangen! Gebückt und wie in meinem Kopf drin. Die Regale auch in meinem Kopf. Kreuz und quer und verkantet. Vernagelt. Seit wann denn mein Leben so eng? Eng und wie in meinem Kopf nur! Ausgesperrt? Eingesperrt? Wenn du ausgesperrt bist, wird dir vor der einen verschlossenen Tür die ganze Welt zum Gefängnis! Zwischendurch öfter Kunden und dann jedesmal wieder nur ich und der Nachmittag und die Kassiererin. Der Nachmittag vor dem Laden. Langsam der Nachmittag vor dem Laden vorbei. Sie und ich hier gefangen. Jeder in seinem Kasten. Einzelhaft beide. Nimm eine Seife, nimm die oder die, nimm die billigste! Und gleich zur Kasse damit! Ein paarmal schon mit einem Ruck auf die Kasse zu und dann doch wieder umgekehrt. Zwischendurch haushoch ein Lastwagen vor dem Laden, du weißt nicht wie lang, und hat uns das Licht weg, lärmt und vibriert, hat uns fast erdrückt. Die Kassiererin seufzt, macht Kartons auf. Schade um ihre Fingernägel. Nicht schon vor der Ladentür die heutige Dämmerung in der Luft? Gebückt hier vor dem Regal, als ob mein Leben schon weg, ist ohne mich, ist schon vorgegangen oder wie ging das zu? Und ich hier wie ausgesperrt, eine fixe Idee! Die Seife in Zeit umrechnen! Soviele Tage und Wochen im voraus. Das Licht summt, Neonlicht. Der Tag jetzt mit stierem Blick! Jeder einzelne Gegenstand wird ein stierer Blick, der nicht aufhört, auf mich zu zielen! Und ich hier mit mir selbst, als ob dies der erste Anfall von Zwang und Verrücktheit in meinem Leben. Nur schnell eine billige Seife, und jetzt kannst du hier nicht weg! Und in Schweden? Vor langer Zeit einmal in Schweden und weißt jetzt nicht, welche Seifen du damals in Schweden.

Überhaupt die Seifen als Existenzbeweis. Welche Seifen von wann bis wann. Und folglich am Leben. Und auch nicht umsonst gelebt. Lückenlos. Chronologisch. Gerüche, Sauberkeit, Jahreszahlen. Eine Biografie. Und sollst dich jetzt darin finden. Vergangenheit. Ein paar Namen dazu. Mitte Dezember doch auch hier: Waschpulver kaufen. Es hat geschneit. Du hast an der Kasse gewartet. Weihnachten vor der Tür. Draußen war es schon dunkel und im Lampenlicht vor der Ladentür in großen Flocken nasser Schnee, der nicht bleibt. Die neue Zeitrechnung. Damals auch schon die neue Zeitrechnung oder hast du da noch gehofft, das Waschmittel könnte dich retten? Damals die Leute vor dir, du hast mit deiner Ungeduld an der Kasse gewartet und jetzt kannst du hier nicht weg! Jetzt kam mir vor, ich hätte auch damals an Schweden gedacht. Vielleicht jedesmal hier? Vielleicht in jeder Schlecker-Drogerie muß ich immer wieder an Schweden denken und im Sommer an den Sommer in Schweden. Als Carina noch klein, oft hier die Windeln für sie. Oft auch mit ihr hier. Immer dann hierher, wenn es schnell gehen soll und soll auch nicht viel kosten. Klopapier, Spülmittel, Mottenstreifen. Bald wieder eine neue Zahnbürste! Welche Seife jetzt? Kommt mich keiner erlösen? Die Seife, die Zukunft! Schon mehrfach im Kopf die Preise vor- und zurückgebucht. Wenn ich genau neunundsechzig Pfennige: ganz genau passend die Münzen, dann vielleicht hätte ich mich für die Kamillenseife entscheiden können. Und die anderen Seifen alle als Bilder nur, als Namen und Duft und Erinnerung. Für die Zukunft. Und heimgehen endlich und auf dem Heimweg an meine Mutter denken. Und wie sie Kamillen immer geachtet hat und gelobt. Überhaupt lebenslang Freundschaft hielt mit allen Pflanzen. In Schweden an den Polarkreis und weiter nach Norwegen. Einmal in Wien eine Lindenblütenseife. In der Josefstädter Straße eine altmodische Drogerie. Auf den Preis nicht geachtet und die Seife gleich mit nach Prag. Letzten Sommer an Sibylles Geburtstag mit einem

Schiff auf dem Rhein, Sibylle, Carina und ich. Und zu Carinas Entzücken an diesem einen einzigen Tag dreimal Eis für uns alle drei. Sie spricht jetzt noch von diesem Tag. Deshalb jetzt die Seife, die nach Sommer und Eis und nach Wasser riecht wie ein langer Ferientag. 100 Gramm. Der Kassiererin an der Brust vorbei auf die Finger gucken. Wie heißt die Farbe? Rubin, sagt sie, neu! Eine Probe. Schont die Nägel! Trocknet blitzschnell! Die Seife und noch einunddreißig Mark achtundachtzig. Fast zwei Stunden mit mir selbst vor dem Seifenregal. Und jetzt in den Abend hinein.

Nach Speiseeis, Sommer und Wasser. Mittag, ein Bootssteg, die Segel, das Licht auf dem Wasser. Wenigstens nach Hautcreme, Ferien und Schwimmbad und wonach noch? In der Robert-Mayer-Straße im Bad vor dem Spiegel. Am Abend. Immer abends. Mehrere aufeinanderfolgende Abende. Und immer nochmal in der vorgeschrittenen Stille, spät in der Nacht. Wie immer der gleiche Moment. Im Spiegel kein Bild. Nach Seife, nach Zeit, nach verbrauchter Zeit. Nach muffiger Wäsche. Nach Schweiß. Ganz deutlich. Erst, kommt dir vor, riecht sie gut! Weiß und rosa die Seife. Wie ein Sonntag im Sommer, ein Familiensonntag und zwei Sorten Eis ineinandergemischt. Wie wenn von beiden Sorten an einem heißen Tag zuletzt nur ein kleiner Rest. Vanille und Erdbeer. Eher wie von Zitroneneis so weiß ist das Weiß, aber riecht nach Vanille und Erdbeer. Und vielleicht erst wenn sie naß und dein Herz wird dir schwer, dann auch noch nach Wäsche und Schweiß. Sowieso jede Nacht schon in Panik und dann vom letzten Geld eine Seife, die künstlich nach Schweiß, nach verbrauchter Zeit, nach schmutziger Wäsche, nach U-Bahnluft riecht. Zum Ersticken! Wie ein Schrank, der zu voll. Übervoll. Immer mehr Zeug rein. Wäsche, Klamotten, Albträume und teils auch noch feucht, das Zeug. Wem gehört denn das Zeug? Oder doch nur als Einbildung? Ja und nein?

Mehrmals täglich. Die Seife einschicken? An den Hersteller einen Brief? Zum Schlecker zurück oder jeden Tag weiter mit dieser Seife mir sparsam die eigenen Hände? Ein Geruch läßt sich schwer schwarz auf weiß! Am liebsten mir meinen Vater dafür herbeigewünscht, weil er von allen die beste Nase und sich eh und je gut auf Unwägbarkeiten versteht. Riecht sie nicht auch nach nassem Sand? Und jeden Sand der Vergangenheit mit eingebildeten Schaufeln mühsam mir ins Gedächtnis. Schwer die Schaufeln. So naß ist der Sand gleich noch schwerer. Später dann ganze Wagenladungen, viele. Jeden Tag neu mit der Seife. Immer wenn ich gerade nichts schlimmeres zur Verfügung oder zu jeder Verzweiflung noch zusätzlich mit dazu. Wen fragen? Und scheint auch nicht kleiner zu werden. Den Geruch in der Nase und mit in den Schlaf und in jedes Erwachen hinein. Und mit in meinen Tag und in alle Gedanken auch den Geruch. In den Händen ihn vor mir hertragen und die Hände weit von mir weg. Aber auch von allen anderen Menschen. Die Arme steif und weit ab von mir beide Hände. Kaum atmen! Gedränge vermeiden! Andrerseits im Gedränge ist es schon egal! Im Gedränge fällt es am wenigsten auf! Die Hände in die Hosentaschen, aber dann riechen die Hosentaschen danach. Meine alte blaue Cordhose, die schon sowieso immer dünner wird. Winter. Ein langer Winter. Im Gehen die Schuhe schonen und den Brief an den Hersteller weiter. Er wird immer besser. Auch Gutachten beigefügt in Gedanken und mir Antworten dazu ausdenken. Auf jedem Weg jetzt schon den Geruch in der Nase mit. Auch mein Pullover, das Bett, jeder Schlaf und die Haare. Sogar die Gedanken riechen danach. Fremder künstlicher Schweiß. Und zu keinem Menschen davon auch nur je ein einziges Wort.

Am Abend in der Jordanstraße bei Sibylle und Carina. Lang in den Regalen und Bücherkartons, in all den früheren Leben und in meinem Gedächtnis gekramt, weil die Bücher jetzt nach und nach alle weg und unsichtbar, weil sie jetzt immer schneller schon wegverschwinden. Als ob sie zu leben aufhören! Leere Wände. Erst nach Vergangenheit, Lebensspuren und Büchern gesucht und dann in den Manuskriptschränkchen. Wohin mit den Manuskripten? Verpacken? Wo soll ich sie aufheben und wie denn dann alles im Kopf? Und wohin mit dem Kopf? Sibylle und Carina schon zweimal Streit, weil Carina nicht ihren Schlafanzug anziehen will. Sie will schon, bloß immer jetzt noch nicht gleich, weil dem Tag zu seiner Vollkommenheit jeden Tag ein paar Wunder noch fehlen am Abend. Wohin mit den Manuskripten, die ich doch immer wieder lesen und umschreiben und immer weiter auch überarbeiten muß. Und wenn sie weg sind, was soll dann mit mir? Auf Zehenspitzen auf einem Stuhl vor dem Wandregal. Das Haus zittert. Der Stuhl fängt zu wackeln an. Das Regal schon fast leer und als ob es sich vorwärts neigt. Und, wie der Schatten des Lastwagens, der vor der Drogerie den Tag verdeckt hat und zugestellt, gleich schwer auf mich gefallen die Sorge. Staub und Spinnweben im Gesicht oder ein Gefühl, als hätte ich Staub und Spinnweben im Gesicht. Nicht genug Luft! Sogar unter der Haut das Gefühl und fängt mit äußerster Langsamkeit jetzt zu kriechen an, das Gefühl. Spinnenbeine. Ins Bad, schnell ins Bad und mich viel zu gut auskennen. Alles wie in mir drin. Ins Bad und den Waschlappen, Wasser! Nur schnell! Und mir mit dem Waschlappen übers Gesicht. Ein Handtuch. Und dann erst darauf gekommen, daß das nicht mehr mein Bad und nicht mein Waschlappen hier am Haken im Bad und mich gleich vor der Zeit und vor mir und dem Spiegel erschreckt. Zum Ersticken! Mein Gesicht fängt zu brennen an. Lampenlicht. Alle Türen offen. Wie fremd muß man sich noch werden? Sibylle neuerdings eine grüne medizinische Seife, der Name fällt mir nicht ein, und ein neues Parfüm. Vielleicht nächstens bald eine andere Haarfrisur.

Musik. Neue Kleider. Die Wohnung umräumen. Reisen. Ein Umzug. Reisen und ich bin nicht mit. Wie kann sie ohne mich und wohin? Wie kann sie hier ohne mich sein heute Abend? Fremde Wörter und Männer und Städte. Die Zeit, immer mehr Zeit, die Zeit kehrt nicht um. Im Bad, vor dem Spiegel, und warum mein Gesicht so brennt? Am Handtuch, an meiner Hand, am Waschlappen riechen. Es hilft nichts. Wie früher die Türen offen und alle Lampen an. Abend. Wie das Bad sich im Spiegel spiegelt und in dem schrägen Oberlichtfenster. Kleine Steinplatten auf dem Fußboden. Zwei Platten lose. Gleich beim Eingang. Schon immer. Vom Anfang an. Nicht wirklich lose, nur eben sacht wie eine Sinnestäuschung ein Klicken, sooft dein Fuß darauf. Jedesmal. Sooft jemand drüber geht. Ganz leicht nur! Beinah unmerklich! Außer mir merkt es keiner! Und doch wie eine Ankündigung eh und je, wie ein erstes Schlingern, der Anfang von einem Erdbeben! Ein Abgrund und wartet und schläft und läßt sich fortan nicht mehr wegdenken. Fremd und wie mein Gesicht brennt. Das kann doch nicht nur der Staub, meine Müdigkeit und der Waschlappen, ihre neue Seife, das Handtuch, das Wasser, mein Spiegelbild und ein fremder Geruch? Mein Spiegelbild, als wüßte es etwas oder will mir ein Zeichen geben. Vor dem Spiegel und warum ist mir jetzt, als hätte ich das schon einmal erlebt? Zumindest von jeher gewußt, daß es einmal so sein wird. Abend, Nacht ums Haus. Februar. Carina nach dem Streit mit Sibylle klein und allein auf dem Teppich. Sibylle sucht einen Behördenbrief. Blaß und vom Leben gekränkt alle beide und wortlos gegeneinander. Die neue Zeitrechnung. Februar, Anfang Februar. Die zehnte, die elfte Woche. Alle Lampen an und in mir ist es totenstill. Dann gegangen. Aber noch schlimmer wäre, ich könnte nicht gehen. Als ich ging, Sibylle mit amtlichen Formularen. Carina im Schlafanzug jetzt und mit auf den obersten Treppenabsatz. Dann bis zum nächsten und immer noch einen, Stufe um Stufe, und so mit mir bis zur Haustür. Im Dreiminutenlicht. Dann ich mit ihr nochmal die Treppe hinauf. Licht aus, Licht an. Und dann sie allein auf dem obersten Treppenabsatz. Zwischen zwei Stäben des Treppengeländers. Noch klein. Frisch die Haare gebürstet. Ein Schlafanzug mit Marienkäfern. Und steht da und ruft und winkt.

Seit wann denn schon fast nichts gegessen? Einen kleinen französischen Camembert. Mit Umsicht gekauft, an dem Tag, als Carina kam, als sie bei mir schlief. Brot auch an diesem Tag gekauft. Und am Abend mit ihr von dem Camembert ungefähr die Hälfte. Aus der Normandie. Seither, erst mit und dann ohne Brot, reicht der Camembert immer noch einen Tag. Ein Glas Gewürzgurken. Drei Scheiben Salami und mich in Gedanken nach Ungarn. Milch auch jeden Tag in der Küche. Immer im Stehn und als könnte ich gleich ertappt werden. Oder doch lieber unsichtbar? Als Gespenst? Manchmal einen Winterapfel. Am liebsten bevor ich ins Bett gehe. Manchmal in der Jordanstraße wie in einem früheren Leben ein Stück Brot und alle paar Tage einmal (wie geht ein Probiergesicht?) von Carinas Abendessen probieren. Mein Geld zählen und im Vorbeigehen beim Bäcker eilig ein Hörnchen. Beinah wie nur nebenbei. Als sei ich noch immer berufstätig. Feste Arbeitszeit. Regelmäßiges Einkommen. Und zu Recht auf der Welt. Dann das verbleibende Geld zählen und sehen, was mir an Zeit noch bleibt. Das war vorgestern. Auf der Leipziger Straße bei einem anderen Bäcker im Schaufenster knusprige kleine Sauerteigbrötchen mit Anis und Kümmel. Im Schaufenster. Jeden Tag. Im Kinderladen hätte ich auch manchmal essen können. Einmal bei meinem Freund Jürgen zum Frühstück. Spät am Nachmittag. Gänseleberpastete, Räucherlachs, Parmaschinken und Kräuterkäse aus Frankreich. Aus der Delikatessenabteilung im Kaufhof. Fertig abgepackt, handlich. Kann man gut einstecken, mitnehmen! Der Salzstreuer aus einem Hotel in Porto. Salz und Pfeffer. Und weiche Eier im Glas. Er Tee, ich Tee und Kaffee. Der Aufzug fährt und das Haus zittert. Miles Davis oder Otis Redding, fragt er. Wen zuerst? Immer mehr Zeitungen, die sich bei ihm stapeln. An der Kasse dann nur schnell zwei Liter Milch (Sind die Eier auch frisch?) und die Eier bezahlen. Mich endlich um Geld, sagt er, kümmern! Und hier ausziehen auch! Schon die Dämmerung vor dem Fenster, ein Wintertag und mein Herz tut mir weh. In der Robert-Mayer-Straße beim Schreiben jede Stunde einen Espresso. In der Küche, im Stehn. Wenn der Camembert aufgebraucht ist, aber wird noch lang, danach ein Stück Emmentaler. Oder Appenzeller ein Stück oder Gouda. Je nachdem wie die Preise, die Zukunft, das entscheidest du dann. Abends mit Jürgen in einer Stehpizzeria im Stehn eine Pizza geteilt, den Abend geteilt. Eine Stehpizza in einer Stehpizzeria in einem Abbruchhaus in der Adalbertstraße. Einmal am Telefon zu Anne: Alles zittert! gesagt, aber weil ich Schriftsteller bin und sie seit einer Ewigkeit auf dem zweiten Bildungsweg Germanistik studiert, muß sie denken, symbolisch. Bloß symbolisch gemeint. Der Hessische Rundfunk. Ein Anruf. Sie nimmt den Text. Auch wenn er zu lang und ohne Anfang und Ende. Den Vertrag unterschreiben und dann, wenn ich will, kann sie mir einen Vorschuß. Als Titel: Der Sonntagsspaziergang. Den Anfang als Anfang und finden dann schon im Text die richtige Stelle für einen Schluß. Am Telefon. Ich konnte sie vor mir sehen, wie sie vor der Fensterwand sitzt. Wie in den Wolken sitzt sie und raucht. Wolken, ein Winterhimmel. Ihre und meine Wolken. Sogar nach dem Auflegen noch sie vor mir gesehen. Na also, sagten die Dorffrauen aus dem Kapitel und stellten sich mit verschränkten Armen um mich her auf, na also! Und wollten jetzt, weil es ein Sonntagskapitel werden soll, über ihre seinerzeitigen Sonntagsmäntel reden und über Kirmesbräuche und Kirmestanzbändchen. Was die Kirmestanzbändchen kosten und was sie früher gekostet haben. Und wer wem eins kaufen darf. Überhaupt die Preise und Gott und die Welt. Und übers Blumenpflücken. Als wären sie aus der Stadt. In weiter Ferne die Kinder. Aus dem Dorf und nach Lollar und auf der Lollarer Hauptstraße bei den trüben Lichtern dem Zirkus entgegen. Wie Blei die Straße in mattem Glanz und wie sie den Himmel spiegelt. Mein Manuskript, die Notizzettel. Kugelschreiber und Schreibmaschine. Im Februar. Geht auf Mittag.

In diesem Februar immer freitags nach dem Kinderladen mit den Kindern in den Tatzelwurm, einen Spielzeugladen im Nordend. Im Tatzelwurm ein Märchenerzähler. Immer am Freitagnachmittag. Die Arbeitszeit der Bezugspersonen dann schon vorbei, deshalb ging ich mit den Kindern hin. Bis vier Uhr der Märchenerzähler, bis halb fünf. Dann auf die Eltern warten und sehen, wie die Dämmerung kommt. Müd jetzt die Kinder und werden nach und nach abgeholt.* Und wir, Carina und ich? Zu Anne vielleicht? Sie wohnt in der Friedberger Landstraße. Zu Anne jetzt oder wohin? Einmal mittags in der Robert-Mayer-Straße mein Freund Eckart am Telefon. Ich hatte im Dezember gehört, daß er in Bruchköbel wohnt. In der Woche vor Weihnachten. Am gleichen Tag mit der Post aus Portugal einen Brief von meinem Freund Jürgen. Am Abend mit Carina daheim in der Jordanstraße. Sie und ich nebeneinander in einem großen grauen Sessel und malen mit Buntstiften Briefmarken. Vorher hatte ich mit den gleichen Buntstiften stur und ernsthaft versucht, aus einem Prosakapitel in meinem vorigen Buch einen Dialog, ein Hörspiel, ein Drama, ein Drehbuch zu machen, indem ich die Sätze mit Buntstiften, mit System, mit verschiedenfarbigen Buntstiften

* Als ob sie hier in der Dämmerung, als ob sie uns eins-zwei-drei, als ob sie verlorengingen durch Abzählverse und Fügung.

verschiedenfarbig bunt unterstreiche. Zum Unterstreichen ein Lineal, einen Buntstift als Lineal. Seit wieviel Jahren schon wünsche ich mir ein unfehlbares kleines Lineal! Ein Lineal, das jedesmal auch gleich kommt, wenn man danach ruft! Vielleicht seit meiner Schulzeit schon! Und den verschiedenen Farben verschiedene Stimmen oder Zeit- oder Bewußtseinsebenen zuordnen. Meinetwegen Kennziffern. Dann begeistert mit den Briefmarken angefangen, als sei dies mein wahrer Beruf. Wunderschöne Briefmarken. Dann die Auskunft und direkt danach Eckarts Nummer gewählt. Was machst du? Wo bist du? Acht Jahre füreinander verschollen gewesen. Er arbeitet in Griesheim in einer Spedition. Unbezahlte Überstunden und noch nichtmal Tariflohn. Wohnt in Bruchköbel. Ein Haus mit Fahrstuhl. Verheiratet. Neubau. Eine teure Vierzimmerwohnung. Bruchköbel. Hinter Hanau. Ein Dorf, ein ehemaliges Dorf. Einen Sohn. Benjamin. Benny. Schon sieben. Jetzt mit Benny im Wohnzimmer. Vorher im Ersten Programm wie jeden Abend das amtliche Sandmännchen. Und zweimal Mühle gespielt. Seine Frau in der Küche. Benny dann bald ins Bett. Da merkte ich erst, wie leise er spricht. Seine Frau soll nicht wissen, daß er mit mir spricht. Und ich? Bücher, sagte ich. Geschrieben ja immer schon. Zwei Bücher. Und Handlanger hier und dort. Jetzt mit dem dritten Buch angefangen. Seit sieben Jahren in Frankfurt. Ein Kind, eine Tochter. Carina. Sitzt auf meinem Schoß und ist vier. Bald schon viereinhalb. Mit Sibylle, sagte ich, erinnerst du dich? Neun Jahre miteinander. Uns eben getrennt. Willst du dir unauffällig meine Telefonnummer aufschreiben? Uns vor kaum drei Wochen getrennt, sie und ich. Muß hier weg, muß ausziehen, aber wohin? Jürgen und Edelgard auch in Frankfurt. Auch nicht mehr zusammen. Und beide nicht da. Beide verreist. Gerade heute von Jürgen aus Portugal einen Brief. Ein Winterabend. Sibylle anderweitig. Ein anderes Leben Die Bücherwände. An den Fenstern weinrote Vorhänge. Die Sessel aus hellgrauem Samt. Eine Stehlampe mit einem roten Schirm. Carina abendmüd, blaß und erkältet. Klein und warm auf meinem Schoß. Auf dem Tisch Papier, Buntstifte, Bücher, Lampenschein, ein Eichhörnchen, ein Dachs, eine Schere, der Aschenbecher, Zigaretten, der Brief aus Portugal, ein Milchglas, eine Espressotasse, Nüsse, ein Nußknacker, ein großer Obstteller. Silbern der Nußknacker und mit Ornamenten. Auf dem Obstteller Orangen und Blutorangen, geschält und zerteilt, und zwei rote Winteräpfel. Und wird nicht mehr lang, wird alles nächstens bald abgeräumt und weg und Vergangenheit. Dann aufgelegt. Nacht ums Haus, Nacht und Winter. Erst die Orangen und dann einen Apfel essen und Carina von mir und meinem Freund Eckart erzählen. Er hat einen Sohn. Benjamin heißt sein Sohn und geht schon in die Schule. Wird bald acht. Ich hab ihn noch nie gesehen. Du auch nicht. Das war im Dezember. Weihnachten dann ausgefallen. Ende Januar Eckarts Anruf (vorher in der Jordanstraße mich nicht erreicht und hat von Sibylle die Nummer bekommen). Immer freitags hat er eher Schluß. Jeden zweiten Freitag knapp zwei Stunden Zeit. Um halb fünf, also nach dem Märchenerzähler, nicht weit vom Tatzelwurm in einem Café in der Eckenheimer Landstraße. Kurz vor dem Alleenring rechts. Ein Café? Eine Speisegaststätte? Jedenfalls eine Kneipe. Kann sein, da sind zwei. Wollen wir sagen, wenn es zwei sind, von unten die erste Kneipe? Wenn du bergauf aus der Innenstadt und sollst uns schon entgegendenken! Oder lieber die, die uns besser gefällt? Und sehen, ob wir dann die gleiche? Ist vielleicht aber doch auch einunddieselbe. Es gibt nur eine. Schon eh und je. Man kommt dort nur alle paar Jahre einmal vorbei, in Gedanken woanders und selbst ja auch nie der gleiche Mensch. Wenn wir vielleicht ein bißchen zu spät, meine Tochter und ich, das liegt dann an der Stadt, am Verkehr, an dem Märchenerzähler und den Kinderladenkindern. Und an den Eltern, die ihre müden Kinder nicht pünktlich abholen. In der Dämmerung, die zu früh kommt. Freitags fängt der Feierabendverkehr in Frankfurt schon immer um zwei Uhr mittags an. Kriecht zwecks Vereinigung in den vorzeitigen Wochenendverkehr hinein und so von Ampel zu Ampel oder gleich überstürzt zum Erliegen gekommen. Jeder Stillstand ein Rückschritt. Wir aber kommen zu Fuß. Vielleicht ja geht deine Uhr auch vor und du weißt es nicht. Selbst nämlich jederzeit pünktlich, pünktliche Menschen, meine Tochter und ich.

Wieder einmal Freitagnachmittag nach dem Märchenerzähler mit Carina zu Anne. Müd durch die Dämmerung. Winterstraßen. Schon jahrelang Winter. Gehen und gehen und den ganzen Weg nicht gewußt, ob wir zu ihr hin oder nicht. Sogar vor ihrer Haustür noch überlegt, ob wir nicht umkehren sollen. In der Friedberger Landstraße eine Dachwohnung. Mußten zweimal klingeln. Schon Abend, du merkst es an deiner Müdigkeit. In der Friedberger Landstraße sind alle Häuser zwei Stockwerke höher als in der Jordanstraße. Und steil die Treppen. Nach oben zu immer steiler. Sie hat an der Tür gewartet und mit uns ins Zimmer und vor ein großes Büffet. Bündner Fleisch, Rehrücken, Roastbeef, Salami, Blumen, Salatplatten, Marmor, Silber, Kristall und weiße Tischdecken im Spiegel und bis auf den Boden. Krabben-, Eier-, Geflügelsalat, Oliven, Artischocken, eingelegte Pilze, eine Käseplatte. Erdbeeren, Ananas, Mangos auf Eis. Karlsbader Oblaten. Karlsbader Mineralwasser, Orangensaft in einer Karaffe und Sektgläser für den Orangensaft und das Mineralwasser. Kerzen, Kerzen, das ganze Zimmer ist hell von Kerzen. Hohe weiße Kerzen, gleich fängst du zu zählen an. Schon Abend und vor dem Fenster die Dämmerung, blau. Hat mit Absicht nicht gleich den Haustüröffner gedrückt, hat die Luft angehalten und schnell die Kerzen an. Alle! Achtundvierzig brennende Kerzen. Ein großer Spiegel. Und wie die Kerzen sich hell im Spiegel spiegeln und in ihren und unsren Augen.

Als ob ich ihr einmal von einem solchen Büffet erzählt hätte. Mir selbst auch davon erzählt und mir den heutigen Nachmittag umsichtig ausgedacht, aber wann? Woher, fragte ich, für wen? Sind wir falsch? Kommt Besuch zu Besuch? Aus der Freßgass, sagt sie, nur so! Hat am Telefon noch gesagt, vielleicht eine Kleinigkeit bei ihr essen. Ein Brot mit Leberwurst, dachte ich, für Carina. Edamer oder Kalbsleberwurst. Hat meistens nicht viel zu essen daheim. Nie Geld. Immer blaß. Sorgen, ein Sorgenleben. Statt Milch nur H-Milch die meiste Zeit. Dosenwurst, Tütensuppen und Knäckebrot. Können gern bei ihr über Nacht, sagt sie jetzt. Baden auch. Und morgen mit ihr auf den Markt, auf die Berger Straße. Oder ausschlafen, wie wir wollen. Ich wußte, daß Freitag ist, sagt sie, die Augen voll Kerzenlicht. Und müßte zum Dank jetzt umarmt und vielleicht auch ein bißchen abgeknutscht werden. Aber die neue Zeitrechnung. Die zwölfte Woche nach der neuen Zeitrechnung. Und seither war mir, als ob ich nie wieder einen Menschen berühren könnte. Nur einzig mein Kind, solang es noch klein und mich braucht. Freitagabend. Die Kerzen brennen. Sie gleich nochmal nachzählen. Achtundvierzig. Muß ein Vermögen, sagst du dir, und hat alles extra bringen lassen. Zum Selbertragen zuviel. Und jetzt probieren! Musik oder keine Musik? Vivaldi, sagte ich, den Winter, den Frühling. Vivaldi, den kennt auch Carina. Carina, solang sie klein war, mit mir zusammen jede Speise begeistert probiert.

Heim mit der Straßenbahn. Erst die Zwölf, dann die Achtzehn. Carina von Anne ein Döschen mit Fastnachtsflitter zum Schminken. Blaue Pünktchen, ganz klein. Bleiben haften. Kann man als Lidschatten und überallhin. Wie Sterne, unzählig. Also beinah unzählig. Und flimmern und hören nicht auf zu flimmern. Gleich in der Straßenbahn ausprobiert. Das Messegelände holpert vorbei. Die Straßenbahn beinah leer.

Ein schlafender Inder. Schwitzt, zuckt im Schlaf. Besoffen zwo Männer und eine Frau. Wollen an jeder Haltestelle raus und dann doch nicht. Setzen sich wieder. Zwei Amisoldaten. Sitzplätze, leere Bänke. Wir und ein Pärchen. Sind jung. Sprechen bairisch und sehen uns zu. Ihnen Sternenstaub aus der Dose anbieten. Wie Schnupftabak. Wie von einem anderen Stern. Und bedienen sich. Um die Augen und wo das Zeug hin, überallhin. Auch auf die Kleider. Er aus Regensburg, sie aus Passau. Wie heißt sie? Eigentlich ja aus Straubing, aber jetzt schon seit zwei Jahren in Passau. Und wie ihre Augen lachen. Wie heißt sie? Überallhin das Zeug, ein Geflimmer. Carina läßt sich von mir in die Augen fassen ohne zu zucken. Immer noch das Messegelände. Ein Ehepaar zugestiegen. Werden aus Praunheim, das ist die Endstation. Sie mit Dauerwellen und Strichmund. Seit Jahren beleidigt und immer in Sorge um ihre Handtasche. Er im Heizungsbau. Bezirksniederlassung, selbstständig. Seit gut zwo Jahren in Rente. Mieteinnahmen. Private Zusatzversicherung. Sieht uns, das Pärchen aus Bayern, den schlafenden Inder, die drei Besoffenen an: Arbeitshaus, Zuchthaus, KZ. Beim Adolf längst alle weg, längst vergast. Nur bei den zwo Amisoldaten weiß er nicht so genau. Einerseits undeutsch und Feinde. Andrerseits immerhin doch Soldaten und gegen den Iwan. Langsam die Bahn. Vom Wagenführer sieht man nur die Kabinentür. Carina und ich Ecke Adalbertstraße raus. Im letzten Moment. Die Besoffenen beinah auch. Das Pärchen mit Sternenstaub an den Fingern und um die Augen. Beide winken. Wohin, wo fahren sie hin? Wink doch! Hast du gehört, wie sie sprechen, sagte ich zu Carina. Nicht genauso, aber ein bißchen so ähnlich hat meine Mutter gesprochen. Die du nicht gekannt hast. Das Flitterzeug. Überall Spuren. Noch nach Jahren Geflimmer und Sternewigkeit. Gut daß es mich an diesem Abend nicht doch noch gepackt hat, die Pünktchen alle zu zählen, die ganze Dose. Und fortan folglich alle Pünktchen in allen Dosen, die ich in meinen Besitz. Nur nicht sie anatmen, nämlich das kränkt sie so! Sind dann gleich weg! Muß zur Sicherheit immer mindestens zweimal das gleiche Ergebnis und atemlos aufschreiben alle Zahlen. Auf jede Dose ein Schildchen und dazu lange Listen. Nur zählen und nachzählen oder auch das Gewicht? Von jedem Pünktchen eindeutig ein Paßbild? Erst die Erkennungsfotos und dann auch Gruppenbilder auf Wunsch. Gleich anfangen! Dann aber doch nicht, im letzten Moment nicht! Im letzten Moment gerettet! Und heim durch den Winter. Durch den Torbogen in die Jordanstraße. Das Haus steht noch. Erst neun und schon stundenlang Nacht.

15

Sitzen und schreiben und nicht zum Gespenst. Jeden Morgen in die Jordanstraße zu Carina, damit der Tag seinen Anfang und sie und ich in den Kinderladen. Der Tag mit uns mit. Gleich an der Ecke der deutsche Schäferhund aus dem griechischen Laden. Einmal mit, einmal ohne Schulkind. Der mit dem Kind geht, sagten wir zueinander, Carina und ich, der Wolf. Nur zur Tarnung das Halsband. Hier in der Stadt, in der Menschenwelt, ist doch klar. In Wahrheit ein Wolf. In der Abstellkammer ich und die Schreibmaschine, mein Manuskript, Notizzettel und die Zeitschrift, ein alter Pflasterstrand. Als Schreibunterlage, wenn ich mit der Hand schreibe, dieser alte Pflasterstrand. Noch aus der Jordanstraße. Sooft er mir zwischen meinen Manuskriptseiten zu Gesicht, gleich mein früheres Leben, die neue Zeitrechnung. Gleich Trennungskind, Wohnungsmarkt, arbeitslos, obdachlos, und wie sie mir mit ihrem Gift und den Widerhaken direkt aus der Zeitung heiß in den Sinn schießen, Wortpfeile. Fallgruben auch. Arbeitsamt, Sozialamt, Jugendamt, Fürsorge, Amtsvormundschaft. Immer wieder lesen und korrigieren die fertigen Seiten. Beim Lesen ändern, umstellen, verbessern, dazuschreiben, bis ich sie selbst kaum noch lesen kann, so dicht ineinander auf jeder Seite die vielen Schriften. Sie mir vorsingen, flüstern und buchstabieren. Oder fangen ganz von allein zu reden an. Und reden mit vielen Stimmen. Wenigstens während ich schreibe, soll sie stehenbleiben, die Zeit. Schreiben. Du schreibst drei Sätze. Und dann schreibst du diese drei Sätze immer wieder ab. Solang, bis ein Buch daraus wird. So fängst du den Tag und dein Leben immer neu und von vorn an. Jede Stunde einen Espresso. Im Stehn, in der Küche. Einmal unsichtbar und dann wieder nicht. Und dabei immer der gleiche künstliche Wintertag. Neonlicht, Milchglasscheiben. Eine Höhlenzeit.

Wie eingefroren in ewigem Eis.* Zurück an den Tisch und weiter bei meinen Zetteln sitzen. Eben erst neun vorbei und jetzt schon gleich elf. Und wie mir beim Schreiben Musik fehlt. Immer wieder die Zeit und der alte Pflasterstrand, mein Leben und der Anblick der Zeit zwischen den Tagen, Augenblicken, Zetteln und Manuskriptseiten. Im Pflasterstrand ein Veranstaltungskalender, längst verjährt. Und dazu die Adressen der Veranstalter. Freie Theater, linke Buchhandlungen, Musik- und Kulturkneipen. In Offenbach eine Tucholsky-Buchhandlung. Weil sie so heißt, rief ich an. Schriftsteller. Also ich. Immer wieder meinen eigenen Namen buchstabiert. Ich mußte drei-viermal anrufen, bevor einer zuständig. Aus der DDR. Spricht sächsisch. Aus Dieringen, sagt er. Er heißt Lutz. Die Titel meiner Bücher, zwei dicke Bücher. Und ihm dann von dem Manuskript. Vom Dorf, also ich und das Manuskript. Ein Dorf, in dem die Menschen, die Einwohner, mit Fremden nicht reden konnten. Dort auch fremd. Aus Böhmen. Das bleibt. Mein Manuskript, die Notizzettel. Hier auf dem Tisch. Ein Tisch, der mir nicht gehört. Das Buch wird noch lang nicht fertig. Eine Lesung am 28. März. Kein Geld, sind ein Kollektiv und kein Geld, aber vielleicht hundert Mark kann er bis dahin. Ungefähr hundert, also Westmark. Mal sehn. Hoffentlich, hofft er. Er hofft es. Nochmal meinen Namen jetzt. Am besten, man buchstabiert. Wird sich Pressematerial beim Verlag, wird vorher die Bücher lesen. Der 28. März ist ein Mittwoch. Dann aufgelegt. Subkultur. Ein Tele-

* Auch das Eis vielleicht künstlich. Die Epoche als Kühlanlage. Allgegenwärtig ein Kasten mit vielen Fächern und dröhnt und vibriert. Im Flur die Mali, die Stoffpuppe, ich. Kunst am Bau. Lebensgröße. Aber wer hat uns da hin? Idee und Gestaltung? Und was sollen wir als Figurengruppe uns und der Nachwelt bedeuten? Doch nicht nur Halbrelief, das muß ein Fehler im Katalog! Und endlich ein Hustenanfall, der mich erlöst.

fon mit Gebührenzähler. Von den vielleicht hundert Mark geht noch die Straßenbahn, geht im voraus schon Telefon ab. Es kam mir viel und wenig zugleich vor. Bisher ja kaum je eine Lesung und auch nicht vom Schreiben gesprochen. Mit keinem. Schon gar nicht mit Fremden, schon gar nicht am Telefon, nie. Sitzen und nicht wissen, was für ein Tag. Und auch nicht die Uhrzeit – nicht eben noch neun Uhr morgens und jetzt vielleicht schon auf den Abend zu? Andernfalls wird es wie immer auf eins gehen. Zum Fenster hin und unter dem verklemmten Rolladen durch nach Luft: einen Notausgang, Platz für mich! Einen Fluchtweg für Blick und Gedanken. Der 28. März ist ein Mittwoch. Und dir vornehmen, daß du dann noch am Leben. Jetzt den 28. März in den Kalender, also mach dir einen Kalender! Vielleicht daß sie dann endlich wirklich, die Zeit, und betretbar. Der nächste Espresso. Ein Schaltjahr. Zurück in den heutigen Tag hinein wieder finden. Im Winter. Ein Wintertag. Februar. Bald Mittag vielleicht und ich in den Kinderladen.

Schnee, immer mehr Schnee. Fing am Abend zu schneien an. In die Dämmerung, in die Nacht hinein. Schneit und schneit. Immer dichter die Flocken. Hat die ganze Nacht und den halben Vormittag lang geschneit; dann Frost und Stille. Bald Mitte Februar und jetzt der Winter noch einmal. Hatte schon angefangen zu gehen, schon auf den Ausgang zu und ist dann doch nochmal umgekehrt und zurück. Breitbeinig, mit schweren Schritten, im Schnee die Straße herunter, der Winter. In der Stille, im hohen Schnee. Mit Fuhrmannsmütze und Bauernstiefeln. Blau der Schnee, friert. Sich den Kopf gekratzt und im Nacken gekratzt und dann tief ins Gesicht die Mütze und über die Ohren. Wie vom Dorf. Ein Holzknecht, der aus dem Wald kommt. Wie einer, der gerade von seinem Holzfuhrwerk ächzend heruntergeklettert ist. Die Bremsklötze angezogen. Den zwo Pferden einen Habersack, einen fast leeren

Habersack umgehängt. Still sollt ihr stehen! Steht ruhig, ihr Pferdchen! Zwei braune Holzfahrerpferde. Münsterländer, Hannoveraner. Beinah wie als Spielzeug, wie in der Vorweihnachtszeit zwei Lebkuchenpferde stehen sie vor sich hin. Oder ein Bulldog, ein Magirus, ein Diesel, der vor Alter schon gar keine Farbe mehr hat, so alt. Aus Eisen. Schwer. Ein alter Deutz-Bulldog mit Schornstein als Zugmaschine. Ein Traktor mit Gummireifenanhänger. Teils Klafterholz und teils Langholz geladen. Als Holzknecht und gegen Fuhrlohn oder auf eigene Rechnung. In der Schloßstraße angehalten und mit dem Abstellen des Fuhrwerks gleich zwei Straßen blockiert: die Nauheimer und die Adalbertstraße. Und auch noch die Straßenbahn, herrje: die vom Westbahnhof kommt und jetzt kommt sie nicht, die Einundzwanzig nach Schwanheim. Sich den Kopf gekratzt und im Nacken gekratzt, Fausthandschuhe. Er wird sich doch nicht noch bekreuzigen? Nach Fuhrmannsart kräftig ausgespuckt. Blau der Schnee. Frost und Stille. Einen Spruch, ein Gemurmel gemurmelt. Und macht sich jetzt auf den Weg. In der Kälte. Im Frost. In der Stille. Die Zeit und den Weg sich erfragen, eine Lieferadresse, oder um eine Brotzeit gehen. Rast halten, einen Imbiß. Sich zeigen, sich umsehen hier in der Stadt. Heißen Apfelwein, Glühwein und Grog. Erst den Imbiß und dann die Erkundigung nach der Adresse. Mit Bedacht sich erkundigen also: nach Richtung und Ziel und dem heutigen Tag. Mit dampfendem Atem. Erstens die Kälte, zwotens ein Tabakpfeifchen aus Eschenholz. In seinem alten Pelz. Bläst die Backen auf. Schlägt die Hände gegeneinander. Stampft im Gehen mit den Stiefeln. So kam er heute im Schnee die Straße herunter, der Winter. Ein Schneewinter. Aus dem Vogelsberg, aus der Rhön, aus Sibirien gekommen und läßt sich jetzt Zeit. Erst der Schnee, dann die Stille. Und schon auch rechts und links in der Nachbarschaft die ersten und immer mehr Hausmeister. Vor den Haustüren, in den Hofeinfahrten und auf jedem Gehsteig.

Gleich so eine Überzahl. Heerscharen. Überall Hausmeister. Und erst recht ja die Hausbesitzer. Manch einer unter den Hausbesitzern, der sich mit Aufsicht, Bereitschaftsdienst, Dienstbereitschaft und einem alten Kittel höchstpersönlich den Hausmeister macht. Mit Schneeschieber, Schippe und Besen. Mit Streusalz, Asche und städtischem Rollsplitt. Sachkenntnis. Eigentum, Grund und Boden. Und sich im eigenen Kopf drin immerfort vorsagen, was er als sein eigener Hausmeister: wieviel er sich kostet und was er damit sich selbst an Geld und an Zeit und an Ärger erspart. Stundenlohn und Pauschale. Der städtische Rollsplitt, da steht ein Behälter gleich rechts vor der Eisenbahnbrücke. Groß wie ein Güterwaggon. Schnell in der Dämmerung. Vielleicht ist es ja gar nicht verboten. Im Heizkeller eine Flasche Hausmeisterkümmel, von der niemand nix weiß. Immer gleich bei der Hand mit Ordnung und Streupflicht und Schneeschippen. Nicht daß sich am Ende womöglich noch einer mit Vorbedacht aus Versehen für teures Geld einen Arm und ein Bein bricht, eine Hüftknochenfraktur, den Oberschenkelhals, Hals- und Beinbruch. Jedenfalls nicht auf unsere Kosten, nicht hier bei uns vor der eigenen Haustür. Könnte ja jeder kommen!

Der Hund und das Schulkind. Der Hund, wenn er mit dem Kind geht, immer zielbewußt. Mit Umsicht, Verantwortung, trödelt nicht. Behend und läßt sich nicht ablenken. Erst allein auf dem Heimweg dann seine täglichen Gänge und Umwege. Mit sich selbst auf dem Heimweg läßt er als Hund sich gern Zeit. Der Hund der ein Wolf ist, sagten wir zueinander, Carina und ich. Und kennt uns und weiß auch, daß wir es wissen. Begegnungen. Und nicht verraten, nicht weitersagen, zu keinem kein Sterbenswörtchen. Uns Zeit lassen, sie und ich. Die Ferne, Vogelflüge im Auge. Mehr stehen als gehen die meiste Zeit und mit vielen Wörtern und Bildern. Auch im Schnee, in der Kälte. Jedes Wort ist ein Amulett. Hier auf den eigenen Spuren jeden Tag wieder. Immer auf den Horizont zu. Mittags die Schulkinder. Mit ihren Namen, Anoraks, Mützen und Ranzen. Mit hellen Stimmen, in Gruppen. Und hüpfen und trödeln. Und was sie nicht alles finden, verlieren und wiederfinden. An einem einzigen Schulvormittag und erst recht dann den schulfreien Mittag. Und kommen dahergerannt und die Straße entlang. Mit dem Wind, wie ein Lied. Ungereimt ein Gedränge auf jedem Gehsteig. Und in die Zeit, in den hellen Mittag hinein. Heimwege. Mein Kind und ich und die Gegenwart. Mit uns der Tag. Der Tag läßt sich Zeit. Schulkinder, sagt Carina, den Kopf verdreht und selbst schon bald viereinhalb. Mit Sehnsucht und voller Bewunderung. Schulkinder! Immer wieder dem Hund, der ein Wolf ist, begegnen. Und jedesmal wieder so tun, als ob wir ihn gar nicht kennen. Nur höchstens insgeheim: einen Blick ihm, ein Zeichen. Soll keiner merken. Hat er nicht mit der Schnauze so durch die Luft? Mit den Ohren gezuckt? Hat geblinzelt und hat uns zugenickt, siehst du. Unauffällig und auch schon vorbei. Winterstraßen. Die neue Zeitrechnung. Schon jahrelang Winter.

In Höchst ein Kulturzentrum. Am Telefon Berthold Dirnfellner. Er kennt KD Wolff, kennt den Roten Stern und die Titel von meinen Büchern. Er hat im gleichen Verlag die Jugendbriefe von Sinclair herausgegeben. Falls eine Lesung, dann erst im September, frühestens im September. Doch können vorher vielleicht für die Lesung schon einen Termin. Immer dienstags ist er im Büro. Nächsten Dienstag nicht. Wenn ich am 6. März komme, dann ist auch der Geschäftsführer da, dann für September einen Termin. Zweihundert Mark für die Lesung. Hundert gleich, wenn ich will. Im voraus, am 6. März. Noch vom alten Etat. Bis zum Sechsten also, das ist in drei Wochen. Nein, halt – fast schon aufgelegt! Nicht am Sechsten, der Sechste ist Faschingsdienstag. Lieber Montag. Am Fünften, am Rosenmontag! Gleich nach dem Auflegen schon nicht mehr sicher, ob das Gespräch auch wirklich oder hat vielleicht gar nicht stattgefunden? Vielleicht in meiner Einbildung nur oder alle Namen und Daten mir falsch gemerkt? Hanau, Höchst oder Offenbach? Die Tage und Jahre, Tag, Monat, Jahr, die Jahreszahlen und Namen verwechselt. Doch vorher immer in Staufenberg und warum jetzt auf einmal in Frankfurt? Alle Namen sind falsche Namen! Eine Gegenwart, ein Gedächtnis? Wer weiß, wer wir wirklich sind und was wir in Wahrheit besprochen? Am besten gleich nochmal anrufen! Zum Glück war besetzt. Jetzt einen Espresso? Erst besetzt und dann hebt niemand ab. Gerade deshalb beim Telefon bleiben und immer wieder die gleiche Nummer, immer nochmal! Dann fremd eine fremde Stimme. Berthold? Schon weg, eben weg! Halt, nein! Noch bei der Tür! Und holt ihn zurück. Berthold Dirnfellner. Ja, also ich, sagte ich. Nur kurz noch einmal. Also abgemacht. Also Montag, den 5. März, und können dann ja in aller Ruhe. Rosenmontag. Wie besprochen dann alles besprechen! Alles genauso, wie wir es eben gesagt haben! Also bis dann! Dann aufgelegt und erschöpft. Subkultur. Zukunft. Ein Telefon mit Gebührenzähler. Wie soll man wissen, ob es ihn dann auch wirklich gibt, diesen Tag? Und was wird mit mir und der Zwischenzeit in der Zwischenzeit? Und wer bin ich jetzt und wer bin ich dann? Züge fahren. Schon jahrelang geht es auf eins. Immer der gleiche Wintertag, mittags. Vor dem Fenster ein Winterlicht. Um jedes Ding herum dieses Winterlicht, Februar, und das Herz tut mir weh. Das Jahr 1984. Nicht vergessen, ein Schaltjahr! Nach Höchst fährt man mit der S-Bahn. Am Tisch und mich daran festhalten, ein fremder Tisch. Bei Tag ist die Lampe noch trüber. Hier also und vielleicht nie wieder hinaus auf die Straße und unter die Menschen. Kind ohne Welt. Die restlichen Reste aufbrauchen, es wird nicht mehr lang dauern! Und zu keinem Menschen je wieder ein Wort. Meine Schuhe. Immer noch die gleichen letzten zwei einzigen Schuhe. Bald schon zu Stroh werden sie. Und unerbittlich die Straßen. Wollen kein Einsehen haben. Was soll ich den Schuhen denn sagen? Von allen Seiten die Schuhe jetzt und mein Leben betrachten. Hals eng. Nicht genug Luft! Mitten im Winter mit so schäbigen Schuhen und Dichter? Die Telefongebühren im Kopf hin- und hergebucht. Bald wieder ein neues Farbband. Zur Subkultur wenigstens zu gehören, kann kein ehrlicher Literat und kein Schuster mit ein bißchen Verstand dir anzweifeln wollen im Ernst, mit diesen zwei einzigen letzten Schuhen. Mitten im Winter wie schon jahrelang Winter. So ein reiches Land, sagst du dir. Zwei Bücher geschrieben. Und jetzt mit dem dritten. Ein Buch, wie es noch keins gibt. Und als Vater ein Kind. Doch nicht verhungern in so einem reichen Land. Vor einer Woche schon angefangen, mir in meine Gedanken hinein mit Strichen und Zahlen einen Kalender zu machen. Jetzt am Tisch bei meinen Zetteln und mir mit aller Kraft einen März ausdenken. Einen März, an den ich glauben kann. Am 21. Februar.

Ein Schneewinter. Frost. Die Zeit zum Stillstand gekommen. Berge von Schnee und Stille aufgehäuft und aufeinandergetürmt. Schneehaufen in jedem Hof, Schneehaufen neben den Torpfosten und Vortreppen. Schnee bei den Mülltonnen, auf jedem Gesims und neben der Haustür. Am Zaun, bei der Mauer und hinten im Hof bei den vergangenen Tagen und Teppichklopfstangen. Schnee, ein Schneewall am Straßenrand und den Gehsteig entlang. Immer neben dir her der harte verkrustete Schnee. Wie ein niedriges Mäuerchen, wie ein Hund, der dich kennt: hat sich deinem Schritt angepaßt und rennt mit dir mit. Als Kind, solang ich noch keinen Hund hatte, immer mir einen ausgedacht. Der nur auf mich hört und zu jeder Zeit bei mir. In Wahrheit ein Wolf und das weiß nur ich! In Doppelreihen der Schnee. Alter Schnee. Die Häuserfronten entlang und an den Vorgartenmäuerchen. Und dann nochmal zwischen Gehsteig und Straße im Rinnstein. Hart und verkrustet der Schnee und die Zeit. Und dann schneit es wieder. Schnee, immer mehr Schnee. Und im Gefolge des Schnees eine hohe Stille vom Himmel herab. Oft in der Dämmerung, abends und morgens, ringsum und von allen Seiten ein Klopfen, Kratzen und Schaben. Stimmen auch. Als ob sie die Stille nicht aushalten könnten. Gleich dein Herz: wie es klopft! Sind also als Volksgemeinschaft wieder beim Schneeschippen. Da ist dir gleich, als ob du dich irgendwo einreihen und mit dazuzählen müßtest, aber wo? Und wie geht das, wie reiht man sich ein?* Und eilig die Amseln. Im Schnee, in der Dämmerung, in den Vorgärten. In Baum und Strauch und auf jedem Torpfosten mit großem Eifer die Amseln. Und sehen dem Menschenvolk beim Schneeschippen zu. Auch wenn sie als Amseln das kürzlich so angeordnet, jetzt müssen sie sich aber doch fragen, ob sie das auch wirklich so gemeint und gewollt haben. So menschengrob, so einen Aufruhr und Lärm vor den eigenen Vogelfüßen. Und hüpfen auf jedem Garagendach und hüpfen am Saum des Tages entlang. Immer noch einen hellen blaugrau verwaschenen Streifen eilig anheften zwecks Verlängerung. Schnell! Und die Fäden und Stoffreste da ins Geäst. Einmal am Abend und einmal am Morgen. Die Farben der Dämmerung. In den Fenstern ist Licht. Eine Haustür fällt zu. Eine Ladentür auf und zu. Und als ob mich jemand gerufen hätte oder alles schon einmal gewesen. Eine Straßenbahn hellerleuchtet vorbei. Dann ein Stück Weg, da ist der Schnee ganz verweht. Beinah wie im Wald so verweht. Der Hund und das Schulkind. Der Hund, der ein Wolf ist. Du weißt ja, ein Wolf, der sich selbst gehört, hatten wir zueinan-

* Von weit her und die Papiere noch nicht in Ordnung. Noch nie! (Nicht hier bei uns! Dort auf die Rampe der Fremde! Erst in die Liste, dann dort an die Wand gestellt, an die Mauer!)

der gesagt, Carina und ich. S-Bahnen. Eisenbahnzüge. Vor Tag ein Automotor. In meinem Kopf oder zwei Straßen weiter. Und wie er immer wieder nicht anspringt. Noch dunkel. Wie aufgebahrt in der Dunkelheit. Herzklopfen, Müdigkeit und den Tag herbeiwarten. Müdes Herz. In aller Frühe die Müllabfuhr. Haushoch in Kälte und Dämmerung. Mit zwei Fahrzeugen. Je sechs Mann Besatzung. Warnblinklampen. Eisenlärm und Geschrei. Wie im Krieg, wie zur Erinnerung an den Krieg, und die Erde zittert. Wie lang ist unser Hausmeister jetzt schon tot? Und siehst ihn immer noch jeden Abend mit Aktentasche und Krücke vom Westbahnhof kommen. Einmal mit, einmal ohne Krücke. Immer auf dem Heimweg. Reval und Roth-Händle. Hat der Tannenbaum endlich aufgemacht? Dort drüben der Weltgeist. Der Weltgeist, das bin doch nicht ich? In der Dämmerung. Hustend. Dicht an der Mauer entlang. Seit der Sommer vorbei ist, geht er so geduckt. Entweder der Weltgeist oder zumindest sein Mantel. Erschöpft. Ein langer schwarzer Mantel mit Samtkragen. In der Dämmerung, in der Kälte. Mantel und Gummigaloschen. Der griechische Laden. Lebensmittel und Obst. Alle Lampen an und die Ladentür offen. Wie Honig das Licht. Und trifft dich jedesmal wieder mitten ins Herz. Sie fangen schon an, vor dem Eingang die Obstkisten abzuräumen. Ein Kind rennt über die Straße. Vor dem Bäckerladen Kinder mit einem Schlitten. Das Eckhaus, die Kreuzung. Jetzt weiß der Schlitten nicht, ob er da oder dortherum? Zerrt an der Leine und kann sich jetzt und in Ewigkeit nicht entscheiden. Am Straßenrand Schnee und Eis. Zerrt dahin und dorthin, der Schlitten. Gleich die Nacht. Kinderstimmen. Dort auf dem Gehsteig Sibylle, Carina und ich. Ein Kind rennt über die Straße. Noch zwei Kinder mit einem Schlitten. Wird kalt auf die Nacht. Alle Haustüren zu. Massig die Mülltonnen. Dicht aneinander. Grau in der Dämmerung. Schwer. Stehen im Schnee. Stehen Wache fürs Vaterland. Nachtfrost und Kälte. Ein Penner die

Straße entlang. Drei Jacken übereinander und dazu noch dick mit Zeitungspapier ausgestopft (am liebsten die Rundschau vom Samstag), aber wohin jetzt und wo soll er sich festhalten? Führt an der Nacht letzten Endes kein Weg dran vorbei. Sich totsaufen – na, das dauert! Dort vorn die Säufer am Büdchen. Zu weit weg und doch war dir, als ob du sie reden hörst. Jeder seine eigene Flasche in der Hand und mit Plastiktüten unter der Lampe. Gebückt eine alte Frau. Schiebt einen Kinderwagen. Auf dem Kinderwagen Plastiktüten und Decken und Kissen und mit steilem Hals aufrecht zwei lebendige Pudel mit Halstuch und Umhang. Schimpft, hat eilig den Tag zusammengepackt und auf den Wagen geladen, schiebt schimpfend den Tag vor sich her. Fährt den Tag, wie er himmelhoch schwankt, auf dem Wagen davon. In der Dämmerung. Hinter dem Westbahnhof, dortherum, oder wo wird sie wohnen? Schiebt den schwankenden Tag in den Abend hinein. Müd und krumm da vorn um die Ecke, sie und der Tag.

Am Morgen mit Carina in den Kinderladen und dann gleich zurück in die Abstellkammer und weiter mit dem Manuskript. In der Robert-Mayer-Straße, zu ihrem unteren Ende hin, die Häuser mit Abendgesichtern. Den ganzen Tag solche Abendgesichter. Haus bei Haus, als stünden sie leer, die Häuser. Selbst wie die Wintertage jetzt, jedes Haus so ein Wintertag, und die Zeit zum Stillstand gekommen. Im Februar. Stehengeblieben die Zeit. Oder noch einmal umgekehrt und den Februar zurück in den Januar hinein, der hier einen Hof, einen Lagerplatz hat. Alter Schnee, Schneehaufen. Von vielen Wintern der Schnee hier zusammengekarrt und aufgetürmt. Und dazwischen die Stille gestapelt. Abgenutzt und verbraucht die Stille. Eine Stille aus zweiter Hand. Hart und verkrustet der Schnee und die Zeit. Und die Tage wie leere Häuser. In der Dämmerung lehnen die Häuser sich an. Auf den Abend zu allein in der Abstellkammer. Überall Staub und mein Herz tut mir weh. Am Fenster der Rolladen bis zur Mitte. Sitzt schief, geht nicht auf. Nur mühsam ein bißchen Tageslicht. Und wie es sich bücken muß, wie es sich quält. Zwei Äpfel auf der Fensterbank, Winteräpfel. Und liegen nebeneinander und lächeln. Schon die ersten Runzeln in ihrem Lächeln. Wie in deiner Kindheit in Staufenberg, bei den seinerzeitigen Vorratsäpfeln im Keller in den Regalen. Im Dezember, im Januar. Und zum Ausgang des Winters hin. In manchen Häusern auch auf dem Dachboden. In ungeheizten Schlafzimmern hoch auf dem Schrank. Wo nicht nur die regelmäßigen Sonntagskuchen, wo zu ihrer Zeit auch die Dosen und Schachteln mit Weihnachtsplätzchen sich einfinden. Und genauso die Dörrpflaumen und die Nüsse. Walnüsse, Haselnüsse. Jedes Jahr wieder. In Vorratskammern, neben der Haustür und unter der Treppe. In der Waschküch, im Hausflur. Der Winter will seinen Ausgang nicht finden. In den großen Häusern in eisigen Festtagswohnstuben mit Stofftapeten und den Fotografien der lebenden Toten von 1914 und 1939. Mit Ernst und Sorgfalt die Toten: ihr letztes Lächeln. Mit Silberrahmen. Gewaltige Schränke und Büffets in diesen Festtagswohnstuben. Schränke mit Glastüren und Schränke wie Festungen. Ratsherrenstühle. Standuhren, eine Bohnerwachsstille und abgelaufen die Zeit. Eingesperrt das Gedenken. Keine Tür? Zugemauert die Tür? Mit einem Eichenschrank zugestellt? So lang schon in ihrer Verlassenheit für sich selbst, diese Festtagswohnstuben, daß sie schon gar nicht mehr wissen, für wen und worauf sie noch warten. Je länger der Winter, umso kostbarer werden sie uns, die Äpfel. Auch als Zeitvertreib. Sie regelmäßig nach fauligen durchsehen. Und auch immer wieder zählen die Äpfel. Zählen nur so: damit man Bescheid weiß. Bei sich selbst. Zählen und nachzählen. Geduld. Eine Reihenfolge für die Tage und Äpfel, beinah schon eine Rangordnung. Kaum hat man mit etwas angefangen, wächst es sich auch schon zur Wissenschaft aus.

Sagst du unbedacht einmal ein Wort zu so einem Apfel, gleich fangen sie alle mit dir zu reden an. Will sich jeder gleich vordrängen. Und riechen, die Äpfel, nach Winter und Äpfeln. Nach Dorf, Winter, Erde und Keller und Kerzenwachsandacht und süß wie nach altem Wein. Lächelt jeder Apfel sein eigenes Lächeln und immer mehr riechen sie. Das ganze Haus riecht nach Äpfeln. Die Äpfel nach Größen und Farben, nach Form und Laune, nach Herkunft und Namen und Sorten sortieren. Sie mehrfach auch umsortiert. Der Winter ist lang. Sind sauer und süß und am Ende schon abgelagert, so hieß das zum Ende des Winters hin, sind nicht mehr ganz frisch. Sind eiskalt an den Zähnen. Erst recht wenn du abbeißt und dann gleich heftig die Luft einziehst zwischen den Zähnen. Eigentlich muß es ja Äpfelchen heißen. Für jeden einzelnen Apfel. Je länger der Winter, kann man gut auch Bratäpfel. Immer abends. Mit Arrak und Zimt und Zucker. Und zu den Bratäpfeln dann die Abende und Geschichten dazu. Die Abstellkammer. Zwei Äpfel. Erst auf der Fensterbank. Dann in meiner Hand. Dann auf der Fensterbank wieder. Winterlicht, Dämmerung, Schnee und wenn du am Fenster stehst, jeder Tag wie ein Hof. Wie alter Schnee ist die Stille. Dann kann dir geschehen, daß es dir vorkommen will, als ob dich dein Leben erdrückt. In der Stille die Äpfel aufessen oder für immer noch einen Tag zurück auf die Fensterbank beide? Schief der Rolladen. Geht nicht auf, geht nicht zu. Bald weg hier! Bald abgelaufen die Zeit und was dann? Zurück an den Tisch und wenigstens den letzten Absatz noch einmal. Wenigstens den Anfang vom nächsten Satz. Am liebsten schreiben und schreiben und keine Pause. Nirgendshin. Schreiben als ob das Exekutionskommando schon unterwegs. Jetzt vor der Haustür. Jetzt wie die leibhaftigen Schutzengel: vor mir, hinter mir, rechts und links. Noch nicht! Stört jetzt nicht! Muß hier erst noch zuende! Schreibmaschine. Notizzettel. Manuskript. Schreiben. Sitzen und schreiben und mit keinem Menschen je wieder ein Wort. Keine Post, sich nicht ablenken lassen. Nicht eine einzige Unterbrechung, bis du es fertig, das Buch. Und gleich mit dem nächsten weiter oder besser noch alle Bücher in diesem einen. Als ob dein Leben ein einziger langer Tag. Luft holen, tief atmen und alles was du einmal gewußt hast, jetzt spring oder wie mit einer Zigeunerfiedel als Stimme. Es ist immer das eigene Leben. Die zwei Äpfel hat dir dein Kind mitgegeben, Carina. Und jetzt? Müd am Abend. Hast dein ganzes Leben im Gedächtnis. Hättest nicht gedacht, daß es hier beim Fenster so zieht. Beinah wie ein Atemhauch, beinah wie eine Stimme schon. Dünn, leise, eine Stimme, die niemand hört, obwohl sie immerfort ruft. Ruft, auch wenn keiner da. Und stehst: unerwartet zum Stehen gekommen mit dir selbst und der dummen Vergänglichkeit, die an deinem Arm zerrt und hört nicht auf, auf dich einzureden. Mit dir beim Fenster. Aufdringlich ein Geschwätz. Zieht an dir, zieht. Will und will dich nicht loslassen!

16

Abends mit meinem Manuskript und den Zetteln am Tisch bei der Lampe. Das Haus zittert. Immer wieder das Geld und die Sorgen zählen. Bei meinem Schatten sitzen und müd meine müden zwei Schuhe. Hin und her in den Händen die Schuhe. Den einen, den andern. Das Leder, die Nähte, die Sohlen? Nicht mehr lang, sagst du dir, nicht von Dauer die Schuhe. Nichts bleibt. Sind als einzige, letzte, das siehst du, noch übrig, und ihrerseits auch vergänglich. Genau wie die Steine, die Stadt und die Zeit. Werden bald schon endgültig abgelatscht, bald schon weg und vergangen, die Schuhe. Abgelaufen. Und wie sollen dann meine Tage und Wege? Und was mit mir selbst? Wohin? Kaum noch Wörter übrig. So kleinlaut die Stille. Und wie bekümmert mein Schatten neben mir sitzt. Was soll ich, was soll in dieser kleinlauten Stille der Schatten den Schuhen denn sagen? Daß er und ich ohne Schuhe schon bald nicht mehr auf die Straße? Als Schatten, als Mensch unter Menschen und nirgendshin? Hier im Haus, in der Abstellkammer, geht es auch nicht mehr lang! Wie im eigenen Kopf drin, dicht unter der Decke. Nicht genug Luft. Die meiste Zeit unsichtbar. Und dazu noch die tote Stoffpuppe und das Echo der Fernsehstimmen. Eine Höhlenzeit. Den verklemmten Rolladen wie immer vergeblich probiert. Das Fenster auf und zu frieren anfangen. Das Haus zittert. Nacht und Winter.

Die Schreibtischlampe. Im Lampenlicht Tisch und Stuhl. Auf dem Tisch die Schreibmaschine, mein Manuskript, Notizzettel, Aschenbecher, Zigaretten, eine Rauchwolke. In der Rauchwolke ich und mein Schatten. Alles übrige unsichtbar, wie nicht da. Muß man immer dagegen an, immerfort alles wegdenken. Ungültig diese Ansammlung. Der Staub auch ungültig (ein Dekret!). Will ich ins Bett, die Schreibtischlampe zur Seite, damit sie auf die Matratze scheint. Wie eine freundliche Insel die Matratze unter der Lampe. Eher ein Floß. Mit Decke, Kissen und Buch. Bereit abzuschwimmen, sobald ich mich eingeschifft. Jetzt fehlt mir und fehlt für immer eine menschliche Stimme, die mir die Zeit sagt, Gute Nacht und ein freundliches letztes Wort. Morgens als erstes die Lampe zum Tisch hin: den ganzen Tag das Lampenlicht auf den Tisch und die Matratze nicht ansehen, sonst kann ich gleich mit mir und dem Tag und der Arbeit nicht weiter. Kaum hat mein Blick die Matratze berührt, schon kommt mir mein Leben heillos verpfuscht vor. Ein Untergang. Unverzüglich ins Bett. Sofort mich verkriechen für den Rest meines Lebens, für immer. Vom Bett aus verloren die Zeit und den Staub bedenken und wie er mich und die Schreibmaschine und jede Freude erstickt, der Staub. Oder davonstürzen, fliehen? Gleich aus dem Haus und mit heißem Gesicht – wo denn hin? Dem Wind und der Nacht entgegen. Und wie mein Leben immerfort hastig hinter mir herflattert. Immer schneller gegen den Wind, immer auf den Horizont zu. Zurückkommen und gleich weiter mit dem Manuskript. Sitzen und schreiben. Wenn ich vor Müdigkeit nicht mehr weiterkann, gleich das Zeug, das Gerümpel mit vielen Stimmen. Gleich auf mich zu das Gerümpel. Und drängt, redet, flüstert, muß sich vordrängen jedes einzelne Ding. Lügengeschichten. Das Klavier hat sich aufgebäumt, wiehert und stampft. Kommt mit Grabsprüchen angaloppiert. Nach jedem Spruch einen Knicks. Hingedrechselt die Sprüche mit Knicks. Wie im Fieber ich und die Abstellkammer, sind in Seenot geraten. Schwitzen und zucken. Angst nicht! Mich und den Schatten mit beiden Händen am Tisch festhalten. Nur nicht die Lampe zerschlagen, das Licht! Mir den Schatten wie einen Mantel um die Schultern und mit aller Kraft jetzt das Ende des Spuks abwarten. Bis sie leiser werden, die Stimmen. Das Klavier eingeknickt. Erst schnauft es noch und dann stumm. Nur noch heiß und wirr als Zischen und Rascheln die Stimmen. Sitzen und atmen. Der Stuhl knarrt.

Gerümpel. Ein Fahrrad, ein Fahrradschlauch und vier Luftpumpen. Jahreszahlen, Leitz-Ordner, Pappkartons, ein zusammengelegtes Zelt. Schränkchen, ein Schrank, eine Nähmaschine. Schuhe, Stiefel, Schuhputzzeug, Schuhschränkchen, drei Rollen Teppiche. Zeitungsstapel, Fernsehzeitschriften, ein blinder Fernseher, leere Blumentöpfe, zwei unversöhnliche Staubsauger. Reisetaschen, vier Koffer, volle Plastiksäcke, oben zu. Zugebunden. Wie zum Ersticken. Fest zugebunden. Stumm das Klavier. Fenster auf. Davor wie immer der Rolladen. Schief und verklemmt. Und darunter, eingezwängt und wie bucklig, der Tag. Hinfällig. Ein Gespenst. Hier weg und was dann? Wohin? Auf und zu das Fenster. Jedes Ding jetzt an seinen Platz zurück. Ungültig das Gerümpel. Einmal am hellen Mittag und dann wieder in der Nacht. Seit vielen Jahren, sooft du aufblickst, geht es auf eins. Stiert dein Leben dich an.

Alle zwei Wochen zweihundertzwanzig Mark vom Arbeitsamt. Als das Antiquariat zugemacht wurde, zweitausendfünfhundert Mark Abfindung. Auch noch Urlaub gut. Mit meinem letzten Gehalt, Sibylles Verdienst vom Verlag und dem Geld vom Arbeitsamt reicht uns die Abfindung gut sechs Monate, hatten wir uns im Juni gesagt, Sibylle und ich. Im Juni ist mein Geburtstag. Sogar noch nach Frankreich im Juni. Zu Jürgen und Pascale und ans Meer getrampt, Carina und sie und ich. Vorher schon alle Papiere zusammen, extra eine Mappe dafür und pünktlich zum Arbeitsamt. Alle Zettel ausgefüllt. Ein Gesicht. Die richtigen Antworten. Ich mußte nur zweimal hin und seither eine Nummer und alle zwei Wochen das Geld auf mein Konto. Längst mit dem neuen Buch angefangen. Mein drittes Buch. Ein Buch über das Dorf meiner Kindheit. Die Abfindung hat uns noch in die neue Zeitrechnung hinein, hat uns bis in den langen dunklen Dezember gereicht. Mit vierzehn zu arbeiten angefangen und jetzt zum erstenmal Geld vom Arbeitsamt. Formulare und Aktenzeichen. Als Antragsteller beim Leistungsträger einen Antrag und sich selbst in der dritten Person. Noch in der Jordanstraße meldepflichtig gemeldet. Auf Abruf. Sie mußten denken, ich sei als Antragsteller und Leistungsempfänger ein Mensch wie ihr Formular. Berufsausbildung. Beschäftigungszeiten. Nichtehelich in Lebensgemeinschaft als Vater ein Kind. Daß ich schreibe, kommt nirgends vor. Ich könnte jederzeit Post von ihnen. Anfragen. Vorladungen. Befehle. Sogar telefonisch. Als sollte ich immer nur daran denken und passend dazu ein Gesicht. Ein Gesicht als Gesicht. Die Verfügbarkeit. Als ob sie mich aus der Ferne genau im Blick. Jederzeit. Antragsteller, Staatsbürger, arbeitslos. Arbeitsuchender. Und mir passend dazu die Meinungen, Tage, Wege, Gedanken und Gesten. Mich freiwillig melden und aus Verzweiflung städtischer Müllschlucker werden. Asbesthandschuhe. Schuhe mit Stahlkappen. Vom Balkan ein rundes Mützchen. Gebrochen deutsch. Preiswert. Nie krank, unverwüstlich. Nach erfolgter (gelungener) Umschulung dankbarer Buchungsautomat. Kompatibel. Vielleicht wenn ich eine Brille? Eine Brille mit Goldrand? Als müßte ich mich mit ihren Augen, als ob sie mich immerfort sehen könnten. Oder hätte ich üben sollen? Mir Mühe geben. Brieftasche, Brille, Ersatzbrille. Ein Ersatzleben. Einen Wortschatz. Mit Maske und Hornbrille einstudieren die Rolle und tägliche Proben. Ich merkte, ich hielt es nicht sehr gut aus. Schon im voraus gewußt. Warum nicht wie alle andern, warum muß er sich auch so anstellen, fragst du dich. Also ich. Sowieso.

Ich mußte mir Preiselbeeren kaufen. Ich bin im Böhmerwald geboren. Wir essen Preiselbeeren, weil sie so süß und so bitter sind. Um der Welt zu widerstehen und damit wir dann wieder Lust kriegen auf die Welt. Mit einem Löffel. Mit Milch, mit Dickmilch, mit saurer Sahne. Man ißt sie als Nahrung und ißt sie symbolisch. Als Weltanschauung, als Nachtisch, als Mahlzeit, als Kult, als Arznei. Man ißt sie allein und auch in Familien und Gruppen. Zur Verbrüderung und als Lebensgemeinschaft. Auch vor gläubigen Zuschauern geht. Sie mit einem Löffel und dabei das Gesicht verziehen. Vor Begeisterung und weil sie so bitter. Wenn es Preiselbeeren nicht gibt, geht es auch mit Heidelbeeren. Die Heidelbeeren mit Sorgfalt essen und sich dabei in Gedanken auf mindestens ebensoviele Preiselbeeren konzentrieren. Falls Zuschauer, auch davon sprechen. Sich hinreißen lassen. Die Preiselbeeren als Monolog. Auch Selbstgespräche. Eine Beschwörung. Die Preiselbeeren, weil nicht vorhanden, müssen wirklicher als die Heidelbeeren und alles was da ist. Übermächtig. Bei uns heißen sie Brusinka. Diese nun gestern beim Schade gekauft. Mein vorletztes Geld oder besser gesagt, nach dem Einkaufen immer noch achtzehn Mark achtunddreißig übrig. Ein großes Glas. Wild-Preiselbeeren aus Finnland und kalt gerührt. Saure Sahne dazu. Hunger auch. In der Robert-Mayer-Straße. Fremd in der Küche. Fremd bei den fremden Töpfen. Fremd und allein. Immer abends. Mehrere aufeinanderfolgende Abende. Erst im Stehen beim Kühlschrank, dann mit Vorsicht am Küchentisch. Senkrecht die Wände. Auf einem Küchenstuhl und mein Leben bedenken, sitzen und denken und schlucken. An meine Mutter denken. An meinen Vater denken. Getrennt an sie beide denken. Wie im Leben: jeden für sich. Auch deshalb durch die Jahrhunderte die Preiselbeeren, weil sie uns immer wieder in die Wildnis gelockt, weil sie die Wildnis uns heimisch gemacht, weil sie uns in der Wildnis umsonst wachsen und weil sie so rot und so heidnisch sind. Und ihrerseits jede Kälte und jede Einsamkeit aushalten. Meistens Nadelwald, sagst du dir, Nadelbäume, Heidekraut, Moos und baumhohe Farne. Und kannst dich ja selbst gut an Nadelbäume erinnern und an ihr Rauschen, noch aus der Zeit, als es Laubwald noch gar nicht gab. Nicht erst gestern oder vorgestern noch?

Und einen Abend einmal, als ich dachte, mein Leben sei nun endgültig zum Erliegen gekommen, kam Edelgard zu mir. Gerade sie, die sonst nie kommt, die allzeit zu keinem geht. Zu ihr soll man auch nicht; Besuch ist bei ihr nicht vorgesehen. Du kannst sie in der Stadt treffen. In Eiscafés, Kneipen, auf dem Campus, beim Postamt am Rohmerplatz. Vorher anrufen! Vor dem Eingang zum Kaufhof. Beim Brunnen am Kurfürstenplatz. Vorher anrufen, andernfalls Zufall. Für mich kommt sie auch in die Bibliothek. Einmal in der Vorweihnachtszeit in der Innenstadt sie verpaßt. An der Katharinenkirche. Ein langer Samstag vor Weihnachten. Haufen Volks, Advent, Weihnachtsmarkt, Händler, Dealer, Geldwechsler, Polizisten und gleich schon die Nacht. Und in der Kälte einen Zettel für sie an die Kirchentür, wo die Bettler auf Zuspruch, sind im Dezember fromm geworden, die Bettler, auf christliche Abendsuppe und nahrhafte Wunder warten. Hast einmal mit ihr gelebt und wirst fortan die Tage und Jahre zurückrechnen müssen, als hätte danach erst die Zeit angefangen und mit der Zeit die Vergänglichkeit, Alter, Krankheit, Gefängnisse, Anstalten, Einzelhaft, Umnachtung, Irrsinn und Tod – vorher nicht! Und kommt jetzt zu mir in die Abstellkammer. Wie hast du hierhergefunden? Nichtmal die Adresse gewußt. Wenn ich will, sagt sie, finde ich dich. Du hast von dem Haus doch erzählt. Enge Jeans, Jacke und Schal. Keine Handschuhe. Februar, Winter, ein Winterabend. Draußen seit Tagen schon hoher Schnee. Erst das richtige Haus, dann die Klingelschilder und Stockwerke abgezählt und an der Haustür geklingelt. Wer hat dir aufgemacht, die Mali, der Winni? Eine Stoffpuppe? Der Tagesschausprecher? Aus dem Fernsehen behend und geschwätzig ein öffentlich-rechtlicher Schatten? Und dann an meine Tür geklopft. Weil nie jemand kommt, hab ich vorher das Klingeln gar nicht gehört. Möbliert, siehst du. Möbliert mit Klavier. Nie vorher mit einem Klavier. Es ist Winter und Abend. Nicht was du siehst, nur wo die Lampe drauf scheint, das ist wirklich. Die Schreibtischlampe. Im Lampenlicht Tisch und Stuhl. Auf dem Tisch die Schreibmaschine, mein Manuskript, Notizzettel, Aschenbecher, Zigaretten, eine Rauchwolke. Das kennst du, war früher schon. Da und dort. Viele Leben. Und am Rand des Lichts du und ich. Alles andere ungültig. Wie der Staub. Wie nicht da. Dann am Fenster. Der Rolladen schief und verklemmt. Bei Tag muß der Tag sich bücken. Die Schloßstraße, siehst du. Mietshäuser, Küchenfenster, die S-Bahn als Hochbahn, Eisenbahnzüge. Hinterhöfe, Mäuerchen, Mülltonnen, Ordnung, Hausmeister, Eisengitter, Maschendraht, Hecken, ein Baum, die Erinnerung an einen Baum, alter Schnee. Teppichklopfstangen, Fahrradständer, Familiengeschichten, Amseln, Krähen, Garagen und Lagerhallen. Bei Tag Kinderstimmen. Hintereinander die Höfe. Heißen Januar, Februar, März undsoweiter. Der Rolladen ist verklemmt. Und wenn ich müd und die Buchstaben alle aufgebraucht, dann die Lampe zum Bett hin. Und stehen und betrachten das Bett, sie und ich. Geliehen. Ist schmal, ist bloß eine Matratze. Wie eine Insel im Lampenlicht die Matratze. Wie ein Schiff, wie ein Rettungsboot wenigstens. Ein Floß, eine Planke, ein Brett. Wie Treibholz, gekentert und angetrieben als Strandgut. Kein Radio und nie Musik. Die Bücher beim Bett sind aus der Bibliothek. Die zwei Äpfel dort auf der Fensterbank von Carina. Hat sie mir gegeben, bevor es zu schneien anfing. Abend, das Haus zittert. Merkst du, wie das Haus zittert? Notizzettel, meine alte Jacke. Schlüssel, Geld, Zigaretten und Kugelschreiber. Notizzettel noch in der Jacke. Kalt draußen? Wieviel Uhr? Uns gleich auf den Weg jetzt. Bist so still zur Tür herein, als ob du jeden Abend zu mir kommst. Genau wie vor vielen Jahren einmal in Staufenberg, einen Abend im März. Was für eine gute Idee, daß du einfach zur Tür hereinkommst!

Ins Café Elba. Kaum Gäste im Elba. Im Sommer ein Eiscafé, im Winter ist es eine Pizzeria. So ein Abend wie der heutige Abend, da bleiben die Leute daheim. Sie Weißwein, Orvieto, und ich Espresso. Die Jacke aus, ein blaugrüner Pullover. Aus Schafwolle, sagt sie. In Griechenland auf dem Markt die Wolle. Selbstgestrickt, selbstgefärbt. Und faßt sich mit beiden Händen an. Enge Jeans. Er ist schön, sagte ich, eine schöne Farbe. Hast du nicht schonmal so ähnlich einen gehabt? Hast du gemerkt, wie es zittert, das Haus? Das Elba auch. Alle Kneipen. Abends ist es am schlimmsten. Wann hast du Jürgen zuletzt? Sein Haus zittert auch. Zuletzt zu dritt hier im Elba, als ich von der Zahnärztin, weißt du noch? Du konntest kaum sprechen, sagt sie. Mein ganzer Mund voll Blut, sagte ich. Der ganze Mund eine einzige Wunde. Zehn Tage später beim zweiten noch schlimmer. Unten die Weisheitszähne. Zu dicht an den Backenzähnen, sagte die Zahnärztin, aber eigentlich nie Beschwerden damit. Ich hätte sie gar nicht ziehen lassen sollen. Der Kellner zu uns an den Tisch. Jetzt Rocco ist in Italia, sagt er. Ich wollen Dicembre, das *nicht* geht. Jetzt Rocco und wenn Rocco zurück nächster Woch, ich dann vielleicht gehen Aprile. Bald dann Aprile. Er Rocco Chef. Er Calabria, ich Sicilia. Das Telefon klingelt und er gleich zum Telefon. Mein Espresso, ihr Wein. Eine kleine Karaffe. Ich konnte ihn riechen, den Wein. Ich dachte, er selbst heißt Rocco, sagte ich. Stimmt, sagt sie, dachte ich auch. Aber der andere ist der Chef. Vielleicht heißen beide Rocco. Wir könnten den Gigi fragen, der heißt Giovanni und kommt aus Sardegna. Wie ist der Wein? Geht, sagt sie, schmeckt wie immer. Das zweite Glas dann schon besser. Wie lang, seit du nicht mehr trinkst? Bald fünf Jahre, sagte ich. Am 10. März. Vorher viel länger betrunken gewesen. Uns nicht oft gesehen, sie und ich, in diesen letzten fünf Jahren. Warum nicht?

Sie noch einen Wein. Ich erst Espresso, dann Cola. Der Kellner wieder zu uns und mit dem Zeigefinger auf dem Tisch, auf dem Tischtuch. Erst die Spitze des Stiefels und dann Sizilien. Tischtücher nur im Winter. Im Sommer ist das Elba ein Eiscafé. Palermo, Messina, Catania als Dreieck und hier Siracusa. In Siracusa noch nicht, aber dann ist es nicht mehr weit. Jetzt die Leute am Nebentisch. Wollen zahlen. Fünf Personen. Zahlen und einen Beleg, eine Quittung. Weißt du noch, sagte ich, die ersten Jahre als wir uns kannten, wie du Abende lang mit einem einzigen Cola oder Apfelsaft? Ein Glas Wein hast du gar nicht geschafft. Auch nicht in Gedanken. Ja, sagt sie, wirklich. Und konnte lang nicht kapieren, warum ihr immer betrunken sein müßt, du und Jürgen. Und warum euch eine einzige Kneipe nicht reicht. Auch nicht zwei oder drei und genauso die Städte und Länder. Die Leute vom Nebentisch in ihre Mäntel hinein und gegangen. Wir hörten die Tür zufallen, so still. Hier der Gürtel, mein Gürtel. Von dir. Du hast ihn mir im Herbst 71 in Staufenberg, sagte ich. Als der Sommer vorbei und wir aus Istanbul, aus Samothraki zurück. Nach der Reise. Er war eingepackt und du hast zu mir gesagt: Etwas das gut riecht und lang hält, etwas Praktisches. Weil, sagt sie, wir doch in Gießen im Kaufhaus vorher die graue Cordhose für dich geklaut hatten, Jürgen und ich. Und am gleichen Tag, sagte ich, hast du ein kurzes schwarzes Kleid anprobiert. Mit langen Ärmeln. Das Kleid war kürzer als jetzt dein Pullover. Du hast vor dem Spiegel mit beiden Händen das Kleid am Saum angefaßt, den Saum hoch und dazu gesagt: ich dachte, es sei *viel* kürzer! Bestimmt übertreibst du, sagt sie, du *willst* nur, daß es so war. Das Kleid dann gekauft, sagte ich, oder geklaut, du hast es oft angehabt. Schwarz, lange Ärmel. Das Kleid kürzer als die Ärmel. Ich wünschte, du hättest es noch. Der Gürtel wird ewig halten. Riecht immer noch gut nach Leder. Weißt du noch, nach der Reise? Besino war zwei. Du und ich, wir kannten uns dreieinhalb Jahre und das kam uns schon lang vor. Der Koch aus der Küche. Ein Glas Rotwein hinter der Theke. Er schwitzt. Die Küchentür offen. Koch, Kellner, Pizzabäcker, Schiffskoch, Maurer und Ofensetzer. Einmal ihm zugehört, wie er erzählt hat, wie er mit fünfzehn seinen ersten Ofen allein, ohne Hilfe. Die Steine behauen, gut zugeredet den Steinen, jeden Handgriff allein. Einen Backofen in einem Vorort von Catania. Steht heute noch. Nie, sagst du dir, nie wirst du in einem Vorort von Catania neben zwei Mandelbäumen auf einer Steinterrasse aufwachen, früh am Morgen, fünfzehn Jahre alt, Sizilianer. Das Meer nicht weit. Die Mandelbäume hoch übers Dach. Wenn sie blühen, ist Februar. Steine und Handwerkszeug und dazu die Gedanken dir schon gestern zurechtgelegt. Kaffee, Salami, Oliven und dann zum Käse das erste Glas Wein. Und fängst voller Zuversicht mit deinem ersten Backofen an. Dachdecker, Maurer und Ofensetzer. Von da an dann viele Öfen. Im Februar blühen die Mandelbäume. Erst die Mandelbäume und gleich dann Kirschen, Aprikosen und Pfirsiche. Jahr und Tag mit Wasserwaage und Lotblei über die Insel und in deinem Leben und Sinn herum, lang eine Wanderschaft über die Erde hin und Öfen wie für die Ewigkeit. Dann Koch in Palermo, in Napoli. Pizzabäcker, Schiffskoch, einen Imbißstand in Milano und dann nach Deutschland. In New York, in Marseille, in Odessa gewesen, in Hongkong und San Francisco. Er jedenfalls heißt nicht auch noch Rocco. Er heißt Gaetano. Und ihm zusehen, wie er mit Rotwein und Zigaretten an der Theke, ein dunkelrotes Hemd hat er an und wischt sich den Schweiß von der Stirn. Eine Pause. Hat uns zugenickt und in die Küche zurück. Außer uns kaum noch Gäste. Besino ist Edelgards Sohn, ihr Sohn und Jürgens Sohn. Auf der Schloßstraße eine Straßenbahn. Eine Achtzehn. Die Lichter vorm Fenster. Hält und fährt weiter. Nacht und Schnee, hoher Schnee. Wieder Februar. Genau so ein Freitagabend im Februar, als ich Edelgard zum erstenmal sah. Der 9. Februar 1968. Der Kellner mit zwei Amaretto für uns. Auf unsre Gesundheit! Auf Sicilia! Auf Kosten des Hauses. Jetzt mußt du meinen auch noch mittrinken. Das Telefon klingelt. Der Kellner zum Telefon. Die Leute rufen an und bestellen sich Pizza zum Abholen. Abend. Wie das Haus zittert. Warum zittern die Häuser? Merkst du es auch? Jetzt, sagt sie, wenn ich mit dir bin, merke ich es. Beinah wie betrunken jetzt, sagte ich. Als ob die Kneipe mit uns durch die Nacht fährt, so sitzen wir hier. Mit fünfzehn mein erstes Glas Wein und dann einundzwanzig Jahre lang nicht mehr nüchtern geworden. Hat immer schon alles geschwankt und geschaukelt und ich hab es bloß nicht gemerkt oder daß es mir im Suff egal? Mindestens ein echtes Erdbeben auch erlebt. Zwei oder drei echte Erdbeben. Jürgen mein Zeuge. Für Spiegel, die ihre Aufgabe ernstnehmen, muß ein Erdbeben etwas Furchtbares sein. Wie gern mit Schiffen. Am liebsten im Sturm. Sogar auf dem Eismeer. Vielleicht noch vom Krieg das Zittern? Fliegerangriffe. Die Bomben. Als ob er in Wahrheit nie aufgehört hätte, der Krieg. Und sucht uns jetzt jeden Abend so heim. Die Stille auch, eine Sirenenstille. Deshalb Skat, Lottozettel, Schneeschippen, Fußball, Staat, Fernsehen und Flaschenbier. Und das viele Geld. Und hören nicht auf mit dem Lärm und hören nicht auf zu bauen.

17

Ins Bastos, ins Pub und ins Albatros. Das Albatros war schon zu. Dann im Pelikan in der Jordanstraße. Sie Weißwein, ich Cola. Was für ein Weißwein? Hat keinen Namen. Wie schmeckt er? Geht. Mit jedem Schluck besser. Wie früher, sagte ich, wenn einer im Vorbeigehen, ein Fremder, fremd hier wie überall, in der Nachkriegszeit in Deutschland, in Westdeutschland, in einer normalen deutschen Bier- und Schnapskneipe unter Adenauer einen Weißwein bestellt hat. Viele Jahre lang. Meistens ich. Oft in der dritten Person. Sowieso einen weiten Weg gekommen. Die meiste Zeit ja mich selbst kaum erkannt. Einen Weißwein. Als Fremder. Ein kleines Glas. Dann hat jeder Wirt als Wirt automatisch gefragt, Rhein oder Mosel? Polizei, Notruf, Überfallkommando und die aktuellen Fahndungsplakate im Kopf. Ein Römerglas aus dem Schrank und schon die Hand ausgestreckt, nach der einen einzigen Fünfliterflasche mit Schraubverschluß, aus der sie eh und je beides einschenken. Plastikkanister gab es noch nicht. Plastikkanister damals nur höchstens für teures Motoröl. Warum trinkst du nicht Schnaps? Vielleicht wenn ich alt bin, sagt sie. In dem Haus, das du mir fürs Alter versprochen hast. Wie hieß hier die Kneipe denn vorher? Die heißt doch nicht immer schon Pelikan? Vorher Schrottkopp, sagte ich. Davor aber Narrenschiff. Im Oktober einmal, vor neuneinhalb Jahren, das will ich dir jetzt erzählen. Jürgen im Untergrund. Er wurde gesucht. Du mit Besino in Frankfurt, neu in Frankfurt. Die Wohnung in der Martin-Luther-Straße. Das wußte ich nur vom Hörensagen. Ich bin erst spät am Nachmittag angekommen. Im Auto. Mit Christian. Für ein konspiratives Treffen. Zwei Treffen. Viel Arbeit. Einer, den ich an diesem Nachmittag zum letztenmal sah, wurde anderthalb Jahre später erschossen. Hat noch einen Sommer gehabt. Auf der Flucht erschossen. Schon acht Jahre tot. Viele tot, viele eingemauert. Zwischendurch die Nachricht, daß bei dir eine Haussuchung und dafür vom Alleenring bis zur Kirche die Straße gesperrt. Schon den ganzen Tag. Immer noch. Besino war fünfeinhalb und wollte gern schon für die Zukunft seinen Schulweg auswendig lernen. Wir konnten nicht zu dir. Weiter das Treffen, die Nachmittagsarbeit. Dann allein in der Kneipe und in meinem Leben und draußen wirds dunkel. Sie spielten die Doors, Procol Harum, Uriah Heep. Nicht weit von der Uni, mehr wußte ich nicht. Narrenschiff also. Eine Schiffstür mit rundem Fenster. Sooft die Tür aufging, dachte ich, vielleicht jetzt! Vielleicht in diesem, im nächsten Moment, vielleicht ist gleich alles vorbei! Es gab noch eine zweite Tür, einen Durchgang zur Küche. Noch Knast auf Bewährung. Ich trank Kaffee mit Rum. Dann Crosby, Stills, Nash, and Young. Wie extra für mich. Damit ich jetzt weiß, daß ich es nach Jahren noch weiß. Dann wieder die Doors. Und mich auf den Weg machen jetzt, es wird Zeit. Meinen alten Reisepelzmantel, du hast ihn auch gekannt. Und eine Zigarette an der andern anzünden. Die Kneipe, Musik, die Lampen wie Schiffslaternen. Das Jahr 1974. Oktober. Narrenschiff also. Eine Schiffstür mit rundem Fenster. Und fällt hinter mir zu. Geniesel, Dämmerung, Abend. Die Straße naß. Pflastersteine. Wie die Lichter glühn im Geniesel. Abend. Wind im Gesicht. Mantel offen. Die Zigarette. Im Mund, in der Hand, im Mund. Und erst im Auto die nächste, das muß man sich vornehmen. Und jetzt nicht in die Manteltaschen die Hände: leer die Hände vor mich hin! Und atmen: ich, das bin ich! Wie zum letztenmal jeden Schritt, jeden Augenblick. Und muß für ein ganzes Leben. Oft so gegangen. Das Auto zwei Ecken weiter. Ein Kind rennt über die Straße. Sechs Uhr abends. Wie das Pflaster glänzt unter den Lampen. Mitten zwischen den Mietshäusern zwei alte Lagerhallen mit blinden Fenstern und überall noch die Spuren vom letzten Krieg. Kneipen, Läden, Hauseingänge. Ein Metzger, ein Bäcker, eine Buchhandlung. Noch Licht drin. Noch Kunden vor den Regalen. Ein Café. Noch auf oder eben am Zumachen. Café Bauer. Das Auto. Christian schon im Auto. Bevor ich einstieg, den Straßennamen gelesen, damit wenn alles vorbei ist und ich noch am Leben bin, ich einmal hierher: Jordanstraße. Jordan, Wilhelm, Schriftsteller und Politiker, aber zuerst denkt man an den Fluß. Die Jordanstraße, die Gräfstraße. Und fahren auch schon. Die ganze Nacht unterwegs. Erst Geniesel, dann Schneeregen, Glatteis, Schnee. Bevor wir abfuhren, noch erfahren, daß ein Anwalt bei dir und du nach der Haussuchung unbehelligt. Vier Jahre später in der Jordanstraße die Wohnung, das war dann ein Zufall.

Wie habt ihr die Wohnung bekommen? Eine Anzeige in der Rundschau. Sibylle las die Anzeige. Als wir hinkamen, Samstagmorgen, ein Andrang von Bewerbern. Mitten im Gedränge ein Tisch mit einer Liste. Kurz nach neun, da hatten sich schon mehr als dreißig Leute eingetragen. Lehrer, Lehrerpaare, Bankangestellte. Commerzbank, Deutsche Bank, Dresdner Bank, Frankfurter Sparkasse. Richtige Ehepaare, Doppelverdiener und gutbezahlte alleinstehende Techniker, Ingenieure, Dozenten. Ruhig und gutsituiert. Geordnete Verhältnisse. Abteilungsleiter, Sachbearbeiter, Programmierer, Juristen, die Lufthansa, ein Denkmalpfleger, Angestellte im öffentlichen Dienst, Beamte, ein Pfarrer, ein Steuerberater und eine Referentin von einem Generalkonsulat mit Gerichtsdolmetscherdiplom für Spanisch und Portugiesisch. Die Wohnung schon ausgeräumt, eine Dachwohnung mit großen Fenstern. Überall Leute, Bewerber. Und stehen vor dem Tisch mit der Liste an. Tun fremd und sind fremd. Jeder will einen guten Eindruck und muß sich wie sein eigener Vorgesetzter. Es kommen immer noch welche. Immer mehr. Der Hausmeister auf uns zu. Kettenraucher, ein Säufer mit blauen Augen. In Hemdsärmeln und Pantoffeln. Haben Sie die Wohnung angesehen? Gefällt Ihnen die Wohnung? Möchten Sie die Wohnung haben? Gut, dann kriegen Sie jetzt die Wohnung! Nicht einmal nach Beruf und Einkommen, nach nix uns gefragt. Ruft: Herrschaften, ich bedaure! Klatscht in die Hände, bis alle gegangen sind. Den Tisch mit der Liste beiseite. Alle Türen offen, riesengroß kam die leere Wohnung mir vor. Er zeigt uns Dachboden, Hof und Keller und welcher Briefkasten unser Briefkasten wird. Der linke Fuß tut ihm weh. Beide Füße. Er schreibt ein Schild: Wohnung vergeben. Vorsprache zwecklos. Das Schild an die Haustür. Die Hausbesitzerin, nur damit wir Bescheid wissen, ist eine feine ältere Dame, die in Blankenese in einer Villa sitzt und sich ganz auf sein Wort verläßt. Wort und Tat. Samstagmorgen, kaum erst halb zehn vorbei.

Der Tannenbaum auf oder zu? Die Tür offen. Eine einzige Lampe über der Theke. Mit sich allein der Wirt. Er heißt Ralf. Guten Abend. An den Fenstern die Läden zu. Im Halbdunkel die Flipper und Groschenspielautomaten mit bunten Lichtern. Asbach? Nein, Cola. Asbach-Cola? Bloß ein Cola! Ach so, sagt er, heute mal nicht! Bald fünf Jahre schon, seit ich nicht mehr trinke. Edelgard? Ein kleines Glas Rotwein. Vorher vom Pelikan her und über die Kreuzung. Am Straßenrand Schnee. Von der Kreuzung aus wie immer das Haus und im Giebelfenster noch Licht. Und warum denn im Tannenbaum heute Abend kein einziger Gast? Der Wirt als Wirt hier hinter der Theke. Trinkt einen Schluck und wischt sich den Schaum aus dem Bart. Hat zwei halbvolle Wirtsbiere vor sich: trinkt und zapft immer gleich nach. Hat für sich und für uns noch zwei Wandlämpchen angeknipst. Wie in einer Höhle, so stehen wir hier. Will er das Radio an, seinerseits, hinter sich auf dem Bord: da liegen ja die Zigaretten! Aber jetzt fehlt ihm das Feuer dafür. Jetzt zeigt sich, daß wir scheints doch nicht bloß eine Einbildung, unsrerseits, seinerseits, hier an der Theke und in seinem Kopf. Und auch nicht blaß und vergänglich eine

Erinnerung nur. Im Gedächtnis, beinah wie ein Spuk. Immer blasser und bald schon durchsichtig, bald nicht mehr da. Sondern Wirklichkeit, Gegenwart, Menschen! Lebendig, am Leben. Zu zweit und Raucher und anwesend! Echtes Feuerzeug! Und noch Streichhölzer! Einleuchtend: tut ihm einleuchten! Hat seinerseits selbst, hat als Wirt massig Streichhölzer. Streichhölzer zum Verschenken und Streichhölzer zu verkaufen. Streichholzheftchen und Streichholzschachteln. Ist grün ein Tannenbaum draufgedruckt und steht Tannenbaum drauf. Bloß: kann sie öfter nicht finden. Für Gäste schon eher, aber nicht für sich selbst. Genau wie den heutigen Tag. Alle schon heim oder niemand gekommen heut? Nicht seinerseits auch nur heruntergekommen für einen einzigen eiligen ersten Schluck? Und um sich selbst, um Uhrzeit und Zigaretten zu suchen und weil er den heutigen Abend, die Abendnachrichten, eine Zeitung, die Tagesschau? In der Küche Bratkartoffeln mit Eiern und Speck? Als Wirt am Abend ein Bauernfrühstück? Wollte er bloß oder hat es sich auch gemacht und gleich dann im Stehn in der Küche? Und dann die Kneipentür auf und dem Tag hinterdrein in die Nacht einen Blick, in die Finsternis. Und damit von gestern der Rauch abziehen kann und das lästige Stimmengewirr. Der Tannenbaum ist eine Eckkneipe. Pachtvertrag. Schon wie er noch gar nicht Wirt war, ist er ja auch immer schon jeden Abend hierher. Pils und Export. Zapft, streift den Schaum vom Glas, trinkt und zapft nach. Seit er die Kneipe hat, ist aus seinem Studentenbart so ein Wachtmeisterschnauzer. Trinkt und zapft nach. Die Tür offen. Wir trinken. Man konnte von der Adalbertstraße her die Autos fahren hören, so still. Oft beim Schreiben um Mitternacht eine Pause und aus der Wohnung hierher. Solang ich noch trank, einen Schnaps oder Asbach-Cola oder so ein kleines Glas Rotwein wie du jetzt. Später dann nur noch Cola. Im Stehn, an der Theke. Meistens nicht lang. Oft dann die Nachtstraßen noch und bei den

Lagerhäusern und Fabriken hinter dem Westbahnhof. Vor Carinas Zeit ist Sibylle mir in den Tannenbaum manchmal nachgekommen. In Frankfurt der billigste Schnaps ist immer ein Korn. Wollen auch jetzt nicht lang: auch zu nah! Beinah als sei die Wohnung direkt hier hinter der Wand. Wir zahlen, da rechnet er einen Asbach mit. Ach nein, heute nicht! Und zieht ihn gleich selbst wieder ab. Die Flipper und Groschenspielautomaten leuchten und blinken, als hätten sie uns etwas auszurichten. Haben eine Botschaft zu buchstabieren und müssen immer wieder von vorn und kriegen es nicht zusammen. Der Wirt als Wirt jetzt noch einen Schluck. Jetzt im Stehn in der Küche ein Bauernfrühstück mit Bratkartoffeln, Eiern und Speck? Ja richtig, will das Radio an und vergißt es jedesmal wieder. Als Wirt. Und wird dann gleich hinter uns zu und den heutigen Tag auf morgen verschieben. Als wir gingen, von der Kreuzung aus wie immer das Haus und die Wohnung unter dem Dach und im Giebelfenster noch Licht.

Das Eiscafé in der Friesengasse. Im Winter auch eine Pizzeria. Vorher durch die leere Seestraße. Kein Mond heute? Bei Tag kann man von hier aus den Taunus, die Ferne. Mit bloßem Auge. Sind lang in der Nacht auf die fernen Lichter zu, sie und ich, die Lichter am Ende der Straße. Das Eiscafé in der Friesengasse ist beinah ja schon vor ihrer Haustür. Sie einen Amaretto, ich einen alkoholfreien Bitterino, der wie ein Campari aussieht, so rot. Vielköpfig als Wirt gleich die ganze Familie. Aus Sizilien, schon lang hier. Der Familientisch vor dem Durchgang zur Küche. Mit Carina manchmal, da war sie noch klein; ein paar Monate erst. Wir hatten für sie eine Tasche. Ich kam mittags um zwei von der Arbeit heim und ging mit ihr. Hast du die Tasche gekannt? Aus Cord, blau, US-Patent. Man zog sich die Tasche an und konnte das Kind darin tragen. Auf der Brust und den Arm um sie. Sogar eine Jacke, einen offenen Mantel über die Tasche. Gesicht und

Gesicht zueinander und gemeinsam Atem und Wärme. Mit ihr durch die Seestraße und dabei mit ihren Händen und Füßen spielen und im Spiel sie ja dauerhaft wärmen auch. Sie war so klein, daß ich sie mit meinen Händen und Handgelenken beinah ganz zu bedecken vermochte. Du spielst mit ihren Füßen und kannst das an ihrem Gesicht ablesen und siehst es in ihren Augen. Will die Gegenwart festhalten und hat noch keine Wörter, noch klein. Vor vier Jahren. So fängst du an, dir mit ihr die Welt zu teilen. Mandarinen, Augenblicke. Immer noch ein kleines Stück Apfel, Rosinen, die ersten Erdbeeren. Zum großen Teil eßbar die Welt und den Rest kann man mit den Augen und überdies anfassen. Eine Vogelfeder, ein Bändchen, eine Glaskugel. Ein silbernes Kettchen, so fein, daß es dir jedesmal wieder hell in die Hand hineinrieselt. Erst kalt und dann warm die Glaskugel und dazu immer lila und blau. Wunderblau immer wieder. Die Häuser an uns vorbei: die Mauern, Verputz und Glas. Muß man anfassen, Wirklichkeit. Muß man sich berühren lassen. Und die Luft natürlich – das ist doch nicht nichts, die Luft. Die kann man doch spüren und schmecken, die Luft. Und hebt sie sich im Gedächtnis auf, gleich neben Wasser und Licht. Ein Kind. Eine Kindheit. Und anfangen, sich auf ihren ersten Frühling zu freuen. Erst Frühling, dann Sommer. Die Zweigstelle der Stadtbibliothek mit Schaufenstern wie ein Laden. Immer Bücher ausgestellt in den Fenstern. Sich Zeit lassen: langsam die Farben der Bücher durch deine und ihre Augen. Und nicht lang danach dann mit den Augen durch die Bibliothek und uns und die Fenster von innen. Hätten gern ein bißchen gedreht an der Zeit und von innen gesehen, wie wir draußen vorm Fenster noch kürzlich. Oder stehen noch dort draußen und sehen uns hier drin schon. Da kann man sich doch nicht verpassen, auch wenn jetzt von Kälte, Heizung und Atem die Scheibe anläuft. Im Vorbeigehen jedesmal wieder eine Vorgartenhecke berühren. Eine Hecke, die den ganzen Winter lang ihre Blätter behalten hat, damit wir sacht da entlangstreifen sollen. Aus dem Sozialen Wohnungsbau eine Hecke, mit kleinen glänzenden grünen Blättern, die winterfest sind. Und Schneebeeren auch noch, Schneebeeren aus dem vorigen Jahr. So viele Tage und Schulwege, Schulkinder, Heimwege, Erst- und Zweitkläßler dran vorbei, die Zeit, der Wind, ein langer Herbst dran vorbei. Und immer noch so ein Reichtum an Schneebeeren in den Hecken. So durch den Winter und Nachwinter und auch damals mit ihr schon hierher ins Eiscafé. Espresso, Bitterino, Chinotto. Gerade ein Jahr, seit ich aufgehört hatte zu trinken, und noch mit der Erschöpfung jeden Tag. Mitten in meinem zweiten Buch. Nie in Sicherheit, es gibt keine. Nie genug Schlaf und immer zu wenig Geld. Du hörst zu trinken auf und mußt alles neu lernen. Essen, schlafen, mit Menschen sein. Sogar atmen, Geduld und wie man sich in der Welt und wie man sich auf der Erde bewegt. Tag für Tag, immer wieder. Gehen – wie geht das? Sprechen lernen! Für jeden Anlaß neu eine Sprache dir finden. Kaum Gäste an diesen Nachwinternachmittagen. Macht der Wirt einen Mittagsschlaf? Sizilianer. Noch nicht lang verheiratet. Die Frau will ein Kind, viele Kinder. Kommt und muß Carina immer wieder ansehen, ansprechen, locken, berühren. Hat auf uns jeden Tag schon gewartet. Mit einem Eislöffel Sahne für das Kind. Und fragt nach dem Namen. Carina. Erst probeweise, erst nur zum erstenmal kosten, dann immer. Wie Schneeflocken, winzige süße Schneeflocken, immer noch eine, damit die Fütterung umso länger. Carina. Nächste Woche fünf Monate alt. Die Augen. Mund auf, ablecken, lutschen, schlucken. Der Frau gehen die Augen über. Immer noch eine Schneeflocke auf den Löffel und als künftige Mutter sachkundig zusehen, wie gut das bei diesem Kind funktioniert. Inzwischen bald Vorfrühling und wollen jetzt weiter, das Kind und ich. Blumen, ein Spielzeugladen, ein Tiergeschäft. Im Fenster die Papageien kennen uns schon. Der oberste Kakadu hat jeden Nachmittag auf uns gewartet. Von da an dann sehen, wie sie müde wird, müd und schwer. Du siehst es, du spürst es in deinen Gliedern. Und ist auch schon eingeschlafen. Bei den Schrebergärten, am Bahndamm entlang einen Weg. Schrebergärten mit Deutschlandfahne. Die Gärten im März. Die ersten warmen Tage. Dort neben dem Sportplatz am Wegrand, dort bei den Bäumen. Bis vor kurzem Indianerland noch für die Kinder und jetzt ein Sportplatz nach Normvorschriften. Eingezäunt, Schloß und Riegel. Über den Weg und mit ihr, ihrem Schlaf, meiner Müdigkeit hierher ins Gras. Zu der Schwerkraft dazu. In die Sonne. Wird bald aufwachen jetzt! Die Marienkäfer und Gänseblümchen alle extra für sie und wollen sich gern noch ein Weilchen gedulden. Die Schmetterlinge und Bienen haben ohnehin in der Nähe zu tun und schauen inzwischen immer wieder einmal vorbei. Bis sie aufwacht, wird endlich bald Frühling, dann kann sie schon krabbeln. Sonne und Wind und die eiligen Blätter der Zitterpappeln und Vögel wohnen darin. Und hat Wunder gelernt und die Wiederkehr und wie man sich darüber wundert. Bald Mai und für Sibylle jeden Nachmittag zwei-drei Stunden, sich auszuruhen.

Was meinst du, wie spät? Edelgard einen Campari, weil mein Bitterino so rot war, und ich ein Chinotto. Hier nämlich gibt es Chinotto. Nur Gingerino muß man noch durchsetzen, indem man ihn immer wieder bestellt. Der Wirt, als ob er sich vorgenommen hätte, zu keinem je wieder ein überflüssiges Wort. Am liebsten rückwirkend. Die Frau inzwischen zwei Kinder. Den Jungen zuerst, damit dann das Mädchen sein Leben lang zuverlässig einen großen Bruder. Und die jetzt mit den Gläsern zu uns an den Tisch, muß die Schwägerin oder Nichte. Der Junge jetzt drei, das Mädchen bald anderthalb. Später wird man sie viele Jahre lang mit immer mehr Schularbeiten dort am Familientisch sitzen sehen, als sei es ein einziger langer Nachmittag. Unter der Cola-Uhr. Eine Wanduhr, die steht. Vielleicht bis dahin geht sie dann wieder. Die Musikbox auf der anderen Seite. Mit der Musikbox die Zeit immer wieder von vorn. Einmal im Sommer vor einem Jahr hab ich zu meinem Freund Manfred, zu Sibylle und mir gesagt, ich würde mir nie verzeihen, wenn wir uns so wenig kennen, daß wir uns trennen, solang Carina noch klein, Sibylle und ich. Fing da schon das Haus zu zittern an? Und zittert seither immer mehr? Jeden Abend seither? Alle Häuser? Was meinst du, wie spät? Campari im Winter und dein Parfüm. Ein Marmortischchen. Beide keine Uhr. Sitzen hier wie in Italien, wie in der Vergangenheit, du und ich. Vor dem Fenster die Straße. Und im Fenster wir und die Tische und Lichter als Nachtspiegelbild. Gegenüber das Haus frischverputzt. Torpfosten, Fensterläden und Haustür bunt angemalt. Ein altes Haus hier am Straßenrand. Sitzt in der Nacht im Schnee, wie am Ende des Wegs ein dänisches Bauernhaus. Breit und geräumig. Mit vielen erstklassigen Eiderdaunendecken und Kissen und Kisten voll Schlaf und Büchern und einem großen Vorrat an Zeit und Stille. Gleich hinter der nächsten Biegung das Meer. An das Meer muß man glauben. Mitten in Frankfurt und hockt da, als ob es schon lang auf unsre Ankunft wartet, das Haus. In der Jordanstraße Carinas Schlaf jetzt, das Nachtbild und wie sie atmet im Schlaf. Und Sibylle im großen Zimmer. Alle Lampen an. Wird weiter Bücher einpacken, versuchsweise Möbel rücken. Im Kopf hin und her. Und sich einen und immer noch einen Plan, wie sie später dann bald die Wohnung umräumen will und ihr Leben. Hinter jedem Raum der wirkliche Raum und wir finden ihn erst danach. Messina, sagte ich. Als Kind schon den Namen gekannt. Und gewußt, daß es eine Hafenstadt in der Sonne. Die Ferne, die gibt es. Edelgard einen Averna, ich noch einen Espresso. Egal wie spät. Der Espresso ist hier so gut, daß du jeden Gedanken an Schlaflosigkeit jederzeit gar nicht erst denkst. Oder wenn, dann erst später. Nach dem Espresso, lang in der Nacht. Du schon in Dänemark und ich auch. Aber zusammen noch nie dort, bis jetzt, du und ich. Bezahlen! Ihr Geld und mein Geld. Und mir jetzt schon ausrechnen, wieviel ich werde rechnen müssen in den nächsten Tagen und Wochen, um die heutigen Ausgaben wegzurechnen. Ihr Schal. Der Reißverschluß ihrer Jacke. Einmal im Dezember in Hamburg im Hofweg in meinem Hotelzimmer, als sie gegangen war, ihr Parfüm. Mehr als zwölf Jahre seither. Wie heißt dein Parfüm? Sie wohnt nur ein paar Häuser weiter. Ich hätte gern gewußt, wieviel Schritte bis zu ihrer Haustür. Bezahlt und beinah schon gegangen. Eine Weinstube, sagt sie. Nicht weit. Da geh ich manchmal mit Günter und manchmal mit Jürgen und öfter allein auch hin. Vielleicht, sagt sie, ist es noch gar nicht so spät! Eine Weinstube in der Florastraße. Heißt Schampus. Wo früher der Grieche mit den Wandbildern, fragte ich, an der Ecke? Nein, gegenüber. Wo früher der Grieche war, ist jetzt schon länger ein Italiener. Macht ihre Jacke zu. Warum hast du keinen Mantel? Als Kind, sagt sie, auch immer schon nie einen Mantel gehabt.

Die Weinstube. In der Florastraße, ein ehemaliger Laden. An den Schaufenstern Netzgardinen. Alte Holztische, jeder anders. Die Wände mit weißem Verputz. Eine große Tafel und mit Kreide die Weinsorten, Jahrgang und Preis. Der Wirt ein Student oder Ex-Student, der Edelgard kennt. Gern bereit, mich auch von jetzt an zu kennen. Sie Rotwein, ich Mineralwasser. Gleich oben der erste Wein auf der Tafel. Französischer Landwein, ein Glaskrug, und riecht gut. An der Theke ein Foto von einem Segelschiff und die Maße und technischen Daten dazu. Man kann es mieten. Wo ist es? Jetzt in Salerno, soll aber bald nach Genua. Gehört Freunden von ihm, die in München wohnen. Platz für sieben Personen, sagt er. Die Miete pro Tag oder Woche. Nicht teuer, er kennt die Leute, er kennt das Schiff. Wirklich nicht teuer, sagten wir zueinander und versuchten die Tage und Wochen und Maße vor uns hinzudenken, sie und ich, Länge und Breite und Höhe. Und dazu den Horizont. Zwei Masten, ein Dieselmotor und wie wir sieben Personen sein könnten. Immer auf den Horizont zu. An das Meer muß man glauben. Wie ist der Rotwein? Gut, sagt sie, wie in Frankreich. Wo wird er hersein? Aus Bordeaux? Aus Burgund? Aus dem Süden? Und gleich all die vielen französischen Gegenden, die Städte und Straßen und Kneipen in meinem Gedächtnis und wie oft ich da im Vorbeigehen schon überall ein kleines Glas Rotwein getrunken oder erst einen Krug, dann ein Glas und dann noch ein kleines Glas. Zu jeder Tageszeit. Fremd hier. Eben angekommen und dann gleich weiter. Überall fremd. Auf den Abend zu Flaschen und Gläser und Sonnenuntergänge und alle Straßen wie Flüsse mit uns in den Abend hinein. Den vollen Becher. Golden das Licht. Als ob du den Abendhimmel, ein Meer von Abendhimmel, sollst leersaufen immer wieder. Jetzt in Gedanken noch einmal alle Flaschen und Gläser deines Lebens, als ob du darin ertrinkst. Also ich. Und dann wieder hier am Tisch. Gegenwart. Ich kann ihn riechen, den Wein. Auf jedem Tisch eine Kerze. Nicht Kerzen, Windlichter! Und wie sie flackern! Als ob er sich bei seinen Freunden reihum die Küchentische ausgeborgt hätte, damit er die Kneipe anfangen kann. Und die Leute, die Gäste alle. Als ob sie seit vielen Jahren schon, als ob sie immer hier sitzen. Stimmt, sagt sie, jeden Abend. Aber sonst eher mehr Leute. Als Kind, sagte ich, wollte ich alle Menschen kennen, die mit mir zugleich auf der Welt sind. Eigentlich jetzt noch. Christian in der Schweiz an der Grenze verhaftet. In Schaffhausen, das muß 1976. Bei der Festnahme mehrere Schußwunden. Dann ausgeliefert und fünfzehn Jahre. Erst im Knast weiß man dann genau, ob man leben will oder nicht. Ich seh ihn, sagte ich, seh ihn immer noch durch die Nacht fahren. Schmale Hände. Haare bis auf die Schultern. Fenster offen, kaum Schlaf. Immer tiefer in die Nacht hinein und um uns der Schnee immer dichter. Er wird durchkommen. Ich bin sicher, er will! Von damals mein alter Autopelzmantel: ein Mantel, um darin zu wohnen. Die Stimmen um uns her und in meinem Kopf. Todmüd und hellwach zugleich. Du auch? Ich wünschte, ich könnte mich ausruhn! In der Abstellkammer geht es auch nicht mehr lang. Sitzen hier wie auf einer Reise. Dort hinten die Treppe. Die Tür offen. Eine alte Glastür und dahinter ist Licht. Oft in Frankreich in der Provinz in den billigen kleinen Hotels solche Treppen und Lampen und Türen. Am Abend erst angekommen. Du sitzt und trinkst deinen Wein und weißt, daß du dann nur noch die Treppe hinauf und bist bei dir selbst. Sationen. Viele Jahre so. Was auch geschieht, dir kann gar nichts passieren, solche Reisen. Bist du oft hier? Wie wenn wir den ganzen Tag gefahren wären, so sitzen wir hier. Schwankt auch und zittert, das Haus, aber eher wie ein Schiff vor der Ausfahrt. Weißt du noch, wie wir am Abend nach Alexandroupolis kamen, um dort auf das Schiff zu warten? Und jetzt die Gegenwart mit uns hier am Tisch. Du mit dem Rotwein. Erst den Krug, dann ein Glas und dann noch ein kleines Glas. Wir und die Zeit. Ich sah ihr beim Trinken zu, so wie sie vorher viele Jahre mir beim Trinken zugesehen hatte. Am Leben bleiben. Und weiter, was noch alles sein wird. Und nachher dann allein auf dem Heimweg, auf meinem Weg in die Abstellkammer, sagte ich mir, jedenfalls noch an den Schaufenstern der Bibliothek vorbei. Egal wie spät. Sowieso. Auch wenn das Licht dann schon aus, die Beleuchtung. Für die Bücher ganz vorn im Fenster immerhin ja die Straßenlampen. Und vergiß nicht die Treppe, das Schiff und den Rotwein. Wie gut er riecht. Vergiß nicht die Windlichter hier auf dem Tisch und wie sie flackern und brennen, sagte ich zu mir selbst, und sich durch die Netzgardinen in der Nacht in den leeren Schaufenstern spiegeln. Wie Sterne, wie Licht auf dem Wasser. Wie spät wird es sein? Blaugrün wie das Meer dein Pullover. Nicht wie das Meer wirklich ist, sondern wie es ist, wenn man aus der Ferne dran denkt. Wie spät wird es sein? Nacht und Schnee um uns her. Jetzt geh ich mit dir bis zum Anfang der Seestraße, dann begleitest du mich zum Kurfürstenplatz und dann bring ich dich bis an deine Haustür.

18

Und einen Abend einmal, in meine Eile hinein – wo will ich denn eigentlich hin? Schneeglöckchen! Vorgärten, Dämmerung und die Amseln. Alter Schnee, Schneereste. Vorher atemlos durch den langen Januar. Schnell! Große Schritte und weiter, nur schnell immer weiter! Und jetzt hier. Im Februar. Abends im letzten Licht. Nasse Füße. Schnee. Winterluft. Schneeglöckchen, viele, wie ausgestreut hier im Schnee. Wie früher bei uns in Staufenberg, bei den Staufenbergern. Wie aus dem Himmel gefallen. Eine Andacht. Wie eben verklungen, ein kleines Geläut in der Stille. Meine Schwester, wie meine Schwester Schneeglöckchen gern hat! Wie sie aus der Kälte heimkommt am Abend mit Schneeglöckchen in der Hand. Sie ist elf, ich bin fünf. Die schönsten Schneeglöckchen hat es jedes Jahr wieder bei Benzlersch im Vorgarten. Ein neues Haus an der Straße nach Lollar. Schon zum Dorfrand hin. Da haben zuerst nur ein paar dunkelrote Backsteinhäuser aus der Vorzeit gestanden. Jedes mit Anbau, Waschküchenhäuschen, Gartenhäuschen, Geräteschuppen, Holzschuppen, Hühnerstall, Hasenstall. Regentonnen voll Himmel und hohe Wolken in allen Fenstern und über jedem Dach. Hinter jedem Haus ein Gemüsegärtchen. Apfelbäume, Pflaumen, ein Birnbaum, ein Grasgarten. Jahreszeiten, Wind und die Vögel. Wäscheleinen und Bleiche hinter dem Haus. Bohnenstangen. Oft noch am Anbau der Anbau vom Anbau. Die Häuser mit Abendgesichtern. Jedes für sich. Handtuchäcker und Wiesen dazwischen. Und jetzt, seit es das neue Geld gibt, werden die Abstände nach und nach zugebaut. Meistens Flüchtlinge. Benzlersch ihr Haus noch im Rohbau. Aber schon mit Anbau und Vordach. Ein Holzschuppen und noch zwei Schuppen daneben und ein Quittenbäumchen vorm Haus. So gehst du, immer auf dem Heimweg, ein paar Jahre lang dran vorbei, bevor es dann doch noch verputzt wird. Gerade bei diesem

Haus ist es, daß der Wind nachläßt. Bergauf von Lollar her über die Schanz und durch die wandernden Schneewehen bist du gekommen und gerade hier auf einmal der Wind weg. Jedesmal. Nur als Nachhall jetzt noch. Auf einmal ja direkt warm wird dir schon. Und hast auch schon nicht mehr weit. Gleich daheim! Und wie dir die Ohren glühen, jetzt nach dem Wind. Wie das Blut dir rauscht in den Ohren. Ganz heiß ist dir im Gesicht und wie leicht es sich geht, hier im Windschatten, bei den Häusern. Deshalb und weil die Sonne hier mittags den Boden wärmt und die Hauswand wärmt und die Steine, den ganzen Januar schon, das weißt du, deshalb hat es jedes Jahr wieder bei Benzlersch im Vorgarten die schönsten Schneeglöckchen. Auch meistens die allerersten im Dorf. Und das Quittenbäumchen: als ob es gleich anfangen will, mit dir zu sprechen, so neigt es sich über den Zaun, sooft du vorbeikommst. Eben noch als Kind auf dem Heimweg und jetzt? Einen Zug fahren hören und nicht wissen, wo die Jahre geblieben sind. Die Erde hat sich bewegt. Am Himmel das letzte Licht, Winterlicht, und hat schon angefangen zu gehen. Und ich? Wohin? Zu ihr, zu Carina. Mein Kind. Wie geschäftig die Vögel, Amseln und Spatzen. Die Erde taut auf. Bald März. Zu Carina und immer ja auch unterwegs zu mir selbst. Kugelschreiber, Notizzettel. Ihr Gute Nacht sagen und mit ihr noch einmal den heutigen Tag. Sie ins Bett bringen mit Geschichten und Bildern. Und wenn sie schläft, gleich zurück in die Abstellkammer. Unter der Lampe mein Manuskript, die Schreibmaschine auf dem Tisch und gleich weiter. Ein Buch über das Dorf meiner Kindheit. Und vergiß nicht die Schneeglöckchen!

Und einmal mit Carina und Edelgard. Ein Sonntag zum Ende des Winters hin. Es schneit. Der Winter will seinen Ausgang nicht finden. Sibylle übers Wochenende nach Gießen. Carina und ich in der Jordanstraße am Fenster. Eilig der Schnee, am

Fenster vorbei. Weiß ein Gewirbel, bei dem man sich festhalten muß. Schnee, immer mehr Schnee. In großen Flocken vom Himmel herunter und immerfort auf den alten Schnee drauf. Als es so aussah, als ob es gleich aufhört, riefen wir Edelgard an. Bei uns hat es schon aufgehört, sagten wir. Schneeanzug und Winterstiefel für Carina. Wollmütze, Schal und Anorak mit Kapuze. Im Reißverschluß nur nicht den Schal und erst recht nicht die Haare einklemmen! Die Kapuze über die Wollmütze und Handschuhe mit Bändel. Wir nehmen den Schlitten, der hat schon auf uns gewartet, und gehen gleich los. Dann mit Edelgard bei den Schrebergärten am Bahndamm entlang. Ich mit einem Anorak von Sibylle. Vor einem Jahr auf dem Flohmarkt gekauft. Ein blauer Anorak mit Kapuze. Im Gehen mir einbilden, daß ich die Kapuze zwischen den Schulterblättern schwer als Gewicht. Wo die Flügel sind. Nicht nur das Gewicht, auch genau umrissen die Form. Und zwar beständig. Carina auf dem Schlitten. Eine rotweiße Zugleine. Edelgard hilft mir ziehen. Einmal ein Eisenbahnzug. Licht in den Fenstern. Zwei rote Lampen am letzten Wagen. Nach Gießen. Nach Norden. Ist dir kalt? Hätten winken sollen! Am liebsten immer weiter so. Dann wieder mehr Schnee. Immer dichter die Flocken. Also abbiegen. Übers Feld, eher Niemandsland, und unter der Autobahn durch nach Ginnheim. Mit Riesenschritten die Autobahn: geht auf Stelzen. Das Markuskrankenhaus. Der Friedhof. Die Straßenbahnhaltestelle beim Friedhof. Der Fernsehturm jetzt im Schneetreiben unsichtbar. Aufgelöst. Weg für immer. Mit dem Schlitten die Ginnheimer Landstraße zwischen düsteren Mietshäusern. Hohe Bäume. Misteln in den Bäumen. Wie eine Vorhut der Dämmerung jetzt im Winter in den Bäumen die Misteln. Und wie traurig die Lichter. Eine Apotheke, ein Strumpfgeschäft, ein Reisebüro, ein Reformhaus. Eine Konditorei, die Sonntagnachmittag aufhat. Eine Kuchentheke. Im Nebenraum ein kleines Café. Sind wir nicht schon einmal hiergewesen? Den Schnee abklopfen! Heiße Schokolade. Edelgard Tee mit Rum. Zierdeckchen, Kerzen, Vitrinen. Vier beleidigte alte Frauen hinter der Kuchentheke und immer noch die Weihnachtsdekoration. Sonntagnachmittag. Ein Gedränge an der Theke. Die Kundschaft mit Autos. Kuchen und Torten zum Mitnehmen. Riesenmengen. Pakete wie Hutschachteln. Und wie sie sie vorsichtig vor sich her: als ob sie den Sonntag tragen. Und mit Sorgfalt auf den Beifahrersitz diesen zerbrechlichen kostbaren Sonntag. Kommen jeden Sonntag. Geöffnet von vierzehn bis siebzehn Uhr. Sonntags ist alles immer am schlimmsten. Weihnachten ausgefallen. Alle Weihnachtsartikel zum halben Preis. Bevor wir gingen, ein kleines Tütchen mit Kräuterprinten für uns. Schneit es noch? Nur jetzt nicht die Haltestelle beim Friedhof. Dort zieht es. Wind, Schneematsch, die Autos spritzen. Keine Bahn kommt. Man holt sich eine Lungenentzündung, will über die Straße ins Krankenhaus und wird genau vor dem Haupteingang überfahren. Lieber zur Endstation! Kommen mit dem Schlitten zur Endstation, da hat es fast aufgehört. Nur ein paar einzelne letzte Schneeflocken noch, Nachzügler, die sich Zeit lassen. Also an der Endstation vorbei, an der U-Bahn vorbei, unter der nächsten Autobahn durch und nach Ginnheim hinein. Beinah schon eine Dorfstraße. Ein Papiergeschäft. Einmal vor Weihnachten hier, Carina und ich. Lang vor dem Schaufenster, stundenlang, und die schönsten Weihnachtskarten und Adventskalender uns ausgesucht, als ob wir sie kaufen wollten. Und das Jahr davor auch schon. Da *muß* man doch jetzt auch wieder stehenbleiben und ein Weilchen davorstehen. Jetzt sind die Kalender billig. Jetzt wollen wir uns Briefpapier aussuchen, ein unfehlbares kleines Lineal, einen Bleistiftspitzer, Buntstifte und die schönsten Notizblöcke. Dann weiter die Straße. Carina auf dem Schlitten. Die Kräuterprinten geteilt und gleich aufgegessen, samt ihrem guten Geruch. Hat fast aufgehört zu schneien. Durchs Dorf. Es ist ja kein Dorf mehr. So klein die Kirche und duckt sich wie eine Friedhofskapelle. Die Durchgangsstraße links ab und läßt uns zurück. Schmal unser Weg, sacht bergauf. Eine Biegung, die Häuser rücken zusammen. Gerade hier ist es, daß ich immer an Staufenberg denken muß und an die Dörfer in Ober- und Niederösterreich, links von der Donau. Mehr schon zum Rand hin, wo es nach Böhmen geht. Haustüren, Gartenzäune. Ein Ziegeldach. Schneereste. Schnee. Still ist es. Schon mit Abendgesichtern die Häuser und siehst die Dämmerung bei den Schneehaufen hinten im Hof. Da im Winkel, bei den Holzschuppen und Garagen, da siehst du den Abend schon warten. Elstern und Krähen. Ein Waldhäher ruft. Erst sacht bergauf, noch eine Biegung und dann bergab unser Weg. Eine kleine Reihe niedriger Fichten, ein paar einzelne hohe Tannen. Gerade da fing es wieder zu schneien an. Gleich heftig ein dichtes Gestöber. Gerade daß wir den Weg noch finden, bergab zur Ginnheimer Wiese und weiter an ihrem Rand lang. Den Schlitten ziehn. Schnee im Gesicht. Reden und reden, als ob ich die Kälte, die Not, die Last der Kapuze, den Schnee und die Mühsal des Wegs und die Müdigkeit und das Gewicht vieler Jahre jetzt wegreden müßte. Edelgard neben mir. Haben uns nicht oft gesehen, sie und ich, in den letzten fünf Jahren. So dicht das Gestöber und hüllt uns ein. Anhalten und zurück zu Carina. Anorak, Schneeanzug, Schal, Mütze, Kapuze. Die Stiefel rechts und links auf den Schlittenkufen, Fausthandschuhe und sich damit festhalten. Eingeschneit, zugeschneit. Kapuze und Mütze bis an die Augen und alles voll Schnee. Den Schnee von ihr abstreifen. Ist dir kalt? Kopfschütteln. Sollen wir umkehren? Kopfschütteln. Fühlt sich warm an. Ihr den Schnee aus den Wimpern pusten. Gleich drängen die Flocken sich nach. Soll ich dich tragen? Kopfschütteln. Weiter! sagt sie. Wie in Trance. Mit offenen Augen ins Schneetreiben. Weiter! Schlaf nicht ein, sagte ich. Wie schlafen geht, weißt du ja. Und wenn, dann mußt du uns rufen! Halt dich gut fest! Und weiter, den Schlitten ziehen und reden, laut reden! Ein Gespenst uns entgegen. Ein Gespenst mit Hund. Und ist zwei Gespenstern mit Schlitten und Kind begegnet. Nur weiter! Edelgard neben mir. Weiter. Und reden, was werde ich reden? Sibylle und Carina, die Trennung, die neue Zeitrechnung. Arbeitsamt, Jugendamt, Amtsvormundschaft und mein nächstes Buch. Immer auch die Papiere noch nicht in Ordnung, noch nie! Aus Böhmen. Aus Böhmen und ohne Haus. (Hätten uns von den Kräuterprinten noch ein paar aufheben sollen!)

Jetzt vielleicht hätte ich auch die Kapuze aufgesetzt, aber jetzt war sie voll Schnee. Edelgard mit Jacke, Mütze und Schal. Auch voll Schnee. Überall Schnee. Die Flocken so dicht, ein Gestöber, daß ich dachte, vielleicht hört sie mich gar nicht? Vielleicht wie taub hier im Schneesturm neben mir her? Vielleicht sind wir schon gar nicht mehr wirklich? Warum hast du keine Handschuhe? Verlegt, sagt sie laut und deutlich. Beide, schon länger! Muß man Bändel dran, sagte ich. Doch nicht verloren, sagt sie, bloß verlegt! Da nützen auch Bändel nix. Stimmt, sag ich dann, ich hätte dich gern schon als Kind gekannt. Gehen, im Schnee gehen, der Schlitten knirscht hinter uns her. Gut, daß wir alles aushalten! Gut, daß die Zugleine hält. Eine rotweiße Zugleine aus einem früheren Leben. Wie aus einem alten Lieblingsbuch, du hast es immer wieder gelesen und weißt jetzt nicht mehr, wie es heißt. Gehen und gehen. Sooft ich mich umdrehe, ist Carina noch da. Sitzt klein und eingeschneit auf dem Schlitten und hält sich gut fest. Keine zwei Meter Sicht. Wenn wir sie verlieren, wenn wir anfangen, sie zu verlieren, bevor sie noch schreien kann, wird man es am Gewicht merken. Sibylle hat eine Rückenlehne zu dem Schlitten dazugekauft, aber die nehmen wir nicht, wenn wir allein sind, Carina und ich. Der Schlitten von Jürgen und Pascale. In Staufenberg, sagte ich zu Edelgard, die Staufenberger Kinder. Weil das Dorf auf einem Berg, weißt du ja, steht auf einem Basaltfelsen. Deshalb konnten die Staufenberger Kinder alle gut schlittenfahren. Schon immer. Wir hatten Schlittenbahnen, die gingen von der Burg, von ganz oben. Halt dich fest! Durchs Burgtor, durchs Oberdorf und beim Turm durch. Zwei scharfe Kurven. Beim Turm durch das hohe Tor. Und bergab die Vorstadt hinunter und dann im Bogen weit aus dem Dorf, weit ins Land. Bis nach Kirchberg und an die Lahn. Auch nach Daubringen und nach Mainzlar. Mindestens drei Kilometer. Damals und dort in der Gegend waren drei Kilometer viel mehr als jetzt hier. Hinter dem Burgwald am Nordhang, da hielt der Schnee sich am längsten. Kein einziges Kind aus Sichertshausen, Odenhausen, Ruttershausen, Lollar, Daubringen, Mainzlar und Treis konnte je so gut schlittenfahren wie die Staufenberger Kinder in Staufenberg. Sie konnten es einfach nicht, die aus den anderen Dörfern. Niemals! Kein Vergleich! Erst recht nicht die Kinder aus Gießen. Und mir vornehmen, Carina so eine Schlittenfahrt zu erzählen, sobald wir in der anderen Geschichte aus dem vorigen Herbst endlich die Kuh aufs Feld gebracht hätten. Gehen und weiter zu Edelgard von meinem Leben, von uns und der Zeit. Schnee im Gesicht. Lieber den Schlitten allein ziehn, damit ich besser auf sie einreden kann! Frei, ohne Hemmungen jetzt. Der Schnee hüllt uns ein. Der Schlitten leicht hinter uns her. Mir ist nicht mehr kalt, eher heiß jetzt beim Reden. Vor uns ein Hang und Häuser am Hang, doch im Schneetreiben alles unsichtbar. Wie versunken. Sonst wie am Rand des Meeres, wie an einem Ufer stehen sie hier, die Häuser am Hang. Vielleicht auch nur in meiner Erinnerung stehen sie so. Wenn wir uns jetzt so ein Haus aussuchen könnten. Gleich mit dem Haustürschlüssel, uns Zeit lassen und uns darin einrichten. Gleich hingerissen von dieser Vorstellung und wie ich gerade anfangen will, davon zu sprechen, fällt mir ein, wie wir schon vor zwölf oder vierzehn Jahren, sie und ich, wo denn hin? Und wie ich da auch schon Häuser und Fenster aussuchte und Hauseingänge, um sie ihr zu zeigen. In Hamburg, in Darmstadt, in Paris, in Gießen und in Thessaloniki und überall, wo wir herumgingen, sie und ich, und hatten kein Haus. Nur höchstens manchmal ein altes Auto und für zwei Tage ein Hotel. Die meiste Zeit zu Fuß unterwegs. Unter freiem Himmel. Obdachlos. Trampen und auf der Flucht, jahrelang auf der Flucht. Und wie soll man wohnen in einem Buch. Unsichtbar vor uns der Hang. Hätten abbiegen und den Hang hinauf nach Eschersheim und zur U-Bahn. Stattdessen weiter im dichten Schnee. Solang wir gehen, bin ich gerettet. Nur immer weiter, die Wörter lebendig, und den Schlitten mit Carina hinter uns her. Schneeluft, Schnee im Gesicht. Hätten bis nach Gießen, nach Hamburg, nach Moskau. Pelzmützen. Russische Wörter. Und dann nach Sibirien. Nur nicht im Gehen einschlafen! Und nicht erfrieren im Schlaf. Einen großen Bogen um die Ginnheimer Wiese herum und den Bahndamm entlang. Die Ginnheimer Wiese wie ein See, der gefroren und zugeschneit. Nach und nach langsamer auch die Flocken und jetzt schon weniger dicht. Telegrafenmasten. Den Bahndamm entlang zurück und uns Zeit lassen.

Schneit es noch? Das Eiscafé in der Friesengasse. Edelgard und Carina und ich. Sitzen hier, weil wir uns jetzt noch nicht trennen können, nicht heimgehen und nirgendshin. Müssen uns trocknen auch, aufwärmen. Edelgard Tee mit Rum. Ich Tee und Carina Honigmilch, die noch zu heiß! Sie ist immer zuerst noch zu heiß! Schon in meiner Kindheit war sie immer zuerst noch zu heiß! Muß man mit kleinsten Schlückchen, muß an der Tasse die Hände sich wärmen und den Weg zurückdenken. Einen weiten Weg gekommen. Die nassen Jacken, Mützen und Schals. Auf der Fensterbank, bei der Heizung. Sind überm Trocknen in der Wärme ins Dösen geraten, die Jacken, Mützen und Schals. Davor der Schlitten, der noch zittert vor Anstrengung. Schneit es noch? Langsamer jetzt die Flocken. Als ob sie nicht wüßten wohin und müssen sich erst einen Platz suchen. Sonntagabend und draußen wirds dunkel. Immer deutlicher das Eiscafé, wir und der Abend als Spiegelbild jetzt im Fenster und in das Spiegelbild hinein gegenüber das Haus wie geträumt. In Dänemark ein dänisches Bauernhaus. Wie die Dämmerung selbst. Blau in der Dämmerung. Am Wegrand und wartet. Einen Espresso für mich. Carina jetzt bei der Musikbox. Edelgard raucht. Im Kopf, das merkte ich jetzt, die Ausgaben des heutigen Nachmittags noch nicht abgebucht. Elf Mark vierzig. Das Café in Ginnheim. Elf Mark vierzig und ein Ortsgespräch. Außerplanmäßig. Alle Ausgaben sind außerplanmäßige Ausgaben und insofern nicht zulässig. Aber vielleicht könnte ich mich dazu veranlassen, mich bei mir selbst dafür einzusetzen, diese außerplanmäßigen Ausgaben zumindest teilweise gegen einen noch festzusetzenden Bonus für nicht in Anspruch genommene Straßenbahnfahrkarten und mit Rückbuchungen aus dem Etat für Brot und Briefmarken. Muß man zuversichtlich und zäh in langen Verhandlungen immer wieder von vorn. Sonntagabend. Ob Sibylle schon zurück? Schon in der Jordanstraße? Nachher dann von hier aus Edelgard an ihre Haustür bringen oder geht sie erst noch ein Stück mit uns mit und wir bringen sie dann erst an ihre Haustür? Durch die Seestraße. An den Fenstern der Bibliothek vorbei. Sonntags geschlossen, aber in den Fenstern ist Licht. In Schnee und Eis der Kurfürstenplatz und mit jeder Minute kälter. Weit und breit kein Mensch. Der Brunnen vernagelt. Es friert auf die Nacht. Betrunken ein Penner vorbei. Aus dem Jenseits. Der Schatten von einem Penner. Über die Kreuzung und in die Jordanstraße und dann bleibt mir nur noch, Carina abzuliefern daheim. Lieber erst hin, wenn wir sicher sein können, daß Sibylle schon da. Nicht daß wir anfangen müßten, in den Abend hinein auf sie zu warten, das ist gefährlich. Am liebsten noch mit Carina heiß baden, ein Fest, damit wir uns nicht erkälten, während Sibylle im großen Zimmer am Telefon mit ihrer Mutter das schöne Wochenende in Gießen und ihr künftiges Familienleben. Wird auf sechs. Sonntagabend, das Haus zittert. Sonntags ist alles immer am schlimmsten. Schnee fällt im Lampenschein. Nur ab und zu eine Mantelgestalt. Die Autos mit ihren Lichtern. So langsam vorbei, als müßten sie balancieren. Wortlos der Wirt. Hat die Abendnachrichten eingeschaltet. Carina noch bei der Musikbox oder schon am Familientisch bei der Frau und der Nichte der Frau und bei den beiden Kindern. Ist es die Nichte oder ist es die Schwägerin? Die Cola-Uhr steht. Edelgard raucht und ich muß ihre Hände ansehen. Sonntagabend. In die Nacht hinein Schnee, Schneeregen, überfrierende Nässe, Bodenfrost, Glatteis, Staus, Sichtbehinderung, Unfallgefahr, erhöhte Unfallgefahr, zahlreiche Auffahrunfälle und Sachschaden in Millionenhöhe. Sonntag aus und vorbei. Die Gesamtbevölkerung hat in der Mehrzahl wieder nicht im Lotto gewonnen. Auch sonst nirgends! Und wird morgen, soweit nicht mit ärztlicher Hilfe ein grippaler Infekt. In der Nacht und am frühen Morgen muß mit Behinderungen und erhöhter Unfallgefahr. Also mit erheblichen Verzögerungen zahlreiche Arbeitnehmer in aller Frühe zu spät an ihre Arbeitsplätze. Muß gerechnet werden. Breit und geräumig das Haus, wie ein dänisches Bauernhaus. Und könnten jetzt endlich ankommen! Trockene warme Kleidungsstücke. Schon lang hier. Eingerichtet wären wir schon. Platz genug. Zeit im Überfluß. Dänemark. Böhmen am Meer.

In Ginnheim hinter dem Friedhof ein Weg. An der Friedhofsmauer entlang. Efeu, Moos, hohe Bäume, die Mauer. Zur anderen Seite hin Gärten am Weg. Obstbäume, Hecken und Zäune. So still und geduldig der Weg, besonders im Sommer, in Licht und Schatten. Besonders am Nachmittag, spät im

August, im September. Altweibersommer. Du gehst und denkst, du wirst alt sein und wieder hier gehen. Die gleichen Früchte, die gleichen Wespen, die gleiche goldene Spätsommernachmittagsstille mit dir hier den Weg entlang. Ein Garten mit steinernen Torpfosten. Heckenrosen am Tor. Groß und schwer ein verrostetes Vorhängeschloß. Daran erkennst du den Garten, erkennst ihn jedesmal wieder. Alles dicht zugewachsen, gerade nur neben dem Pfosten bleibt dir mühsam ein Blick. Katzen! Nicht zu zählen die Katzen! Auf dem gepflasterten Vorplatz, auf einer Steinterrasse mit Treppe und Mäuerchen. Katzen, immer mehr Katzen! Vor dem Gartenhäuschen, im Fenster und auf dem Dach. Überall Katzen! Zwei Gartenhäuschen und dazwischen mit Holz und Dachpappe vielerlei Anbauten, Kisten und Kästen. Wie Hasenställe und Hühnerställe. Katzen in allen Farben. Auf den Bäumen und überall Katzen! Weiße und schwarze und rote Katzen. Katzen mit langem Fell. Löwenköpfe. Löwengesichter. Alle Farben und Muster. Löwen- und Panther- und Tigerkatzen. Siamkatzen. Ägyptische Katzen. Bei achtundzwanzig hörst du zu zählen auf. Genauso die Futternäpfe und Schüsselchen. Alle Sorten. Mehr Katzen oder mehr Futternäpfe? Ein kleiner Springbrunnen, abgestellt. Ein leichter Karren mit Gummirädern und Handbremse. Groß und altmodisch eine grüne Waage, die aussieht wie frischgestrichen. Grün und mit Gold oder Goldbronze golden verziert. Müssen hier eine Art Lebens- und Schutzgemeinschaft, die Katzen, eine Stiftung vielleicht. Ein Vermächtnis. Als Katzen zu Geld gekommen und das Grundstück als Katzen als Stiftungsvermögen in die Stiftung eingebracht bzw. vom Stiftungsvermögen käuflich erworben oder in Erbpacht. In Übereinstimmung mit der Satzung. Nächstens vielleicht ein paar Täubchen, Karnickel und Hühner. Einen Karpfenteich auch. Karpfen und Goldfische. Mit rostfreiem Maschendraht eine Vogelvoliere. Und sich das Maul lecken vor dem rostfreien Maschendraht. Sind selbst sich ihr Vorstand und Aufsichtsrat. Keine Vogelscheuchen hier aufs Gelände. Sind Ornithologen. Kennen sich mit Aktien und kennen sich im Vereinsrecht aus. Haben nichts angepflanzt, lassen alles wie es will. Gut getarnt mit Heckenrosen und Vorhängeschloß. Diesen Weg und den Garten diesmal verpaßt. Nur ein kleiner Umweg, doch infolge Menscheneile und himmlischen Schneefalls diesmal nun leider dort nicht dran vorbei.

19

Prophylaktisch zwei Zähne, zwei Weisheitszähne. Dann Schnee, der Winter noch einmal zurück mit Bergen von Schnee. Die Abstellkammer. Nicht genug Luft! In der Abstellkammer geht es auch nicht mehr lang. Bald abgelaufen die Zeit und die Schuhe, Papiere, das Arbeitsamt und was dann? Die zwei Zähne und wie du dir selbst fehlst, sagte ich mir. Aus Böhmen. Aus Böhmen und ohne Haus. Einmal nachts allein und verrückt. Kurz vor Mitternacht. Vor dem 13. Polizeirevier. Mit mir selbst. Große Schritte und schnell, immer schneller. In weitem Bogen über die leere Schloßstraße. Da hielt vor der Kreuzung ein Auto. Die Ampel rot. Aus dem Auto Musik, Janis Joplin. Da mußte ich stehenbleiben – wie um nicht abzustürzen, wie vor einem Abgrund! Und wo soll man sich festhalten? Mit mir selbst und jäh stehenbleiben vor Erschütterung, so war nach der langen Stille für mich die Musik. Kurz vor Mitternacht oder Mitternacht eben vorbei. Leer die Straße. Und wie sie sich mit ihren Lichtern und Ampeln weit in die Nacht, in die Ferne dehnt. Lag da Schnee? Bin das ich? In Wahrheit. In Wahrheit immer noch am Affentorplatz. Carina und ich. Samstagmittag auf dem Heimweg vom Flohmarkt. Und vorher? Vor zwei, vor drei Jahren doch auch schon einmal, Sibylle, Carina und ich. Nach Weihnachten. Carina im Kinderwagen. Der Tag nach dem Fest oder zwei Tage vor Sylvester. Und dazu vielleicht auch noch Sonntag. Wie hartes Brot, aus dem die Hausfrauen dann Paniermehl machen, so sind eh und je diese letzten Dezembertage. Carina im Kinderwagen und eben eingeschlafen. Vier Uhr nachmittags, halb fünf und gleich dunkel. Erst noch in der Dämmerung wie Schatten, unbehaust, verlorene Seelen, Sibylle und ich. Mit dem schlafenden Kind von Eingang zu Eingang und vollzählig alle Speisekarten und die Preise dazu. Auf und ab durch das ganze finstere alte Kneipen-Sachsenhausen. Ein verworrenes spätes Mittelalter, teils alt und teils nachgestellt. Kalt und feucht. Ein Faß voller Finsternis. Und wie heute auf die Nacht hin wieder die Schindeln und Dachziegel klappern, die Fensterläden, Gespenster und Türen und Wirtshaustafeln und Kneipenschilder hier zwischen den Jahren. Oder sind schon gewesen, sie und ich, sind von Tür zu Tür und zurückgekehrt und stehen und sollen hier stehenbleiben mit dem schlafenden Kind am Affentorplatz. Stehen und Dämmerung, Nacht, Kälte, Schneeluft, den Winter auf den Lippen, stehen und frieren. Wie ausgesperrt. Luft wie nutzloses Eisen so kalt. Stehen immer noch als verspätete Heilige Familie, vier oder fünf Tage und ein paartausend Jahre zu spät dran, das falsche Land und das falsche Jahrhundert. Stehen immer noch hier am Affentorplatz. Der Tag auch stehengeblieben. Starrt uns argwöhnisch an, der Tag. Das Kind schläft. Nochmal das Geld zählen. Schon dreimal das Geld gezählt. Immer wieder zählen, betrachten und zählen das Geld. Drei Scheine. Die Münzen auf meiner Hand. Wie ein Zeichen und unbegreiflich. Immer auch die Papiere noch nicht in Ordnung, noch nie! Und wann werden wir ankommen? Stehen und warten, bis vor unsren Augen hier vor unsren Füßen die Nacht den Boden berührt. Zögernd jetzt, sind wir das selbst? Vor unsren Blicken her, Schritt für Schritt. Zu zweit, mit dem Kinderwagen, mit Carina im Kinderwagen und achtsam mit ihrem Schlaf. Zu zweit und dicht beieinander. Über den Affentorplatz. Am Saum der Nacht die Paradiesgasse überqueren und in die Wallstraße hinein. Die Wallstraße, das Abtsgäßchen, die Kleine Brückenstraße. Lag da Schnee? An der Ecke mit vielen Fenstern ein altes Haus. Jetzt leuchten die Fenster auf und weiß ein gläsernes Wirtshausschild. In großen Buchstaben SPLIT auf dem Wirtshausschild. Erst flimmert es noch und leuchtet dann groß und hell in der engen Gasse. Die Tür auf. Ein Mann mit Kellnerjacke und Wirtsschürze. Und bleibt neben der Tür bei einem beleuchteten Glaskasten stehen. Den

Glaskasten öffnen und die Speisekarte hinein. Auch in diesem Glaskasten hat das Licht erst geflimmert und leuchtet jetzt stetig und klar. Außen ums Haus herum jetzt der Mann und die Läden zu. Aber nur an der Seite die Läden. Dann zum Eingang zurück und in der engen Gasse zum Himmel hinauf, zu dem gläsernen Wirtshausschild mit dem Blick. Und hat er sich nicht nach uns umgedreht, bevor er wieder hineinging? Auf den Eingang zu du und ich. Auf den Eingang zu zieht es uns, zu den Lichtern hin. Stehen am Affentorplatz mit dem Kinderwagen, stehen zwei Ecken weiter. Stehen und sehen uns nach.

Gedeckte Tische, Kronleuchter, Wandlämpchen und die Stille. Der fast leere Speisesaal und leer daneben ein Saal, der noch größer ist. Spiegel und rote Vorhänge. Fremd du und ich, fremd und mit Kinderwagen. Kind schläft. Wir werden an einen Tisch geführt. Man nimmt uns die langen dunklen Emigrantenmäntel ab, rückt Schatten und Stühle für uns zurecht. Sogar ein Kinderstuhl wird bereitgestellt, falls es jetzt dann bald aufwacht, das schlafende Kind. Alles ohne Ton. Trüb das Licht. Und jetzt wird uns die Speisekarte gebracht wie ein amtliches Dokument, ein Vertrag, eine Urkunde, ein Gerichtsurteil. Eben erst vor unsren Augen in den Fenstern das Licht an. Eben erst aufgemacht und doch sind schon Gäste da. Besuch vielleicht? Familienmitglieder? Auf der Durchreise? Statisten? Landsleute? Emigranten, fremd hier wie wir? Überall fremd. Der Saal nebenan für eine Versammlung, ein Fest? Als Bühne, als Wartesaal? Ob er auf die Nacht wartet, dieser Saal, oder ist das Jahrhundert? Alles ohne Ton. Vielleicht bin ich taub? Doch dann in die Stille hinein ganz deutlich ein Zug. Vom Südbahnhof und über die Eisenbahnbrücke bei der Darmstädter Landstraße. Richtung Offenbach. Nach Prag, sagst du dir, nach Wien und weiter den Balkan. Die nächste Gruppe Emigranten von draußen herein.

Aus Armenien, Kasachstan, Kurdistan, Tibet. Und werden an ihre Plätze geführt. Der Jahrhundertsaal. Trüb, immer trüber das Licht. Der Kronleuchter sirrt. Die Spiegel sind blind. Wer geht da von Fenster zu Fenster und zieht jetzt die roten Vorhänge zu? Gläser, eine Wasserkaraffe auf dem Tisch. Hörst die Schatten sich räuspern und wie sie sich zueinander neigen und fangen zu flüstern an. Schritte. Die Dielen knarren. Und Wind, Nacht ums Haus, Wind. Alles ganz deutlich, nur die Stimmen unhörbar. Sind weg, sind ausgeblendet die Stimmen! Tonstörung, Stummfilm. Nacht. Winter. Züge fahren. Schiffe auf dem Main. Selbst wie in einem fahrenden Zug, wie auf einem Schiff jetzt sitzen wir hier. Zwischen den Ländern und zwischen den Jahren. Von Leben zu Leben. Gefangen im falschen Jahrhundert. Warum klirrt jedes Glas so laut? Die Fenster dröhnen, das Licht flackert. War es da, daß die Häuser zu zittern anfingen und seither jeden Abend? Jetzt die Stimmen, um uns her die Stimmen kehren zurück. Heller das Licht. Früh am Abend, noch früh. Bei der Theke eine Frau, die hat uns zweimal schon zugenickt und lächelt jetzt zu uns herüber. Ein Lächeln auf eigene Rechnung. Aus Dalmatien, aus Montenegro. Aus der Küche ein Kind zu ihr hin, ein Mädchen mit Schürze und schwarzem Zopf. Feierlich wie ein Würdenträger ein Kellner und kommt auf uns zu. Gleich wird Carina aufwachen!

Und an Sylvester, im gleichen Jahr oder das Jahr darauf. Wir wollen nach Eschersheim zu Jürgen und Pascale. Nach Eschersheim fährt man mit der S-Bahn. Wir hätten am Westbahnhof einsteigen können. Oder von der Hauptwache aus mit der U-Bahn. Muß man vorher die Straßenbahn, die Siebzehn, die Einundzwanzig. Könnte auch erst auf vielen Wegen (in Gedanken woanders) nach Sachsenhausen oder mit der Neunzehn nach Ginnheim und von dort aus die U-Bahn. Bus geht auch, aber umständlich. Drei oder vier Buslinien und die

Haltestellen immer am falschen Platz. Teils auch unauffindbar. Nur auf dem Plan drauf, aber in Wirklichkeit gibt es sie nicht. Wieder andere Linien und Haltestellen auch in Wirklichkeit, aber eben nur angeschrieben, Blechschilder. Nie ein Bus. Seit Jahren schon. Kommen nicht! Keiner! Oder ist es die Wirklichkeit, die nicht kommt? Mußten am Sylvestermorgen noch einkaufen. Wollen bei Jürgen und Pascale über Nacht, Sylvester ist Jürgens Geburtstag. Am liebsten, sagte ich zu Sibylle und Carina, mit der Achtzehn zur Endstation und dann zu Fuß die Nidda entlang, wie im Sommer. Eine gute Idee! Und müssen nicht unter die Erde und müssen uns nicht hinterher mit U-Bahn-Gedanken noch tagelang abschleppen. Schon einen Tag vorher fing ich damit, das zu sagen. Gehen morgens noch einkaufen, Carina und ich. Unterwegs Dachs- und Fuchsgeschichten. Keine Sylvesterkatzen. Sind die Haustüren heute vertauscht? Nicht sogar Häuser umgestellt heute Morgen? Der Wind, weil er Nachtdienst hat und die ganze Nacht jede Nacht unterwegs, schläft jetzt, schläft bei uns auf dem Dachboden. Sibylle schon mit Vorbereitungen und Packen. Spielzeug, Bücher, Kleidung und Windeln für Carina. Stofftiere. Den Fuchs und den Dachs. Essen, Getränke, eine Decke, noch mehr Bücher, Notizblöcke und einen Teil von dem Manuskript für mein zweites Buch. *Das schwarze Buch*. Bleiben vielleicht auch einen Tag länger, einen Tag und noch einen Tag. Am besten wir nehmen den Kinderwagen! Sogar einen Topf mit Essen, vorgekocht, Lammrükken oder Rinderlende, einen Eisentopf. Schwer wie ein Goldklumpen. Unser größter Topf. Mit Bändern den Deckel. Damit auch nur ja nichts rausschwappt, den Deckel mit Bändern befestigt. Aber in Wirklichkeit ist die Wirklichkeit ja immer viel komplizierter – den Deckel mit Bändern, aber wo dann die Bänder dran fest? Und woher das Vertrauen in diese Bänder? Daß nur die Wirklichkeit uns nicht umkippt oder über den Rand hinaus! Wo sind die Bänder denn eigentlich her? Kommen mit der Achtzehn zur Endstation, wo die Bahn eine Schleife macht. Den Kinderwagen mit Mühe aus der Straßenbahn – nur nichts verschütten! (Im Kopf noch die Reihenfolge der Haltestellen als Tonbandstimme, wie eine verschlüsselte Botschaft, ein Rätsel!) An der Endstation auf einer Böschung am Ufer ein Häuschen aus gelben Ziegeln. Halb Laden, halb Kneipe, ein Frankfurter Büdchen. Ein Kiosk mit einer offenen Wartehalle als Anbau. Noch Zigaretten für mich, Zigaretten und Streichhölzer. Carina *will* eine Hanuta-Waffel *oder* einen Duplo-Riegel *oder* ein Milky Way! Am liebsten ein Milky Way, aber bei Hanuta-Waffeln gibt es Tierbilder zum Sammeln! Die Duplo-Riegel auch mit Bildern, aber meistens bloß Menschen, hauptsächlich Fußballspieler und Boxer. Süß und klebrig. In deiner Vorstellung haben alle drei Sorten in ihrer Verpackung längst angefangen zu schmelzen. Carina im Kinderwagen und auch schon ein bißchen müde. Will mehr bloß der Form halber und aus Prinzip (Kind und Kiosk!) und weil sich aus drei Sorten Nougatcreme-Schokoladengeschmack mit drei verschiedenen Namen und Überraschungsbildern zum Sammeln, wenn man müde ist und sich nicht entscheiden kann, ein erstklassiges Dilemma! Sogar mehr als eins, perfekt und unlösbar! Vor der offenen Wartehalle zwei Stadtrandpenner im Winter, die ihr Eigentum sichten, sortieren und umpacken. Taschen, Bündel, Plastiktüten. Jeder drei Jacken. Einer zwei Rucksäcke und der andre bloß einen, aber dafür die besseren Stiefel. Rotwein, Zweiliterflaschen. Kalterer See (beim Penny einsachtundvierzig). Sie pakken und zählen und trinken und packen. Noch lang nicht, sagen sie zueinander, das Neue Jahr. Mensch, bis das anfängt, wer weiß. Und spucken und trinken und kennen sich aus. Mensch, kälter als wie man denkt. Naß und kalt. Kalte Hände! Am Kiosk männliche Vorortjugend aus geordneten Verhältnissen. Stehen und rauchen und kennen sich aus. Trinken Piccolo-Sekt mit dem Wirt also Kioskmann, der sich auskennt

(Pachtvertrag, keine Schanklizenz). Musik mit, die Hits des Jahres, ein Radio mit Griff. Sylvester. Mittag. Zwei Uhr. Ihre Autos mit Rallyestreifen wie Fluchtautos vorn an der Straße geparkt. Und hinter dem Kiosk wie immer das Flüßchen, die Nidda. Kleinlaut im Winter. Hinter dem Kiosk im Bogen vorbei und langhin auf den Abend zu.

Mit dem Kinderwagen über die Brücke. In die Stille hinein. Wie in ein anderes Land. Und flußaufwärts, die Nidda entlang, einen Weg. Hier liegt Schnee. Gern noch geblieben. Gern mit den Pennern ihr Eigentum durchgesehen und bei ihnen in der Kälte, gern mit dem Wirt seine Sorgen geteilt. Gern auch nach all den Jahren noch einmal die Hits des Jahres, den ganzen Nachmittag lang. Hier am Stadtrand, am Fluß, an der Endstation. Stehen und auf die Nacht warten, Sylvester. Und dazu die Vororttypen mit Zigaretten, Autoschlüsseln und Piccolofläschchen und mit ihren Sprüchen und Sprachlosigkeiten. Stehen und gaffen. Am liebsten alles eingesammelt, am liebsten sie denken hören! Und ihre Lebensgeschichten und Gedanken, den Nachmittag und die Wörter dafür und alles mit auf den Weg und für immer. Gern alles mit, mich beladen damit und so durch den Schnee. Alter Schnee, verharscht und vereist. Fing mehrfach zu tauen an, schmilzt in der Mittagssonne. Das muß vor zwei Wochen schon. Und dann in den Nächten immer wieder gefroren. In der Stadt war vom Schnee schon nichts mehr zu sehen, seit Tagen schon nicht. Hier mit dem Kinderwagen im Schnee. Schnee, Schneematsch und Eis in Schichten übereinander. Der Kinderwagen so schwer, daß er steckenbleibt immer wieder und mit den Rädern, besonders den Vorderrädern, im Schneematsch versinkt. Aus einer Kinderzubehör-Tauschzentrale der Kinderwagen. Sibylle hat ihn ausgesucht. Eher wie für sich selbst. Gleich auch ein bißchen daran herumgebaut. Einen Samstagmorgen und noch einen Samstagmorgen. Samstagmorgengeschichten. Jede blinkende

Einzelheit mit bestem Nähmaschinenöl eingeölt, alles blankgeputzt und poliert. Im Selbstunterricht einen Schnellkurs als Sattlermeister und Polsterer. Bunte Kugeln angeschraubt. Sich Zubehör dazu ausgedacht. Ein Einkaufsnetz, das am Bügel befestigt wird, an dem Griff zum Schieben. Neue Handgriffe an diesen Griff (Kautschuk im Lexikon nachgesehen, erst daheim und dann in der Bibliothek). Eine Art Bett für den Kinderwagen, hieß es Auflage oder Einlage? Paßt wie nach Maß. Warm und teuer und gut (weil sie ja den Wagen in der Tauschzentrale so günstig!). Aus Leder und Lammfell und bunter Wolle diese Auf- oder Einlage. Mit einem Indianermuster, das zu dem Wort Kautschuk paßt. Und paßt auch zu dem Eskimomuster auf dem Zierbörtchen von Carinas altem grünem Anorak (als ob die Angehörigen von zwei fremden Volksstämmen einander friedlich begegnen. Mit Staunen auch. Und fortan vielleicht befreundet oder wird einer dem andern neben der Zeitrechnung her zur Sage!). Das Einkaufsnetz für den Bügel: sehr praktisch das Einkaufsnetz. Nutzt sich ab, kann man nachkaufen und dabei immer wieder an Fischkutter denken. Krabbenfischer. Die Nordsee. Und schließlich dann das Gepäckfach. Ein Gitter, ein Kasten aus Draht oder Chrom. Rostfrei. Ein Gitterkasten. Als Auf- oder Einsatz über den Achsen. Hohe Wände an allen vier Seiten. Beinah wie ein halber Käfig. Soll man Reuse im Lexikon nachsehen? Mußte extra bestellt, mehrfach umgetauscht, reklamiert, nachbestellt. Beim Peikert. Ein Fachgeschäft für Haushaltswaren, Eisenwaren, Werkzeug, Geräte, Gartenmöbel, Glas, Porzellan, Nußknacker, Kinderwagen und Spielzeug auf der Leipziger Straße.* Niemand sonst hat so einen

* Sogar haltbaren grünen Kunstrasen zum Ausrollen, wetterfest, aber nur im Sommer, gibt es beim Peikert. Sibylle oft allein zum Peikert und sich darin geübt, die Dinge mit den Augen ihrer lebenstüchtigen Großmutter, die ich erst lange Zeit nie und dann ein

praktischen Auf- oder Einsatz. Sehr praktisch. Alles vollgeladen. Schieben! Noch fester schieben! Die Räder blockieren. Der Weg schlingert. Glatt ist es. Carina inzwischen eingeschlafen. Nur ja den Fuchs und den Dachs nicht verlieren! Hätten immer noch umkehren können. Mit knirschenden Schritten. Alle paar Meter sanken die Räder ein auf dem schlingernden Weg. Gleich blockiert! Weggerutscht! Mich schon immer gewundert, was er als Kinderwagen mit uns alles aushält.

Als wir fast nicht mehr weiterkonnten, kam ich darauf, daß es leichter geht oder hat zumindest den Anschein, wenn man beim Schieben leicht auf den Bügel drückt, sodaß die Vorderräder entlastet werden. Und das gleich auch Sibylle erklären, vormachen und erklären! Es ihr mehrfach erklären! Mir auch. Eine Ruhepause. Zigaretten. Mit nassen Füßen im Schneematsch. Wir haben (statt Weißwein, Rotwein, Samos, Cinzano, Marsala) Traubensaft mit und trinken jetzt diesen Traubensaft. Sacht und gleichmäßig mit den Händen einen Druck, kontrolliert: ein Gewicht. Muß man mit Geschick! Sachkenntnis. Genau bemessen so ein Gewicht. Vormachen, ausprobieren! Die Hände so oder so? Geht am besten, wenn du geziert die Unterarme vor dich hin und sehr steif hältst. Wie ein eitler Klavierspieler, wenn er den Anfang hinauszögert. Oder so: die Handgelenke mit den Pulsadern nach oben! Ein betrunkener Kutscher, ein Troikakutscher auf einem Bild. Geht auch, siehst du. Das Bild ein Buchumschlag, aber welcher? Mit jedem Ausprobieren auch jedesmal ein Stück weiter. Auch immer wieder ein bißchen umpacken das Gepäck. Zur Probe, zur Sicherheit und um mehr Klarheit im Kopf. Beim

einziges Mal nur ganz kurz zu sehen bekam. Familienoberhaupt. Alterslos. Lebt als höheres Wesen im Taunus. 720 m ü. d. M.

Umpacken jedesmal auch von den Vorräten essen und trinken. Nicht nur Traubensaft als Ersatz für den Wein, bei der Kälte auch Ahornsirup statt Schnaps mit. Aus dem Reformhaus. Mein Freund Jürgen versorgt mich damit. Entweder kauft er ihn oder klaut ihn, je nachdem wieviel Geld er gerade hat, Geld und Zeit und Geduld. Schmeckt süß und schwer, schmeckt kanadisch. Gleich noch ein Schluck. Auch gut gegen Kälte der Ahornsirup. Und wie gut er zu dem Indianermuster auf der Kinderwagendecke paßt und zu dem Eskimobörtchen auf Carinas Anorak, hier im Schnee. Grau der Schnee. Mir kommt vor, er knistert! Kalt ist es. Naß und kalt. Eigentlich nicht zu schaffen, doch konnten jetzt auch nicht mehr umkehren. Um halb zwei daheim weg. Insgeheim schwebt mir immer vor, man kann sich jederzeit Zeit lassen. Lang den Weg, den ganzen Weg in Gedanken in aller Ruhe. Ganzes Leben im Gedächtnis. Umwege, Geschichten, Stationen. Hätten bei gutem Wetter und ohne Gepäck allein für den Weg ja schon gut vier Stunden und mit Gesprächen gern einen halben Tag gebraucht. Und doch soll bei der Ankunft von Rechts wegen kaum Zeit vergangen, kaum Zeit oder keinerlei Zeit. Schon eher im Gegenteil. Um halb zwei daheim weg, eher ein bißchen später. Und ankommen auch um die Zeit, also ungefähr gegen zwei. Nicht zu spät jedenfalls. Eher ein bißchen früher. Wenigstens solang man geht, soll sie stehen, die Zeit. Soll beiseitetreten und warten. Bei der Ankunft ein Imbiß, Kaffee, die Schuhe ausziehen, den Weg erzählen und bald dann mein kleiner Schlaf. Immer dort gut geschlafen. Eine Dachwohnung, halb in den Bäumen. Die Häuser mit Gärten und hinter den Häusern und Gärten fangen die Feldwege an. In meinen Schlaf hinein noch die Stimmen. Und wenn ich aufwache, soll es noch hell sein! Für zweihundert Meter eine halbe Stunde und dann erschöpft alle beide. Kalt ist es. Alles naß. Wie auf Krücken der Tag, und was soll er uns bedeuten? Wenn ich noch trinken würde, hätten längst schon ein Feuerchen hier am Weg. Könnten uns Zeit lassen. Trinken bis alles egal ist und nach und nach alle Vorräte aufessen und immer wieder uns und unsere Umsicht und das Feuerchen loben. Dunkel der Fluß, zwischen Eisrändern. Auf den Eisrändern alter Schnee. Um uns der Schnee auf dem Feld. Schneematsch und Schnee und Eis, graue Streifen. Hörst du ihn *knistern,* den Schnee? Spürst du, wie der Schnee nach und nach in die Erde hineinversinkt? Langsam, mit äußerster Langsamkeit. Sackt so weg. Krähen in den Bäumen und sehen uns zu. Carina schläft. Die Stofftiere schlafen, der Dachs und der Fuchs. Schieben, abwechselnd schieben, Sibylle und ich. Vorsichtig auf dem Eis! Selbst ausrutschen auf dem Eis und gleichzeitig die Vorderräder tief in den Schneematsch hinein und stekkengeblieben. Der Weg kippt. Ich hielt mich die ganze Zeit an ein paar Villon-Versen in meinem Gedächtnis fest. Ausruhen. Beim Ausruhen keuchen. Fängt schon an dunkelzuwerden. Sind das die gleichen Krähen? Den ganzen Tag schon die gleichen? Folgen uns oder geben den Auftrag weiter, allgegenwärtig, von Bezirk zu Bezirk, ein Beobachtungsdienst. Einen Apfel essen, jeder die Hälfte. Hätten auch Datteln und Feigen mitnehmen sollen. Reglos die Krähen. Carina schläft. Längst auch zu spät zur Umkehr. Immerhin besser als unter der Erde, sagte ich. Und meinte nicht Gräber, sondern die U-Bahn. Und war froh, daß Sibylle mir nicht widersprach – ich hätte mich hier und jetzt von ihr trennen müssen für immer! Eine Krähe flog auf. Zwei andre ihr nach. Schwer und niedrig über den grauen Schnee. Machten sich winkend davon. Winkten ab, als ob sie uns aufgeben. Elendspack. Der Weg fängt zu kriechen an, holpert und kriecht. Immer wieder ein Stück des Wegs, nur weiter, immer weiter. Sie werden schon auf uns warten jetzt, Jürgen und Pascale. Er wartet und hat Geburtstag. Wenn die bunten Kugeln am Wagen doch kleine Lämpchen wenigstens! Wir hatten uns lang mit der Auswahl und Reihenfolge der Farben befaßt, bevor Sibylle sie anschraubte. Wird wirklich bald dunkel. Längst Praunheim hinter uns wegversunken. Längst die Römerstadt und die Nordweststadt erst über den Horizont herauf, langsam, und dann seitlich an uns vorbei und weg und versunken. Um uns der Schnee und die Stille der Felder. Nur weiter! Hätten alle Manuskripte mitnehmen sollen! Man weiß nie, ob man wieder zurückkommt. Und wenn, ob das Haus dann noch steht. Nur weiter! Und in die Stille hinein längst auch die ersten Feuerwerkskörper. Kracher, Raketen, Leuchtkugeln. Einzeln, einmal da, einmal dort. Signale. Antworten. Dann wieder drei auf einmal, drei-vier-fünf am verdämmernden Horizont. Einmal Rehe, weit weg. Einmal eine Gruppe von Menschen. Vielleicht die letzten. In weiter Ferne mühsam davon in Schneematsch und Schnee und Eis. Wie im Krieg, es ist Krieg. Wird sie uns reichen, die Zeit? Grau der Schnee in der dämmrigen Luft. In jedem Leben wieder gehen wir so. Einmal mit, einmal ohne Kind. Alle paar Jahre wieder. Wenigstens dreimal in jedem Jahrhundert. Und haben jedesmal wieder nichts weiter mit als diese paar Irrtümer und Habseligkeiten. Vier Bücher, Schreibpapier, einen mit Bändern umwickelten eisernen Topf, eine Decke. Und wird sie uns reichen, die Zeit? Einmal ohne Papiere und einmal die falschen Papiere. Essen für einen Tag. Ein Kind. Das Kind macht die Augen auf, sieht uns müd und gelassen an. Als sei das schon immer, daß wir so durch die Zeit uns bewegen. Dämmerung. Artilleriebeschuß. Kanonenschläge, Leuchtkugeln und Raketen. Nur weiter. Grau der Schnee in der Dämmerung. Dunkel der Fluß. Erstarrt. Fängt zu frieren an. Unerreichbar die spärlichen Lichter am Horizont. Und haben sich langsam vorbeigedreht wie untergehende Sternbilder. Noch wenigstens bis an den Rand von Heddernheim, bevor es ganz dunkel, das *muß* doch zu schaffen sein! In Heddernheim eine Brücke und von da an dann Einwohner, Häuser und Straßenlampen oder was davon übrig. Gehen. Abwechselnd schieben. Nur weiter! Carina einmal im Schlaf und einmal mit offenen Augen. Immer dichter die Dämmerung. Der Gefechtslärm nimmt zu. Mit jeder Minute, so soll er lauten, mein Satz, nimmt der Gefechtslärm jetzt zu. Gehen. Schieben. Das leere Feld. Und wir immer vor uns selbst her. Der Abstand jetzt größer. Mit dem Kinderwagen mühsam im Schneematsch. Mit Anstrengung jeden Schritt. Dort vorn du und ich. Außer Rufweite schon. Auf die Nacht, auf den Horizont zu. Gehen noch immer.

20

Und im gleichen Jahr oder im Jahr davor, zwei oder drei Tage vor Sylvester. Sind am Morgen mit der S-Bahn nach Bad Homburg, Sibylle, Carina und ich. Mit Kinderwagen. Zu Essen mit und den ganzen Tag in der Stadt herum, Sonne und Schnee. Nicht viel Geld. Gegen Mittag ins Hertie-Kaufhaus. Die Parfüm-Abteilung. Herrenoberhemden von weitem. Ein paar Jahre in meinem Leben wirklich das Geld für Maßanzüge und sehr feine Hemden gehabt. Lang vor deiner Zeit, sagte ich zu Sibylle. Beinah nur wie vom Hörensagen so ein windiger Reichtum. Und nachträglich eine Legende, die von Mal zu Mal schöner klingt. Bald wieder ein neues Farbband für die Schreibmaschine. Einmal mit Sibylle nach Weihnachten einen verbilligten Kunstkalender gekauft. Vor vielen Jahren. Und ihr und mir gleich mit vielen Wörtern versprochen, daß wir ab jetzt jedes Jahr einen. Dann im nächsten Jahr nicht das Geld dafür und seither jedes Jahr nicht. Pullover, Cordhosen, ein Abendkleid, zu dem man sich gleich zahlreich die Anlässe und Gelegenheiten ausdenken muß. Geschichten. Und Sibylle als Modell und ihr und ihrem stummen willigen Spiegelbild bei den Anproben zusehen. Regie führen. Die inspirierende Damenwäsche-Abteilung. Mit Carina zum Spielzeug. Vorher lang mit ihr im Schnee in der Sonne. Schräg bergauf ein kleiner Platz am Anfang der Fußgängerzone. Aufgelockerte Neugestaltung. Mit niedrigen Mäuerchen und Betonblumenkästen belebt und eine neue Rasse kommunaler Schaukelpferde angepflanzt, die klein sind, geduldig und winterfest. Der Schnee in der Sonne. Fußspuren. Muster im Schnee. Noch mehr solche Muster dazu. Wir auch! Mit den Füßen die Muster. Ein Stück Holz, einen Zauberstab, einen Tannenzweig aus der Vorweihnachtszeit sich herbeifinden. Derweil aus Bad Homburg die Bad Homburger Vormittagskinder um uns her. Von allen Seiten. Zum Staunen. Und wollen gern auch, wollen gern sich dazugesellen. Aber leider alle Kinder von umständlichen erwachsenen Begleitpersonen begleitet. Die sind als Schicksal mit und kapieren nix und daher um uns her nur immer ein Kommen und Gehen. Erziehung. Und wir den ganzen Tag heute frei. In einem Reformhaus nach böhmischen Preiselbeeren gefragt und nach Holundersaft und nach Fruchtmark von Schlehen. Und gesehen, wie Sibylle vor der Besitzerin eine richtige echte Gänsehaut bekam. Und uns in der Innenstadt einen ruhigen Platz suchen, damit Sibylle mir die Besitzerin vorspielen kann. Erst die Besitzerin und dann spiel dich, wie du die Besitzerin triffst! Was willst du, soll sie dir tun wollen? Hätten zwecks Bühne und Requisiten ins Kaufhaus zurück oder uns einen passenden Laden aussuchen sollen. Wenigstens von außen und uns dann mit Sorgfalt hineindenken. Wieder zu den Häusern, die ich hier immer suche. Jedesmal wieder. Nicht weit vom Kurpark. Häuser, beinah wie in Böhmen. Vornehme Mietshäuser. Die Fassaden mit Bogenfenstern, Gesimsen und Balustraden. Wie aufgemalt, wie Kulissen, wie Innenansichten. Als sei der Unterschied zwischen Innen und Außen nun endgültig aufgehoben und wir gehen dazwischen herum, als hätten wir viele Leben. Gehen herum und wissen nicht, ob wir träumen. Jedesmal wieder mein Schreck, wenn mir vorkommen will: sind weg, sind nicht aufzufinden, die Häuser! Dann aber doch jedesmal wieder der richtige Platz und die Gegenwart und die Häuser an ihrem Platz. Und fangen zu lächeln an, siehst du es auch? Schon bevor ich sie zum erstenmal sah, solche Häuser geträumt. Ihre Urbilder wohl an einem Paradiestag in Karlsbad, in Franzensbad, in Marienbad als Kind. Ein Jahr alt. Mein zweiter Sommer auf Erden. Und seither jedesmal wie ein Wiedererkennen, auch an anderen Orten. Auch wo ich neu und fremd und zum erstenmal. Deutlicher noch im Sommer mit Balkon, Veranda und Erkerfenstern im dichten Laub. Lichtgefleckt. Sind einmal im Sommer ja auch, war das letzten Sommer? Sind schon einmal hiergewesen.

Gerade da wird es gewesen sein, daß Carina einschlief. Und nimmt die Bilder und unsre Stimmen und den Schnee und die Sonne mit in den Schlaf. Sonne und Schnee und gut, daß wir hier sind. Unser Kind schläft. Fremd hier, eine deutsche Kleinstadt, ein Kurort am Rand des Gebirges. Und jetzt über Mittag (damit wir uns später erinnern), jetzt geht sie langsam, die Zeit. Und darauf warten, daß Carina bald aufwacht. Und zusehen, wie sie beim Aufwachen sich und uns und die Welt und den Tag, wie sie alles wiedererkennt. Vollzählig, alles da! Spät am Nachmittag dann die Sonne weg und das Licht fing an zu vergilben. Winterlicht und auch schon gegangen. Blau der Schnee: friert. Gleich wird es kalt. Und gleich alle fremd und in Eile, die Leute. Alle sind auf dem Heimweg. Noch in ein offenes italienisches Eiscafé, damit auch in künftigen Wintern in Deutschland die italienischen Eiscafés offenbleiben. Daß wir auch gerade jetzt in der Dämmerung und eher wie immer ein bißchen zu spät dran, nacheinander noch Hölderlin und Dostojewski begegnen müssen! Dem einen am Anfang, dem andern am Ende der Gasse. Zerrt jeder an meinem Ärmel und ist so von seinen eigenen Sorgen erfüllt, daß ich mit meinen Sorgen kaum oder gar nicht zu Wort komme. Das Kindlein nicht unnötig aufwecken, sagt Hölderlin, dabei ist Carina wach. Um uns der Abend und wie stehen auf einmal die Mauern so eng. Also wie gesagt und bis später dann! Auch beide in Eile und Ungeduld und jeder mit seiner Not. Muß man sich noch umdrehn, mehrfach sich umdrehn und nachwinken, in der engen Gasse, jedem von ihnen. Am Ende doch spät geworden. Durch den Schloßpark zum Bahnhof. Dachten, es sei der kürzeste Weg, doch dann ist am Ausgang das Tor zu. Also umkehren und zurück. Sechs Uhr und schon Nacht. Kein Mond? Die Lampen im Park. Der Schnee. Wie er leuchtet, der Schnee. Carina jetzt wach. Auf einmal jetzt jede Ungeduld von mir abgefallen. Beinah wie für immer. Nacht, Schnee. Schneeluft und Kälte. Wie still es ist. Wie der Schnee knirscht bei jedem Schritt. Zurück zum Eingang und da ist jetzt auch das Tor zu. Kein Mensch. Finden eine Stelle, wo man gut drüber. Ein Eisengitter. Erst du oder ich? Dann Carina beim Klettern helfen. Das Zeug aus dem Kinderwagen. Den Kinderwagen über das Gitter – als ob er zum Himmel auffahren soll und dann doch nicht. Für Carina ist alles was sie mit uns Eltern erlebt, regulär und normal. Und jetzt du noch! Man kann schon froh sein, daß man nicht dauernd verhaftet wird. Können froh sein, daß sie nicht immerfort auf uns schießen! Kein Mond? Unauffindbar der Mond. Wie mich als Kind ein Schild mit dem Wort *Selbstschußanlagen* beeindruckt hat. Und jetzt hoffentlich passend das Geld für die S-Bahn, damit wir nicht Streit kriegen mit den Automaten!

Müd heim am Abend. Sonst nicht, aber immer in der S-Bahn gleich auch Halsschmerzen, Husten, Bronchitis, Rheuma, Magengeschwüre, Arthritis, Arthrose, einen Mund voll Ruinen und Zahnfleischentzündung, ein müdes Herz. Sowieso in der S-Bahn, besonders am Abend, kommt mir mein und jedermanns Leben sofort hoffnungslos und verpfuscht vor. Als wüßte ich nicht, wer ich bin. Und könnte genausogut jemand anders. Die anderen auch, allesamt. Und verloren die Zeit. Jeder einzelne Tag in einem schweren betäubenden Halbschlaf vergangen. Schnell jetzt! Schnell Gepäck und Familie zusammen, die Gedanken zusammen und am Westbahnhof raus! Für mich allein würde ich nie am Westbahnhof aussteigen. Lieber zum Hauptbahnhof und zu Fuß heim den ganzen Weg oder gar nicht ankommen. Am schlimmsten ist der Westbahnhof an einem Winterabend wie jetzt. Tag vorbei. Stehen in der zugigen Finsternis. Schneematsch, Dreck, Abfall, Beton, Glasziegel, die Wände gekachelt (falls Blut spritzt). Die Rolltreppe geht nicht. Überall sind Befehle aufgestellt. Nicht hineintreten! Wer hat hier hingekotzt? Was mag das gewesen sein, was er vorher so reichlich gegessen und wie geht es ihm jetzt? Weggeschmissene Fahrscheine, Bierbüchsen, Colabüchsen und die aufsichtsführenden Automaten. Zwei betrunkene Penner mit einem Hund, der sich Sorgen macht. Ein Schäferhund mit einem Lappen als Halsband. Noch schlimmer um Mitternacht. Die Kotze gefroren. (Wollen aber trotzdem nicht reintreten! Lieber nicht!) Nachtfrost. Alle Türen zu, deshalb hingepißt! Grabesnacht, und höchstens der Schatten von einem Penner. Wie unter der Erde. Wie im Jenseits. Am allerschlimmsten an einem Samstag. Ende Februar, Anfang März. Ein Bundesliga-Samstag, die Eintracht spielt, das war am Nachmittag. Jetzt die Sportfreunde alle besoffen. In ihren bunten Jacken. Und wissen nicht, was sie dem Leben, derweil es entschwindet, schnell noch nachrufen und hinterherbrüllen sollen. Erst brüllen, dann kotzen und lachen. Und Büchsenbier jede Menge. Ein Samstagabend im Frühling, wenn es noch eben hell ist, noch lang hell, wohin? Oder doch eher noch schlimmer, ein Sonntag im Sommer. Langhin die Schatten über die Straße. Plakatwände. Im Fernsehn das Fernsehn. Und nix als das Fernsehn. Mehr nicht. Im Schwimmbad die Bild am Sonntag. Die S-Bahn als Hochbahn. Die Rolltreppe geht nicht. Mietshäuser, Lagerhallen, Garagen. Alles wie ausgestorben im späten Licht. Nachmittag. Wie erschlagen die Straßen vor deinen Füßen und es gibt keinen Ort, wo du jetzt noch hingehen könntest. Wenn nicht mein Buch und Carinas Kindheit, wir wären längst schon wieder Nomaden. Jedem von den zwo Pennern zwo Zigaretten. So ein Kind, sagt der eine, sinn mier alle auchmal gewesen. Der Hund sah mich an, als ob er sich bald keinen Rat mehr wüßte. Die Woche nach Weihnachten. Zwei oder drei Tage vor Sylvester. Zu Fuß heim. Alle husten. Die ganze Stadt hustet. Kaum fünf Minuten der Weg. Und doch war mir, als ob wir jeden Abend hustend an diesen Plakatwänden und Befehlen und hier an den engen traurigen Mauern vorbei, als ob wir schon unser Leben lang müd und verloren heimgehen. Keine Wörter mehr. Ohne Wörter, was sollst du dir wünschen? Müd heim am Abend.

Daheim. Aller Tage Abend. So weit weg jetzt der Abend, weit zurück. Und Carina, die auf dem Teppich spielt, in meiner Erinnerung müd und noch klein. Sie hat Tannenzapfen. Wo ist der Tag uns denn hin? Fremd und so fern bin ich mir, daß mir vorkommen will, muß doch weiter zurück, muß der Dezember 1980. Und meine Müdigkeit jahrealt. Hat sich so angesammelt, Jahre und Jahre. So groß meine Müdigkeit damals, daß ich oft beim Aufwachen grübeln mußte und suchen und Nachschau halten, wo in meinem Leben und auf der Welt, Jahr und Tag, und wer ich überhaupt bin? Und dachte, das gibt es, daß man an Müdigkeit sterben kann, wie am Wegrand ein müdes Pferd. Besiegt und den Kopf beiseite, wie die toten Soldatenpferde im Straßengraben. Erst nur im Straßengraben, dann auch auf der Straße. Gleich weiß man ihnen immer rechtzeitig auszuweichen. Auch noch im Halbschlaf, im Fieber. Immer wieder um die toten Soldatenpferde herum einen Bogen. Manche tot und die Zähne gebleckt, als ob sie zuletzt noch mit allen Zähnen gelacht hätten. Gelb. Große Zähne. Bei manchen ein Loch im Bauch. Blut und Gedärm und die Fliegen. Tot die Pferde. Wie soll man mit ihnen reden? Wie so ein Loch wieder zumachen? Das Gedärm zurück, alles rein und an seinen Platz zurück, schnell und das Loch wieder zu? Wieder gut? Die Namen, ihre Namen, ihre richtigen Namen wissen! Daß man sie aufstellt und mit ihnen weiterspielt? Geknickt und verbogen und liegen uns mitten im Weg. Und wir mit vielen Fremden zu Fuß aus dem Krieg heim, meine Mutter und meine Schwester und ich. Dann aber doch nicht heim, sondern nur immer ins nächste Lager. Die Lager durch uns hindurch. Warum aber mußte ich damals schon denken, daß wir nun nie mehr schlafen würden fortan? Carina auf dem Teppich mit Tannenzapfen und Stofftieren. Schnell die Heizung an! Auf die Heizung horchen! Eine Gasheizung, der Boiler in der Küche in einem Wandschrank. Eine meiner ständigen Hauptsorgen damals, eine Dauersorge: die Heizung könnte kaputtgehen! Deshalb immer damit beschäftigt, die Geräusche zu deuten. Klingt sie gut? Wird es warm? Mir beweisen, daß sie funktioniert. Einwandfrei! Nicht nur jetzt, auch in Zukunft! Der Thermostat. Man muß nur manchmal die Luft aus den Heizkörpern raus, dafür gibt es ein Ventil. An jedem Heizkörper ein Ventil und dazu einen Universalschlüssel. Gut daß wir den nicht verloren, verlegt. Er könnte sich ins Klo gestürzt haben, in den Müll geraten (vielleicht letzte Woche schon in den Müll?) oder einfach dauerhaft unauffindbar. Kondenswasser ist auch so ein Wort. Gehört zu dem Universalschlüssel mit dazu. Das Kondenswasser. Der Thermostat. Und die Raumtemperatur. Die Luft raus, der Heizung gut zureden, Wasser nach und den Druck regulieren. Ein Kreislauf. Einwandfrei, tadellos! Sogar besser als vorher! Wird ewig halten. Das Haus auch. Genauso wir und die Zeit, ist doch klar! Kennt uns, hat sich eingewöhnt jetzt, die Heizung. Heizt wirklich besser als vor einem Jahr oder findest du nicht? Gleich warm die Heizkörper, unverzüglich. Gleichmäßig warm? Von einem zum andern und der Wärme nachspüren, als ob sie alle schwer krank! Auf dem Sterbebett! Noch ein Lebenshauch oder fangen schon an zu erkalten? Selbst auch mit Zuversicht und den eigenen Atem ruhig und tief, regelmäßig. Man darf nicht *das* Thermostat sagen. Das ist falsch und das mögen sie nicht. Und auf die Geräusche horchen, als seien sie in mir drin. Und Zusammenhänge und Bedeutung hineinhorchen und heraushören, ein System, eine fremde Sprache. Eigentlich die Hausbesitzerin für die Heizung zuständig, erst der Hausmeister und dann die Hausbesitzerin (die in einer Villa mit Elbblick in Blankenese wohnt), aber jetzt haben wir uns schon selbst darauf eingelassen, schon länger. Wenn ich verzagt bin, geht die Heizung nicht richtig. Eine andere Dauersorge, besonders im Winter (schon jahrelang Winter): Alle zwei Monate die nächste Gasrechnung! Und wie hoch wird sie diesmal? Beim Heimkommen noch gedacht, mich dann gleich rasieren, aufräumen und vergiß nicht von heute Mittag das Licht auf dem Schnee! Sowieso zuständig für die Welt und die Vielfalt der Welt, also alles im alten Jahr noch. Jürgen und Pascale anrufen. Einen Brief an meinen Freund Manfred in Gießen. Wenigstens seinen Brief beantworten, wenigstens ihm schreiben, daß sein Brief angekommen. Das vergangene Jahr, die amtlichen Angelegenheiten, unsere Behördenkorrespondenz. Immer auch die Papiere noch nicht in Ordnung. Geldsorgen. Gern auf einen Schlag einen Haufen Geld oder wenigstens eingespart. Rückwirkend. Für das ganze Jahr. Keine Rechnungen. Am liebsten keinerlei Ausgaben, Jahre und Jahre. Gern mir ein bißchen mehr Zeit für uns, Zeit und auch Platz genug. Stille auch. Hungrig heim aus der Kälte und am liebsten gleich weiter an meinem Buch. Nie genug Zeit. Für jeden einzelnen Abend in meinem Leben würde ich von Rechts wegen drei oder vier Abende mindestens brauchen. Tagsüber meistens noch schlimmer. Das Manuskript ordnen. Ein neues Farbband. Am besten gleich einen ganzen Karton mit Farbbändern. Inhalt 12 Stück. Egal was sie kosten! Und nicht in die Nähe der Heizung. Da trocknen sie ein also aus. Oder geht die Heizung nicht richtig? Rückwirkend ein bißchen Ruhe auch. Ein neues Leben. Übersicht, Klarheit (aber auch auf die Heizung horchen, ruhig atmen, ruhig und tief, und die Gasrechnungen nicht aus den Augen verlieren!), eine überwältigende geistige Klarheit im Kopf. Und stattdessen jetzt so verzagt, daß mir nicht einmal einfallen will, was wir an diesem Abend gegessen haben. Was könnten wir denn gegessen haben? Tag vorbei.

Kettenraucher. Zu müde sogar für Espresso. Jeden Tag achtzig Zigaretten und am Abend wie nicht gewesen der Tag. Lieber im Bett, die ganzen Weihnachtsferien im Bett. Nachttischlämpchen an. Bücherstapel beim Bett. Und Tag und Nacht lesen. Am liebsten rückwirkend ins Bett und seit Stunden im Schlaf liegen. Wie hartes Brot für Paniermehl die Tage. Am liebsten gar nicht erst aufgestanden, gestern auch schon nicht. Jemand anders. Ein anderes Zeitalter. Nacht und Winter.

Carina jetzt schon im Schlafanzug. Mit ihr am Fenster. Ein schneeweißer Schlafanzug mit einem Muster von Kindern mit Schlitten im Schnee, also ist sie noch klein. Unser Giebelfenster. Carina auf der Fensterbank, warm, klein und aufrecht, und ich kann mich ein bißchen an ihr festhalten. Wie jeden Abend die fremden Fenster, die Lichter, Gardinen, Vorhänge. Die Vögel schlafen jetzt schon. Die Straßenlampen sind immer die gleichen. Auf den Simsen und Dächern noch Schnee (in der Erinnerung immer mehr Schnee), und warum nur kein Mond heute? Mit ihr wie immer die Wörter, Namen und Einzelheiten. Der Gehsteig, unsere Schritte auf dem Gehsteig. Haustüren, was die Steine sagen und noch einmal den heutigen Tag zusammen. Alle Tage. Am Fenster. Vom Fenster zur Kommode. Eine alte Kommode von meinem Vater, die lang schon nach Zeit und Lavendel riecht. Auf der Kommode aufgeschlagen die Meisterwerke der flämischen Malerei. Letzten Herbst schon das Buch aus der Stadtbibliothek und seither immer wieder die Leihfrist verlängern lassen. Sie kennen uns. Als seien wir Intelligenzler, dabei lesen wir bloß zum Vergnügen. Entweder auf der Kommode das Buch oder von der Kommode auf den Familientisch, der auch unser Eßtisch ist. Auf einen von meinen drei Arbeitstischen. Dort aufs Regal, auf die Fensterbank, auf das lange niedrige Schränkchen mit Plattenspieler und Telefon. Ein Secondhand-Sideboard für achtzig Mark. Vom Vorschuß für mein erstes Buch. Auf einen

Sessel, auf den Fußboden, auf die Matratzen. Hin und her wie ein Meßbuch das offene Buch. Schon lang jetzt die Heimkehr der Jäger von Bruegel und auch dieses Bild jeden Tag mit Carina. Der Schnee. Winterbäume. Die Krähe im Baum (die du siehst) fliegt nicht weg, kennt uns längst. Der Schnee und bald Abend. Oft auch ein Stück mit den Jägern mit. Mit ihnen durch den Schnee. Und ganz deutlich die Schritte und Stimmen im Schnee, in der Winterluft. Die Schritte und Stimmen ja jetzt noch im Ohr. Das Bild und jeden Tag wieder den Abschied lernen. Wir stehen und sehen ihnen nach. Ist dir kalt? Stehen und warten, bis sie außer Rufweite und vor unsren Blicken her auf den Horizont, immer auf den Horizont zu und heim. Morgen wieder. Vom Buch dann zur Schreibmaschine. Stofffüße an ihrem Schlafanzug (also ist sie noch klein). Weil Abend ist, wird sie getragen. Dann auf meinem Schoß auf dem Arbeitsstuhl. Die Schreibtischlampe an. Die Schreibmaschine einschalten. Summt und vibriert. Ein Blatt eingespannt, jetzt ihre in meine Hand und: L i e b e r M a n f r e d ! mit ihrem Zeigefinger. Jeden Buchstaben einzeln.

Allein im Bad vor dem Spiegel. Mich auch gestern schon nicht rasiert d.h. es wird jetzt nicht leicht. Freie Tage. Aber wenn ich es weiter aufschiebe, wird es nur immer schwieriger. Jetzt anfangen? Stört, stört beim Denken! Anfangen oder nicht? Genug Kraft und Geistesgegenwart und Geduld? Sowieso jedesmal beim Rasieren vorübergehend zum Durchschnittsmenschen degradiert. Anfangen und dann doch nicht? Alt der Rasierapparat und länger schon nicht mehr der beste. Elektrisch. Wird einmal mittendrin aufgeben und was wird dann mit mir? Wie soll dann mein Leben weiter? Die Wohnung um mich her spüren, den Abend, die ganze Stadt. Im Flur eine Steckdose defekt. Schon länger defekt, also ab jetzt bei jeder Steckdose damit rechnen, daß sie auch nicht mehr lang! Werden nach und nach alle, eine nach der andern, und dann? In die Steinzeit zurück? Wäre noch nicht das schlimmste, aber sie haben uns längst in ihren Computern. Ruhig und schön das Bad. Blaue Kacheln, die Wände blau. Schräge Wände. Blau eine blaue Wanne. Handtücher, ein blaues Regal. Kleine Steinplatten auf dem Fußboden. Zwei Platten lose. Gleich beim Eingang. Nicht wirklich lose, nur eben sacht wie eine Sinnestäuschung ein Klicken, sooft jemand drübergeht, sacht und leise. Schwer zu entscheiden, ob man es mehr hört, das Klikken, oder doch eher spürt. Sibylle leugnet es ganz. Außer mir merkt es keiner! Ich ließ alle möglichen Leute, Freunde, Gäste, neutrale Personen, wieder und wieder darüber gehen und sah ihnen zu dabei. Und zwang sie, zu schwören. Selbst fassungslos, daß sie nicht fassungslos sind, weil da etwas ist und sie merken es nicht und es gibt kein Wort, keinen Namen dafür. Neben dem Waschbecken ein hoher Schemel für Carina. Klettert über den Badewannenrand, klettert sooft es ihr einfällt, klettert so schnell sie nur kann, auf diesen Schemel und hält sich am Waschbecken fest. Immer in Eile. Meistens den Mund voller Wörter und unterwegs eben schnell noch irgendwo ein Stück abgebissen. Honigbrot, Apfel, Banane, die Wörter als Leckerbissen (manchmal leckt sie an ihrem Spiegelbild, aber soll vielleicht keiner wissen! Schmeckt kühl und glatt! Schnell immer nochmal!). Schon seit sie zu sprechen anfing, so atemlos durch die Welt, als ob ihr Herz vor ihr herfliegt. Jetzt ist sie im Bett. Sibylle bei ihr. Und fangen an, nach mir zu rufen beide. Ihr dürft nicht rufen, wenn ich mich rasiere! Doch sie hören nicht auf zu rufen. Also zu ihnen, Rasierapparat und Schnur in der Hand. Der im Spiegel soll warten. Rasieren ist furchtbar schwierig! Anstrengend auch! Und gefährlich! Das geht nicht, daß man dabei gestört wird! Doch sie wollen, ich soll hier bei ihnen sitzen. Komm, sagen sie, rücken Kissen zurecht und nehmen mir den Rasierapparat und die Schnur, für die es sonst auf der ganzen Welt keinen

Platz gegeben hätte, gleich aus der Hand. Sibylle nimmt sie mir aus der Hand, und Carina vollführt mit leeren Händen und glänzenden Augen andächtig die gleichen Bewegungen. Sitzt im Bett. Stofftiere, Bilderbücher. Nach Fencheltee riecht es. Eine große weiße Kugellampe aus Japanpapier. Wir hatten es so gemacht, daß man sie umhängen kann, dahin und dorthin. Schaukelt sacht. Oder ist es das Zimmer und schaukelt? An der Wand das Nachtbild. Noch nicht lang, seit Sibylle es aufgehängt hat. Und für den Augenblick ist mir, ich könnte hier bei ihnen sitzen, könnte lang so sitzen und atmen und bleiben. Aber nicht fertig rasiert, nur höchstens ein Viertel, das halt ich nicht aus! Doch, sagen sie und fangen an, mich zu streicheln, du hältst das schon aus, wenn du nur hier bei uns sitzt, du lieber Loof! Einmal mit Carina allein daheim und sie will ein Buch. Sie weiß, wo es steht. Tolstoi: Fabeln. Lang vor ihrer Geburt für eine Mark aus einem Bücherwühlkasten am anderen Ende der Zeil. Damals dort alle Tage vorbei. Das will sie jetzt mit mir ansehen. Ein bunter Umschlag. Zum Text Holzschnitte. Sie will es nicht vorgelesen, sondern daß wir die Bilder betrachten, bis Sibylle heimkommt. Die Bilder und dazu erzählen. Bären, Bauern und bunte russische Zwiebelkirchen mit einem einfältigen Lächeln. Schwarzweiß die Holzschnitte. Trotzdem sieht man, die Kirchen sind bunt. Die Bauern in Filzstiefeln, Bauern und Knechte und Herrschaftskutscher. Pferdeschlitten, Zuckerkringel, ein Bäcker, ein Zar. Eine Holzhütte mit einem Kachelofen. Kerzenlicht. Eine Frau wiegt ein Kind. Am Rand des Bildes ein Wolf. Steht im Dunkel, im Schnee, und sieht ihr durchs Fenster zu. Was wird Sibylle Carina zu diesen Bildern erzählt haben? Siehst du, sagte ich, müd das Kindchen am Abend. Fast schon eingeschlafen das Kindchen. Und hier ein Wolf. Das ist ein Wolf. Heißt nicht Wolf, sagt sie auf meinem Schoß, der heißt Loof!

Seither dürfen sie und Sibylle manchmal Loof zu mir sagen. Aber nur am Abend daheim und nicht oft. Ein Geheimnis. Einmal nachmittags, als ich schlief (erst Frühling, dann Sommer und alle Türen offen; es wird im Juni ein paar Tage vor meinem Geburtstag gewesen sein, Anfang Juni) und sie mit vielen Sorten Geflüster und warteten, daß ich aufwache, da ließ Carina sich von Sibylle einen Zettel schreiben: Der Loof ist 600 Jahre lieb! Rot, blau und lila, wie Ostereier die Buchstaben. Mit dicken ungiftigen Wachsmalstiften aus dem Tatzelwurm. Und dann klebt Carina mit ihrem eigenen Uhu ein breites rotes Adventskranzbändchen für mich auf den Zettel. Draußen wartet der Tag. Sie sitzen bei mir. Sie haben den Zettel zu meinem Schlaf auf das Kissen gelegt, damit ich ihn gleich beim Aufwachen sehen soll. Sechshundert, das heißt für Carina viel, beinah unermeßlich oder noch mehr! Weil es doch schon so lang dauert, bis sie endlich zwei und dann drei wird. Den Zettel mit Bändchen dann immer als Lesezeichen. Doch ich wußte, in ihrer Vorstellung ist er wie eine Fahne, ein Spruchband, ein Bild. Groß genug, um die Wand zu bedecken. Oder außen am Haus und etagenhoch. Als Loof jetzt ein Weilchen bei ihnen sitzen und selbst fast schon Schlafaugen, aber die angefangene Rasur als asymmetrischen Druck im Gesicht. Und der Druck hält mich wach. Weiter rasieren! Hätte doch lieber nicht anfangen sollen! Die Zukunft. Brauchen Handtücher, brauchen Bettbezüge. Bald wieder Schuhe für Carina. Kein Frühling. Eine hohe Bücherrechnung noch offen (warum sie mir auch Kredit geben?). Bald die Gasrechnung wieder und wie immer kein Geld. Oft beim Rasieren geschieht mir, daß ich in einen Furor gerate. Wie für ein Duell. In eine autistische Raserei. Als hätte man bei sich selbst, weil sie so dicht beeinander aufbewahrt werden, die Wörter verwechselt. Als sei es einunddasselbe Wort. Also lieber mit friedlichen Nebengedanken beizeiten mich ablenken. Kornfelder jetzt zu weit weg. Auch nicht die richtige Jahreszeit.

Noch nie ist mir Badewasser übergelaufen, nur immer bloß beinah (vielleicht als persönlicher Gottesbeweis!). Klein das Bad, aber spiegelt sich schräg im Oberlichtfenster. Kann man gut glauben, daß es da weitergeht. Ein paar Stufen hinauf und gleich um die Ecke. Hinter jedem Raum der wirkliche Raum. Glück. Marmor. Mehr Licht. Spiegel, Wandschränke, Fenster und Zeit im Überfluß. Und immer noch eine Badewanne. Jede immer noch schöner. Wie ein Schneegestöber umgibt mich die Müdigkeit (wie alt ich bin, will mir nicht einfallen). Mit letzter Kraft mich zuende rasiert, wie ein Bauer der pflügt. Mit zwei mageren Märzkühen oder einem einzigen klapprigen alten Gaul, einem Gespenst von einem Gaul, einen gewaltigen Hangacker unter dem Himmel pflügt. Und kann nicht aufhören, obwohl er weiß, daß es über seine Kraft geht. Dann in der Küche einen Espresso. Erst einen, dann zwei, dann drei. Heiß und bitter. Im Stehen. Und mich fragen, ob ich aus dieser Müdigkeit, die mich lang schon wie ein Schneegestöber umgibt, je wieder herauskommen werde? Bald achtunddreißig. Mein zweites Buch und noch lang nicht fertig. Seit ich zu trinken aufgehört hatte, manche Tage zwanzig oder dreißig Espresso. Eine Stehküche. Vor dem Küchenfenster der Fernsehturm. Die Lichter blinken. In den Himmel hinein. Braun ein Frankfurter Nachthimmel. Der Scheinwerfer dreht sich. Weiße und rote Lichter. Im großen Zimmer Carinas Spielzeug aufsammeln und dabei die Gedanken zusammen. Wie immer, wie jeden Abend. Das Fenster, die Stille, die Heimkehr der Jäger.

Dann am Schreibtisch. Drei Arbeitstische. Ob Carina schon schläft? Ob Sibylle bei ihr eingeschlafen? Alle Türen angelehnt. Lieber Manfred! steht schon auf dem Papier. 1) Dein Brief kam am Tag nach Weihnachten (vorgestern). 2) Nur kurz meine eilige Antwort, damit Du nicht so lang warten mußt. 3) Ein langer Brief kommt noch nach. 4) Warum rufst

Du nie an? Es ist spät in der Nacht! (In Wirklichkeit kaum erst halb neun, aber man muß meine Müdigkeit dazurechnen!) (Selbst hat er schon immer kein Telefon!) 5) Ich bin wie betrunken vor Müdigkeit und Erinnern. 6) Carina schläft. 7) Sibylle vielleicht mit ihr eingeschlafen. Oft in meiner Müdigkeit, um es trotzdem zu schaffen, in meinen Briefen die Sätze Satz für Satz numeriert. Zwecks Konzentration. Es hilft. Die gleiche Methode bei Tschechow dann wiedergefunden. 8) Ich schreibe jeden Tag, doch das Buch wird nicht fertig, es wird nur immer mehr. Alles gleichzeitig! Es ist wie Ertrinken! 9) Du sollst für mich *beten, es aber nicht rumerzählen* (weil ich Atheist bin)! 10) Muß ab Montag wieder ins Antiquariat, halbe Tage. 11) Wir kommen, wenn wir es schaffen, am zweiten oder dritten Wochenende im Januar. Lieber am zweiten, wahrscheinlicher aber am dritten. Nie genug Zeit! 12) Wenn möglich am Freitagmittag. Am liebsten schon Donnerstagnachmittag. Obwohl die billigen Sonntagsrückfahrkarten erst ab Samstagmorgen. 13) Ist Deine Arbeit dann fertig? Ruf im Vorbeigehen aus jeder Telefonzelle an. Wo gehst Du vorbei und mit welchen Gedanken, jetzt in Gießen, in den Tagen nach Weihnachten? 14) Du kannst mir gern die Notizen schon schicken, aber auch warten, bis wir kommen. 15) Du kannst dann die ganze Nacht auf mich einreden (am besten im Gehen oder Liegen), aber erst wenn Carina schläft. Zwischendurch in die Küche und immer wieder einen Espresso. Beim Schreiben Ginger Ale, Cola und Mineralwasser. Sowieso Kettenraucher. In der Küche das Dachfenster auf und ein Schneewind weht mir ins Gesicht. Einmal näher der Fernsehturm und dann wieder weiter weg. Hatten zum Abendessen Lammkoteletts, ein Sonderangebot aus dem Kaiser-Supermarkt. Deshalb auf dem Küchentisch und in der Pfanne noch überall Rosmarin. Kleine angeröstete Krümel. Kann man gut in den Mund und dazu die Provence. Weiterschreiben. Ab 18) die Ziffern nur noch gelegentlich, dann weggelassen (ab 23). Mit engem Zeilenabstand vier Seiten und dann ist es fünf nach zehn. Vorher schon Sibylle herein. Strumpfhose und Pullover. Fast mit eingeschlafen, sagt sie, und muß jetzt ein bißchen angefaßt werden. Du auch Orangensaft? Die Mahalia-Jackson-Platte. Dann ist mein Brief fertig und sie liest meinen Brief. Gleich morgen zur Post den Brief, damit ich nicht noch anfangen muß, ihn zu überarbeiten. Ich ging in die Küche, noch mehr Orangen auspressen. Hätten jetzt ins Bett gehen können, aber die Musik, Mahalia Jackson, noch mehr Orangensaft, Sibylle mit dem Brief und ich wollte in meinem Manuskript schnell zwei-drei Stellen nachsehen. Wie sie sind? Was sie sagen? Ob sie überhaupt da sind und aufzufinden, und auch schon angefangen. Gleich die Uhrzeit vergessen. Mein zweites Buch. Ich hatte mitten im Buch zu trinken aufgehört. Immer weiter das Manuskript. Ich schrieb nicht von vorn nach hinten, sondern alles gleichzeitig. Jede Seite zwanzigmal abschreiben und immer wieder von vorn. Vielleicht wird es nie fertig. Kein Notausgang, keine Fluchtwege. Einzelhaft. Keinerlei Fluchtmöglichkeiten. Jahrelang Einzelhaft und am Ende bringt es mich um. Aber sobald du angefangen hast, jedesmal wieder, ist dir alles andre egal. Musik. Oft wochenlang die gleiche Schallplatte. Immer wieder Mahalia Jackson jetzt. Schon seit Anfang Dezember. Sobald ich schreibe, ist mir alles wie jetzt! Sibylle schreibt zu meinem Brief einen Brief dazu. Die große elektrische Olivetti vom Vorschuß für mein erstes Buch, aber haben ja auch noch die alte mechanische Alpina-Schreibmaschine. Gekauft als ich mit vierzehn zu arbeiten anfing. Erst damals monatsweise gemietet, DM 15,50 pro Monat, und dann für immer gekauft. Beim Kauf wird die Miete angerechnet. Als Lehrling DM 45,-- im Monat. Davon sieben Mark für die Fahrkarte ab. Erst DM 45,--, dann DM 55,-- als Monatseinkommen. Sechstagewoche. Eine eigene Schreibmaschine.

Immer abwechselnd jetzt Sibylle und ich zu dem Plattenspieler. Immer wieder die gleiche Seite der gleichen Schallplatte. Auch immer mit Vorsicht den Plattenspieler ein bißchen anschubsen, aber nicht zu fest! Ein Winterabend. Zwei Schreibmaschinen. Das Rauschen und Klappern der eiligen Zeit. Zwischendurch in die Küche. Espresso. Orangensaft. Die ganze Küche riecht nach Orangenschalen. Bald Blutorangen auch wieder. Nicht auch noch heißen Holundersaft mit Honig und Zimt und Nelken. Nach den Hammelkoteletts mit Rosmarin (ist das noch der gleiche heutige Abend?) immer wieder ein Stück scharfen Roquefort und (mitten im Winter: immer der gleiche, ein einziger langer Abend, sagte ich mir) milde griechische Peperoni. Viel Salz drauf. Morgen Oliven kaufen, die besten! Alle Sorten Oliven und danach dann ernsthaft zu sparen anfangen! Immer wieder auch zu Sibylle. Ein langer Abend. Jedesmal wieder mit vielen Wörtern zu ihr. Wenn ich schreibe, wird alles, was mir durch den Kopf geht, gleich wirklich für mich und unwiderstehlich. Wie ich immer in Griechenland zum Rasieren. Weißt du noch, sagte ich. Jeden zweiten Tag. Meistens nebenan ein Café. Kann man in der Sonne sitzen, bis man an der Reihe. Mindestens eins. Kaffee also Mokka also die griechische Sorte türkischen Kaffee. Kaffee mit Ouzo, ein kleines Glas Ouzo, einen Ouzo mit Beilage. Das Meer. Morgenwind. Wie sie in die blaue Farbe verliebt sind. Einen Minister würde ich nicht vorlassen, aber diesen alten Kapitän mit seiner alten Kapitänsmütze und in Hemdsärmeln und Sandalen, den schon! Ihn öfter auch schon auf seinem Bootsdeck gesehen. Den will ich gern vorlassen! Dann mit ihm noch einen Ouzo mit Beilage. Man kann gut leben von diesen Beilagen. Gut auch studieren, wie sie sich ändern, kreuz und quer durch das Land und von Glas zu Glas. Jetzt ich vor dem Spiegel. Und seh dich im Spiegel am Tisch bei meinem leeren weißen Stuhl sitzen. Du hast ein helles Kleid an. Im Morgenlicht sieht es weiß aus, heller als weiß.

Doch ich weiß, es ist lila. Wie Flieder ein helles Lila. Der Wind, wie ein treuer Hund, hat sich vor deinen Füßen zu Boden gelegt. Diesen Tag hat es wirklich gegeben. Die Insel Samos. Die Hafenstadt Pythagorion. Die Winden blühen. Eine einzige Kletterpflanze, die weiß und rosa und hellblau und lila durch die ganze Stadt wächst. Über den Türen und um die Fenster. Die Mauern und Dächer entlang. Um den Hafen herum und durch alle Straßen und Gassen und Höfe. Von Haus zu Haus. Seit Pythagoras, seit zweitausendfünfhundert Jahren schon. Heute noch nicht, heute noch hier am Meer und Samoswein trinken. Morgen mit Wasser hinauf in die Berge. Der alte Kapitän jetzt vor unsren Augen mit seinem langsamen Diesel aufs offene Meer hinaus. Mit so sanften Bewegungen der Friseur, und ich im Spiegel erst wie ein Pirat, dann mit dem Purpurumhang ein prächtiger griechischer Würdenträger.

In der Türkei beim Friseur wird einem immer türkischer Tee gebracht. Kleine tulpenförmige Gläser mit Goldrand auf einem Tablett. Kinder bringen den Tee. Ernste kleine Jungen, acht Jahre alt oder zehn. Sie ernähren sich selbst und ernähren Familien. Immer noch ein Glas. Der türkische Tee macht dich ruhig und entschlossen, egal wofür. Karawanenmusik. Schon die Bulgaren und Griechen und die Albanier im Kosovo haben lange Rasiermesser, aber die Türken nehmen Säbel. Man sitzt im Sessel wie auf einem Thron. So eine Karawanenmusik kann tagelang weitergehen. Im Spiegel das Spiegelbild einer türkischen Fahne. Der Friseur mit dem Säbel auf und ab. Sein Ehrgeiz ist, ohne Ansehen der Person jeden einzelnen Kunden mit je einer einzigen atemberaubenden Offensivbewegung mit dem Säbel, haarscharf an der Haut entlang, senkrecht, einmal rechts, einmal links, vom Ohr bis zur Kehle vollendet rasiert zu haben. Wie ein Fechtmeister oder Scharfrichter. Die Kunden friedlich und meistenteils ohne Waffen. Dabei bleibt die Haut weich und zart, beinah unberührt. Dann nur noch ein bißchen nachbessern, damit er mir seine Sachkunde, Sorgfalt und Hochachtung darstellen kann und uns Zeit bleibt für ein zufriedenstellendes kleines Gespräch in mehreren Sprachen. Auf der Oberlippe den Schnurrbart, ich weiß nicht, wie sie es machen, aber schon beim zweitenmal sitzt man sich wie ein undurchschaubarer Türke mit einem türkischen Schnurrbart gelassen und stolz gegenüber. Der Junge sammelt die Gläser ein, ernst und geschickt. Nicht mehr lang und er ist groß genug für eine Männerarbeit. Hierher dann sein kleiner Bruder. Inzwischen sind dir die Schuhe geputzt worden. Zweimal. Mindestens zweimal, dagegen läßt sich nichts machen. Außer du wärest barfuß. Sandalen und Stoffschuhe putzen sie auch. Jetzt im Basar frühstücken. In den Frühstückskneipen im Basar gibt es alles in großen Schüsseln. Was du willst! Döner, Joghurt, Kebab, Hammelragout, scharfe Wurst, Schaschlik, Rührei, Knusperteigbrot mit Anis, mit Sesam, mit Kümmel, gebratene Tauben, Sumpfhühner, Feldhühner, Hähnchen mit Fenchel, mit Ingwer, Ziegenfleisch, Dörrfleisch, Salzfleisch, getrocknetes Rindfleisch, geröstete Kalbfleischkrusten, warmes Fladenbrot, das der Sonne nachgeformt ist, rote Bohnen mit Cumin, Kürbissuppe mit Dickmilch, Räucherfisch, Tintenfisch, Taschenkrebse, Hirse, Tomaten, Zucchini, Avocados und Auberginen, Essigfrüchte und sauer eingelegtes Gemüse, Schafskäse, Ziegenkäse. Man darf auch alles durcheinander zum Frühstück. Von allen Speisen wollen wir kosten! Und auch nicht die kleinen bunten Kuchen vergessen. Man ißt sie wie Segenssprüche mit Zuckerguß. Große geschälte Walnüsse. Datteln und Feigen und Weintrauben. Kannst du dich an die Holzeimer mit wildem Honig erinnern? Schöpfkellen aus Olivenholz. Und warme Milch soviel du nur willst. Wenn du gehst, eine Handvoll Rosinen, eine Handvoll Pistazien mit auf den Weg. Anfang Oktober. Müssen bald heim, bald nach Deutschland zurück. Nachts schon kühl, aber jetzt wird es warm in der Sonne. Zehn

Uhr morgens. Ein Frühstück mit Karawanenmusik. Und weiter, die arabischen Länder. Ägypten, Afghanistan. Wenn man da zum Friseur geht. Ob ich in Indien aussehe wie ein Inder?

In Marseille im arabischen Viertel gab es einen Friseur, der nicht einmal einen Laden hatte. Nur Stuhl, Teppich, Spiegel, einen Blechdeckel als Kundenaschenbecher und sein Handwerkszeug in einem Holzkasten mit zwei Schubladen. Der Teppich eher ein Fußabstreifer, aber mit Palmenmuster. Hauptsächlich Stammkunden. Keine Wände. Er hat auf der Straße gearbeitet. Immer am selben Platz. Jahrelang. Hauptsächlich Stammkunden, aber auch Laufkundschaft, jede Menge. Zuschauer auch. Hast du ihn nicht noch mit mir zusammen gesehen? Da war er schon nicht mehr jung. Kaum noch Haar als Friseur. Gespart und gespart. Vielleicht abends vom Markt nur die Marktabfälle, das geht, und durch die Jahre jeden Centime gespart. Zigaretten nur die geschenkten. Ob er jetzt jeden Tag einen winzigen Laden hat, im Quartier? In einem Hauseingang neben der Treppe und den Spiegel jetzt fest an der Wand? Oder zurück in Tanger, in Marrakesch, in Oran und Spezialist für Europa? Einmal im Oktober bin ich mit einem Algerienschiff von Marseille nach Korsika. Viele Algerier, die auf das Schiff wollen. Schon Stunden vorher fangen sie an zu warten. Fast nur Männer, junge und alte. Hauptsächlich Säcke und Körbe als Gepäck. Ein halbes Leben in Europa und den gesamten Besitz dann in einem kleinen Kaffeesack und in einem Weidenkorb. Körbe mit Deckel wie die Körbe von Schlangenbeschwörern. Plastiktüten gab es noch nicht. Sie wurden gerade erst eingeführt auf der Welt. Auf dem Schiff gab es erste, zwote und vierte Klasse. Die vierte Klasse nur für Afrikaner. Ganz unten im Schiff und während der Überfahrt unsichtbar. Das Schiff am Abend zwischen den Inseln aufs offene Meer hinaus. Im letzten Licht, man kann ihm lang nachsehen. Weiterschreiben! Nacht, Winter. Ein langer

Abend. Wenn ich verzagt bin, geht die Heizung nicht richtig. Genauso die Schreibmaschine. Befangen und ängstlich. Geniert sich, fängt an zu stottern. Das E schleift. Und auch die Taste mit der 2 und dem Anführungszeichen. Das E vielleicht weil es am meisten und die 2 weil sie nicht oft genug? Oder wechselseitig ein schlechter Einfluß, die Tasten so nah beieinander. Vielleicht unterirdisch verbunden? Innen in der Maschine drin elektrisch ein Draht und der Strom scheut sich vor einem Knick, einer Biegung. Kann da nicht richtig durch. Will nicht. Traut sich das nicht so zu. Man kann auf Deutsch kaum einen längeren guten Text ohne E schreiben. Noch schlimmer, daß der Wagen nach der Zeilenschaltung manchmal nicht richtig einrasten will. Nach dem erstenmal hält man bei jedem weiteren Schalten von Zeile zu Zeile die Luft an. Hält unwillkürlich die Luft an und verzögert den eigenen Herzschlag, bis man weiß, ob es diesmal geklappt hat. Oder schnell einen Herzschlag zuviel. Jetzt aber: Es ist warm. Die Heizung summt. Hell das Licht, hell und froh. Die Schreibmaschine stark und behend. Nimmt all ihre Kraft zusammen und duckt sich zum Sprung. Wieder in der Küche. Es zieht. Das Dachfenster offen und die Nacht durchs Fenster herein, Nacht und Wind. War das nicht schon einmal? Heute Abend oder vor hundert Jahren, schon oft? Und der Wind auch wie früher. Wind, Schneewind, wie von einem Berg herab. Und du stehst, spürst den Wind im Gesicht und weißt, einmal wird es zu tauen anfangen. Die Küchenlampe immer so grell? Zugluft! Jeder Gegenstand schreit seinen Namen! Wie heftig die Augenblicke und die Geschirrtücher flattern! Der Fernsehturm aufgeregt blinkend und fuchtelnd und gestikulierend! Kippt dir mit all seinen Lichtern entgegen, als ob er gleich zum Fenster herein, so groß und so nah! Beim nächstenmal ist das Fenster zu. Der gleiche Abend. Die Lampe trüb. Angelaufen das Fenster. Jeder Gegenstand in sein eigenes Schweigen hineinversunken. Wo hat die Zeit sich denn hinverkrochen? Der

Fernsehturm mit verlöschenden Lichtern. Weit abgetrieben. geht unter in weiter Ferne. Wenn du wiederkommst, Eisblumen am Fenster. Eng und klein ist die Küche. Eine Stehküche. Schräge Wände. Wie eine Höhle, eingeschlossen in ewigem Eis. Und den ganzen Winter schon jeden Tag frischen Saft. Deshalb riecht es schon den ganzen Winter bei uns in der Küche so gut nach Orangenschalen.

Zu mir selbst. Zu Sibylle, die jetzt streng ihren eigenen Brief überliest. Sie und ich zueinander. Es wird Zeit. Sollten uns aufmachen. Bald. Sollten anfangen, wieder zu reisen. Auch mit wenig, auch ohne Geld. Lang genug gewartet. Spätestens wenn es auf den Sommer zu. Carina ist groß genug. Sie sieht alles. Sie wird nicht müde. Sie kann von nichts je genug kriegen. Bald zwei. Erst bald zwei, dann bald drei. Zwei ist ein gutes Alter. Drei auch. Drei erst recht. Wenn sie schläft, können wir sie tragen. Oder sitzen bei ihrem Schlaf im Gras. Auch selbst nicht mehr so erschöpft, wie die erste Zeit nach der Geburt. Ich hatte aufgehört zu trinken. Das erste Jahr, noch ein Jahr, und das Leben kam zu mir zurück! Ich kann sie den ganzen Tag tragen. Jetzt noch eher als früher. Meistens hüpft sie und rennt, balanciert und tanzt durch die Welt. Sowieso im Sommer wird sie ein Zigeunerkind. Jeden Sommer. Morgen den Brief zur Post, gleich morgen früh. Ich seh uns die Seestraße entlang, erst zur Post. Schneereste, Schnee auf dem Kurfürstenplatz. In die Zweigstelle der Stadtbibliothek. Noch auf die Leipziger Straße. Einkaufen. Tee trinken. Heißen Tee aus hohen Gläsern, in denen der Kandiszucker knistert und singt. Und dem Tag mit seinem Wintergesicht und den vielen Gesichtern begegnen. Nicht die Oliven vergessen! Mit Büchern, Obst, Milch und dem vielen Gedankengepäck über die Leipziger Straße. Langsam. Ein Wintertag. Sibylle, Carina und ich. Und als ob wir im Gehen immer noch Mahalia Jackson hören, genau wie jetzt. Genau wie in dem

Jahr, als ich sechzehn war und meine alte schwarze Jacke anzog und aus dem Dorf hinaus und nach Lollar ging. Und somit der Welt, meinem Leben, dem Tag und dem Abend entgegen. Und fortan jeden Tag einmal nach Lollar. Und je nachdem, wie der Tag beschaffen, in Lollar nicht umkehren, weiter: nach Gießen, nach Rom. Doch lieber morgen früh erst noch Fotokopien von dem Brief, dann behält man die Zeit im Gedächtnis. Und wenigstens für mich allein die Fotokopien auch noch überarbeiten, sobald ich einmal ein bißchen Zeit. Gleich Mitternacht. Ich wünschte, er hätte ihn jetzt schon, den Brief, und könnte gleich anfangen, ihn zu lesen. Am liebsten ihm Wort für Wort den ganzen Brief sofort telegrafieren. Direkt in seinen Kopf hinein. Egal was es kostet! War heut Montag? Ist übermorgen Sylvester? Der Januar immer ein guter Arbeitsmonat, dauert lang. Lang und still in die Zeit hinein jeder Januar. Im Januar gibt es Blutorangen. Saft auch, viel Saft. Dunkelrot, oft fast schwarz ist der Saft, ist wie Beerensaft. Vielleicht morgen die ersten schon. Immer Ende Dezember die ersten und dann den ganzen Januar werden sie reif. Sizilien. Die Inseln im Mittelmeer. Und wie es mich sehnt heut!

Winter. Ein langer Abend. Die Heizung summt. Schnee rutscht vom Dach. Wie in Staufenberg, weißt du noch? Im Lampenlicht, lange Abende. Und wie sie sich rund in den Gläsern und Flaschen spiegeln, rot, braun und gold. Ein einziger langer Abend in meinem Gedächtnis. Sitzen und schreiben. Schon mit fünfzehn in Staufenberg. Tagsüber Kisten schleppen als Lehrling in Gießen. Ein grauer Kittel, ein Ladengesicht und jedesmal jeden Hut grüßen. Und nachts am Küchentisch meiner Mutter. Die Schreibmaschine gemietet, erst gemietet und dann gekauft. Den Wein aufmachen. Mit dem Wein anfangen. Mein erstes Glas Wein. Mit fünfzehn mein erstes Glas Wein und dann einundzwanzig Jahre lang nicht mehr nüchtern geworden. Die Küchenlampe. Schon damals eine alte Mahalia-Jackson-Platte und einen Plattenspieler zum Anschubsen. In Nacht und Stille. Das Dorf schläft. Den Wecker für morgen früh schon gestellt. Draußen lag hoher Schnee. Die Küchenlampe aus dem ersten Jahr nach der Währungsreform. Gleich als es das neue Geld gab. Gelb eine Küchenlampe mit Zugschnur. Die Küchenlampe, die Schreibmaschine, den Küchentisch und die Abende in Staufenberg ja dann auch mit dir noch. Die gleichen Abende. Du hast sie ja auch noch gekannt. Immer tiefer in die Nacht hinein. Und dann unser erster Winter in Frankfurt. Das erste Jahr, als wir dauernd umziehen mußten und doch nie eine Wohnung, Tisch, Bett, Fenster und Zeit für mehr als die nächsten paar Wochen. Vom Dorf. Viele Jahre lang immer wieder mein erstes Buch geschrieben und dann noch ein letztes Mal. *Der Nußbaum gegenüber vom Laden, in dem du dein Brot kaufst.* Eigens dafür nach Frankfurt. Sitzen und schreiben. Und als müßte ich beim Schreiben die Luft anhalten, die ganze Zeit, bis das Buch endlich fertig. Vor drei Jahren. Wir dachten noch, wenn es fertig ist, gehen wir nach Staufenberg zurück. Oder dachten, daß wir das denken. Als könnte man je zurück und es wäre der gleiche Ort und wir auch die gleichen Menschen. Weil es uns schlecht ging, sind wir geblieben! Für die Stadt jetzt das nächste, mein zweites Buch. Ich will ihr nichts schuldig bleiben. Carina schläft. Mitternacht schon vorbei. Wird sie uns reichen, die Zeit? Sooft die Platte abgelaufen ist, die gleiche Stille jedesmal wieder. Früher nie freigehabt zwischen Weihnachten und Neujahr. Erst jetzt im Antiquariat, vorher nie. Deshalb die Tage so lang jetzt und überdeutlich. Gerade um die Zeit muß es gewesen sein, daß mir beim Schreiben oder im Gehen, wie von weit her eine Ahnung, wie wenn du dich später erinnern sollst, daß mir war als ob mir vorkäme, es könnte vielleicht ja sein, daß es am Ende doch fertig wird, das Buch, und ich wäre gerettet. Da hatte ich schon den Titel. *Das schwarze Buch.* Sibylle zu mir. Wie weit, fragt sie, wie lang noch? Eine Frage, die nicht erlaubt ist. Und mit der Hand in mein Hemd, das ich schon aufgeknöpft hatte, um eher fertig zu werden und weil mir beim Schreiben oft heiß wird. Wie immer, sagte ich, weißt du ja. Immer der *vorletzte* Satz. Dann, sagt sie, laß ich jetzt Badewasser ein und du sollst dann noch mit mir baden! Es sind doch auch unsre Weihnachtsferien. Sowieso schon spät, sagt sie, gleich eins. Am Tisch bei der Lampe. Wo ist der Abend hin? Erst mit letzter Kraft mich rasiert und zuende rasiert. Dann den Brief an meinen Freund Manfred. Und dann weiter das Buch. Zweieinhalb Seiten überarbeitet. Sind vier Seiten jetzt. Und eine dreiviertel Seite neu. Morgen abschreiben. Werden beim Abschreiben gut anderthalb Seiten daraus. Alles mit engem Zeilenabstand. Erst Montag wieder ins Antiquariat. Die nächste Gasrechnung nicht vor Mitte Januar. Also wenigstens vorerst, sagst du dir, einstweilen weiterhin auf der Welt bleiben! Und bis auf weiteres daran glauben, daß man im Leben, das hätten wir uns schon längst einmal aufschreiben sollen, schwarz auf weiß! Daß es geht, daß man alles tun kann, was man sich vorgenommen, vergiß das nicht! Und alles, was man nur je sich erträumt, eine schwere Arbeit. Jeden Tag wieder von vorn. Und dazu noch zahlreich die Überraschungen. Ich glaub das schon immer (denn anders kann man nicht leben). Noch einmal Mahalia Jackson. Hat da schon das Haus gezittert? Ganz müd jetzt vor lauter Müdigkeit.

Vorher schon die Socken aus. Richtig bei sich und frei im Denken ist man nur barfuß. Jetzt für heute den letzten Satz. Und dann mit dem Aufhören anfangen. Auch das Aufhören will gelernt sein. Das Manuskript auf dem Tisch und in meinem Kopf, eine Ordnung. Die Schreibtischlampe aus, die Schreibmaschine ausschalten. Wenigstens die Farbbänder sollten sie mir lebenslänglich umsonst geben, aber wer? Barfuß auf dem Teppich. Vorhin wie jeden Abend Carinas Spielzeug aufgesammelt, da fing der Abend ja überhaupt erst an. Sibylle vom Flur herein und hat schon angefangen, sich auszuziehen. Alle Türen offen. Das Badewasser rauscht. Gleich ist die Wanne voll. Als Badeöl Thymian oder Lavendel? Was für schöne Füße du hast, sagt sie, Ja, sagte ich, wie Jesus Christus. Und daß ich noch wirklich am Leben! Schon wirklich viel Glück im Leben gehabt. Eigentlich, glaube ich, macht man sich alles selbst. Was für eine anstrengende Arbeit allein nur das Trinken für mich. Jahre, Jahrzehnte. Wo ich hinkam, jeden Fusel getrunken. Sie sieht meine heutigen Seiten an. Heute Nacht schläfst du gut, sagt sie. Und wenn du morgen wie immer früh aufwachst, dann schlaf einfach gleich wieder ein. Noch tagelang frei. Weihnachtsferien. Spät in der Nacht jetzt. Mein ganzes Leben im Gedächtnis. Morgen nicht die Oliven vergessen! Und nach der Gans sehen! In der Rohmerstraße. Gegenüber vom Postamt. In einem Fenster im dritten Stock. Schon seit wir in Frankfurt sind. Sooft man vorbeigeht. Eine Gans. Eine Lampe als Gans. Lebensgröße. Schnell noch vier-fünf-sechs Zigaretten, während das Badewasser einläuft. Manchmal einen Absatz geschrieben. Dann den Absatz zwei Jahre lang abgeschrieben. So wird aus dem Absatz ein halbes Buch. Und dann, nach zwei Jahren (wo bin ich dann?), dann fällt mir ein Satz zum Dazuschreiben ein. Vielleicht nur ein halber Satz. Nicht verlieren die Wörter! Und dann kann es sein, daß es mir einen ganzen Tag lang so vorkommt, als wüßte ich jetzt, warum ich vor zwei Jahren damit anfing und seither keine Ruhe. Auch nicht im Schlaf. Wenigstens für den Rest des Tages kann es mir so vorkommen. Vielleicht auch am nächsten Morgen noch. Barfuß auf dem Teppich. Morgen Oliven kaufen! Das Badewasser. Wie betrunken vor Müdigkeit. Im Bad dann noch weiter rauchen. Ans Fenster. Der vergangene Tag. Die Heimkehr der Jäger. Nachher noch Carina im Schlaf ansehen. Jetzt ist doch noch der Mond, siehst du. Mich schon den ganzen Abend gefragt, wo er bleibt. Er geht, er nimmt ab. Wenn er abnimmt, geht er jede Nacht später auf. Und braucht dann ja auch noch seine Zeit, bis er hier bei uns übers Dach und vor unser Fenster kommt. Ich wünschte, wir hätten Fenster nach allen vier Seiten, Fenster in alle Richtungen. Am liebsten einen Turm. Schon mein Leben lang will ich einen Turm. So schmal, kaum noch Mond übrig. Im letzten Viertel. Da geht er oft erst nach Mitternacht auf. Und weil sie mich immer fragt, woher weißt du das? Wo kann man das nachsehen? Aus dem Leben. Die ganze Welt mir selbst ausgedacht. In den Lagern. Als Kind. Erst in den Lagern und dann in den Viehwaggons. Da fing die Welt dann zu fahren an. Jetzt gehört alles mir.

21

Neun Jahre miteinander. Ein Kind. Das Wort Trennung und dann eine neue Zeitrechnung. Ende November die Trennung und von da an sich jede Nacht mit seinem Schlaf und den Selbstgesprächen im großen Zimmer ein Bett. In der vorgeschrittenen Stille. Mitternacht längst vorbei. Und sich einrichten für die Nacht in der dritten Person. Also ich, der Verfasser, und immer noch fassungslos. Sowieso immer schon die Matratzen im Zimmer, damit wir jederzeit einen Platz zum Spielen und für die Nachmittage, für Gäste und für uns selbst. Sibylles Gitarre. Der Eßtisch. Ihr Lichttisch für die Verlagsarbeit. Wie ein Eisblock, von innen erleuchtet. Drei Arbeitstische. Sowieso seit vielen Jahren schon Abend für Abend geschrieben in diesem Zimmer. Immer tiefer in die Nacht hinein. Oft mit Sibylle bis drei Uhr nachts. Musik, unsre Stimmen, die Stille, und wer wir selbst sind. Und Carina gleich nebenan. Unter dem Nachtbild ihr zuversichtlicher Schlaf. Immer erst mitten im Traum merkt man, daß man träumt. Immerhin, daß wir wenigstens nicht an dem Kind herumzerren müssen, wie all die anderen Trennungspaare. Dachten wir noch und sagten es auch zueinander. Jeder sein eigener Zeuge. Noch als ich auszog, wollten wir uns das Sorgerecht teilen. Zwei Wochen später sagte Sibylle zu mir: Wenn ich will, kann ich machen, daß du Carina gar nicht mehr siehst! Mitten im Winter. Die Abstellkammer. Und daß meine Zeit abläuft. Auch noch fristgerecht meine unersetzliche Halbtagsstelle weg, es kam mir wie ein Betrug vor. Keine Wohnung, keine Arbeit, kein Geld, keine Aussichten, und mit meinem dritten Buch angefangen. Die Liebe verloren. Mein Kind nicht bei mir. Tisch und Bett bloß geliehen. Und die Schreibmaschine, erst kürzlich vom Vorschuß für mein erstes Buch und sie gemeinsam nach Hause getragen, Sibylle und ich. Gestern oder vorgestern, und jetzt auch schon bald wieder fünf Jahre alt! Müßte die Schreibmaschine nicht längst zur Reparatur? Wenn ich verzagt bin, geht die Schreibmaschine nicht richtig. Traut sich nicht! Fängt an zu stottern! Geniert sich! Sitzen und schreiben und mich dabei mit mir und dem Tag und der Zeit und mit der ewigen Vergänglichkeit herumschlagen wie eh und je. Wenigstens während ich schreibe, soll sie stehenbleiben, die Zeit. Soll bei mir stehen und lächeln, eine Frau, eine schöne Frau. Ich müßte bloß aufblicken, um sie zu erkennen. Sitzen und schreiben. Am Abend, am Morgen und immer noch einen Tag. Mein halbes Leben lang mich mit fremdem Zeug abgeschleppt, Lastträger, und dabei arm geblieben. Nie genug Zeit und mich selbst kaum gekannt. Wer jetzt keine Arbeit hat und kein Haus und kein Brot, sagten die russischen Landstreicher in einem Buch, das ich las, in ihren Nachthöhlen zueinander, der wird in seinem ganzen Leben keine richtige Arbeit mehr finden. Nachts im Bett lesen. So dick und schwer ist das Buch, daß mir beim Lesen und Tage danach noch mein Daumen weh tut. Die Tolstoi-Biografie von Schklowskij. Lang darauf gewartet, eine halbe Ewigkeit, bis die Stadtbibliothek das Buch endlich angeschafft hat, damit ich es lesen kann. Und ist mir nicht über dem Warten mein Leben abhanden, ist von mir weg und vergangen? Carina, Sibylle und ich, die Wohnung, die Zeit in der Jordanstraße. Oft noch als ob ich gerufen werde. Meistens Carinas Stimme. Das Leben, das nach mir ruft. Wie aus der Welt gefallen. Kind ohne Welt. Gekentert und nach dem Schiffbruch allein auf der schlingernden schmalen Matratze (wir sinken!). Eher noch wie im Jenseits. Die Schreibtischlampe zum Bett hin und jenseits des Lichts die Gegenstände, ganze Ansiedlungen von Gegenständen und Albträumen. Ruinen, ein toter Mond, ein zerbrochenes Sonnenrad, Staub, Finsternis, Steine, ein Grabdenkmal, Pyramiden, Nomadenzelte, das Riff und die Schiffswracks. Und fangen zu flüstern an, flüstern und knarren und stöhnen. Auch längst noch nicht sicher, ob es mir gelingen wird, aus der Havarie die Erinnerungen oder wenigstens Teile davon zu bergen und in welchem Zustand? Nachsehen, ob die beiden Äpfel noch auf der Fensterbank? Auch nicht schon zu welk und verschrumpelt? Sie in die Hand, sie mit dem Ärmel ein bißchen polieren, damit sie nur ja mir auch weiterhin lächeln. In jeder Hand einen. Wie zweimal die gleiche Welt. Ihnen gut zureden. Ihr Äpfelchen, Apfelkind, Weltäpfel zu ihnen sagen. Mein kleiner Apfel. Und sie auf ihren Platz zurück. Sind von Carina. Die Zugluft. Hättest nicht gedacht, daß es hier beim Fenster so zieht. Als ob einer unsichtbar, als ob einer aus der nächsten Welt unablässig zu uns hier herüber: hereinatmet. Stehen und frieren. Die Polarnacht. Der Weltraum. Und spürst, wie sie an dir zerren. Und zurück übers Eis, schnell zurück! Ins Bett, meine Höhle, das Lampenlicht. Richtig lesen kannst du nur im Liegen. Von Kind auf, schon eh und je.

Der Staat, Arbeitsamt, Jugendamt, Sozialamt, Ordnungsamt, Krankenkasse, Staatsanwaltschaft, Gericht, Gerichtskasse usw. – ich wußte, wenn ich jetzt anfange, mich mit Behörden einzulassen, werde ich krank fürs Leben. Sowieso alle möglichen Schmerzen und Krankheiten, ohne Namen noch, die in mir herumwandern und nach einem Platz suchen, nach Stellen, wo sie sich dauerhaft einnisten können. Umwege, jeden Tag Umwege, um nur ja keinem Amt und keinem Gedanken an ein Amt zu begegnen. Und dabei die Schuhe schonen! Briefkästen, Verkehrsschilder, Ampeln, Parkuhren. Überall sind Befehle aufgestellt! Ich konnte kein Telefonbuch mehr anrühren, nicht einmal in Gedanken. Den Briefträger nur von weitem und jäh mein Schreck! Und fortan bei jedem Briefträger! Jedesmal! Noch die feldgrauen städtischen Mülleimer aufrechte Repräsentanten von Recht und Ordnung. Meine Post noch in die Jordanstraße, weil ich dort noch gemeldet. Immer auch die Papiere noch nicht in Ordnung. Schon mehrfach mir vorgenommen, in meinem Leben nie mehr ein Formular auszufüllen. Weil mein Leben da nicht hineinpaßt. Kein Leben. Konnte mich seit dem Wort Trennung an keinen einzigen Traum erinnern. Drohbriefe mit der Post und Gerichtsurteile (jede Drucksache ein Gerichtsurteil). Und in jedes Erwachen hinein pünktlich die lärmenden Rollkommandos zu meiner täglichen Hinrichtung. Bei jedem Aufwachen wieder, als ob uns die Trennung noch immer bevorstünde. Als sei mir mein eigenes Leben, wie ging das denn zu?, zur unentrinnbaren Falle geworden. Immer im Januar werden die Weihnachtsstollen und die Kalender billig. Ende Januar aus der Jordanstraße in die Abstellkammer – und die Häuser fangen zu zittern an. Das Jahr 1984. Nicht vergessen, ein Schaltjahr! Prophylaktisch die Zähne, zwei Weisheitszähne. Vorher nie Beschwerden damit. Nur aus Verzweiflung die beiden Weisheitszähne mir ziehen lassen, erst nachträglich kam ich darauf. Februar. In den Läden immer noch billige Weihnachtsstollen. Und zahlreich auch die überzähligen Kalender, alle Sorten Kalender. Ein Werktag. Im Februar also, am vierten, am siebten, am zehnten? Vor kaum zwei Wochen erst ausgezogen und seither jeden Tag zu Carina. Ein Kind. Eine Kindheit. Morgens mit ihr in den Kinderladen und am Abend ihr Gute Nacht sagen, sie ins Bett bringen. Ein Kind. Und bleibt lang noch klein. Sind vielleicht in der Bibliothek gewesen und Milch kaufen, sie und ich. Oder ein Sonntag, dann der fünfte oder der zwölfte? Wenn ich will, kann ich machen, daß du Carina gar nicht mehr siehst, hat Sibylle soeben zu mir gesagt. Und ich kann mich an keine Antwort erinnern. Nicht zu finden! Was ich auch sage, es gibt keine Antwort. Will nicht zusammenkommen. Am Abend. Carina schläft. Meine Jacke? Wo ist denn die Jacke? Du nimmst deine Jacke. Ich dachte, es könnte nicht sein! Zigaretten? Nicht die Zigaretten vergessen! Die Zigaretten sind in der Jacke. Mein ganzes Leben lang diesen einen Satz. Nichts was wir sagen und tun, läßt uns je wieder los. Aus Böhmen. Die Jacke und dann gegangen. Lag da Schnee? Ich ging und dachte, daß ich nie wieder einen Menschen berühren könnte! Und nicht mehr beruhigt sein, bis Carina dann endlich groß ist. Erwachsen. Sonntagabend. Die Jacke. Im Gehen auf der Treppe die Jacke an. Meine alte Wildlederjacke aus dem Mai 68. Nur gerade am Schmerz und an meiner alten Jacke mich selbst noch erkannt. Sonntagabend. Wie spät? Sonntag oder nicht? Sonntags ist alles immer am schlimmsten, wird also ein Sonntag gewesen sein. Immer mich so eingerichtet, daß ich denken konnte, ich könnte überall meine Jacke nehmen und gehen. Zu jeder Zeit. Aber jetzt ein Kind. Und weil meine Eltern ja auch schon geschieden, deshalb ab jetzt also geht das nicht mehr. Nie gedacht, daß uns das passieren könnte! Wohin jetzt? Mein Geld zählen und im Pelikan einen Espresso? Allein zum Bahnhof, todmüde zum Hauptbahnhof, warum denn zum Hauptbahnhof jetzt? Kein Geld, andernfalls am liebsten in ein Hotel. Jemand anders. Wenigstens eine Weile lang jemand anders. Wie oft schon über die Mainbrücken hin und her, nächtelang hin und her, um nicht zu ersticken. Immer ich. Sehen, ob Jürgen daheim? Im Verlag anrufen? Nach KD fragen und wenn er da ist, zu Fuß hin? Ein Sonntagabend im Winter. Zu Anne, sie geht mit mir essen. Oder bleiben bei ihren Büchern und dazu Unmengen Knäckebrot (Knäckebrot hat sie immer daheim). Edelgard anrufen und mit ihr in das Eiscafé in der Friesengasse? Erst mit ihr in das Eiscafé, dann mit ihr von Kneipe zu Kneipe. Wie mir vor der Nacht graut, dabei ist es kaum erst halb zehn. Allein in die Nacht hinein, es ist wie Erfrieren, es ist wie Vergehen. Nie mehr ein Wort! Zu keinem Menschen je wieder ein Wort! Oder mit einem einzigen langen Satz ab jetzt jedem der kommt, immer wieder mein Leben, mein ganzes Leben! Und immer weiter erzählen, das kannst du dann später entscheiden. Du wirst es schon merken. Nur nicht stehenbleiben. Immer weiter. Die ganze

Nacht in die Nacht hinein. Vor fünf Jahren zu trinken aufgehört. Und jetzt? Ich ging auf der Erde, wie auf einem schwankenden Schiff. Übers Eis, und wer sieht mir dabei zu? War das nicht schon einmal? Genau so einen Weg übers Eis in Lebensgefahr doch schon einmal aufgeschrieben! Ein voriges Leben, ein früheres Buch, doch das war wohl noch nicht genug. Die Abstellkammer. Mein Manuskript. Tisch und Bett bloß geliehen. Wie Robinson. Robinson ohne Freitag. Der Schatten ist Freitag. Ein Winter-Robinson. Mit Schneevögeln, Meßlatten, Fellmütze, Palisaden und was er sich noch alles einbildet und um sich her aufbauen muß. Eine Rüstung aus Bindfäden, Namen und Vogelfedern. Alles bloß ausgedacht. Weg ist weg! Ein Winter-Robinson, von dem der Leser längst wüßte, der spinnt. Ist verrückt! Die Polarnacht. Und jetzt mach dir einen Kalender!

22

Vor einem Jahr Sibylle einmal zu mir ins Antiquariat. Mittags, im Januar, unverhofft. Eiskalt und hell der Tag. Anne schon da und ich sowieso jetzt gleich fertig. Noch die Bestellungen und die Lieferscheine für Anne. Kaum ein Kunde den ganzen Vormittag. Obwohl es eiskalt war, hatte ich gleich am Morgen die Wühlkästen vor die Tür, damit sich etwas ereignet. Um ehrlich mein Geld zu verdienen. Damit der Laden aussehen soll wie ein Markt. Höflichkeit, Kundendienst. Kaum Schlaf in der Nacht und am Morgen fast zwei Stunden die Ladentür offen. Gegen Müdigkeit und um mich und den Tag und die Stadt und die Morgenkälte und wie die Zeit vergeht deutlich zu spüren. Damit, falls ein Kunde, der unverbindliche Eintritt ihm leicht. Weil er heute so leuchtet, der Tag. Und damit ich gleich weiterrauchen kann und herumgehen und erregt hin- und herdenken, nach der langen Nacht und kaum Schlaf. Nebenan eine spanische Kneipe, die mittags erst aufmacht. In die andere Richtung ein Frankfurter Büdchen mit Windschutz, Säulen und Vordach. Berühmt bei den Pennern. Für Anne die Wühlkästen jetzt wieder rein, damit dann nicht sie die Arbeit damit. Damit die Bücher nicht einfrieren (ausnahmsweise lauter Ramsch in den Wühlkästen und mindestens zwölf Grad minus). Sibylle noch atemlos, hat sich beeilt. Den Mantel aus und gleich mit einem Buch, aber welches Buch? Und Anne, die mit ihr spricht und ihr dabei auf den Arsch und die Beine guckt. Schon öfter, so kam es mir vor. Zu Vergleichszwecken? Um sich in unseren familiären Alltag und die Ausschweifungen hineinzudenken? Natürlich zwanghaft, das ist ja das Schöne, hatte ich zur ihr gesagt und von de Sades Briefen erzählt, weil sie gerade auf dem zweiten Bildungsweg Bataille und Klossowski entdeckt hat, also Obsessionen, also unwiderstehlich! Jede Zwanghaftigkeit ja auch eine Bereicherung. Der volle Becher. Die Vielfalt der Welt.

Nur daß die Zeit nicht reicht, daß man nie genug! Als Kind ja schon nie genug! Aber jederzeit großartig! Eben hinreißend, zwanghaft und unwiderstehlich! Deshalb jetzt zum Aufbruch vor ihren Augen Sibylle zwanghaft fest auf den Arsch klatschen. Eine enge blaue Cordhose, verwaschen und alt und schön. Jetzt zieht sie im Gehen den Mantel an. Es ist so ein dünner Mantel und sie hat ihn schon sieben Jahre. Und Anne, die uns nachsieht, als ob sie sich gern von uns mitnehmen ließe. Mitlocken oder lieber noch mit Gewalt. Auf der Straße, Sibylle und ich. Ich wußte Anne in Gedanken ein Stückchen noch mit uns mit. Vor dem Büdchen die Penner und sehen uns nach. Sich totsaufen, ja das dauert, das braucht seine Zeit! Die spanische Kneipe schon auf. Und riecht, sogar jetzt in der Kälte riecht sie nach Wein und nach Süden. Am hellen Mittag. Im Rinnstein ein brauner Hund. Kommt jeden Morgen. Wenn die Ladentür auf ist, bleibt er stehen und wartet, daß ich herauskomme und mit ihm spreche. Jetzt mit dem Blick verlegen beiseite, als ob niemand wissen soll, daß wir uns kennen. Als sei er als Hund sich nicht sicher, ob das bekannt werden darf. In der Sonne. Hell und eiskalt der Tag. Sibylle neben mir. Dich abholen, sagt sie, immer noch außer Atem. Im Verlag eher weg und den ganzen Weg zu Fuß. Es ist weit. Den ganzen Weg mich beeilt. Es ist mir erst im letzten Moment eingefallen. Schon Angst, du bist nicht mehr da! Jetzt ein Stück hier mit dir und dann gleich in den Kinderladen!

Sonne und Schnee. Vom Gehsteig jetzt auf die Straße und in die Sonne hinein. Wie er leuchtet, der Tag. Schnee auf dem Gehsteig. Auf allen Dächern und Mäuerchen Schnee und auf jedem Sims. In der Kiesstraße sind die Häuser kleiner und niedriger als in der Adalbertstraße und in der Jordanstraße. Sie lehnen sich aneinander. Jetzt in der Wintersonne, als ob sie gleich zaghaft zu lächeln anfangen. Keine Wolke am Himmel, der sich blau in den Fenstern spiegelt. Blanke Fenster.

Von manchen Fenstern die Sonne als Lichtreflex auf die Straße, auf das Haus gegenüber. *Zitternd, ein heller Fleck.* Wie Augen, große lebendige Augen. Und wo so ein Fleck auf den Schnee fällt, da scheint er aufzublühen, der Schnee. Klar und kalt ist die Luft. Frost. Überdeutlich jede Einzelheit, jeder Ton. Als ob alles atmet und bebt, so ein Tag. Kommen zur Kreuzung und sehen zwei Ecken weiter die Schulkinder auf dem Heimweg. Schon seit Stunden, schon jahrelang auf dem Heimweg. So weit weg, daß du denken kannst, wir sind auch dabei. Auch immer noch auf dem Heimweg, jeder in seiner Vergangenheit, Sibylle und ich. Sie ist zwölf Jahre jünger als ich. Oder nächstens bald schon Carina. Bunt auf dem Schnee die Kinder und hell ihre Stimmen. Als ob sie uns meinen. Sibylle und ich, statt in die Jordanstraße und wie immer auf unsre Haustür zu, jetzt über die Kreuzung und weiter die Kiesstraße. Mittag. Immer weiter in die Sonne hinein. Haben angefangen, davon zu sprechen, daß die Firma verkauft werden soll und das Antiquariat wird dann zugemacht. Ende Juni. Entweder eine Ganztagsstelle mit Arbeitnehmermaske im Hauptgeschäft oder eine kleine Abfindung. Ganztags auf keinen Fall, sagt sie, so eine Gemeinheit. Sie wissen doch, daß du schreibst und Carina noch klein. Sonst nie in diesem unteren Teil der Kiesstraße. Und deshalb jetzt, als ob wir hier gehen, damit wir das einmal wiederfinden in unsrem Gedächtnis. Für uns und die Nachwelt ein Bild. Und siehst das dem Himmel, dem Schnee und den Häusern an und spürst es sogar im Gesicht. Vor uns flogen Tauben auf und hell in das Licht hinein. Ihre Schatten über den Schnee und an den Häusern hinauf, alles funkelt und blitzt. Uns entgegen zwei Penner. Die Stimmen gedämpft. Beide dicht beieinander und mit ihren Plastiktüten und Geheimnissen schräg den Rinnstein entlang und an uns vorbei. Fußkrank. Schon lang unterwegs. Hinkt jeder anders. Sei froh, sagt sie, erst einmal hast du dann Zeit. Und daß wir es schon schaffen! Carina schon nicht mehr so klein. Und bis Juni ist auch noch lang. Mach dir bloß keine Sorgen, sagt sie. Sagen wir schon jahrelang zueinander. Dein Buch doch auch, sagt sie, das schwarze Buch. Weißt du noch, wie du jeden Tag dachtest, es wird nie fertig? Ja, sagte ich, aber das Stipendium haben sie trotzdem abgelehnt. Und mit deinem ersten Buch, sagt sie, kaum Schlaf und nie Zeit. Und wie wir dann nach Frankfurt und überhaupt nichts mehr hatten. Keine Wohnung. Nicht einmal für das Manuskript einen Tisch. Jetzt beide Bücher und uns gibt es auch noch. Ja, sagte ich, aber das Stipendium haben sie trotzdem abgelehnt. Und wie soll ich jetzt das nächste Buch? So praktisch, so nah bei der Wohnung die Arbeit. Beinah wie auf dem Dorf. Und genau auch die beste Arbeitszeit. Nicht viel Geld, aber man kann zu Fuß hin und muß nicht im Laden wie jemand anders. Keine Maske, kein fremdes Gesicht. Luft im Laden. Richtige Fenster zum Auf- und Zumachen. Ich kann die Ladentür auflassen. So helle Morgen. Eine Espressomaschine. Ein brauner Hund jeden Morgen. Und wer alles als Kunde hinkommt, um mit mir zu sprechen. Die leichteste Arbeit, die ich je hatte. Sogar auch noch ehrlich! Und Anne auch! Wie froh sie für diese Arbeit, auch wenn sie die meiste Zeit meckert. Wie klein wird die kleine Abfindung sein? Wenn sie mir schon nie ein Stipendium geben, warum kann ich nicht wenigstens diese einfache Arbeit ein bißchen länger behalten? Kamen ans untere Ende der Kiesstraße. Wenn du dich umdrehst, die Straße, der Laden, die beiden Penner von hinten. Auf das Büdchen zu beide. Das berühmte Büdchen mit Säulen und Vordach. Ganz nah bei dem Büdchen jetzt schon die zwo Penner. Einen weiten Weg gekommen und hinkt jeder anders. Jetzt, sagte ich, müssen wir zu unserem Nachteil schon fast wieder froh sein, daß wir die Wohnung letztes Jahr nicht. Hätten bei uns im Haus letztes Jahr eine Dreizimmerwohnung mit einer großen Küche und einem kleinen Balkon. Drei Zimmer. Alles echt! Kann benutzt werden! Nur siebzig Mark mehr im Monat. Einmalig die Gelegenheit! Viel größer und nur siebzig Mark mehr! Wird andernfalls nie mehr frei! Lieber abwarten, sagte ich damals, es reicht ja schon so kaum und mit einem kleinen Kind kann man nicht einfach ganz ohne Geld. Wenigstens immer ein bißchen. Notbedarf. Nicht so wie sonst immer. Mit einem kleinen Kind geht das nicht. Denk an die Gasrechnung. Mit der Miete ist nicht zu spaßen, hat meine Mutter jeden Monat gesagt. Dachten damals noch, wir kriegen vielleicht das Stipendium und mit dem Geld in den Süden, da reicht es uns doppelt so lang. Oder, sagte ich damals, in Oberösterreich. Bei Freistadt, nicht weit von der Grenze. Eine Waldgegend. Gute Milch. Nadelwald. Da ist es schon bald wie in Böhmen. Oder wer weiß, für das zweite Buch einen Preis. Und mit dem Preis mit Carina aufs Land. Oder bleiben in Frankfurt und jeden Tag den ganzen Tag Zeit. Stell dir vor, ich könnte schon morgens zu schreiben anfangen! Lieber erst abwarten. Wer weiß, was noch alles sein wird. Doch am Ende dann gar nichts und jetzt schien alles eher wieder schlimmer statt besser zu werden. Wie gern halbtags in der Stadtbibliothek. Meinetwegen als Hilfskraft oder stellvertretende Hilfskraft, der Handlanger eines Computers. Am liebsten die Zweigstelle in der Seestraße. Ich hätte gleich in den ersten Wochen die ganze Zweigstelle auswendig gelernt. Mich einmal schriftlich bei der Zentrale beworben. Extra dafür ein neues Farbband in die Schreibmaschine und für den Lebenslauf einen sauberen leeren, noch unbeschriebenen Nachmittag. Zu der Bewerbung eine Empfehlung von meinem Verlag. Ein Bewerbungsgespräch, einen Gesprächstermin. Noch bevor sie mir einen Stuhl anboten, war schon klar, daß sie die Arbeit eher einem Analphabeten geben würden, als einem der sich als Schriftsteller ausgibt. Egal ob er Schriftsteller ist oder nicht. Schriftsteller, Leser, zwei Bücher, ein Kind. Verwaltungsangestellter, Buchhändler, Personalchef. Mit vierzehn zu arbeiten angefangen. Ohne öffentliche Bibliotheken ist mir für mich selbst mein Leben nicht denkbar. Nicht oder kaum. Erst allein auf dem Heimweg kam ich dazu, ihnen gutwillig und ausführlich mein eigenes unwiderrufliches Leben zu erklären. Besiegt und zu Fuß heim, ein geschlagenes Heer. Gerade an solchen Tagen kann einem leicht geschehen, daß man vor, erst vor und dann unter die Straßenbahn kommt und dann ohne Ausweis. Kamen ans Ende der Kiesstraße, Sibylle und ich, und gingen nach rechts. Ein paar Schritte die Robert-Mayer-Straße entlang und gleich an der nächsten Ecke die Jungstraße. Durch die Jungstraße jetzt zurück, die Jungstraße ganz mit Schnee bedeckt. Blau die Schatten auf dem Schnee und am Rand spektralfarben. Jeder Schatten mit seiner eigenen Aura. Stahlblau und silbern im Rinnstein das Eis. Alles funkelt und blitzt, so ein Tag.

In der Jungstraße ein kleiner Laden. Obst, Milch, Lebensmittel. Der Laden gehört einer alten Frau, die ihn zusammen mit ihrem Sohn betreibt. Hauptsächlich alte Leute als Kundschaft. Und mehr nur im kleinen. Man geht immer dann hin, wenn man gerade nicht auf die Leipziger Straße will und auch nicht extra in den Kaiser-Supermarkt. Nur schnell ein kleines Stück Butter, einen Liter Milch, Zucker und Salz. Schon gestern das Salz vergessen! Haferflocken, Rosinen, Paniermehl. Ein halbes Pfund Bohnenkaffee, gleich mahlen. Und eine Dose mit Glücksklee-Milch, wie für einen gelungenen Sonntagnachmittag im Jahr 1954. Wollen als Hausfrauen das Paniermehl ja immer selbst aus dem alten Brot und den überzähligen Wintertagen und kommen dann doch nicht dazu. Wieder nicht. Ein Achtel Kalbsleberwurst, einen Blumenkohl. Ja leider, bis gestern den schönsten Blumenkohl, auch noch preiswert. Aber jetzt ist er ausverkauft. Den letzten hat die Frau Morgenstern, die kennen Sie nicht, die macht ihn mit Semmelbröseln. Dann also einen Salatkopf. Kopfsalat oder Endivien? Und was es dazu geben soll. Blumenkohl kann man auch mit

Kapern, das sind die aus Ostpreußen und die Berliner. Noch zwei kleine reife Bananen, reif, aber nicht zu reif. Auch frische Brötchen, aber nur morgens. Kinder kommen und kaufen Kaugummi und Hanuta. Oder sollen schnell eine Büchse Büchsenravioli und nicht rumtrödeln, aber auch nicht hinfallen! Gleich zurückkommen! Ölofenanzünder und zwei Joghurt. Sie wissen, sie sollen einfachen Joghurt holen, Naturjoghurt, aber bringen Joghurt mit Erdbeergeschmack. Eis im Sommer die Kinder. Himbeerbonbons und Brausepulver, die es schon so lang gibt, daß man denkt, die gibt es schon gar nicht mehr. Der Sohn mit einem alten Lieferwagen. Liefert auch auf Bestellung. Manche alten Leute im Viertel, die sich einmal in der Woche das Nötigste bringen lassen. Streichhölzer. Einmal Suppennudeln, die gleichen wie immer. Auch Klopapier nicht vergessen! Seit sie sich das Nötigste bringen lassen und müssen nicht mehr für jede Kleinigkeit selbst aus dem Haus, haben sie es mit Hüfte und Knie. Jetzt ist der Laden zu. Mittagspause. Vor dem Laden der Lieferwagen. Wenn man jetzt ganz dringend Quark und Waschpulver kaufen wollte (Zimt, Aprikosenmarmelade und schnell einen ungeduldigen Spülschwamm), könnte man an die Ladentür klopfen und müßte dann eine Geschichte erzählen. Auch frische Eier. Corned Beef in Dosen und Heringsfilet nach Hausfrauenart in Tomatensauce. Zwei Sorten Ölsardinen. Selbstredend beide preiswert und gut, aber jetzt muß man nachsehen, welche mehr kosten. Das sind dann die besseren! Wäscheklammern hat sie jetzt aufgegeben, das hat sich schon länger nicht mehr gelohnt. Aber Kerzen doch selbstverständlich, wo käme man sonst bei Stromausfall hin? An der Mittagspause des Ladens vorbei, durch den Schnee, Sibylle und ich. Dich ausruhn, sagt sie, und essen und schlafen wie jeder Mensch. Lesen darfst du, aber nur wenn du dich ganz zuletzt jeden Tag ohne Widerstand von mir in den Schlaf streicheln läßt. Lesen nur, wenn es im Rahmen bleibt. Schreiben noch lang nicht. So schlimm wie zuletzt mit dem Buch soll es nicht gleich wieder werden. Ich hatte ihr freiwillig versprechen müssen, mit dem Schreiben eine Weile zu warten. Erst war es mir auch recht, lang sogar. Doch inzwischen will mir die Zeit keine Ruhe mehr lassen. Jürgen und Pascale mit einem alten billig gekauften polizeigrünen VW-Bus und allem was sie hatten nach Frankreich. Sie hatten im Süden einen Ort gefunden, wo sie eine Kneipe aufmachen wollten. Ein Restaurant mit drei Tischen. Drei kleinen Tischen. In einem engen alten Haus, nicht unterkellert, ein einziger feuchter Raum. Jahrzehnte voll Spinnweben, Staub und Gerümpel. Sie hatten einen Mietvertrag, sie hätten das Haus sogar kaufen können. Sie fanden im gleichen Ort eine Wohnung, die nicht zu teuer war. Sie räumten den Raum aus und fingen zu renovieren an. Die Wohnung bei einem freundlichen reichen Lavendelbauern am Rand des Ortes auf einem Hügel. Barjac heißt der Ort. Wein und Obst und Lavendelfelder. Nicht weit die Ardèche und dazu viele liebliche Nebenflüßchen, die aus den Bergen kommen und haben es meistens eilig und reden mit hellen Stimmen. Von der Haustür aus sieht man jeden Tag die Cevennen. Den ganzen Herbst und Winter hindurch schrieb er mir begeisterte Briefe, beinah wie vor zwanzig Jahren. Drei Tische oder doch eher nur zwei, das war noch die Frage. In der Osterwoche Eröffnung (schreibt er mir seit Anfang Januar schon). Entwürfe für Speisekarten. Er kocht und Pascale bedient an den Tischen. Sie wird bedienen, als ob es eine Tanzrolle wäre. Aber wie soll das Restaurant heißen? Man durfte schon nichtmal mehr Kneipe sagen. Inzwischen hatten sie in der Kneipe ein Telefon, also im künftigen Restaurant. Manchmal nachts rief er an und erklärte mir, wie er mit dem Renovieren fortzufahren gedenke. Wenn die Kneipe sich halbwegs lohnt, dann ziehen wir auch hin und essen jeden Tag bei ihnen im Restaurant. Sibylle auch als Kellnerin. Carina übt jetzt schon. Sobald ich mich irgendwo hinsetze, egal wo, stürzt sie zielstrebig auf mich zu, klatscht (weil es schnell gehen soll) in die Hände und ruft: Bitte-was-mogen-Sie? Istessorichtig, Peta? Jetzt wollen Jürgen und Pascale nächstens für acht bis zehn Tage nach Frankfurt und bei uns wohnen. Besorgungen. Schleifscheiben. Eine Bohrmaschine, elektrisch. Deutsches Werkzeug aus Deutschland. Nur was hier billiger ist oder müßten es irgendwo mitnehmen. Auch noch Zeug bei uns im Keller untergestellt. Ob der alte VW-Bus die Reise noch einmal schafft? Inzwischen von einem Wirt, der pleite war, vier Marmortischchen gekauft, und mir ein Marmortischchen als Muster im Brief aufgezeichnet. Nicht pleite der Wirt, nur müd und alt und als Witwer mit einem Leberschaden. Am Rand von Alès. Ich wünschte, wir könnten ihnen zu den Tischen die Stühle dazu. Als Geschenk. Sie müssen bequem und bescheiden sein. Nicht viel Platz. Am liebsten aus Ebenholz und mit abgerundeten Ecken und märchenhaft wie die Märchendinge in morgenländischen Märchen. Noch ihren Besuch abwarten, sagte ich mir, und danach dann mir langsam alles zurechtrichten. Erst nur in Gedanken und dann auch auf meinen drei Arbeitstischen. Und bald dann anfangen mit meinem nächsten Buch. Aber inzwischen schon mittendrin, meine alten Notizbücher und die Zettel zu sortieren und die Notizen in große Hefte zu übertragen. Nur immer mittags vorerst. Gleich beim Heimkommen. Die Abende vorerst noch frei. Von meinem Freund Wolfram aus Gießen die Hefte. Noch aus dem ehemaligen Laden seiner toten Großmutter, in dem ich mit vierzehn eine Lehrstelle, Sechstagewoche, drei Jahre. Sowieso in der Jordanstraße dauerhaft große Papiervorräte. Alle meine alten Manuskripte aus Staufenberg. Leitz-Ordner. Landkarten. Schubladen. Manuskriptschränkchen. Mehrere Manuskriptschränkchen. Eins von den Manuskriptschränkchen innen prächtig mit grünem Filz ausgekleidet. Wie für die Ewigkeit.

Durch den Schnee. Sibylle neben mir. Wie der Schnee in der Sonne leuchtet. Wo er einfach liegengeblieben war und die Menschen, die Zeit und der Winter haben ihn festgetreten und jetzt knirscht er bei jedem Schritt, da konnte man besser gehen als dort, wo ihn die Hausbesitzer und Hausmeister, Behörden und Schneeräumdienste immer wieder weggeschippt hatten und Asche und Salz hingestreut. Eine Frankfurter Haustür. Aus Sandstein drei Stufen davor. Auf der obersten eine Katze im Pelz, die den Schnee nicht bestellt hat. Hell die Tauben über die Straße. In großer Höhe und ließen sich nebeneinander auf der höchsten Dachrinne nieder. Am Rand des Himmels, in einer Reihe. Und umständlich sich zurechtgesetzt, Zuschauer, eine ganze Schar. In Gießen hat Sibylle mich oft von der Arbeit abgeholt. Oft extra aus Staufenberg mit dem Bus. In Frankfurt die erste Zeit jeden Weg, sie und ich, zusammen. Und wie ich dann später von Niederrad aus oft lang den Main entlang und Sibylle abholen ging. Zu Fuß. An den Uni-Kliniken vorbei (nur nicht krankwerden!), die Mörfelder Landstraße und durch Sachsenhausen oder zum Staunen der Möwen über die rostigen alten Eisenbahnbrücken. Weit und breit der einzige Mensch. Schiffe auf dem Main. Über Griesheim, Nied, Höchst, wo die verrotteten Fabriken vom gottverlassenen Himmel hoffnungslos herabhängen, Abendland. Die Kläranlagen, die alte Mainfähre. Zeit trieb den Fluß hinab. Schiffe auf dem Main. Das Heizkraftwerk, Baustellen, die Bürostadt, Nied, Schwanheim und Rödelheim. Am Römerhof vorbei, am Industriehof, an der Hellerhofsiedlung mit ihren vergessenen Feierabenden und verlorenen Kindheiten vorbei. An der Kuhwaldsiedlung, am Rangierbahnhof, an den Kühlhäusern, am Hauptgüterbahnhof vorbei. Durch drei oder vier Sonnenuntergänge. Güterzüge. Schiffe auf dem Main. Am Westhafen, an Degussa vorbei. Wind, Rauch, ein Schneegestöber. Es schneit. Eilig die Flocken in den dunklen langsamen Main hinein. Die Gutleutstraße, die Hafenstraße, zwei Hafenstraßen, der Tunnel, gebrauchte Präservative, die früher Pariser hießen. Die Leichen vom Tage (das sind heute die von gestern), die Einwegspritzen und was sie dir hier an die Wand schreiben. Prophezeiungen, Telefonnummern, Preise. Viele günstige Angebote, hier als Schrift an der Wand entlang. Durch den Tunnel, trockenen Fußes, lebendig, am Leben, er lebt (also ich!). Oft durch den Tunnel! Und immer wieder am Leben geblieben! Und hinter dem Tunnel, hinter dem Bahnhof, die Bahnhofsausfahrt. Die Ferne, der Tag, ein verdämmerndes Blaupausen-, Makler- und Niemandsland und die Friedrich-Ebert-Siedlung. Fernlaster, Güterzüge, das Gallusviertel. Zu Fuß. Sibylle abholen, in Gedanken schon längst im Gespräch mit ihr und immer auch unterwegs zu mir selbst. Schon dreimal das Gallusviertel *und jetzt fängt es zu schneien an. Es schneit.* Und endlich die Mainzer Landstraße, die hier wie auf Krücken daherkommt; der Tag selbst kommt dir hier wie auf Krücken daher. *Es hat angefangen zu schneien! Schnee, Schneeregen, nasser Schnee, der nicht bleibt!* Sibylle abholen! Den ganzen Weg zu Fuß. Den ganzen Weg im Kopf mich als künftiger Großstadtbettler geübt. Frankfurt am Main. Auf jedem Weg schreibst du dir im Kopf für dich selbst ein Buch. Mietskasernen, Fabriken, finstere christliche Backsteinbauten, die unentwegt Albträume ausbrüten. Wie auf Krücken der Tag. Baustellen, Lagerhäuser, Gebrauchtwagen, Gebrauchtwagen, Neu- und Gebrauchtwagen. *Wir nehmen Ihren Gebrauchtwagen zum Höchstpreis in Zahlung!* Kasernen, Bunker, der Krieg, der erste, der zweite Weltkrieg. In Schnee und Regen die Mainzer Landstraße bis zum Platz der Republik. Halbe und ganze Tage zu Fuß unterwegs und mit Anstrengung im eigenen Kopf herum (in Frankfurt am Main der billigste Schnaps ist immer im Stehn an der Theke ein schneller Korn, aber besser du hast das Geld für einen Flachmann! Korn, Weinbrand, Rum, Rumverschnitt, Zigaretten und Selbstgespräche; erst einen Flachmann, dann ich und der Tag, und dann noch einen Flachmann!). Der Weg und der Tag und mein halbes Leben und die Stadt mit all ihren Vororten immer wieder durch mich hindurch. Fast verschollen! Der Winter 1977/78. Unser erster Winter in Frankfurt, jahrelang Winter. Nichtmal als Zeitungsträger und Prospektverteiler eine Arbeit gefunden. Nicht als Packer und auch nicht als Aushilfspacker. Schriftsteller nur für mich selbst. Den ganzen Weg zu Fuß. Einen weiten Weg gekommen. Am Platz der Republik vor dem Bellaphon-Haus im Schneematsch. Viele Lichter im Abend. Stehen und warten in der naßkalten nebligen Dämmerung. Muß gleich, muß jeden Moment jetzt zur Tür heraus und lebendig und kommt auf mich zu, Sibylle! Fünf Uhr nachmittags, fünf vor fünf. Stehen und warten und den ganzen Weg entlang nicht zum Gespenst geworden! Jetzt, seit Carina bei uns, nur noch selten Sibylle und ich ohne Carina. Daß wir es schon schaffen, sagt sie jetzt zu mir. Eher besser als vorher. Mit Carina erst recht, sowieso. Und was wir noch alles jedesmal zueinander. In jeder Not und zu allen Zeiten. Solang wir nur weiter zusammen, sagten wir, du und ich.

Die Zukunft. Bald Frühling. Von der Zukunft und uns und dem Frühling und vom Frühling in einem Jahr. Wer sind wir? Wo gehen wir hin? Die beiden Penner an uns vorbei. Die Kiesstraße, Mittag, Sibylle und ich. Im Frost, in der eisigen Luft, im hellen Mittag ihre Stimme neben mir her und warm die Sonne uns in die Gesichter. *Sind doch wir, die hier gehen?* Der Schnee leuchtet und ganz deutlich jedes einzelne Wort von ihr, jede Silbe! Beinah ja, als ob ich sie *sehen* könnte, die Töne, in diesem Licht! Und mit einem Mal sicher, alles was sie sagt, das wird es nicht geben. Die Zeit nicht und uns nicht. Selbst fassungslos. Damals. Eine Trennung damals undenkbar. Ich sah mich stehenbleiben. Ein Schatten, ein Trugbild. Im Schnee, in der Sonne. Dann als Schatten langsam zurück,

Schritt für Schritt. Ein Gemurmel, als hätte ich etwas verloren. Ich ließ mich als Denkmal stehen. Am Rand des Gehsteigs. Ein Mahnmal, eine Salzsäule, männlich. Ich ließ mich davongehen. Von mir weg und zurück, immer weiter zurück. Mit Gesten, erst Gesten noch, dann wild ein Gefuchtel. Stolpernd, in Selbstgespräche vertieft. Zurück den Weg und den Pennern nach. In der Sonne, ein Spuk. Noch einer, der verstört, ohne Namen und Obdach, nicht bei sich! Bis ich mich aus den Augen verlor. Tag und Nacht durch die Stadt und findet den Weg nicht und findet sich selbst nicht, in seinem Gedächtnis! Und dabei immer weiter neben ihr her. Sind doch *wir*, die hier gehen? Ich kann sie hören und trotzdem wie taub. Wie in einer Glaskugel, einer Kristallkugel oder selbst zum Stein und als sei es für immer! Vielleicht zu essen vergessen? Vielleicht gleich nach dem Laden zu schnell diese klare kalte Luft? Vielleicht *falsch* geatmet? Gehen. Neben ihr gehen. Ein tiefblauer Himmel. Vor uns flogen Tauben auf und hell in das Licht hinein. Als ob du schwebst, sagte ich mir, das macht das Licht und auf einmal die Luft so dünn und du spürst es am Herz. Nur jetzt nicht gleich ohnmächtig! Immer weiter: die Erde vor deinen Füßen und sacht atmen, sacht! Ein kleiner Tod, eine Schwäche und es nicht einmal gleich gemerkt. Nur zur Einübung in die Sterblichkeit. Jetzt noch eine kleine Weile und wird dann gleich vorbei: wird dann gleich wieder besser. Die Jungstraße, die Jordanstraße und vor dem schlafenden Tannenbaum über die Kreuzung. *Als sei nichts geschehen!* Mitten im Schnee, in der Sonne, der griechische Laden. Obstkisten davor. Eine gestreifte Markise, blauweiß gestreift. Weiter vorn in der Straße die Schulkinder jetzt. Bei den Kaugummiautomaten. Kaugummikugeln mit Farbstoff und Gewinnmöglichkeiten. Dicht bei den Kindern der braune Hund. Als ob er auf ein Gespräch wartet, aber will sich nicht aufdrängen. Jetzt sagst du ja nichts mehr, sagt sie. Und schon durch den Schnee auf die Haustür zu, die uns kennt. Noch mit rauf, sagt sie, Durst! Macht die Luft und weil ich mich so beeilt. Schnell noch mit und dann gleich in den Kinderladen. So fremd und du sagst nichts und sagst nichts, sagt sie und hat mich angefaßt. Post? Auch damals beständig Sorgen. Nie ohne Sorgen. Die Gasrechnung, Bankkonto überzogen, Drohbriefe von Behörden. Kein Geld und immer auch die Papiere noch nicht in Ordnung. Noch nie! Und doch war es mir da noch leicht, im Briefkasten nachzusehen, jeden Tag wieder. Als sei ich beschützt, als könnte mir nichts passieren. Manche Tage dreimal am Tag im Briefkasten nachgesehen und mir die Gründe dafür immer wieder dazuerfunden. Jedesmal neu die Gründe.

Die Wohnung. Allein jetzt und immer noch fassungslos. Gerade nur soweit zu mir gekommen, daß ich merkte, ich werde nicht ohnmächtig. Noch das Klappen der Tür, als sie ging. Fast eine Stunde seither und ich weiß nicht, was ich gedacht habe (wo bin ich, wenn ich nicht bei mir bin?). Die Sonne im Zimmer. Wie der Tag leuchtet. Und warum schon gleich drei? So ein Tag, an dem man vor seinem Spiegelbild erschrickt oder kennt sich nicht. Als ob das Spiegelbild etwas weiß, was wir noch nicht wissen dürfen! Noch ihre Stimme, die Tür, ihre Schritte im Ohr – gegangen! Und wer weiß, genau wie die Zeit vielleicht, gegangen und kommt nicht zurück. Schon mehr als acht Jahre zusammen. Ist nicht jede Wohnung auch wie ein Grab? Carina bald dreieinhalb. Nie eine Trennung auch nur in Erwägung gezogen. Der einzige, der davon manchmal spricht, das bin ich. Wenn du nicht verstehst, was Cézanne für ein guter Maler und wie er immer wieder die Stille gemalt hat! Nicht begreifen willst, wie ein einziger Satz von Rimbaud, auch wenn keiner ihn je gelesen hätte, das Leben verändert und zwar zu Recht! Daß es in Ordnung wäre und gut und richtig, wenn ich den Rest meines Lebens vor dem Bild von Hobbema sitze, es hängt in London, und in Gedanken die

Landstraße entlang auf die Stadt zu. Wie heißt nur die Stadt? Eine Stadt oder eher ein Dorf? Meinetwegen im Knast, Einzelzelle, das Bild nur als Postkarte, und zu keinem Menschen je wieder ein Wort. Wasser und Brot oder preußische Wassersuppe, es soll mir egal sein. Nur auf jeden Fall Salz dazu. Mein eigenes Salz. Salz und Zwiebeln. Sind kostbar im Knast. Wenn du leben willst, unerläßlich. Die Allee von Middelharnis. Und das wäre mir immer noch lieber, als wenn ich jemand anders! Ein reiches erfülltes Leben! Auf dem Bild immer Samstagnachmittag. Außer mir weiß das keiner! Und die Wahrheit in diesem Gedicht von Lo-Tschu-Nai. Mit dreiunddreißig gestorben und wir wissen nicht, wie er gelebt hat. Und Chinesisch können wir auch nicht. Daß es besser ist, hier auf dem Feldweg, egal ob das Dorf nun Seelenberg heißt oder nicht (sie schreiben das bloß so an!), zu Fuß durch den Wald nach Usingen. Auch wenn wir den Weg nicht kennen und uns dabei höchstwahrscheinlich die Nacht auf den Hals kommt; das will ich jetzt noch nicht wissen! Jetzt, wie vor unseren eigenen Blicken her, hier in den wartenden Wald hinein! Sogar wenn wir gar nicht, sogar wenn wir nie ankommen! Immer noch besser, als so ein Bus (den wir sowieso verpaßt hätten, uns selbst und den Tag auch verpaßt!) oder in der S-Bahn von Frankfurt aus, mit vielen fremden Gesichtern, nicht genug Luft und selbst ein fremdes Gesicht im Gesicht. Erst nur ab und zu ein fremdes Gesicht im Gesicht und dann bleibt es für immer. Wenn du nicht zugeben willst, daß jede Behörde eine Beleidigung ist, genau wie die U-Bahn-Stationen. Daß es *vernünftiger,* sagte ich, meilenweit in die falsche Richtung zu gehen oder für immer im Kreis, als jemanden nach dem Weg zu fragen. Schon gar nicht ein bis an die Zähne mit Schweigen bewaffnetes Ehepaar! Erst recht keine deutsche Mutter, die ihr Kind so herumzerrt! Auf keinen Fall einen Geheimagenten in der Rolle eines Busfahrers oder Ladenbesitzers. Nie einen Polizisten! Wenn du das nicht kapierst, dann weiß ich nicht, warum wir noch zusammen und weshalb wir uns überhaupt kennen? Oder kennen uns nicht und hätten uns nie gekannt. So oder so ähnlich. Auch um ihr meine Verzweiflung zu sagen, an Regentagen. Und um Liebesbeweise von ihr zu erpressen. Jede Pornogeschichte, die du für mich schreibst, muß eine Vorgeschichte, eine Einleitung und nach dem Hauptteil den Schluß und mehrere Nachträge. Genau wie im wirklichen Leben, nur eben ausführlicher. Natürlich auch Dialoge. Ort und Zeit. Das Wetter gehört dazu. Und wie du mir jede von den Geschichten vorlebst und nachspielen sollst. Die Schauplätze aus dem Alltag. Genauso die Nebenrollen. Jeder Satz ein Bild. Die Bilder muß man sich als Leser selbst, so geht lesen. Aber auch mit Fotos und Fotoserien, die man sich ausdenkt und numeriert. Und Fortsetzungen, viele Fortsetzungen. Das sind wir. Das ist die Unendlichkeit. Keiner stirbt! Singen sollst du! Du bist die Gegenwart und das Leben in diesen Geschichten. Weil ich morgens eher gehe (kaum Schlaf in der Nacht), schreibt sie mir Zettel, die ich beim Heimkommen finden soll. Auf dem Familientisch, auf der Kommode, am Fenster, auf einem von meinen drei Arbeitstischen. Oft mit Carina bei mir im Antiquariat vorbei, unterwegs in den Kinderladen. Vielleicht liegt daheim ein Zettel für dich, sagt sie zu mir. Im Antiquariat meistens Sonderlinge als Kunden. Manche räumen im Laden auf und sortieren die Bücher um. Manche gibt es, die kaufen für sich selbst jedesmal *die* Bücher nicht, die sie gern hätten, dafür aber andere. Und erzählen dir immer wieder ihre Gallenoperation. Mit Zeichnung. Als ob sie es selbst gemacht hätten und höchstwahrscheinlich aus Glaubensgründen. Einer der in jedem Buch, das er in die Hand nimmt, Seite für Seite umblättern muß, weil es ja verheftet sein könnte. Manche kommen und lesen mir vor oder wollen, ich soll Vegetarier werden und ab jetzt meine Häuser nur noch aus Hanf und Naturholz bauen. Und unbedingt rund! Keine Ecken und Kanten! Höchstens Bienenwachs für das Holz ist erlaubt. Mitten in den Vormittag hinein (auf einmal ist es ganz hell geworden) ruft Sibylle vom Verlag aus im Laden an und sagt mir Liebeserklärungen und leidenschaftliche Obszönitäten. Manchmal vom Verlag aus und manchmal aus gläsernen Telefonzellen. Als ich sie zum erstenmal sah, war sie neunzehn. Ich wußte nur ihren Vornamen. Eine Schülerin, die allein lebt und ist in der Roten Hilfe. Was ist denn die Rote Hilfe? Wir kamen wegen einer Fluchtadresse zu ihr, die Frau, die sie kannte, und ich. Es war dringend. Sie wohnte am Stadtrand in einer leeren Fabrik. Als wir zu ihr kamen, stand sie auf einem Tisch. Sie wußte, warum wir kommen. Ein Pferdeschwanz, ein gestreiftes Männerhemd und eine Cordhose, die ihr jemand geschenkt hat. Sehr eng und zu kurz, verwaschen und rosarot und so dünn, daß man denkt, entweder reißt der Stoff oder wird gleich durchsichtig. Sie stand auf dem Tisch, als sei sie in Wahrheit nackt. Der Tisch am Fenster. Ein hohes Fabrikfenster: lauter gleichgroße Vierecke. Vor dem Fenster auf Zehenspitzen, die Arme über dem Kopf. Einen Vorhang befestigen. Und dreht sich jetzt zu uns um.

Das war im Oktober. Seither mehr als acht Jahre. Jetzt mit mir selbst. In der Wohnung. Allein. Kannst nicht bleiben, nicht gehen, nicht bleiben. Ganz sicher, daß wir in einem Jahr nicht mehr zusammen, daß es uns dann nicht mehr gibt! Und ohne Erklärung, fassungslos. Vor vier Jahren zu trinken aufgehört, andernfalls wäre ich tot. Beim Aufhören noch gedacht, daß ich wenigstens beim Sterben einen klaren Kopf, damit ich es weiß, damit es mein eigener Tod. Damit ich bei mir sein kann, wenn ich sterbe. Auch noch längst nicht zuende gespielt. Mit nichts je fertig, kaum ja erst angefangen mit meinem Tag. Und seither kam das Leben zu mir zurück. Was soll uns geschehen? Mit einem Kind, wenn du dafür zuständig, kann dir gar nichts passieren. Nichtmal eine Grippe bekommst du, solang das

Kind klein ist. Auch Sibylle und mir selbst öfter schon eingetrichtert: mit Kindern – nicht sich aufopfern! Das wichtigste ist, daß es einem gut geht als Eltern. Das ist das beste für die Kinder. Carina bald dreieinhalb und es wird jeden Tag schöner mit ihr. Die Zeit jetzt, die Uhr? Nur einen alten Elektrowecker, der vor Anstrengung manchmal stöhnt, als einzige Uhr in der Wohnung und in unsrem Leben. Und jetzt immer wieder nachsehen, wie spät. Ich holte ihn mir ins Zimmer. Mit Schnur. Er ist so altmodisch, daß er ohne Steckdose nicht auskommt. Doch im Vergleich zu den Dorfweckern meiner Kindheit hochmodern. Am liebsten jetzt hätte ich drei oder vier oder zehn Uhren um mich her aufgestellt. Wie für ein Wettrennen. Am liebsten Uhren, die man ständig aufziehen und schütteln muß. Sie anspornen. Ihnen zureden. Sanduhren auch. Und Stoppuhren, wie bei einem Sportfest, wie beim Turnierschach. Unerträglichkeit ist ein Zustand, der mit jeder Minute schlimmer! Wie soll man etwas aushalten, ohne es zu begreifen? Als hätte ich die Sprache verloren! Nichtmal mehr Selbstgespräche! (Sagte ich mir!) Nicht genug Luft! Ich wollte Wasser trinken und konnte es nicht. In einem Jahr, was soll denn in einem Jahr? Nicht mehr zusammen und wo sind wir dann? Deinen Krieg hast du schon überlebt, damit fing es ja an. Uns trennen? Ich nicht! Daß sie sich von mir trennt? Undenkbar! Rauchen, husten, rauchen. Mit sechzehn zu rauchen angefangen und seither die meiste Zeit Kettenraucher. Vielleicht längst Lungenkrebs und es ist sowieso zu spät! Ist vielleicht schon länger zu spät? Und direkt erleichtert jetzt, weil ich endlich eine Erklärung. Gleich kam mir vor, ich hätte es immer gewußt. Wenigstens insgeheim. Und seit wann? Wann hat das Sterben denn angefangen? Jetzt hier mit mir und mit all meinen Sinnen und die Welt wie ein Schmetterling atmend auf meiner Hand und in einem Jahr alles tot? Deshalb also! Und mir gleich als Gewißheit. Jetzt ist es fünf vor halb vier. Wie sie vorher gerannt und gerannt ist und jetzt wieder langsam die Zeit – oder umgekehrt? Endlich konnte ich wenigstens Espresso und Cola trinken und dazu immer weiter rauchen. Beinah wie die Vormittage im Laden. Wie in einem fremden Haus. Jetzt gehen und endlich die Schneekugel kaufen? Schon ewig wollten wir eine Schneekugel. Für Carina und auch für uns selbst. Aber keine je schön genug. Am liebsten eine mit einem Haus, einem Baum, einem Dorf, einer Stadt, einem großen Wald. Nadelwald. Eine Waldgegend. Eine Landschaft, ein ganzes Land. Die Schneekugel schütteln und es fängt an zu schneien. Schnee, immer mehr Schnee, immer dichter die Flocken. Schnee fällt und deckt alles zu. Noch zwei-drei Espresso, das Cola austrinken und dazu unentwegt rauchen. Und dann an den Plakatwänden mit Zigarettenreklamen vorbei auf die Leipziger Straße? Erst auf die Leipziger Straße oder gleich in die Innenstadt? Unterwegs Zigaretten kaufen und immer weiter eine an der andern anzünden? Wie schon seit Jahren, Jahrzehnten? Durch die Stadt und mit meinem Leben von Uhr zu Uhr? Aber auch jetzt würde ich keine Schneekugel finden, die schön genug wäre. Und ich merkte, ich konnte nicht weg hier, bevor ich Sibylle und Carina gesehen. Nicht weg hier und nirgendshin. Ich wollte mir die Fingernägel schneiden. Erst die Fingernägel und dann die Zehennägel. Und merkte, ich habe jetzt nicht die Geduld. Mich rasieren und nicht die Geduld. Badewasser einlaufen lassen und nicht die Geduld. Oliven, Gurken, ein Brot und nicht die Geduld dafür. Schinken ohne Brot und nicht die Geduld dafür. Nicht einmal für den Blick aus dem Fenster. Nur stehen und warten. Immer schon die Uhren der Welt im Magen gespürt und was für ein Gesicht sie für mich, je nachdem ob noch Zeit oder nicht. Als Kind schon. Am schlimmsten die Bahnhofsuhren. Ich kann nichts für mich behalten. Ich kann es schon, aber es wird mir schwer. Erst recht in der engsten Umgebung. Nicht einmal Geschenke und Überraschungen. Wir wollen es einmal versuchen! Mund zu, die Zunge eingeklemmt, Kopfschütteln, Schweigen. Mund als Strich. Erst ein Strich, dann ein Punkt. Schweigend den Blick weggedreht. Essen verweigern, damit das Geheimnis mir dabei nicht über die Lippen! Schluckauf, Husten, Erstickungsanfälle, kein Schlaf. Erst die ganze Nacht kein Auge zu und dann immer wieder aufgeschreckt und in Panik. Neuralgien, Fieber, Schweißausbrüche. Ganze Serien perfekter Albträume. Furchtbar anstrengend, aber immerhin gut gemacht die Albträume. Sobald ich mit einer Überraschung für Sibylle, sobald ich auch nur den ersten Gedanken daran: sofort stumm! Sofort so verstockt, daß sie denkt, ich bin böse, beleidigt, verhext! Affären mit fremden Frauen, die wunderschön sind. Und klug und reich, nimmt sie an. Hochbegabt. Affären mit fremden Ländern, mit Büchern, Frauen und Männern. Überhaupt längst anderweitig, wenn nicht gar überdrüssig. Genug von der Welt, das wäre das Schlimmste! Und sieht mich an und denkt, ich will sie nicht mehr. Und bald auch sie nicht mehr kennen. Alle Jahre auf Weihnachten zu der lange dunkle Dezember: kaum auszuhalten ist der Dezember! Und im Sommer, vor ihrem Geburtstag: im Sommer erst recht, im Sommer muß man sich doch öffnen! Und jede Überraschung im Herbst und im Frühling. Die Überraschungen für Carina kann ich mit Sibylle noch wenigstens teilen. Richtige Überraschungen muß man gleich auf der Stelle! Und jetzt? Wie soll ich jetzt meinen künftigen Tod? Datum hierorts nicht bekannt, jedoch mutmaßlich innerhalb der nächsten zwölf Monate bzw. vor Ablauf der Jahresfrist d.h. keinesfalls wesentlich später als in dem erwähnten (vorgesehenen) Frühling in einem Jahr, verbindlich. Werden rechtzeitig unmißverständlich benachrichtigt. Ist unbedingt Folge zu leisten. Alle Einspruchsfristen verjährt. Schon vor zehn Jahren verjährt. Befristete Verlängerungen auf dem Sterbebett in den vorgesehenen amtlichen Frühling hinein nur stundenweise. Als Stundung. Ausschließlich übergeordnete administrative Gründe. Höchstens von Tag zu Tag und auf Widerruf. Vorsprache/Rückfragen zwecklos! Wie jetzt diesen Tod für mich und verheimlichen? Mit ins Grab als Vermächtnis die Stille? Wie geht Sterben und hat es schon, wann hat es angefangen? Und muß auch gerade mir, sagt man sich, ausgerechnet! Also ich! Immer den Tod bisher für einen menschlichen Irrtum gehalten, eine Dummheit, ein Mißverständnis. Aus Bequemlichkeit. Eine abgeschmackte Gewohnheit. Gerade das Verschweigen bringt uns am Ende um. Als ob man sich selbst erwürgt. Für weitere Einzelheiten gern zur Verfügung. Und vielleicht am Ende wird auch der Tod sich uns nur als Spuk? Ein spukhafter Wahn. Wie Fortschritt und Geld und Zeit. Und wie unser Leben, wenn wir es am Morgen nicht wiedererkennen und (wieder ein Sommer vorbei!) auf uns selbst in Hotelhallen warten oder verloren an Bushaltestellen. Auf Bahnhöfen. Auf der Rampe. Auf dem Steg für die Fähre. Der Wecker stöhnt, als ob er schon lang so stöhnt. Und wie er sich Mühe gibt. Ganz warm! Seit wann wird er so warm? Wird einmal zu brennen anfangen! Ich sah es gleich vor mir. In nächster Zukunft ein Tag, der wie ein Feuerwerk explodiert! Und ich? Selber brennen! Schon viel Glück im Leben gehabt. Ruhe und Zeit und die Tage reich. Zu mir in Freundschaft die Tage. Und oft genau richtig alles! Kommt dir dein Leben die meiste Zeit nicht sogar vor, als ob du es dir selbst ausgedacht, sagte ich mir. Und zunehmend mehr jetzt! Warum nicht auch weiterhin jeder einzelne Tag wie ein langes glückliches Leben? So ein Glanz, diese Welt. Einmal im Bad auf den Steinplatten Paradiesbilder. Zwei Platten lose. Wie Szenen aus meinem Leben die Paradiesbilder. Wenn die Sonne scheint, gehört alles mir! Doch immer erst nachträglich weißt du, du warst ein Jahr, einen Tag, einen Abend lang einmal geborgen, gerettet, in Sicherheit. Immer erst mitten im Traum merkt man, daß man träumt. Und träumt, daß man träumt, daß man träumt. Die Sonne im Zimmer. Schon als Carina ganz klein noch, vier

Wochen alt oder sechs, hat hier im Zimmer jeden Mittag die Sonne mit ihr gespielt. Immer hast du gedacht, es reicht, wenn du mit sechzig zu rauchen aufhörst. Mit dreiundsechzig. Bis dahin noch Kettenraucher und dann uralt werden. Lungenkrebs oder nicht, du läßt den Gedanken jetzt los! (Zum erstenmal in deinem Leben läßt du etwas los!) Selbst auf die Gefahr hin, daß er dir verlorengeht, der Gedanke. Nur höchstens beim Zigarettenkaufen. Beim Rauchen. Sooft du eine Zigarette an der andern anzündest. Immer noch eine und die nächste und übernächste schon in Gedanken. Bei jeder Zigarettenreklame, beim Atmen und wenn du siehst, wie die Zeit geht. Höchstens dann und nur wie eine ferne Erinnerung. Beim Schreiben, beim Atmen, sooft die Welt nach dir ruft und jedesmal mit Sibylle und Carina. Und wenn du spürst, daß sie an dich denken. Die Sonne im Zimmer. Die Dächer voll Schnee. Vor dem Fenster leuchtet der Tag. Ein Winterlicht. Und hat schon angefangen zu gehen. Von der Straße her Kinderstimmen. Hier bei mir selbst und allein. Allein mit der Zeit, die dem alten elektrischen Wecker anvertraut ist, der vor Anstrengung manchmal stöhnt. Und mir wünschen, Sibylle und Carina kämen heim, solang die Kinder noch auf der Straße. Vor dem Torbogen werden die Kinder spielen und immer länger die Schatten. Schulkinder, sagt Carina. Daß sie doch kämen, Sibylle und Carina, bevor dieses Licht ganz weg und vergangen! Schon wenn ich sie auf der Treppe höre, kann ich – für heute erlöst! – endlich Badewasser einlaufen lassen. Einen Obstteller, Wörter, die Sprache wiedergefunden. Hunger und Durst. Oliven, Gurken, ein Brot. Sibylle mit vollem Mund und einer Geschichte vom heutigen Tag. Ihre Hände wie Vögel. Sie ist doch keine Witwe! Den Schinken mit oder ohne Brot? Rosinen und die man zum Schreiben braucht, Buchstaben. Buchstabenplätzchen, die schon bei meiner Mutter wie von weit her Russisch Brot hießen. Eine nahrhafte Sprache. Und Wörter, um sich dran zu wärmen. Milchkaffee,

Tee, heiße Milch mit Honig. Carina wird auf der Fensterbank sitzen und Ovomaltine mit einem Löffel essen. Ein Suppenlöffel. Und wir als Eltern können so tun, als sei das erlaubt. Können alle drei baden. Lavendelöl, Zeit, ein Badefest. Im Bad kleine Steinplatten, grau und weiß. Und sind einmal Paradiesbilder für mich gewesen. Alle Lampen an und mit dem Tag und der Welt in den Abend hinein. Gern uns die Zeit heute langwerden lassen und mit ihr spielen, als ob wir sie immer neu, immer noch einmal. Als ob wir sie immer wieder von vorn anfangen könnten, die Zeit. Carina ins Bett bringen, sie und mit ihr ihre vielen müden Stofftiere und die Lebensgeschichten dieser Stofftiere. Jedes Tier hat sich selbst ausgesucht, was für ein Tier es fürs Leben gern sein will. Mit allen Bilderbüchern sie ins Bett bringen. Stundenlang. Mit ihr ihre Wörtersammlungen durchsehen, betrachten, sortieren. Jedes Wort solang im Mund hin und her, bis es warm wird und fängt an zu leuchten. Sind kostbar, sind unzerbrechlich! Immer im Einschlafen will sie ganz zuletzt schnell noch die Uhr lernen und die Zahlen und alle Buchstaben. Nochmal Milch trinken! Und ob vor dem Fenster noch alles da? Will jeden Abend alle früheren Abende in ihrem Leben noch einmal nachspielen und immer weiter ein Stückchen darüber hinaus. Soll keiner vergessen sein!

Wird gerade heute Abend mir immer wieder einfallen, wie Sibylle auf dem Tisch stand, als ich sie zum erstenmal sah. *Leben wir oder spielen wir?* Kurz vor Mitternacht. Carina schläft. Die Welt schläft. Nur Sibylle und ich jetzt noch wach. Vielleicht an diesem Abend endlich in Ruhe die Bilder von Amsterdam? Eine Zeitschrift, die Jürgen mir mit der Post. Auf den Bildern herumspazieren und sehen, wem wir außer uns noch begegnen. Schon seit Jahrzehnten will ich nach Amsterdam. Als ob ich seit langem in Amsterdam auf mich warte. Bald schon bei jedem Einschlafen und Aufwachen muß ich mich nach Amsterdam denken. Steht irgendwo Außerdem, lese ich Amsterdam. Wird kurz vor Mitternacht Jürgens heutiger Anruf? Seit einer Woche ruft er jeden Abend an: Pascale und ich, wir kommen jetzt bald! Im Restaurant, in dem feuchten Steingewölbe, in dem sie das Restaurant einrichten, den Kamin ausgemauert. Fast fertig! Gestern auch schon fast fertig. Also übermorgen, falls jetzt noch heute oder ist Mitternacht schon vorbei? Übermorgen oder den Tag darauf, sagt er, ruft dann vorher jedenfalls rechtzeitig nochmal an. Noch öfter – und wie geht es uns? Was sollen wir euch noch mitbringen? Nichts, sagst du ihm, nichts oder Honig vielleicht. Ein kleines Glas, einen Löffel voll Honig. Am liebsten Thymianhonig, bei euch aus der Nachbarschaft. Hör zu, ein kleines Marmortischchen, die Morgensonne und in der Morgensonne einen Café au lait, einen kleinen schwarzen Café und eine Gauloises und eine Gitanes-Zigarette. Genau wie für dich und Pascale. Für Carina ein kleines Stück Tarte aux pommes und einen Zypressenzweig, mit dem sie den Wespen den Weg zeigen kann. Hier entlang, durch die Luft! Einen Zypressenzweig, der gut riecht. Der Milchkaffee für Sibylle. Ein alter Steinbrunnen nah dabei. Zwei-drei Oliven vielleicht. Am liebsten mit Knoblauch und Rosmarin wie in Marseille. Und ein kleiner Chèvre aus den Cevennen. Muß nicht viel größer als eine Briefmarke, dieser Chèvre, aber unbedingt Salz drauf. Meersalz aus der Camargue und einen Tropfen Olivenöl aus der Gegend von Remoulins. Nur zum Kosten. So von Abend zu Abend (vielleicht hat er mitgeschrieben). Ein paar Scheiben Salami aus Arles. Die Sorte, die sie in Arles le véritable nennen. Man kostet (gut kauen!) und fängt gleich, so heißt es dort, so erzählen sie, maßlos zu prahlen an. Das macht die Wurst, sagen sie. Ein Glas Senf, das kannst du in jedem Supermarkt, Senf aus Dijon. Ist jetzt nicht Trüffelzeit im Perigord? So ein nahrhafter guter Geruch, wenn du sie auf der Hand, eine Handvoll Trüffeln. Ein paar Cornichons. Sie müssen kleiner sein als mein kleiner Finger. Ein Streifen Quittenpastete und eine Dose Maronenpüree. Die gleiche Dose Maronenpüree, die man sich immer aus Frankreich wünscht oder mitbringt oder mitbringen läßt und dann in Deutschland zu essen vergißt. Platanenschatten. Ein Madeleine-Plätzchen, nur ein einziges. Lavendel, gerade nur eben genug für einen einzigen tiefen Atemzug. Von dem Lavendelfeld bei euch am Haus. Von dem Bauern, bei dem ihr die Wohnung. Den Fleck Mooswildnis vor deinen Füßen. Nur den Anblick. Den Horizont jederzeit. Für Sibylle ein paar Leben in der Provence, weil die beste Zeit ihrer Kindheit dort anfing. Carina will eine hellgraue Katze. Eigentlich blaugrau sogar, wie sie letzten September in Martigues eine sah. Und für mich Notizblöcke, viele verschiedene. Dicke Notizblöcke mit französischen Linien. Das weiß ich doch von allein, wird er sagen, kenn dich doch lang genug. Wie schade, daß du keinen Wein mehr trinkst, wird er sagen und traut sich das kaum zu sagen. Und wie du noch jeden Schnaps, wird er sagen, weißt du noch! Cognac, Calvados, Armagnac, Marc. Morgens schon Schnaps und jeden einzigen Nachmittag wie in einem langen Nachmittagstraum in den Kneipen die Aperitifs. Alle Sorten. Und wie sie in den Flaschen und Gläsern leuchten und in jedem Kneipenspiegel und erst recht dann für immer in der Erinnerung. Pascale gleich dann noch für Sibylle. Muß man als meistenteils schweigsamer Mensch immer staunen, wie Frauen mit vielen Wörtern von Thema zu Thema. Das Telefon, sagt er mir jedesmal, nicht in der Wohnung, sondern im Restaurant. Mistral, den vierten Tag schon Mistral. Sonnig und nicht so warm. Doch vor dem Wind geschützt, kann man mittags gut in der Sonne schon sitzen. Schon länger. Den ganzen Januar schon. Was also? Anis-Sirup! Anis-Sirup gibt es nur in Frankreich und er riecht wie Pastis und die Ferne. Wie ein früher Morgen auf einem Schiff. Wie vor der Ausfahrt in neue Länder. Wird es dieser Abend gewesen sein, daß das Haus zu zittern anfing? Und wir, wir hätten es nicht gleich gemerkt? Immer noch Nachmittag. Mit mir selbst, mit meinem Herz, mit Schnur und Wecker und Uhrzeit mitten im Zimmer. Mit wachsender Ungeduld jetzt. Auf den Abend zu. Immer dringender jetzt, immer *schneller* warten! Mit zunehmender Geschwindigkeit warten. Die Zeit brennt. Ein lebendiges Feuer die Zeit und ich brenne! Und an dem Stöhnen des Weckers vorbei Sibylle und Carina entgegenhorchen. Als ob ich Geister aussende. Die Jordanstraße entlang und über den Campus. Über den Beethovenplatz, in die Schwindstraße. Ob sie nicht schon auf dem Heimweg? Die Bockenheimer Landstraße überqueren und bis vor den Eingang zum Kinderladen. Das besetzte Haus in der Siesmayerstraße. Anarchisten. Gewalttätig. Die Anarchoszene. Der friedlichste Ort auf der Welt. Letzten Sommer wochenlang stümperhaft renoviert. Bis weit in den Herbst hinein renoviert. Bis weit in den Herbst hinein hat letztes Jahr für die Kinder und auch für uns selbst im Kinderladen der Sommer gedauert. Und fangen jetzt damit an, den Kinderladen in den Nachmittag hinein versuchsweise zu verlängern. Der Wecker, die Uhrzeit. Stehen und horchen und sie herbeiwarten. Mit all meinen Sinnen ihnen entgegen. Damit, wenn sie kommen, die Sonne noch nicht gegangen und auch auf der Straße die Kinderstimmen noch da. Damit ich im voraus schon ihnen entgegenlächeln und mit meiner Freude beizeiten anfangen kann. Und die Sprache auch wiederfinden, das braucht seine Zeit. Das war im Januar vor einem Jahr. Jetzt in der Abstellkammer. Bei der Lampe. Mein Schatten, die Schuhe und ich. Erschöpft, sind erschöpft, die Schuhe! Was soll ich den Schuhen denn sagen? Erst ein Regen- und dann ein Schneewinter. Die neue Zeitrechnung. Das Jahr 1984. Einmal ein Kind gehabt. Die Abstellkammer. Mein Manuskript. Tisch und Bett bloß geliehen. Vor sechs Wochen eingezogen und seither vergangen die Zeit. Ende Februar. Der

Winter will seinen Ausgang nicht finden. Und dann bleiben mir auch in der Abstellkammer nur noch drei letzte Tage.

Louis Begley
- Lügen in Zeiten des Krieges. Roman. Übersetzt von Christa Krüger. st 2546. 223 Seiten
- Mistlers Abschied. Roman. Übersetzt von Christa Krüger. st 3113. 284 Seiten
- Schmidt. Roman. Übersetzt von Christa Krüger. st 3000. 320 Seiten

Walter Benjamin. Illuminationen. Ausgewählte Schriften. Herausgegeben von Siegfried Unseld. st 345. 417 Seiten

Thomas Bernhard
- Auslöschung. Ein Zerfall. st 1563. 651 Seiten
- Ein Lesebuch. Herausgegeben von Raimund Fellinger. st 2158. 365 Seiten

Peter Bichsel
- Kindergeschichten. st 2642. 84 Seiten
- Cherubin Hammer und Cherubin Hammer. st 3165. 112 Seiten

Volker Braun
- Hinze-Kunze-Roman. st 3194. 240 Seiten
- Trotzdestonichts oder Der Wendehals. st 3180. 160 Seiten

Bertolt Brecht
- Dreigroschenroman. st 1846. 392 Seiten
- Gedichte über die Liebe. Ausgewählt von Werner Hecht. st 1001. 240 Seiten

Hermann Broch. Kommentierte Werkausgabe. Herausgegeben von Paul Michael Lützeler. Sechs Bände in Kassette
- Band 1: Die Schlafwandler. Eine Romantrilogie. st 2363. 760 Seiten
- Band 2: Die Unbekannte Größe. Roman. st 2364. 258 Seiten

NF 265/2/9.00

Hans Magnus Enzensberger
- Ach Europa! Wahrnehmungen aus sieben Ländern. Mit einem Epilog aus dem Jahre 2006. st 1690. 501 Seiten
- Der Fliegende Robert. Gedichte, Szenen, Essays. st 1962. 350 Seiten

Marieluise Fleißer. Gesammelte Werke in vier Bänden. Herausgegeben von Günther Rühle. st 2274-2277. 1760 Seiten

Max Frisch
- Homo faber. Ein Bericht. st 354. 203 Seiten
- Mein Name sei Gantenbein. Roman. st 286. 288 Seiten
- Stiller. Roman. st 105. 438 Seiten
- Tagebuch 1946-1949. st 1148. 400 Seiten
- Tagebuch 1966-1971. st 256. 432 Seiten

Norbert Gstrein. Der Kommerzialrat. Bericht. st 2718. 148 Seiten

Peter Handke
- Kindergeschichte. st 1071. 105 Seiten
- Mein Jahr in der Niemandsbucht. Ein Märchen aus den neuen Zeiten. st 3084. 632 Seiten
- Wunschloses Unglück. Erzählung. st 146. 105 Seiten

Hermann Hesse
- Das Glasperlenspiel. Versuch einer Lebensbeschreibung des Magister Ludi Josef Knecht samt Knechts hinterlassenen Schriften. st 2572. 616 Seiten
- Siddhartha. Eine indische Dichtung. st 182. 136 Seiten
- Unterm Rad. Erzählung. st 52. 166 Seiten

Wolfgang Hildesheimer. Marbot. Eine Biographie. Mit zahlreichen Abbildungen. st 1009. 327 Seiten

NF 265/4/9.00

Ludwig Hohl. Die Notizen oder Von der unvoreiligen Versöhnung. st 1000. 832 Seiten

Ödön von Horváth. Jugend ohne Gott. st 2374. 182 Seiten

Bohumil Hrabal. Ich habe den englischen König bedient. Roman. Übersetzt von Karl-Heinz Jähn. st 1754. 301 Seiten

Peter Huchel. Die Gedichte. st 2665. 489 Seiten

100 Wörter des Jahrhunderts. st 2973. 351 Seiten

Yasushi Inoue. Das Jagdgewehr. Übersetzt von Oskar Benl. st 2909. 98 Seiten

Uwe Johnson. Jahrestage. Aus dem Leben der Gesine Cresspahl. Einbändige Ausgabe. st 3220. 1728 Seiten

Hans Jonas. Das Prinzip Verantwortung. Versuch einer Ethik für die technologische Zivilisation. st 1085. 426 Seiten

James Joyce. Ullysses. Roman. Übersetzt von Hans Wollschläger. st 2551. 988 Seiten

Franz Kafka. Der Prozeß. Roman. st 2837. 282 Seiten

André Kaminski. Nächstes Jahr in Jerusalem. Roman. st 1519. 392 Seiten

Hermann Kasack. Die Stadt hinter dem Strom. Roman. st 2561. 438 Seiten

Bodo Kirchhoff. Infanta. Roman. st 1872. 502 Seiten

NF 265/5/9.00

Wolfgang Koeppen
- Tauben im Gras. Roman. st 601. 210 Seiten
- Der Tod in Rom. Roman. st 241. 187 Seiten
- Das Treibhaus. Roman. st 78. 190 Seiten

Else Lasker-Schüler. Gedichte 1902-1943. st 2790. 439 Seiten

Stanisław Lem. Sterntagebücher. Mit Zeichnungen des Autors. Übersetzt von Caesar Rymarowicz. st 459. 478 Seiten

Hermann Lenz. Vergangene Gegenwart. Die Eugen-Rapp-Romane. Neun Bände in Kassette. 3000 Seiten

H. P. Lovecraft. Cthulhu. Geistergeschichten. Übersetzt von H. C. Artmann. Vorwort von Giorgio Manganelli. Ph.B. 19. st 29. 239 Seiten

Hans Mayer. Außenseiter. st 736. 511 Seiten

Robert Menasse »Trilogie der Entgeisterung«. Fünf Bände in Kassette
- Die Welt scheint unverbesserlich. st 2776. 365 Seiten
- Selige Zeiten, brüchige Welt. st 2312. 374 Seiten
- Phänomenologie der Entgeisterung. st 2389. 86 Seiten
- Sinnliche Gewißheit. st 2688. 329 Seiten
- Schubumkehr. st 2694. 180 Seiten

Eduardo Mendoza. Die Stadt der Wunder. Roman. Übersetzt von Peter Schwaar. st 2142. 503 Seiten

Adolf Muschg. Der Rote Ritter. Eine Geschichte von Parzivâl. st 2581. 1089 Seiten

NF 265/6/9.00

Cees Nooteboom

- Allerseelen. Übersetzt von Helga van Beuningen. st 3163. 440 Seiten
- Die folgende Geschichte. Übersetzt von Helga van Beuningen. st 2500. 148 Seiten
- Rituale. Roman. Übersetzt von Hans Herrfurth. st 2446. 231 Seiten

Flann O'Brien. Der dritte Polizist. Roman. Übersetzt von Harry Rowohlt. st 1810. 260 Seiten

Juan Carlos Onetti. Das kurze Leben. Roman. Übersetzt von Curt Meyer-Clason. Mit einem Nachwort von Durs Grünbein. st 3017. 380 Seiten

Amos Oz. Der dritte Zustand. Roman. Übersetzt von Ruth Achlama. st 2331. 366 Seiten

Ulrich Plenzdorf. Die neuen Leiden des jungen W. 148 Seiten. Englisch Broschur

Marcel Proust. In Swanns Welt. Auf der Suche nach der verlorenen Zeit. Übersetzt von Eva Rechel-Mertens. st 2671. 564 Seiten

Luise F. Pusch. Die Frau ist nicht der Rede wert. Aufsätze, Reden und Glossen. st 2921. 199 Seiten

João Ubaldo Ribeiro. Brasilien, Brasilien. Roman. Übersetzt von Curt Meyer-Clason und Jacob Deutsch. st 1835. 731 Seiten

Ralf Rothmann

- Flieh, mein Freund! Roman. st 3112. 278 Seiten
- Stier. Roman. st 2255. 372 Seiten

NF 265/7/9.00

Robert Schindel. Gebürtig. Roman. st 2273. 359 Seiten

Jorge Semprun. Was für ein schöner Sonntag! Übersetzt von Johannes Piron. st 972. 395 Seiten

Arnold Stadler. Mein Hund, meine Sau, mein Leben. Roman. Mit einem Nachwort von Martin Walser. st 2575. 164 Seiten

Galsan Tschinag. Der blaue Himmel. Roman. st 2720. 178 Seiten

Mario Vargas Llosa. Tante Julia und der Kunstschreiber. Roman. Übersetzt von Heidrun Adler. st 1520. 392 Seiten

Martin Walser
- Ein fliehendes Pferd. Novelle. st 600. 151 Seiten
- Halbzeit. Roman. st 2657. 778 Seiten
- Ein springender Brunnen. Roman. st 3100. 416 Seiten

Robert Walser
- Der Gehülfe. Roman. st 1110. 316 Seiten
- Geschwister Tanner. Roman. st 1109. 381 Seiten
- Jakob von Gunten. Ein Tagebuch. st 1111. 184 Seiten

Ernst Weiß
- Der arme Verschwender. st 3004. 498 Seiten
- Der Augenzeuge. Roman. st 3122. 302 Seiten

NF 265/8/9.00